作家出版社 & 悬疑世界（上海浩林文化传播股份有限公司）

命运有无限种可能

蔡骏
作品

# 最漫长的那一夜

作家出版社

献给所有深夜不睡觉的人

最漫长的那一夜，我陪你度过

# 目录
## Contents

# 自 序 | 蔡 骏

　　看过一部电影，说到原始人坐在黑夜荒野，围着篝火取暖，四周有狂风呼号，有野兽的绿色眼珠子，潜伏在草丛中，随时可能拖走我们当中某一个。这时候，人们就需要故事，一个接一个故事，让自己不害怕，度过漫长的黑夜，这是我们祖先少有的高于野兽的能力，并有幸一代代遗传下来。

　　去年秋天，我的书在法国出版，又去巴黎签售，住在蒙帕纳斯，酒店一墙之隔，便是公墓。某天早上，天气尚且晴朗，我走到蒙帕纳斯公墓，寻到萨特与波伏瓦的合葬墓，又寻到玛格丽特·杜拉斯的墓，两座坟冢并无装饰，安静地躺在巴黎闹市中心，只有太阳泼洒，以及后人敬赠之花，多数已经枯萎。他们笔下的故事，有的来自动荡残酷的战争，来自湄公河的雨季，来自红色风暴的岁月，却从来不会枯萎，至今郁郁葱葱，无边蔓延。

　　五年前的春天，一次广州之行，撞上暴雨之夜，我脑中刻下"最漫长的那一夜"七个字。彼时，我正在写《北京一夜》，缘起于我在北京打车的几次经历，以及我少年时遇到的一桩事件。然后是《男孩与兵人》，第一次发在微博上，再是《舌尖上的一夜》，这些都是上海故事。从广州到北京再到上海，但又不止于北上广，还有《白茅岭之狼一夜》《喀什一夜》《香港一夜》，几乎可以说是中国一夜。

再然后，还有《莫斯科不相信眼泪》，从上海思南路出发，直到六十年前遥远的莫斯科，甚至《与神同行的一夜》，居然是个飞机上的印度故事，这也是最漫长的那一夜。

从 2014 年到 2017 年，漫长的三年里，我写了大约四十个故事，其中三十三个收录在《最漫长的那一夜 1》与《最漫长的那一夜 2》两本书中。今年，我整理修订了所有故事，进行了增补与删改，从四十篇中挑选出十八篇。其中十篇首发在各类文学期刊，总共得过五个文学奖，还有若干故事正在筹备电影与电视剧。感谢参与过这些图书和小说的所有编辑。我想这些故事，不仅可以伴你坐一次飞机，独自夜宿一次旅店，还能在多年以后，让你重新从书架上取出，打开，拂去灰尘，看看字里行间，或者发呆，想起今夜此刻。

# 第

# *1* 夜

珂赛特的眼泪石一夜

珂赛特：用青春等待冉阿让的川妹子

　　爱情是融合男人和女人的卓越的熔炉，单一的人，三人一体，最后的人，凡人的三位一体由此产生。两个心灵和合的诞生，一定会感动幽灵。情人是教士；被夺走的处女感到惊恐。这种欢乐多少会传送到上帝那里。真正的崇高的婚姻，即爱情的结合，就有着理想的境界。一张新婚的床在黑夜里是一角黎明，如果允许肉眼看见这些可畏而又迷人的上天的形象，我们可能见到夜里的那些形体，长着翅膀的陌生人，看不见的蓝色的旅客，弯着腰，一簇黑影似的人头，在发光的房屋的周围，他们感到满意，祝福新婚夫妇，互相指着处女新娘，他们也略感紧张，他们神圣的容貌上有着人间幸福的反照。新婚夫妇在至高无上的销魂极乐时刻，认为没有他人在旁，如果倾耳谛听，他们就可以听见簌簌的纷乱的翅膀声。完美的幸福引来了天使的共同的关怀。在这间黑暗的小寝室上面，有整个天空作为房顶。当两人的嘴唇，被爱情所纯化，为了创造而互相接近时，在这个无法形容的接吻上空，辽阔而神秘的繁星，不会没有一丝震颤。

　　这幸福是真实不虚的，除了这一欢乐外没有其他的欢乐。
　　唯独爱令人感到心醉神迷。此外一切都是可悲可泣的。
　　爱和曾爱过，这就够了。不必再作其他希求。在生活
的黑暗褶子里，是找不到其他的珍珠的。爱是完满的幸福。
　　　　　　　　　　　　　　　——维克多·雨果《悲惨世界》

　　七年前，第二次读《悲惨世界》，读到第五部"冉阿让"第六卷"不眠之夜"第二章"冉阿让的手臂仍用绷带吊着"——亲爱的雨果老爹啊，您是心灵鸡汤段子手吗？幸好那年还没《非诚勿扰》，否则您老就是最好的特邀嘉宾，根本没孟非和乐嘉这俩光头啥事，还"处女新娘"呢，法国男人和法国女人，难道不是 Baise-moi 更真实吗？

　　那年头，大师们就是了不起，每写一万字故事，就来段五千字长篇大论，从如何解放失足妇女和被拐卖儿童到巴黎下水道的设计方案，不一而足。中国古典小说里的"有诗为证"真是小巫见大巫了。雨果、巴尔扎克、狄更斯们都既是小说家也是鸡汤大师兼历史学家兼新闻评论员兼眼含热泪的网络名嘴公知大 V。

　　所以嘛，中国的男女文青们都知道，第一次世界大战后，雨果老爹们就被卡夫卡、乔伊斯、海明威们革命了，第二次世界大战后，又被马尔克斯、格拉斯、昆德拉，乃至村上春树们革了第二次命。

　　以上，除了最后两位，都在天堂里继续革命着。愿老天保佑他们的灵魂与坟墓，阿门。

　　我为什么自己找虐重读《悲惨世界》？是要写推理小说《名侦探沙威警长》吗？盗墓小说《大盗冉阿让的一生》？小白文《恋上霸道总裁的芳汀》？

　　七年前的春夜，我认识了珂赛特。

　　那一年，我刚写完《天机》，不知下本书该写什么。偶尔，夜深人静，饥肠辘辘，就去楼下的澳门路一间二十四小时营业的四川麻辣烫店。店里弥漫着刺鼻的辣油味，只够摆下六张方桌，墙面和餐具脏兮兮的。小姑娘挤在最里头的角落，眼圈红红的像被揍了一顿。她说是舅妈——也就是老板娘——舍不得开油烟机，油烟太大，但我知道，那是扯淡！我的泪腺比常人敏感，也会拿风沙太大作挡箭牌……

　　我猜她最多十二岁，穿着小碎花的衬衫，蕾丝边的领头，脚上一

双粉红色的小鞋子。她抬起头，看着我的眼睛，用那双大得有些吓人的眼睛。对不起，不是有些吓人，而是相当吓人，像恐怖片里的眼睛。

她的眼泪，刚从眼睛分泌出来，黏糊糊的，介于液体与固体之间，像一小团胶原蛋白的糨糊。当这滴泪离开眼眶，在脸颊与鼻子间滑落，就彻底变成了一颗小石头，比米粒稍微大些，在昏暗的灯光下，散发着刺目的反光，宛如一颗水晶或高纯度的钻石。

小女孩掉出了七颗眼泪，六颗坠落在油腻的地板上，仅剩最后一颗挂在她腮边。

"可以吗？"我伸出手指尖，靠近她的下巴。她不反抗，翘翘的小鼻子在抽泣。脸很冰冷，摸着有些吓人，对于擅长联想的我来说。

我从她的腮边取下那颗"眼泪"。

固体眼泪，一粒小石子，在我的食指与拇指间摩擦滚动，比普通石头还坚硬。我把这颗"眼泪"放到灯光下，它出现奇异的反光，只可惜太小了，只有用放大镜，才能看清里头的颜色。

隔壁桌吃麻辣烫的手机响了，震天动地的《该死的温柔》，我的两根手指头一滑，小女孩的"眼泪"坠落到黑暗的地板。

再看她的脸，虽有泪痕，却没了泪水。眼眶还湿润着。

"告诉我，你为什么哭？"

小女孩双手别在背后，抓着一本书。

"能给我看看吗？"

"先生，您只是看看吗？"她眼泪汪汪地摊开双手。一本灰色的旧书，像从废品回收站里出来的，封面发黄霉烂，书角毛毛卷卷，随手翻开几页，布满破洞和污渍，不少字迹模糊不清。

我认得这本书——《悲惨世界》。

这本垃圾堆里的书啊，居然，就是我小时候看过的版本。封面上的几何花纹图案，像十九世纪的门窗。书名底下的"一"，代表第一部，然后是"雨果/著"。扉页印着"李丹译，人民文学出版社，一九七八年·北京"。版权页上头是"Victor Hugo, LES MISÉRABLES"，另一面是雨果老爹的照片。出版说明的落款是"一九七七年十月"。接着是目录、作者序、第一部"芳汀"。一幅原版的版画后面，第一卷"一个正直的人"。

"你在看'米里哀先生'吗？"小女孩问我。

没错，第一卷第一章，就是这个名字。我反问她："你在看这本书？"

她用皱巴巴的餐巾纸抹去眼泪和鼻涕："是的，先生，这是我第四遍读这本书了。"

小学四年级时，有次语文老师问有没有人看过《悲惨世界》，有的说看过电影，有的说看过日本动画片，但只有我站起来说，我看过小说……

《悲惨世界》是我接触的第一本文学名著。那时我只看过一小部分，第二部"珂赛特"开头，雨果用数万字描写滑铁卢战役——与整个悲惨世界基本无关，除了最后偷盗死人财物的德纳第。大师发神经般写了一长串，所有细节栩栩如生。我仍然记得那个"A"字形，那道致命的壕沟，葬送了拿破仑的胸甲骑兵。雨果一边描述战役进程，一边夹带大段抒情和议论，让我一度以为所有牛×的小说都该这么写……

"对不起，先生，您能把这本书还给我吗？"她的普通话很不标准，带有川渝味道。

"你叫什么名字？"

"珂赛特。"

"什么？"

她又说了一遍。咳嗽般吐出一个"CO"，舌尖舔过牙齿间缝隙爆发有力的"SE"，最后是个微不足道的清辅音"T"。

"Cosette."

看着她的眼睛，猩红的眼眶，雪白的黏膜让人微微战栗，乌黑透亮的眼球里头，瞳仁宛如黑洞，像是能吸收所有男人的目光。

她叫珂赛特。

这个饥饿的春夜，我吃完了十二个牛肉丸子，告别了十二岁的珂赛特，我会再来的。

春天，我重新读完了《悲惨世界》，那是一场异常艰难的行军跋涉，断断续续啃着嚼着敲骨吸髓般吮吸着每一个字。密密麻麻的叙述与抒情以及评论，宛如滑铁卢上英国方阵的矛尖。我几乎也深陷于拿破仑的困境，在威灵顿公爵的壕沟前尝尽了苦头。

那个春天无比漫长，刚刚经历南方大雪灾，等待北京欢迎你，迎来的却是汶川大地震，陪伴我度过这段时光的，通常是麻辣烫店里的珂赛特。

老板是个早衰的男人，操着浓浓的四川口音，地震那会儿总是盯着店里的小电视屏幕。老板娘是个肥胖的女人，挽着头发高声大气地说话，但能看出她年轻时有几分姿色，或许现在也没多大年纪。店里没有雇用伙计——珂赛特除外，我经常半夜看到这个十二岁的小姑娘，拿着块抹布拼命擦桌子，去超市里打酱油、买啤酒，顺便给客人递餐巾纸，当然老板是绝不会让她碰钱的。我还会看到两个小女孩，一个年纪跟珂赛特差不多，还有一个尚未读书——她们是老板和老板娘的女儿，从脸型和眼睛能看出是亲生的。

看我经常光临小店，老板娘对我很热情。何况我跟杀马特风格的发廊小弟、对面夜总会下夜班的公主、附近群租房里的无业游民并不太相同。老板娘是珂赛特的舅妈，老板自然是她的舅舅，但我无法确认他们是否真有血缘关系。

至于"珂赛特"——老板和老板娘也不知道这个名字是从哪里来的，他们显然没看过小女孩像宝贝似的藏在床底下的书。

她到底叫什么？对于麻辣烫店里的人们来说，这并不重要。反正没人叫过她的名字，总是"哎""那个谁""小妹儿"……

那天夜里，麻辣烫店关着卷帘门，珂赛特独自坐在水泥台阶上，借着隔壁足浴店暧昧的灯光，低头读着《悲惨世界》第三部"马吕斯"第一章"从巴黎的原子看巴黎"。

当我走到她面前，小女孩匆忙合上书本说："先生，今天店里不开门，您不用等了。"

我摇摇头，坐在珂赛特身旁，陪她看书。

"先生，您为什么总是来看我？"

"因为你叫珂赛特。"

"珂赛特只是个普通的名字，先生。"

"听我说，你喜欢这里吗？"

"我不喜欢这里，但我出生在这里。"

"你生在上海？"

"嗯，但我还没断奶，就被送回了老家，外公外婆把我养大的。"

"珂赛特，你的爸爸妈妈呢？"

"我不知道爸爸是谁。那时候，妈妈在这边上班，就是这家店，他们都记得我妈。"小女孩指了指隔壁的足浴店，"后来啊，她去了一个叫东莞的地方，再也没回来看过我。"

珂赛特有双特别的眼睛，与这年龄和小脸蛋极不相称的，像在墙壁上画出来的大大的眼睛，深夜里幽幽的乌黑目光，足以吓走所有孤魂野鬼。我懂了。

　　小女孩的老家在深山里头。从县城坐中巴车上盘山公路要一个钟头，下车后再走二十里，之后爬过两道悬崖一座吊桥，直到白云缭绕的山巅，才到家。那里有座乡村小学，只有一个民办教师。她很喜欢读书，尤其喜欢语文课，二年级就可以给外公念《人民日报》了，虽说都是迟到一年的旧闻。三年级下学期，老师还没被抓起来，总喜欢摸她的小辫子。在破洞漏风的校舍里，教室最后一排，朽烂的木头课桌十多年没人坐过，断裂的桌脚下垫着几本破书。她好奇地把书搬出来，吹去封面上的木屑和尘土，露出灰色窗格般的封面——《悲惨世界》。这些书是很多年前，有人捐献给希望工程的。她偷偷把这五本书带回家，小心翼翼地打开，所有纸张都布满污渍，每个字里都挤进灰尘，一股牲口粪便与小孩尿裤子的气味扑面而来。

　　　　在一八一五年，迪涅的主教是查理·弗朗索瓦·卞福汝·米里哀先生。他是个七十五岁左右的老人，从一八〇六年起，他已就任迪涅区主教的职位……

　　平生第一次读小说，教科书以外的第一本书。在炊烟与白云交织的山巅，苞谷堆积的瓦房屋檐下，她不知道世界上竟然还有这样的人和事、这样的芳汀、这样的珂赛特、这样的马吕斯、这样的冉阿让。

　　虽然，她认得一两千个汉字，但不知道法国在什么地方，只晓得非常遥远，也不明白什么是天主教，只记得县城里有座高耸的教堂。除了在电视上，她从未见过外国人，更不懂拿破仑是谁，路易十八又是什么货色。整个暑期，她捧着五本书，大声朗读每一页，仔细揣摩其中意思——几乎每个字都能理解，但要是连成整页纸，真不知道在说些什么。

　　冬天，大雪降落群山，第二遍读《悲惨世界》。独自坐在教室，窗外叽叽喳喳的鸟叫声，山雀啊山雀，你们干吗不做候鸟飞去南方？她一边看着珂赛特与芳汀，一边用弹弓打鸟，等到冉阿让寿终正寝的那天，雪地里堆满羽毛和腐烂的小鸟。她给自己取名为珂赛特。

　　第三遍读《悲惨世界》，珂赛特四年级了，越长越像芳汀的女儿。她用春天读完第一部"芳汀"和第二部"珂赛特"，又用整个夏天花痴第三部"马吕斯",直到山上枫叶红透,她才读完第四部"卜吕梅街的儿女情和圣丹尼街的英雄血",到再度飘雪的冬夜,她点灯读完了第五部"冉阿让"。

2008年的春节,妈妈没有回来看女儿,说是大雪封山,阻断了回家的铁路。珂赛特四五年没见过妈妈了,这场突如其来的大雪,恰逢其时地给了一个温暖的借口罢了。

过完年,外公在去县城卖山货的路上被摩托车撞死,外婆中风在床上,珂赛特照顾了她一个月,可外婆还是没熬过清明就脚一蹬去了,再也没人能照顾他们的外孙女了。舅舅和舅妈从上海回来奔丧,在两位老人的葬礼上,请来女民间艺术家跳脱衣舞,总算收回了办丧事的白包。那时,舅舅给珂赛特在东莞的妈妈打了十几个电话都是关机。

于是,珂赛特跟随着舅舅和舅妈,回到自己出生的城市,妈妈工作过的地方隔壁,弥漫着德纳第客栈气味的麻辣烫店。

这年春天,在上海,普陀区,澳门路,麻辣烫店,她决定重读《悲惨世界》,第四遍。

"先生,我争取这一遍能彻底读懂这本书。"

珂赛特的目光在上海的子夜闪烁,就像在孟费郿的暗夜森林第一次与冉阿让相遇,只是双眼的巩膜白得有些吓人。

"你的眼睛怎么了?"

"不知道,先生,每次想要哭的时候,都有被辣椒呛到的感觉,眼泪就会变成小石头掉下来。"

她说,以前乡邻说像她这种会流石头眼泪的女孩子,都是注定的天煞克星,不但会克死父母,还会连累全家人乃至整个村子。自从外公外婆死后,就再也没人喜欢她了。舅舅和舅妈,还有麻辣烫店里的两个表妹,吃饭啊睡觉啊都要离她远远的。

"大概最近发生在老家的大地震,就是被我克的吧。"珂赛特弱弱地说。

"说什么啊,珂赛特,那些话都是骗人的,别相信哦。"

"不,先生,请您也别靠近我,会给您带来厄运的。"

"如果,我是你的冉阿让呢?"

"您才不是呢,冉阿让是个七尺大汉,满脸胡须,体壮如牛……还有啊,先生,您现在还太年轻了!"

许多个深夜,我坐在麻辣烫店的角落里,邀请珂赛特坐下来一起吃。老板娘说小姑娘还要擦桌子，我又多点了不少菜，外加几瓶饮料，想着吃不完可以带回去。老板娘用异样的目光打量我，带着几分邪恶笑了笑，便让珂赛特好好陪我吃。

"我能每天都来看你吗？"

"是的，先生，如果您不怕倒霉的话，我很乐意。"

在珂赛特遇到过的所有人里，我是唯一完整读过《悲惨世界》的。她对于这本书还有许多不明白的地方，便一一翻出来向我求助。我不敢说我读懂了雨果老爹，但至少我能看懂所有的注释，告诉她大致的历史和宗教背景，尤其是书中如繁星般不可计数的人名和典故。

她正忙着吃串串，食量大得惊人，与小身板完全不相称，也许快要开始发育了。她穿着脏兮兮的旧衬衫，油腻腻的发丝垂落耳边，脑后用橡皮筋扎着马尾。

老板娘的两个女儿正好出门，穿着新衣服，梳着整齐的辫子，贴着墙边侧目而过。对面有栋六层楼的老工房，他们全家四口租了顶楼一套房子。至于珂赛特嘛，就住在我的头顶——麻辣烫店里有个小阁楼，堆满杂物和食材。每晚她都在各种刺鼻的辣椒、香料、地沟油和食品添加剂的气味中入眠。

"艾潘妮和阿兹玛，她们都很讨厌我。"珂赛特低声在我耳边说。

"你说什么？"我没听懂那两个名字。小女孩又说了一遍，我才想起《悲惨世界》中德纳第夫妇的两个女儿。艾潘妮有个好听的名字，她还是暗恋马吕斯的痴情女，一辈子都是珂赛特的情敌。

珂赛特说："不过，我不恨艾潘妮，因为她的寿命不会很长，当她横死之前，祈求马吕斯吻她的额头。而马吕斯必然会答应她，我也不会责怪马吕斯，因为他必须向这个不幸的灵魂告别。"

"你管她俩叫艾潘妮和阿兹玛？那么你的舅舅和舅妈呢？"我的目光盯着正在收钱的老板娘。

"是的，先生，那一位是德纳第太太。她的力气真的很大，有一回把吃霸王餐的流氓揍得鼻青脸肿。不过，她特别爱看电视剧，空下来就霸占着小电视机看韩剧。你知道吗？德纳第太太的偶像是裴勇俊，我去过一次她和德纳第先生的卧室，贴满了那个男人的照片。"

"那么德纳第先生呢？"我远远看着在店门口抽烟的老板，这样说起一个近在眼前的人，让我于心不安，但说实话，很有意思。

"那只被逮住的老鼠是瘦的，但是猫儿，即使得了一只瘦老鼠，也要快乐一场。"她说，"德纳第先生年轻的时候当过兵，参加过九八年的抗洪救灾，他说自己还救过一个团长的命，但很可惜没有获得一等功。"

在珂赛特的世界里，每个人都是十九世纪的法国人，都有个《悲惨世界》里的名字。上海就是肮脏的巴黎或外省小镇。我坐在这里品尝的并非麻辣烫，而是蘑菇汤与法棍面包，带着浓浓小客栈味道的家常法国菜。

"那辆四轮马车不错！"

珂赛特很专业地夸赞了一句，我才看到麻辣烫店外的澳门路上，停着一辆红色法拉利跑车。有人骑着助动车和自行车经过，她趴在桌子上懒洋洋地说："这些马和驴子真难看啊，就像诺曼底乡下耕地的牲口。"

这女孩又告诉我——每星期来吃一次麻辣烫的老头，穿得破破烂烂，头发乱得像鸟窝，其实是个捡垃圾的，但他过去是个主教，是个老好人，拯救过许多人，她管老头叫米里哀先生。

"珂赛特，你怎么知道他是主教？"

"先生，关于他过去的秘密，别指望从他的嘴里听到一句真话。不过，任何人都会撒谎，包括主教。"

我想起《悲惨世界》开头，刚从监狱放出来的冉阿让，偷了主教家很值钱的银器，结果被警察抓回来。主教竟然对警察说谎，证明冉阿让没有偷窃，银器是主教自己送给他的。米里哀先生做了伪证。如果他不这么做，冉阿让将永远是个盗贼或将死在苦役营中，而珂赛特将在德纳第的小客栈里暗无天日地长大再无声无息地死去。

珂赛特的世界里，还有个可怕的沙威警长，每天深夜出现在麻辣烫店，只点一碗酸辣粉加荷包蛋，配上一罐最便宜的啤酒。

其实，那家伙是对面小区的保安，只是长得一脸凶相，平常绝不多说半句，总是面色阴沉，用各种怀疑的眼光打量别人，似乎这条街上每个人，不是偷自行车的就是半夜跟踪下班小姐的变态狂。有时候，我也在想这个人真是保安吗，不是某个深藏不露的名侦探？此人的举手投足，侧身走路的方式，鹰鸷似的眼神，对于细节的专注，都让人产生错觉——他在追捕一个逃犯，名字叫冉阿让。

"但我不讨厌他，"珂赛特如此评价道，"沙威凶，但绝下不贱。"

有一点确信无疑，除了《悲惨世界》，珂赛特长到这么大，从没读过第二本课外书。

我本想送她几本书，比如我的悬疑小说，但想想又罢了，难道我能和雨果老爹比？即便只有一本《悲惨世界》，若能精读十遍的话，恐怕也是走运了。

北京奥运会开幕式那一夜，我来到麻辣烫店里，看到珂赛特捧着她的《悲惨世界》，眼眶里不停掉落石头泪。几个客人吓得赶紧埋单走人。老板娘厌恶地说今晚的生意全被这晦气的孩子毁了。

我半蹲在珂赛特面前，伸手接住几颗凝固的眼泪，放在手掌心轻轻揉搓。因为粗糙锋利的棱角，皮肤磨出了几道血丝。

"你看，珂赛特，你的眼泪让我流血了，可以不哭了吗？"

十二岁女孩的手很小，放在成年男人的手掌心里，像只小猫的爪子。但在她细细的手指头上，我能摸出冻疮的痕迹，还有一般城里女孩从不曾有过的老茧。她止住眼泪，我心疼地捏住她的手问："为什么哭？"

她说今天艾潘妮要上厕所没纸了，就从阁楼里抽出珂赛特的《悲惨世界》，随手撕了几页下来擦屁股了。

珂赛特手里的《悲惨世界》是第四部"卜吕梅街的儿女情和圣丹尼街的英雄血"。被撕去的那几页，恰是第二卷"艾潘妮"的开头。

为了安慰这姑娘，我又点了不少好吃的，让她尽管放开肚子——她已瘦得皮包骨头，不会有减肥的烦恼。老板娘蹙着眉头说："小妹儿，算你有福气。"又客气地对我说："你要常来啊，我们家小姑娘总是盼望着你呢。"我没理她，继续陪珂赛特。自觉无趣的老板娘，转头去看小电视机里的奥运会开幕式。

漫长的暑期过去，珂赛特去了一所民工学校读初中预备班。艾潘妮读了附近的公办学校。外来务工人员随迁子女进公办学校读书，必须要爸爸或妈妈的居住证，而珂赛特没有爸爸，妈妈又在东莞，所以她只能上民工学校，坐公交车要一个钟头。

麻辣烫店的老板娘愁眉苦脸，珂赛特白天不能在店里干活，晚上也不能守到凌晨；第二天早上还要读书。但老板娘并没有吃亏，因为每个月都会收到来自东莞的汇款。

那些日子，网上流传开一段视频。手机拍摄的，镜头摇摇晃晃，在肮脏油腻的麻辣烫小店，有个小女孩捧着本破书掉眼泪。灯光打在她脸上，照出几颗小石头般的眼泪。有个男人蹲在她面前——就是我，伸手接住她的眼泪石。

那天晚上，有人偷拍下了这段画面。

视频在各大网站不胫而走，许多客户端弹窗出现"诡异视频网上疯传，小女孩流石头一样的眼泪"的新闻标题和图片。不久，有人扒出视频拍摄地点，找到了麻辣烫店里的珂赛特。那段视频原本有许多争议，网友们认为是假的，现已得到亲眼证实。有人收集了珂赛特的眼泪石，当然是要付出代价的，通常是给老板一条烟或是吃一顿麻辣烫。

不断有人纷至沓来，麻辣烫店里生意火爆，整夜灯火通明，为一睹"眼泪石女孩"的芳容，或得到几粒珍珠般的眼泪——经过专业机构的鉴定，这是某种特殊的有机宝石，就像珍珠、珊瑚、琥珀、煤精、象牙……都是由生物体自然产生的。眼泪石非常稀有，古代有许多记载，最近一次发现还是民国初年。尚未初潮的处女眼泪石价值连城，慈禧太后最爱收藏。至今台北故宫博物院就有，价值远远超过那一块肉和那一棵白菜。珠宝鉴定师分析珂赛特的眼泪，确认由碳酸盐、磷酸盐、少量硫酸盐等无机质，以及壳角蛋白、氨基酸、酯酸类、酯醇类等有机质共同构成，莫氏硬度为4.5，在有机宝石中最为坚硬。

于是，珂赛特的眼泪石，被人挂上淘宝，一夜之间，哄抢而空。

我仍然常去麻辣烫店，为她吃了快一年的地沟油，但见到她的机会却越来越少。珂赛特被老板娘藏了起来，毕竟是镇店之宝，岂能轻易示人？这姑娘要是被人拐了，损失可就大了。

深秋子夜，我失望地走出小店，经过澳门路与陕西北路转角，有人轻轻叫了声："维克多！"

维克多是谁？我没有英文名字，从没人这么叫过我。

黑暗中站着一个小女孩，幽暗闪烁的目光，不用看脸就知道是她。

"珂赛特！"

"维克多！"

我想起来了，她为毛（为什么）要叫我这个名字，真让人承受不起。

"能陪我去塞纳河边走走吗？"

在她的世界里，上海的苏州河就是巴黎的塞纳河。我牵着小女孩冰冷的手，沿着陕西北路走去，直到秋风逼人的苏州河畔。

"看，今晚新桥上的马车不多。"

珂赛特是把江宁路桥看成巴黎新桥了吧。

"你看过《新桥恋人》吗？"

小女孩摇摇头，趴在苏州河的防汛墙上，低头看着黑夜里充满泥土味的河水，她说："维克多，我是偷偷逃出来的。"

"你舅妈——不，是德纳第太太，成天把你关在他们家里？你妈妈知道吗？"

"维克多，你是说我妈妈芳汀？"珂赛特摇摇头，"你知道今年是哪一年？"

"2008 年。"

"错了，是 1823 年。这一年发生了很多事——芳汀死了，冉阿让收养了珂赛特。"

"不会的，你妈妈没有消息吗？"

"她的坟正像她的床一样！"

我还记得《悲惨世界》里的这一句。

"维克多，你不觉得我很丑吗？"

"说什么呢？珂赛特！小女孩必须说自己漂亮。"

黑暗中看不清她的脸。如果她心情愉悦一些，会显得好看些。可惜她总是愁眉苦脸，想是天天被逼掉眼泪的缘故。等到冬天，她的耳朵与手指，又会长起厚厚的冻疮。

"没有人会喜欢我的，维克多。"

"错了，我喜欢你啊。"

珂赛特露出成年女人的笑容："你说谎，维克多，我在等待一个人。"

"冉阿让？"

"是啊，他一定会出现的。你知道吗？珂赛特喜欢过的第一个男人是谁？"

"马吕斯？"

"当然不是，他是冉阿让。"

看着苏州河对岸成群结队的高楼灯火，我沉默不语。眼皮底下，秋水深流。

珂赛特说："我希望跟着冉阿让亡命天涯，然后再跟马吕斯结婚。"

"每个女孩都这么想吗？"

"不知道，但我想。我只是寄居在这里的客人，不知何时就会离开。明天？明年？长成大姑娘的那天？直到死了？鬼才知道。维克多，你带着我走吧。"

小女孩把头靠近我的肩膀，而我哆嗦了一下，后退两步。

"逃跑啊，带着我私奔，我们一起去滨海蒙特勒伊！去找我妈妈芳汀！"

滨海蒙特勒伊？那座十九世纪的法国工业革命重镇，便是而今的世界工厂与东莞式服务的城市吧。

"珂赛特，你才十二岁啊，胆子好大呢！"

"我不在乎，维克多，就算没有冉阿让，我也想离开这里。"

"维克多不是冉阿让——你不明白，冉阿让本就一无所有，而维克多还有很多很多牵挂。"

……

"对不起，我说了大实话，难道不是吗？乖，珂赛特，我送你回家，一切都会好起来的。"——魂淡（混蛋）！当我说这句话的时候，连我自己都不相信。

她哭了。

黑夜里的眼泪石，挂在十二岁女孩的脸上，珍珠般熠熠生辉。

我想擦擦她的眼睛，女孩却说哪里来的风沙这么大。

好吧，这大晚上的，微风习习，空气清爽。珂赛特捧着两腮，接住几粒凝固的眼泪。她说这些小石头都很值钱，每向德纳第太太交出一粒，就会得到五十块钱奖励。所以，她还急着要把眼泪石收集好了带回去。但我明白，这些石头放到淘宝网上，每颗的价值至少要翻一百倍，颗粒大，成色好的，能卖到上万。

她把一粒最小的送给了我。

"维克多，给你留个纪念。以后看到这颗石头，你就会想起我的味道。"

"你的味道？"我把这颗小石头放入嘴里，舌尖轻轻舔过，果然是眼泪的味道，又咸又涩，就像咖啡里放了盐。

但我很快后悔了。

几天后，麻辣烫店重新装修，老板把隔壁的足浴店也盘下来了，据说是要开一家五星级的麻辣烫旗舰店。

我问珂赛特去哪里了，答案却是那姑娘已远走高飞。

老板娘拎了个正版 LV 包包，她老公胸口挂了根金链子，似是发了笔横财。

我四处寻找珂赛特，最终报警。到了公安局，老板娘才说出真话——他们把珂赛特卖给了一个男人，收了六十万现金。

我问那个男人长什么样，老板娘说那家伙很神秘，身材高大魁梧，穿着件黑色大衣，还戴着帽子，口袋里装的全是钞票。珂赛特似乎很喜欢他，他也对珂赛特很热情，一把就能将小女孩抱起来，力大无穷的样子。

世间真有冉阿让？

2009 年，元旦过后，警方找到了那个男人。

他说自己是珂赛特的爸爸，亲爹，如假包换，可以验 DNA。他说在十几年前，偶遇珂赛特的妈妈，那时他是个浮浪子，根本不懂什么叫责任。十九岁的乡村美少女大了肚子，却被他始乱终弃了。他去日本做生意赚了笔钱，回来后不断寻找她们母女，直到发现网络上疯传的石头眼泪的少女，才感觉有几分眼熟……

此事已得到珂赛特妈妈证实，她同意女儿跟着亲生父亲，但她本人宁愿留在东莞。她知道那个男人也绝不会再要自己。他住在郊区的别墅里，开着一辆奔驰车。他发誓让珂赛特过上公主般的生活，开春就要把她送去昂贵的私立学校读书。

整个春节，我都想忘记珂赛特。我把家里的《悲惨世界》从书架收入抽屉，不要再看到这本书，以为这样就不会再想起她。

过完年，网上出现了许多"珂赛特眼泪石"。鉴定机构确认都是真品，这些石头的价格直线走高，明显幕后有炒家推动，最高的一颗在拍卖行开出了百万天价。多位女明星戴着"珂赛特眼泪石"项链出席顶级品牌的秀场，日本、美国、欧洲都有愿意为之一掷千金的买家。迪拜和多哈的王爷贝勒们，直接开玛莎拉蒂来换，每套四颗，为了平分给家里的四个福晋。

我在淘宝上买了一颗，最便宜的八千八百八十八元，成色最差，分量最轻。拆开奢侈品盒子般的包装，只有颗米粒大小的石子，却有一张中国珠宝协会的鉴定证书。我把这颗石子放到嘴里，舌尖立即被刺破，混合着自己的血，尝出那股咸涩的加盐咖啡的味道。

这是珂赛特的眼泪。

我恨自己，不该把她放走。那个所谓的爸爸，收养她的真正目的，是获得更多的眼泪石。在许多人眼里，珂赛特不过是一只会下金蛋的母鸡而已。

通过我的表哥叶萧警官，我得知那个家伙搬家了，不知去了哪里，至于什么私立贵族学校，全是骗人的鬼话，哪里都查不到珂赛特的踪迹。打电话给远在东莞的芳汀，她也对珂赛特的去向一无所知。我祈求公安局开出通缉令，但并无证据说明珂赛特遭到了虐待。而那个男人作为亲生父亲成为珂赛特的监护人，早已得到有关部门批准。

我用了整个春天寻找我的珂赛特。

偶尔，我还是会在午夜光临麻辣烫店。店面宽敞了两倍，装修得像五星级酒店的厕所，价格也提高了三分之一。只是没有了会流石头眼泪的珂赛特，生意反而不如以前。跟珂赛特相处久了，在我的眼里，老板和老板娘也成了德纳第先生和德纳第太太。他们的女儿艾潘妮，经常坐在店面角落做作业，用幽怨的目光看着我——总有一天她会为马吕斯而受伤。捡垃圾的米里哀主教，再没来过新的麻辣烫店。我只能隔着玻璃门看马路对面，风烛残年的老主教，背着一麻袋塑料瓶子，白发覆盖额头，叼着一根香烟，俨然有遗世独立的风度。沙威警长还是保持老习惯，一言不发，打量在场的每一个人。我真想坐在他面前，跟他聊聊珂赛特的问题，有什么办法能救那姑娘出来？

盛夏，新出来的"珂赛特眼泪石"迅速贬值了，从前的旧石头依然价格坚挺，但4月份以后的犹如跳水，最便宜的不足几百块。

是珂赛特的眼泪太多导致供大于求了吗？不是，我看了许多买家评论，说是现在这批新的眼泪石，成色与质量都大为降低，鉴定证书也是假的。珠宝鉴定师认为，珂赛特眼泪石的生命源，可能已接近衰竭，甚至不在人间。

最终，新的眼泪石变成了白菜价，老的眼泪石却被炒翻了几倍。

珂赛特，你还活着吗？

盛夏的一天，下着瓢泼大雨，我搬家了。我坐进车里，犹豫着是否要再去麻辣烫店看一眼，却远远看到有个姑娘走来。她撑着把花伞，穿着黑色短裙，露出半截大腿，像在电影院门口混的那些小女孩。

真的是她吗？完全不是原来的样子，高了至少一个头，尤其那双细细长长的腿，我猜她蹿到一米六了，而且还在日夜长高的过程中。

我摇下车窗喊了一声："珂赛特！"

女孩弯腰看了看车里的我。雨滴打到她脸上，泪水一样哗哗流淌。她先微微一笑，露出两颗虎牙，太阳雨般灿烂，然后呜咽着哭了。

我让她坐到副驾驶座上，雨水打在车窗外，像一片瀑布笼罩着我俩。

　　珂赛特接着哭，但从眼眶里流出来的，不再是珍珠般的眼泪石，而是黑色的小颗粒。

　　黑色石子带着肮脏的污迹，像浓妆时流泪化开的眼影，看着让人有几分恶心。

　　我已经八个月没见过她了。

　　去年冬天，当那个男人来临，她真的以为那个人是冉阿让——坐着四轮马车、魁伟的身材、戴着高礼帽、留着络腮胡、鹰钩鼻子。

　　冉阿让收养了女孩，把她带到郊外漂亮宽敞的别墅里。他让芳汀与珂赛特通电话，妈妈说冉阿让就是她的爸爸，让她务必要听话，并说过年就来看她。刚开始，她感觉很幸福。那个房子里应有尽有，每天能吃到面包、牛排、鹅肝还有蜗牛。不用干任何粗活累活，连个碗都不用洗，全部交给女佣就行了。

　　头一个月，珂赛特没流过眼泪。

　　冉阿让的态度渐渐变化，他焦虑地看着她，说自己出生于1769年，从小是个孤儿，只有个姐姐把他带大。姐姐是寡妇，带着七个孩子。大革命以后，整个法国都在挨饿，为了不让姐姐的孩子饿死，冉阿让偷了一条面包，被逮捕判刑五年。但他是个越狱高手，总共逃跑了四次，每次刑期增加三年。最终，他做了十九年苦役，回到这个憎恨他和他所憎恨的世界。

　　珂赛特问他遇到了主教大人米里哀先生吗？

　　我遇到了，并且偷了他的几件银器，后来警察抓住了我，问米里哀主教这是不是我偷的，老头子点了点头，冷酷无情地说，让这个卑劣的窃贼下地狱吧。冉阿让这样回答没错，他确实下了地狱。

　　虽然，珂赛特为他而难过，但没有流泪。冉阿让很失望，便把她关在一个小黑屋里，只有台电视机和DVD做伴。

　　某个深夜，电视机突然打开，播放电影《午夜凶铃》，第二天是《小岛惊魂》，第三天是《德州电锯杀人狂》，第四天是《鬼娃新娘》，第五天……

　　七天之后，珂赛特尖叫得嗓子哑了，但没有流过一滴眼泪。

　　冉阿让忍无可忍，疯狂地冲进小黑屋，剥掉了小女孩身上的衣服。

　　终于，珂赛特哭了。

　　她抱着赤身裸体的小小躯干，不想被冉阿让触摸……最漫长的那一夜，她始终在呼唤一个名字——维克多。

幸好她哭了，眼泪石接连不断坠落，颗颗都是粒大饱满，色彩鲜艳，白的紫的还有红的。

冉阿让小心地收集这些石头，冷冷地说了一句："姑娘，你真丑。"

春节，妈妈没有来看她。

珂赛特每天要流一次眼泪，每次产生至少七八粒石头，她透过窗户看到庭院里，冉阿让又换了一辆崭新的四轮马车。

有一天，冉阿让感觉到了危险，他连夜带着珂赛特搬家，去了另外的城市。他继续把女孩关在小黑屋，每天强迫她哭泣流泪，直到又一个春夜。

她一边流着眼泪，一边感觉身体底下热流滚滚，接着整条裤子染满殷红的血。

珂赛特不明白这叫初潮。但她清晰无误地感受到体内的各种变化，像被浸泡在巴黎的下水道里，也像第一次接触马吕斯的嘴唇。

更大的变化是——她的眼泪石变难看了，从晶莹剔透的珍珠形状，变得乌黑而没有光泽，颗粒很小且易破碎，带着各种碎渣和瑕疵，轻轻一捏就成了粉末，更像老鼠屎。

冉阿让心急如焚地查阅文献资料，古人说初潮前少女的眼泪石弥足珍贵，但等到月事降临慢慢长大，眼泪就成了肮脏的小颗粒，变得一文不值。

他只能用各种手段来伪装，给成色低劣的眼泪石刷上各种化学药水，添加其他成分，配上假冒的鉴定证书，但这些都难以逃脱鉴定师的法眼。

春天过去，珂赛特从小女孩变成了少女，胸口也微微隆起两座小丘，她的眼睛总是红通通的，分泌着乌黑肮脏的物质，再也流不出珍珠般的石头。

一周前，她被冉阿让扫地出门，只给了她几百块钱路费，还有那五本《悲惨世界》。

珂赛特说她是坐邮递马车回到巴黎的，但她没有回德纳第客栈。她的心里全是维克多，却再也找不到他了，在附近游荡了几天。她给自己买了些衣服，问我："看起来是不是很丑？"

我摇摇头，擦去她的眼泪，不当心按碎了小石头，脸上出现几道乌黑印子。

看着她红红的双眼，车窗顶上砸满了雨点声，我突然踩下油门。

"你要带我去哪里？"

我沉默着，面色阴沉，头顶响着闷雷，苏州河上有闪电路过，像1832年巴黎的天空。

我直接把珂赛特送进医院，挂了眼科的专家门诊。她很恐惧，但我说不要害怕，一切都会过去的。医生对她的眼睛感到惊讶，说这是眼结石，虽是常见的毛病，但这姑娘可能有基因缺陷，所以才会流出石头般的眼泪，全球几亿人才能见到一个这样的病例。

要解决这个问题，只能开刀。普通的眼结石手术非常简单，在门诊用针头就能挑出来。但珂赛特的病情复杂，手术非同寻常，稍有不慎就会有失明危险，需要全球最好的眼科与外科医生。

我请了媒体朋友帮忙，在网上发起募捐，几位收藏家捐出了原本低价收购的眼泪石，筹措到上百万元的手术经费。

秋天，珂赛特的手术相当顺利。两只眼睛的病变部位都被清理，挑出了上百枚肉眼难以分辨的小石子。为了彻底断绝后患，医生切除了她的一部分睑结膜。

手术过后，珂赛特解开缠在眼睛上的绷带，第一个见到的人，是我。

双眼仍然有些红肿，但看起来更正常了些，整个脸型也有轮廓了，眉目清秀，棱角分明。仿佛刚做完的不是眼科手术，而是微创整形。

她看着我。

泪水，如假包换的泪水——液体的，柔软的，透明的，滚动着的流质。

我伸出手，就像第一次触摸她的眼泪，那一次是石头，这一回是水。

"吃了它吧，维克多！"

她让我吃掉她的泪珠，这样才能证明，她已不再是个只会流石头眼泪的小怪物了。

指尖蘸着她的泪水，放入我的嘴里吮吸，还是跟石头一样的味道，像是加了盐的咖啡。

"维克多，好吃吗？"

"嗯，人间美味！"

"能把我带走吗？我每天都可以让你吃我的眼泪。"

这是她第二次祈求我带她私奔。

上一次，她只是个小女孩，而这一回，她以为自己是个女人。

"珂赛特，不要啊，我是维克多，不是冉阿让。"

我第二次拒绝了她。

她不再说话了，把头埋在膝盖里，继续哭泣……

第二天，珂赛特从医院里失踪，顺便带走了网友们捐献的几万块现金。

雨果老爹啊，我再也找不到这个十三岁的少女了。

但我想起了麻辣烫店——不，是德纳第客栈。

当我心急火燎地赶到店里头，却被德纳第太太劈头痛骂了一通，她说是我毁掉了那个姑娘——如果不把她送去开刀，如果现在还有眼泪石，珂赛特一定能过上更好的生活，他们做舅舅和舅妈的，想必还能跟着沾光。

自然，她闭口不提把珂赛特卖给那个王八蛋的旧事，我也不想跟他们解释现在珂赛特的眼泪已经一文不值了。

德纳第太太说，珂赛特昨晚回过一趟麻辣烫店，送给舅舅和舅妈一些礼物，包括艾潘妮姐妹也收到了芭比娃娃。

"还有那五本破书，早就生蛆长虱子了，平常是那姑娘的宝贝，看得比自己性命还重要，居然也送给了我女儿。不过，我们可不要这晦气的东西，顺手送给了对面捡垃圾的老头，论斤卖去了废品回收站，也算是救助弱势群体，行善积德嘛……"德纳第太太说着说着，掉下几滴假惺惺的眼泪，她肯定在心里头抱怨，为啥哭出来的不是石头。

而我转头看着马路对面，米里哀先生正蹲在废铜烂铁上，翻着几本《悲惨世界》。

真是好归宿啊，这故事因他而生，也自然要到他而止。

最后，我问了一句："你外甥女有没有说去哪里？"

"买了张火车票去找她妈妈了，现在应该已经到了吧。"

我知道，那个地方叫东莞。

再见，珂赛特。

2010 年，上海开了世博会，我忘了在法国馆里有没有《悲惨世界》和珂赛特。

2011 年，《谋杀似水年华》出版。麻辣烫店关门了，新开了一家全家便利店。德纳第夫妇打麻将输光了积蓄，逃到郊区躲债了。至于那个冉阿让，因为诈骗被关进了监狱。

2012 年，《地狱变》出版。我身上发生了许多事。我把微博头像换成了音乐剧《悲惨世界》中的珂赛特。有人在长寿公园发现了米里哀主教的尸体，人们猜测他是在寒流中被冻死的。冬至那天，地球并没有毁灭。

2013年，《生死河》出版。我在人生的分水岭上。沙威警长终于逮住了澳门路上的盗窃团伙，但在搏斗过程中被人刺中一刀，在医院抢救后活了回来。但他没得到任何补偿，物业公司把他解雇了。这年圣诞节的晚上，他从江宁路桥跳下苏州河淹死了。

2014年，《偷窥一百二十天》出版。托马云的福，越来越多人在淘宝上卖石头。德纳第家的艾潘妮考上了大学。我开始在微博上每周更新"最漫长的那一夜"系列故事。

2015年，春天正在进行时，我有许多电影要开拍了。等到夏天，"最漫长的那一夜"就要结集出版第一本图书。

偶尔，我还是会想起她——眼睛里会流出石头的小女孩。

我知道她的真实姓名，但记不清了，我只记得她叫珂赛特。

某一天，我路过长寿路武宁路口的"东方魅力"，是家招牌超级大的夜总会，远至一公里开外都能远远望见。这家店门口总是停满豪车，午夜时分，更有不少"有偿陪侍"下班出来。

我遇见了她。

是她先认出我的，在武宁路的横道线上。她没有叫我维克多，只是在背后轻拍了我一下。我转回头，完全没认出她来。

她化着浓烈的妆容，穿着亮晶晶的裙子，露出胸口的深V，踩着高跟鞋几乎比我还高。

夜总会闪烁的霓虹灯下，我和她前言不搭后语地对话，直到第七还是第八句，我才忽然想起她可能是珂赛特。

哦，没错，她还记得苏州河边的那个夜晚，她祈求我带她远走高飞。

珂赛特十九岁了，六年前她并不漂亮，眼睛开刀前甚至像丑小鸭，现在却让人眼前发亮。果然胸是胸，屁股是屁股，更别说脸蛋了。

她没有牵我的手，我也与她保持距离，我们一起走过苏州河。武宁路桥经过改造后很像巴黎塞纳河上的亚历山大三世桥，四根桥柱顶上有金色的雕像。

"哎呀，小时候我可真傻啊，一直以为这是塞纳河，还以为活在十九世纪的法国！"

珂赛特笑着说，满嘴劣质的洋酒味。趴在黑夜的桥栏杆上，看着苏州河边的家乐福，画满巴黎街道与地中海的巨大墙面，她高声唱了首歌——

> 结婚了吧！傻逼了吧！以后要赚钱就两个人花！离婚
> 了吧！傻逼了吧！以后打炮就埋单了吧！

《结婚进行曲》的旋律，但我知道这不是她原创的，我敢打赌珂赛特并没有看过那部电影。

走下武宁路桥，街边有家小麻辣烫店，珂赛特硬拉着我进去，请我吃了一顿丰盛的夜宵。她的钱包鼓鼓囊囊，塞着几千块小费。她抽出一支女士烟，往油腻的半空吐出蓝色烟雾。她还笑话我到现在依然不抽烟。

珂赛特问："我们多少年没见过了？"

"六年。"我回答。

事实上，每一年，我都记得清清楚楚。

"啊，时间过得好快啊。"十九岁的女孩，继续吞云吐雾，而我也没问她这些年过得怎样。她接着说："后来，我才明白，书里写的全是骗人的，冉阿让是坏人！马吕斯也是坏人！芳汀更是坏人！当然，珂赛特是比他们所有人更坏的坏人！"

说完，她的眼角泪滴闪烁，湿湿的，百分之百液体。她擦去泪水，嘴里蹦出一句："为什么不是石头！"

再见，麻辣烫，再见，珂赛特。

珂——赛——特——

CO——SE——TTE——

这三个发音，不是我的生命之光，不是我的欲念之火，也不是我的罪恶，更不是我的灵魂。

世间再无冉阿让。

# 第 2 夜

长寿公园的凡·高与卡门一夜

街头画家的爱情幻灭

西班牙人说，一个女人要称得上漂亮，必须符合三十个条件，或者换句话说，必须用十个形容词，每个形容词都能适用到她身体的三个部分。比方说，她必须有三黑：眼睛黑、眼睑黑、眉毛黑；三纤巧：手指、嘴唇、头发……

——普罗斯佩·梅里美《卡门》

长寿公园在长寿路之北，陕西北路之西，西康路之东，光明城市之南，与大自鸣钟广场为伴。

大自鸣钟，十年前文艺青年与盗版碟圣地。过去真有幢巨大的钟楼，日本鬼子盖的。背后几条街上都是日本人的纺织厂和公寓，共产党员顾正红就是在这边被杀的。当年的草鞋浜，据说一派田园风光，后来被填平造起房子，紧挨上海最大的贫民窟药水弄。

从曹家渡到大自鸣钟，横贯一条长寿路，我自打小学三年级起就在这条街上了。

毕业以后，我的小学关门了，我的中学被拆，变成全城门面最大的夜总会"东方魅力"。大自鸣钟广场附近竖起无数幢五六万一平方米的高楼，唯独原来的草鞋浜改造成了绿地，叫作长寿公园。

六年前，我把公司搬到俯瞰长寿公园的高楼顶层。假如折一架纸飞机扔出去，可以乘风环绕上空一周。我有轻微的恐高症，站在二十一楼边缘，看着底下巨大钢琴键盘形状的喷泉平台，就会不可抑制地眩晕，像希区柯克的电影。对面曾是烂尾楼，被潘石屹收购后，外墙常年挂着一百三十五万起的广告。斜对面是"巴黎春天"，相隔宽阔但不笔直的长寿路，每当硕大的屏幕亮起招聘网站信息，周边的辞职率就会升高。

我们顶楼有个露台，经常开会讨论各种杀人故事和电影剧本，仿佛就发生在楼下某个阳光下的角落，或者黑夜中的街头。

几天前，公园附近发生了一桩杀人案。

被害人是女性，二十五岁，在对面大楼上班。警方给我看了照片，我还记得这张脸。

去年，夏日黄昏。我没开车，在长寿公园门口的车站。相隔一步之遥，她穿着白裙子，风吹起裙裾，小腿光滑而耀眼。我稍微侧身，瞥见一双乌黑眼珠，眉毛浓密黛黑，连眼睑也是黑的，应是化妆的效果。胳膊裸露在袖子外，纤细手指拎着包带。她的头发漆黑粗亮，被风吹得不是一根根而是一蓬蓬扬起，如同母乌鸦的翅膀。当她蓦然回头，看我的眼神讶异，像要对我说话。不知是有自行车穿过，还是其他什么见了鬼的缘故，她突然背过身去。公交车来了，我随着人群上车，回头已不见人影。

第二次见到她是三个月前，我在阳台俯瞰长寿公园，看到有个年轻男人，手捧画架，像是在素描。他对着一个红裙女子，雕塑似的，坐在榆树下的小板凳上。第一次看到有人在长寿公园画人像，我抽出望远镜，在取景框里找到他们。

没错，我还记得她的面孔，乌黑的眼睛，乌鸦翅膀般的头发。

端着望远镜看了五分钟，她几乎保持同一姿势，嘴里说着些什么。画画的男人没停过，一会儿观察他的模特儿，一会儿用笔勾勒出她的轮廓。

从此以后，我都会拿出望远镜，注意长寿公园那个角落。每逢午后或黄昏，就会看到画画的男人。你在旅游景点一定看到过那种人，摆着刘德华或王菲或谢霆锋的素描肖像招揽生意，你要是扔一百块钱坐在他面前，画出来的往往连你自己都不认识。

大多数时候，他无人问津，要么自己在画架上涂抹颜料，要么仰天发呆——不知道有什么好看的。站在长寿公园眺望的天空，被四周高楼切成碎片，像困在井底的青蛙抬头所见。

昨天，警察告诉我，就是他杀了她。

凶手叫高凡。

他今年二十五岁，南方人，出生在福建的一座小城市。

那地方离海不远，也就十来公里，但隔着两座山。高凡长到十八岁，除了在电视和电影中，连大海的影子都没见着过。小城是阴冷的，常年飘着乌云，全年晒太阳的日子屈指可数。雨季潮湿得让人心里发霉长毛，被子、衣服许多天也晾不干，就算不尿床，晚上缩在被窝里都能挤出一床水来。小城也是混乱的，飘满燕饺鱼蛋和云吞气味的街上，荷尔蒙过剩的少年们，除了打《魔兽世界》和谈恋爱，还会拿着板砖或小刀追来逐去。县城一中每学期都会闹出人命，再开启下一学期复仇模式。

死者是凶手的中学同学，她叫阚萌，但高凡只管她叫卡门。

卡门外表早熟，十四岁就被人误以为大姑娘，穿着高跟鞋走在街上。她妈是开发廊的，门口亮着暧昧的灯。卡门最后一次见到爸爸，还是七岁那年。他们那个地方，是全国有名的偷渡之乡。她爸被蛇头带去欧洲，每个月寄些钱回来，仅此而已。有种说法是他爸在维也纳，欠了地下赌场的钱，打了很多年黑工。也有人说他跟一个吉卜赛女人同居，生了一堆混血孩子，改行占星算命，再也不会回来了。

初中入学的那天，只一眼，高凡就迷上了卡门。

卡门是那样一种女孩子，不管穿什么样的衣服，无论晚礼服、睡衣、情趣内衣，哪怕土得掉渣的中学校服，都不会改变身上独有的那种说不清楚的味道。她总是独自坐在某个高处的风口，让头发翅膀般扬起，似乎随时会带着自己乘风而去直上云霄。她的眼神让人无法接近，黑得像一汪幽暗的潭水，隐藏于岩石缝隙，只有最不要命的"小野兽"才敢下去饮水，而后被淹死在深不见底的漩涡里。

但高凡不在乎。

卡门虽然不爱跟同学们交流，却是班里的神婆，最早暗地里传播星座与塔罗牌。也是从她的口中，高凡才知道自己太阳星座是白羊，月亮星座在射手。她经常拿张纸算来算去，根据黄道十二宫，说谁谁谁要撞桃花运，谁谁谁是双鱼座又要犯不靠谱的毛病了。

有天晚自习，人们问她能不能算未来的命运，包括每个人的寿命。她说不但能算出你们哪年哪月挂掉，还能算出何时结婚生子，命中几次婚姻，命中又有几子。

忽然，高凡挤到她面前，说："能算一算我会活多久吗？"

教室里一片沉默，卡门皱起眉头，凛冽的眼神迎着高凡的目光，乌黑的眼睛透着不可捉摸的光芒。她把别人都赶走了，夜晚的自习教室里，只剩下高凡和卡门两个人。

卡门根据高凡的生日，还有他的面相加手相，算了足足半个钟头，额头上沁出一串汗珠，脸色更加苍白，摇头说："你走吧，我不想告诉你结果。"

"没关系，说吧，反正我也不信的。"

"不后悔？"

"不后悔。"

卡门摊开一张纸条，只有两个阿拉伯数字：2 和 6。

"我活不过二十六岁吗？"

十六岁的卡门不再回答。

"那你算过自己的命吗？"

"没有，自己的命运是不可以自己算的。"

那一年，卡门和高凡都考进了县城的高中。人们都说高凡有希望考上一本院校。至于卡门嘛，虽然星座塔罗牌算得很溜，但数学从没及格过，高中能毕业就不错了。

高三，上半学期，秋天。

犹豫和酝酿了两个月后，高凡第一次邀请卡门出去玩。当他结结巴巴说出口，等待冷言拒绝或是一个耳光，卡门却大大方方地回答："好啊，去哪里玩？星期天吗？"

星期天，清晨七点，他骑着一辆黑色捷安特自行车，来到卡门家开的发廊门口。

洗头的四川小妹招呼他进去，他腼腆地躲进旁边的巷子。等了三个钟头，卡门才起床，洗完脸，梳好头，换上一身运动装，长发束在脑后，坐上自行车后座。

高凡用力蹬着自行车，并不觉得卡门有多少分量。她双手揽住高凡的腰，侧脸贴着他的后背。幸福来得太突然，毫无防备，他整个身体都在颤抖。在此之前，他们连小纸条都没传过，更别说逛大街看电影吃消夜还有开房之类的了。他后悔以前要是胆子再大一点，说不定早就成真了呢。

骑车出了县城，到了田野间的公路上，他才回头大声说："卡门，我带你去看麦田。"

"好啊！"卡门抬头对着秋日的天空回答。

他努力地蹬着脚踏板，继续吼道："我还要带你去看向日葵！"

"太好了！我这辈子还没见过向日葵呢。"

整整一天，高凡骑遍了全县的七个镇五个乡，包括隔壁县的两个乡，翻过了十几座桥，转了好多次盘山路，除了还没收割的水稻田和山坡上的玉米地，没看到过一片麦田，更不用提向日葵了。

"你为什么要去看麦田和向日葵呢？"

"嗯，我想要画麦田或者向日葵。"

"真的想要考美术学院？"

"是啊。"

"可是，你不知道我们这里根本就不种麦子吗？"

"我……不知道……对啊，你为什么不提醒我？"

"傻瓜！"

直到高中毕业，高凡才明白自己太蠢了，卡门不过是想有一个出去玩的理由罢了，就算提议去看火葬场，她也会答应的。

那天下午，当他骑着自行车直到山的那边，第一次看到乱石堆积的黑色滩涂，两条腿就抽筋了。卡门让他下来坐到后座上，换她到前面骑。这女孩的双腿真有劲儿啊，骑得比男生快多了，必须赶在天黑前回到县城。高凡当然不能搂着她的腰，只能抓紧自行车后座的铁杆，鼻子与她的后颈项保持五厘米，使劲闻着她发间的气息，难免有几根发丝沾上嘴唇。古人说的香汗是真的啊，高凡心想。

晚上七点，他俩到了发廊门口，卡门告别时说："以后有机会啊，我真的想去看看麦田和向日葵。"

虽然高凡已筋疲力尽，后来是推着自行车回家的，但他记住了卡门的这句话。

这是整个中学时代，高凡与卡门最亲密的一次接触，仅此而已。

高三下半学期，高凡十八岁，那年发生了三桩大事：

第一件事，卡门家的发廊发生了火灾，她妈连同三个发廊小妹和两个客人，全部葬身火海，卡门是唯一的幸存者。

第二件事，高凡没有被美术学院录取。

第三件事，卡门与高中美术老师私奔了。

我是在两个月前认识高凡的。

那是个春天的下午，风和日丽，梧桐树叶肆意生长，像发情期的野猫。长寿路与陕西北路的拐角，有人抱着吉他唱《我的未来不是梦》——是我最爱的张雨生哎，听了心情大佳，我往流浪歌手的托盘里扔了二十块钱。公园门口有许多地摊，有个旧书摊似乎还顺便卖黄碟。我随便扫了一眼，有本八十年代翻译出版的苏联科幻小说，封面上有"上海第三石油机械厂工会图书馆"的公章。真亲切啊，我爸在这家厂干了三十年，就在背后的澳门路，早被拆掉造起了楼盘。

独自走进长寿公园，在一组城市雕塑底下，我看到了那个画画的男人。

他长得有些异相。首先是很瘦，皮包骨头似的。肤色发红发紫，头发乱乱的，胡子好久没有刮过了，很明显地围着下巴爬了一圈，有些络腮胡的味道。我没想到他才二十五岁。

他完全无视我的存在，目光和焦点没有丝毫变化，像个瞎子。

画架底下挂着个牌子：素描人像，每幅一百元。

"能为我画一幅吗？"我问。

男人像从梦中醒来，堆出生硬的笑容："好啊，请坐。"

他拿出一个小板凳，让我坐在面前。远近恰当，不用太费力气，就能听清彼此说话。

我仰起头，眺望长寿公园东侧，公寓楼顶层二十一楼的阳台。当我举着望远镜偷看他画画的时候，他抬头一定也能看到我。当我摆出正襟危坐的姿势，好像在摄影师面前拍新书宣传照时，他说自然一些就行了，随便怎么坐，只要别乱动。

他的音色倒是不错，只是普通话不太标准，有南方口音。

坐下一分钟就后悔了——我像个白痴！四周有人围观了，在民工与大妈们异样的目光下，我的额头冒出冷汗，仿佛一条被主人展示的宠物。该死的！但我不好意思拂袖而去，咬着牙关硬撑下来。屁股底下的小塑料板凳，让我浑身发痒如坐针毡。

"抱歉，我不是个好模特儿。"

五分钟过去，周围的人们看着没劲，渐渐散去。而他只是看着我，用画笔量了量我的脸部轮廓，却始终没在画架上动笔。

为了掩饰慌张，我必须跟他说话，否则我真会逃跑的，反正也不是第一次了。

我看着他在画架背后的眼睛说："其实，我也学过画画。"

"真的吗？"

"当我读小学时就开始学画了，但是很简单的素描和水彩，当中停过几年。初一，我在学校图书馆借了《希特勒秘史》和《第三帝国的兴亡》——青年希特勒漂在奥匈帝国首都维也纳，基本就是个农民工，梦想是当画家，考过维也纳美术学院，学院说他的画虽然准确，但缺乏艺术性，更适合报考建筑学院。如果维也纳美术学院招收了这个孤苦伶仃的年轻人，还会有第二次世界大战吗？而我向往的是上海美专，刘海粟开创的学校，中国最早画人体模特的地方——某种程度上也是向往这个。我买了许多教科书和素描铅笔，从 HB 到 12B。我爸帮我背了个石膏像回家——那是个长发飘扬的外国老头，《马赛曲》，法国雕塑家吕德在 1836 年完成的作品，原作是在巴黎凯旋门上的高浮雕。我画了一个学期，差不多每天画一幅，没有任何老师指导。我每次都有进步，最后画到以假乱真，就是你们看到过的那种素描，乍看还以为是黑白照片。我去美术学院报了名，专业考试那天却不敢出门——我害怕失败，自己只是个三脚猫，人家都是拜师学艺了多少年，根本比不过啊。于是，我连尝试一下的勇气都没有，就放弃了我的画家梦。"

当我感慨到要落泪时，他已经趁我说话间在纸上画出了我的轮廓。

"后来，我一直在想啊，如果那天，真的去参加了考试，结果会怎样。老实说，切实地想了想，以我的基本功，几乎肯定是要被刷掉的。但至少，这样能让我彻底死心，不用为了自己的怯懦而后悔。就像你，也有过后悔一辈子的经历吧？"

"当然，有过。"画画的人回答。

我仰头看着天空，尽力让眼眶再干涩些。"所以啊，梦想这东西，总是要有的，即便注定不能实现。"

奇怪，平时闷葫芦的我，怎么在这个陌生人面前这么多话？是我对画家都有种亲切感吗？

他始终沉默着，"沙沙"地画画，让我想起中学时候画石膏像的感觉。

忽然，我问他："你叫什么名字？"

"高凡。"

"你是怎么开始学画的呢？"

两个月后，高凡在公安局的审讯室里是这样交代的——

高中美术老师姓白，那年不到三十岁，体形瘦长，身高差不多有一米八。他的皮肤白净，眼镜隐藏目光，很像那时流行的裴勇俊。他不是本地人，师范大学美术系毕业后，被分配到这个终年愁云惨雾的小城。

除了文森特・凡・高，白老师是高凡唯一崇拜过的男人。而文森特・凡・高也是白老师唯一崇拜过的男人。

高一那年的美术课，老师抛开课本，单独讲了半个钟头凡・高，幻灯片依次放出《吃土豆的人》《夜晚咖啡馆》《十五朵向日葵》《星空》《割耳朵后的自画像》《麦田群鸦》。

两个月后，美术课交作业，白老师收到一幅临摹凡・高的《开花的杏树》。天蓝色背景，灰绿色枝丫扭曲伸展，配着无数杏黄色的花朵……虽然临摹的质量低劣，大多数花朵都是模糊的，相较原作，比例也有很大问题，不过，白老师喜欢，尽管是幅水彩画，乍一看竟有中国画的感觉。作业没有留名字，美术老师好久才找到临摹者——二班最不起眼的高凡。

那个周末，白老师邀请高凡去他的画室里玩。

所谓"画室"，其实就是单身教师的宿舍，散发着浓重的颜料气味，堆满了各种画画的工具，还有未完工的半成品，好多幅都是临摹凡・高的向日葵与麦田。

高凡说他的画是自学的，就是把别的男生用来打游戏和泡妞的时间，用在了素描和水彩上。白老师夸赞他有画画的天分，送给他一套全新的颜料，并给他恶补了一些基本功。

"凡・高是二十七岁以后才开始画画的，你才十六岁，真的不算晚哦。"白老师这样对高凡说。

从此，高凡常来教师宿舍，跟白老师学素描与水彩画，隔一年就进阶到了油画。年轻白净的美术老师与男学生往来过密，自然引起风言风语——特别是暗恋他又宅腐的女老师们。

到了高三，大伙儿都忙着高考，早把美术老师忘得一干二净，除了决定报考美术学院的高凡。

因为，高凡从卡门嘴里打听到，自己竟跟凡・高有相同的太阳星座与月亮星座，这让他激动得几天睡不着觉。

当别人在晚自习和请家教补课时，他却在白老师的画室里拼命画石膏像，补齐素描基本功。

"世界那么大，我想去看看。"有天晚上，白老师含着一根烟，看着窗外屋檐下淋漓的春雨。

白老师的家乡在新疆，父母是生产建设兵团的，偶尔会说起天山脚下的麦田，准噶尔盆地的向日葵，太阳底下大片大片的金黄，像无数蛋饼煎得焦黄，鲜艳得要刺瞎眼睛。但他没来得及告诉高凡，因为在这里的气候带是见不着的。

"去哪里？"高凡放下8B的铅笔，走到老师身前，细长的脖子上有颗尖尖的核桃，雨滴落到嘴边茂密的绒毛上。

"不知道，这个鬼地方，总是要离开的吧。"白老师有些感冒着凉，鼻子塞着，声音嗡嗡的，像是从地底发出的。

三个月后，高考结束，白老师真的消失了，再没回来过，顺便带走了高三女生卡门。

至于高凡嘛，早早被美术学院拒之门外。幸好他父母准备好了后路，给他填报了一个本省的大专志愿，还是装修设计专业的，也能用到画画才能。

高凡依旧在阴雨绵绵飘满榕树根须的青苔校园里。他常给同学们画像，运气好的话能赚些零用钱。暑期，他会独自去省内的旅游景点，看到有人支着画架给游客画像，大多数拙劣到不堪入目，但依旧有傻瓜愿意掏腰包。

毕业后，他没找过工作，而是拿起画笔，在街头给人画画挣钱。他先去武夷山，画了两个月，赚的钱，除了填饱肚子，还不够买颜料的。等到赚够了火车票的钱，他终于冲出福建省去了三清山，然后是庐山、衡山、黄山、莫干山……

广东汕头海边的旷野中，他画过堆积如山的电子垃圾，如同凡·高旋转的麦田和橄榄树。他有时住在桥洞底下，民工就成了模特儿，不仅收不到一分钱，还被人骂有病。他被煤矿的保安打过，打到胃穿孔躺在医院里，兜里没钱被扫地出门。数九寒天的时候，他想要上华山"论剑"，半道几乎被冻死，跟几十个流浪汉挤在一块，靠烧垃圾取暖才活下来。

高凡的父母嘛，只知道儿子去了北京，在装修公司做设计师，每月收入八千元，但要付掉五千元的房租。

今年春节，高凡决定到这个国家最繁华的城市来试试运气。

他用了两个星期，走遍上海的大街小巷，也去过外滩之类的旅游景点画像，每次都被人赶走，直到来到长寿公园——在路口的拐角，有个捧着吉他的流浪歌手，唱 Beyond 的《光辉岁月》，然后是《喜欢你》，直到《海阔天空》。他站在歌手对面，白痴般地看了一下午。夜幕降临，歌手背着吉他包退场，广场舞的大妈上台，在钢琴键盘喷泉平台俯冲轰炸《最炫民族风》。有人支起简易卡拉 OK，五首歌收费十块钱，附近的保安、民工、大妈、闲得蛋疼或喝醉了的白领，都趋之若鹜地排队唱歌，从走调天王到水房歌神，整条路都在开演唱会。

在长寿公园的一个角落，高凡在纸上涂抹颜色，有对面的两栋高楼，有傍晚时分的树影，有奇形怪状的雕塑，还有慢慢爬上天空的新月。

他找了附近的群租房，有个六平方米的小格子间，是卫生间改造出来的，有个狭窄的气窗，只能打开三分之一，可以瞥见楼下长寿公园的一角。

每天午后，他都会搬两个小板凳，坐在公园的雕塑前面，立块"素描人像，每幅一百元"的牌子。第一天没有任何人来；第二天他做了一笔生意，画了个中年大妈；第三天是周末，连续画了五个：两个月没开单的房产中介小伙子、对面"外婆家"午休的厨师、被爷爷奶奶带出来轮滑的小朋友，还有一对早恋的初中生。

高凡慢慢认识了几个朋友，同样在长寿公园讨生活：卖体育彩票的、地摊卖黄碟的、摊大饼的、收破烂的……要是他一天赚到了几百块钱，就会留出二十块钱请大伙儿吃烤串。

三个月前，还是长寿公园的午后，高凡默默在画架上涂抹颜料，有只涂着粉色指甲的手指，伸到了他的眼前。顺着纤细的手指往上，是骨节微微突出的手腕，光滑白皙的胳膊，接着是一双乌黑的眼睛。春风席卷北方的沙尘阴霾而来，扬起乌鸦翅膀似的长发，而她一身红裙宛如突发的火灾。

卡门。

就算分尸剁碎了，烧成灰冲进抽水马桶，再分解成各种基本元素，高凡还是能一眼认出她来。

"没想到还能在这里看到你！"卡门说，"多年不见，别来无恙？能为我画像吗？"

"嗯。"

"给你一百块要不要？"

"不要。"

这个午后，无比漫长。高凡的手臂有些僵硬，素描笔不断地在纸上刷着，勾画卡门的双眼。浅一点，再深一点，再细一点，又粗一点，换了从 2B 到 12B 的铅笔，直到这眼睛栩栩如生，乌黑得宛如刚出过事故的煤矿，不忍直视。

天黑了，但没有她的眼珠黑。为了感谢高凡的画像，卡门请他吃十三香小龙虾。喝了七瓶啤酒，高凡没说这些年的经历，只有卡门滔滔不绝。她说高中毕业后，先去深圳，又去了杭州，做过办公室前台和房地产销售，还推销过山寨红酒，两年前到了上海。

她从小是个神婆，现在亚新广场开了家塔罗牌算命馆。七楼很小的门面，卡门穿成波希米亚风格，每天做五六单生意。客人大多是90 后女生，主要解决的也是恋爱问题。最小的是个初中生，意外怀孕两个月了，来算命咨询要不要跟着小男朋友私奔把孩子生下来。她用塔罗牌算了一卦，结果是打掉，小姑娘哭哭啼啼走了，留下两百块算命费。

算命馆只有一扇窗户，恰巧对准长寿公园，自然也能看到画画的高凡。开始她完全没认出他来，高中分别才七年，他却像老了十多岁。她只是好奇，什么样的人会天天在那儿画画？又是什么样的白痴愿意花一百块给他画呢？观察了十来天，她突然发现这人有些像高凡。

高凡说："我还以为，一辈子都见不到你了，就算见到，你也会立刻逃跑的。"

"嗯，我也这么以为。"

"为什么？"

"别问为什么。我从来不问这个。"

酒后微醺，春风迷醉，红裙在黑夜里鲜艳夺目。高凡架着她的胳膊，穿过夜总会门口的马路，去了他的出租房。

在六平方米的小屋里，高凡与卡门度过了最漫长的那一夜。

每次看凡·高的《麦田》，总有种看大海的感觉。风吹麦浪，波涛汹涌，如海洋与天空无边无际，云朵就像桅杆上的群帆，点点麦穗就像飞鱼跃出海面。凡·高是荷兰人，从大海手中争夺土地的民族。他的许多早期作品都画过大海与海岸线。凡·高的故乡津德尔特距离大海不远，而自杀的地点是巴黎附近奥维尔的麦田。因为麦田就是大海的延伸。尘归尘，土归土……

凡·高有个亲弟弟叫提奥，是巴黎的艺术品商人。提奥鼓励凡·高开始画画，并且支付凡·高所有的画画和生活开销。凡·高活着的时候，几乎只有一个粉丝，那就是提奥。至于高更那些人嘛，与其说是嫉妒凡·高，不如说是怜悯。

没有提奥，就没有凡·高。

凡·高给提奥写过很多书信，其中有一封是这样写的——

当我画一个太阳，我希望人们感觉到它在以惊人的速度旋转，正在发出骇人的光热巨浪。

当我画一片麦田，我希望人们感觉到麦子正朝着它们最后的成熟和绽放努力。

当我画一棵苹果树，我希望人们能感觉到苹果里面的果汁正把苹果皮撑开，果核中的种子正在为结出果实奋进。

当我画一个男人，我就要画出他滔滔的一生。

凡·高这辈子画过男人也画过女人，显然他更擅长画男人，而他画过的无数男人里，最擅长的是画他自己。

自从认识了画画的高凡，我就经常能在长寿公园见到卡门了。

不能说卡门打扮时髦，事实上，她妆很淡，或者基本不化妆，衣服看起来也比较普通，只是颜色比较鲜艳而已。这条长寿路上有十几家夜总会，每当夜色降临之际，无数衣着暴露的女孩就姗姗前来上班了——卡门不是，显而易见。

但有一天，我在长寿路与西康路口吃拉面，意外见到了卡门。她站在天桥下，风吹过她乌鸦般的黑色长发，连同脚边的裙摆，仿佛随时可以飞到上海的天空。

一辆黑色奔驰停在跟前，开车的男人下来，戴着墨镜，很有王家卫的味道。

卡门上了车，男人摘下墨镜，而我诧异地发现——这张脸跟我长得很像。

幸好那家伙没有看见我，卡门也没有，奔驰车绝尘而去，车牌号码最后四位全是"7"。

忽然，我可能知道那个人是谁了。

有一次我去长寿公园附近的"大桶大"，洗脚小弟抱着热气腾腾的水桶上来，只瞥了我一眼，就投来顶礼膜拜的目光。这是碰上粉丝了吗？但他仔细端详了我半天，突然问："您是七哥吗？"

"七哥是谁？"对于这样的问题，我分外失望地摇头，真想反问他一句，"你是朝阳群众吗？"

"您肯定是！我见过您！真的，上次您在我们店里，还摘下了墨镜。"

"你认错人了，我不是。"

"谁都知道，七哥最低调了，平常总是戴着墨镜，不让小弟们认出来。"

我很自然地想起杜琪峰的黑帮片中与大佬对峙的画面，如果我故意插一插裤腰带，或许对方的小弟真的以为我会掏出一把枪来。

七哥是谁？

自打与卡门重逢，高凡度过了这辈子最美好的一段时光，在长寿公园。

每个周末，卡门会来到他的房间，做免费模特儿，顺便度过一夜。等到高凡醒来，小屋里只剩他孤独一人，唯枕边残留有气味，还有一两根 12B 铅笔般浓重乌黑足够绞死人的发丝。

他前些年在四处漂泊，总是用暗黑阴沉，接近于版画的色调去描绘民工、煤矿与火车站，线条也是粗犷和冰冷的，也可能跟他买不起颜料有关。现在，是卡门让他的颜色变得明艳，总是用大块的金色与橙色，表现阳光照射到她的头发与皮肤上的反光。只有她的双眼仍然是乌黑的，但也闪烁着幽灵般的光。

不但是卡门，高凡笔下的长寿公园，也与众不同起来。无数高楼和灯火环抱中，整个公园照理是生机勃勃，但他没有画出一个人——只有空旷的广场、孤独的小径、荒无人烟的街道，尽管书报亭和地摊都还在，街头的广告依然耀眼，全城却空无一人。但是，画面里依旧充满各种色彩，所有的树木、雕塑、建筑和流水，乃至天空，全都生机勃勃，耀眼夺目，似乎代替了所有人类的活动。并且，这一切都是在不断旋转之中，如同波浪与漩涡，如同卡门黑洞般深不可测的瞳孔，如同吉卜赛女人卷曲的黑发……

"你是个天才！"卡门这样评价高凡，除了白老师，没人这么说过他。

她说认识一些画廊老板，在莫干山路 M50 创意园，以前找她占星算命认识的。她可以把高凡的几幅画送过去，试试运气看能不能卖掉。高凡想都没想，挑选出了十幅画送过去，都是最近在长寿公园和对面的小屋里画的。

一个月后，其中有幅画卖掉了，七万块钱，据说买家是个很有品位的海归艺术品收藏家。

这是高凡卖掉的第一幅超过五百块的画。

当卡门将现金送到高凡手里，七沓用银行封条包起来的钱，他看着卡门乌黑的眼睛说："有了这笔钱，我们出去旅游一次吧？"

"去哪里呢？"

"西藏？青海？云南？"高凡想想自己还没去流浪过的地方。

"不要嘛，我要去巴厘岛，或者日本？要么新西兰？对了，马尔代夫！用不了七万块，我们两个人加在一起，五分之一就够了。"

"好啊，不过，我想先去北方看看麦田。"

"嗯……"卡门噘起了嘴，但笑笑说，"如果不超过一星期的话，我可以陪你去！"

"有了你，我比文森特幸福多了。"

没错，文森特·凡·高活着的时候，生活上是个彻底的失败者，一辈子只卖出过一幅画。他没有老婆，更无子女，只能跟从街上捡来的妓女同居。而这个比他大了许多岁的老妓女，肚子里正怀着别人的孩子，他还喜当爹地照顾他们母子，直到妓女指责凡·高吃软饭，与她在一起只是为了免费画她那年老色衰赘肉横生的裸体——有幅叫《哀伤》的黑白画作描绘了她的身体，传世至今。至于凡·高为了高更割掉的那个耳朵，最后也是被他送给了一个法国妓女。

"文森特是谁？"卡门躺在高凡的怀里问，燕语呢喃，像团融化中的黑巧克力，缠绕着他的脖子与心口。

"是我过去的英文名字。"

"嗯，我懂了，现在你比过去幸福，是这意思吗？"

高凡抚摸她，撩起两蓬茂密的头发："你真像一只乌鸦。"

"为什么？"

就连卡门问话的目光，都变得如同等待尸体腐烂后大快朵颐的黑鸟。

他想起凡·高画过一幅《麦田群鸦》，不用画笔，而是刮片直接上色，颜料堆积得如同雕塑。一片阴云底下的麦田，三条小径穿过原野，但没有一条有尽头，像博尔赫斯的《小径分岔的花园》。麦浪在暴风雨前翻滚，粗壮的蓝色线条，遮挡着模糊的金色太阳或月亮。山雨欲来，不计其数的乌鸦，从遥远天际降落麦田，死神插着翅膀跳舞……

不久就出事了。

一如高凡担心和怀疑的那样，卡门在清晨离开他的小屋，楼下有个小伙子等着她。两人坐火车去杭州玩了一天，然后在情人旅馆里啪啪啪了一宿。

第二天，卡门回到上海，照常在亚新广场的算命馆为女中学生指点人生。晚上她去了酒吧，只用五分钟，喝杯鸡尾酒，就搭上了一个长发帅哥，上半夜聊天和算命，下半夜就去酒店开了房。

第三天，她在大自鸣钟广场的天桥下，坐进一辆黑色奔驰，车牌号码有四个"7"。

当卡门再次出现在他面前，高凡只问了一句："你还有多少个男人？"

短暂的诧异之后，她恢复了平静，掐着手指头算了算——"今年加过微信的有十四个，没留下联系方式的那就记不清了，我都跟他们上过床。"

"啪！"

高凡狠狠抽了卡门一记耳光，她脸上立时显现梅花。读中学的时候，卡门还兼给人看手相，她说高凡的掌纹是通贯手，打人特别厉害。

卡门没有逃跑，也没捂脸，继续站在他面前说："你以为还在十八岁？"

她扬着头离去，没有掉一滴眼泪。

忽然，高凡有些后悔，他想卡门脸上的手指印子，恐怕三五天都褪不了。他没给卡门打电话，也许永远见不到这个女人了。

有一天，他没去长寿公园画画，站在只能通自行车的西康路桥上，看着静水流深的苏州河。

几个男人冲出来，高凡来不及反抗，被拖到一条小巷子。这是长寿公园背后，仅剩的几排老房子。阴暗墙角底下，雨点般的拳脚落到脑袋和后背。他鼻青脸肿地趴在地上，鲜血顺着脖子流出去好远，引来无花果树下的一大群蚂蚁。

高凡的双眼被血模糊，依稀看到一个戴着墨镜的男人，被众人簇拥着站在他面前，并用皮鞋跟踩着他的后脑勺。

所有人都管他叫七哥。

男人靠近高凡，啐了口唾沫，摘下墨镜，露出一张似曾相识的脸。这家伙对高凡说："虽然卡门不肯透露脸上的伤痕是怎么回事，但任何事都逃不过七哥我的法眼，特么（他妈）敢打我的女人？"

高凡的脑袋疼得天旋地转，突然想起这张脸，好像给他画过像，那个什么……

"妈的，原来是他！"

我是在普陀区看守所看到七哥的，在一个小房间，他穿着橘红色囚衣，没戴手铐，目光平静。

在我说话前，他抢先开口了："我俩是失散多年的兄弟吗？"

我摇摇头："不是，但确实长得很像。"

七哥，是长寿公园边上最大的夜总会老板。当然，他并不是排行老七，而是生在七夕之夜，大概上辈子爹是牛郎，娘是织女，从小被人唤作阿七。后来混了江湖，赤条条来去，腥风血雨，便以"七哥"扬名立万。

"你不介意把对警察说过的话再对我说一遍吧？"

"看到你就想抱抱你，兄弟，以后遇到什么事，报上七哥的名号，自会一路顺风。"

随后，七哥说起了卡门。

一年前，七夕夜，恰是七哥的阴历生日。那天晚上，全上海的男女都各自发情出动，唯独七哥形单影只。若说他没有女人，那是扯淡。大自鸣钟夜总会，六宫粉黛，三千佳丽，个个等着他翻牌子。但在过生日的那天，七哥习惯于独处，平常成群结队的马仔小弟，都被他打发干净，一个人在西康路上吃了碗苏州藏书羊肉面，扔下二十块钱不用找零，自有古时侠者风范。吃饱喝足，华灯初上，七哥独自走过长寿公园，偶有男女民工搂搂抱抱，广场舞大妈们也各自寻找姘头，连特么（他妈）流浪猫都发出交配的惨叫声，真是气煞人也！

就在此时，他看到了卡门。

风照旧吹起乌鸦翅膀般的黑发，同样黑色的裙子波浪撩人，有个男人拽住她胳膊不放，言语间骂她绿茶婊。女人没怎么说话，只是愤愤地盯着对方，好像要把那男的脸上看出个洞来。

虽说不是光天化日，而是月黑风高，但在七哥地盘上，哪能容得下"高衙内"之流当街侮辱良家妇女？是可忍孰不可忍，他勃然大怒，拍案而起："放开她，换我来！"七哥一把揪住那小子衣领，替他鼻子开了个大染坊和彩缎铺，又给他脑袋开了瓢。

男人挂彩落荒而逃，嘴里还在骂绿茶婊。七哥却像中世纪的骑士，不碰女子半根手指，只问她是否受到了惊吓。

卡门顺势倒在英雄怀里，令英雄虎躯一震。七哥低头看她双眼，再遥望长寿公园的七夕之月，魂魄当即被勾走一半。卡门泪眼低垂，感激不尽，遇上无赖登徒子纠缠，幸亏壮士出手援助，小女子自当以身相许报答。英雄美人盘踞公园长椅，谈谈情，说说爱，直到那渣男引110警察赶到，将七哥与卡门一块儿逮进派出所。

七哥因伤人被治安拘留，在局子里安然度过十五天。但外面有人传言——他在七月半被枪毙了，等到获释那天，竟无人前来迎接。唯独一个女子，站在派出所对面的桥头，黑裙乌发，遗世独立，倾城倾国。七哥眼眶微湿，轻舒猿臂，揽卡门入怀，一亲芳泽。

作为夜总会大佬，阅女无数，是不是小姐，哪怕伪装得再好，三言两语也能分辨得出。他确信卡门不是做这一行的。进而通过眼线，证实卡门清清白白，知道她以占卜为业——星相算命与青帮洪门，同为闯荡江湖的儿女，惺惺相惜！

七哥征服过无数人，不仅依靠权势与拳头，还有身上满满的荷尔蒙。青春少女与深闺少妇，都主动投怀送抱过。但他从未遇到过一个像卡门这样的女子，让人流连忘返，又如鲠在喉。

卡门是这样的可远观而不可亵玩，即便占有了她的身体，到天亮又不见影踪，更难以掌控芳心。他提出过许多次，给她开个更大的算命馆，就叫塔罗牌占星皇冠俱乐部，也别开在亚新广场这种破地方，搬到高大上的久光百货去。对啊，就开在静安寺隔壁，烧完香的善男信女，出门就收到占星俱乐部的请柬，还有波多野结衣和泷泽萝拉献身代言，更有一大拨日本妹子客人来袭，那生意简直了！她也不用租在江宁路桥的世纪之门，七哥花了一千五百万在静安枫景买了套顶楼豪宅，恭请她移驾披庭母仪天下。

不过，卡门拒绝了他所有好意，依旧蜷缩在小算命馆，终日掐指给无知少女们指点迷津。她也给七哥算过命，最近一年之内，恐有牢狱之灾。但对这样的男人而言，算个屁。

卡门说得很明白："我喜欢七哥这样的汉子，你可以做我的男朋友，但绝对不是唯一。"

开始的几个月，七哥派人跟踪暴打过与卡门有染的男子们，有的是夜店里的小开，有的是来算命的大叔，有的是附近高中的男老师，有的是隔壁医院里的年轻医生，还有青春年少的大学生。但这并不能改变卡门的习性，只是多了一圈无辜受伤的男人而已。

后来，七哥也就默认了，他对卡门是如此迷恋，明知是一剂毒药般的诱惑，让他欲罢不能，但又不敢越雷池一步。

直到他发现有一个在长寿公园以给人画像为生的男人存在。

卡门说："我喜欢那个男人，如果你敢动他一下的话……"

七哥没有再多问一句话。

终于，有天卡门鼻青脸肿地出现在他面前，要是下手再狠一点就要破相了。她还不愿说是被谁打的，但七哥的眼线太多，很快就查出来是那个画画的福建小子。既然是他先动的手，那就不要怪七哥不客气了。

于是，七哥率领大队人马，在长寿公园背后的小巷子里，围住那画画的小子拳打脚踢，要不是有人拨打了 110，这家伙差点没命。

七哥本以为他会就此消失，却万万没想到，没隔几天，就出大事了。

长吁短叹完，看守所的灯光下，七哥看着我的眼睛："兄弟，你也迷上卡门了吗？可惜了，不晓得停尸房里冷不冷？她烧了吗？那个火化炉啊，很烫的啦，我去给兄弟捡过骨头。我想卡门烧过的骨头啊，一定比男人的更硬更黑。"

"你后悔吗？"

"嗯，是挺后悔的，我从没剪过卡门的一束头发留个念想。"

惨案是在七夕那晚发生的。

要知道长寿公园的地形，像一洼群山环绕的盆地。北倚"难于上青天"的秦岭巴山；南有烟云缭绕的云贵群峰；西邻"我住长江头，君住长江尾"的康藏高原；东边是"旦为朝云，暮为行雨"的巫山；底下被滚滚长江撕开一道三峡裂缝，而我就在神女峰的山巅。

至于卡门被杀的地点，在长寿公园对面，相当于丽江古城之于玉龙雪山的方位。

办案的警官是我表哥，就是你们都知道的叶萧，根据他的调查，案发当晚是这样的——

长寿公园响彻凤凰传奇的歌声，旁边的中国移动旗舰店情人节大促。至于大自鸣钟夜总会，正在给七哥庆祝阴历生日。突然来了一大帮客人，个个都是屌丝样，高矮胖瘦老少不同。为首的就是高凡——以下简称嫌疑人。

嫌疑人脸上好几道创可贴，带着在长寿公园卖体育彩票的、卖黄碟的、摊大饼的、烤肉串的、收破烂的，大队人马杀到夜总会唱歌，自然全部由嫌疑人买单。大伙儿叫了有偿陪侍的姑娘，扯开嗓子吼了陈奕迅的《十年》、周杰伦的《七里香》、黄龄的《High 歌》、杨臣刚的《老鼠爱大米》、庞麦郎的《我的滑板鞋》，还有老革命的《十送红军》，以及京剧《智取威虎山》和沪剧《燕燕做媒》。嫌疑人出手甚是大方，点了十来瓶酒，灌得七荤八素，小费就发出去了两三万。

深夜二十三点，嫌疑人突然提出要给七哥敬酒。夜总会妈咪也没防备，就请了七哥过来。嫌疑人抽出一把刀子，直往七哥身上砍去。幸好七哥认出了他，抢先闪躲逃窜，而小弟们都被这凶神恶煞的气势唬住了。嫌疑人一路追砍，冲到老板办公室，里头还有间密室，恰好撞见了卡门——以下简称被害人。

女被害人刚洗完澡，穿着半透明的浴袍，躺在床上看电视剧。桌子上有个生日蛋糕，点着蜡烛还没吹呢。嫌疑人原本要砍七哥，不知受到什么刺激，转而袭击女被害人，在她胸口连捅两刀。情急之下，七哥用泰式肘击制服了嫌疑人。鲜血淋漓的被害人，未曾叫唤过一声。七哥抱着她送往医院急救，没到零点就宣布死亡。

> 如果生活中不再有某种无限的、深刻的、真实的东西，
> 我不再眷恋人间。

文森特·凡·高给弟弟提奥的书信里是这样写的，而我相信生活中是一定存在这些东西的，否则苏州河和黄浦江里的淹死鬼早就漫出来了。

大自鸣钟夜总会凶杀案即将宣判。我的表哥，叶萧警官告诉我，通过他的审讯和侦查，还发现了另外一桩杀人案。

七年前，高考过后，卡门跟着美术老师私奔，谁都不知道他们去

了哪里，除了一个人。

对于高凡来说，这两个人都不能放过：一个是他最崇拜的男人，一个是他最迷恋的女人。

那年火车票还没实名制，白老师带着卡门坐火车回了新疆老家。他们到了北疆准噶尔盆地，生产建设兵团的一个团场，那里生长着一望无际的向日葵。盛夏的月夜，卡门与老师野合，茂盛的向日葵茎秆和花叶，遮挡住两具白花花的身体，好像张艺谋最爱拍的男女主角。

不曾想到，竟有一个人悄悄跟踪，从台湾海峡边上千里追寻到天山脚下。高凡带着一把尖刀，在黑夜的向日葵田野，从背后杀死了自己的男神。

年轻老师旺盛的鲜血，溅满卡门的脸，整个人在她身上抽搐到断气。

最初的慌张过后，她居然十分镇定，为了保住性命，将白老师的尸体推开，没有丝毫反抗，将自己完完整整送给了凶手。

十八岁的卡门，从未直视过他的眼睛，而是望向清澈的新月。

高凡的初夜就是在这片向日葵田野被夺去的。

完事之后，卡门并没有多看白老师一眼，只幽怨地叹息一句："我像小龙女遇到了尹志平……"

纵然是7月，新疆的凌晨依然有些寒冷，高凡一言不发地抱紧卡门，就当作是最后一次。他也看着黑夜，整个宇宙布满熠熠的星光。

天亮了，晨曦照亮田野，向日葵金黄金黄的，如同波浪起伏翻滚。

空中盘旋着一只乌鸦，它正在召唤伙伴们，快来享用一具尚未腐烂的尸体。

高凡在监狱等待宣判的时候，有人整理了他留下的所有的画。小部分画的是卡门，但更多的则是长寿公园。其中有一幅画，在公园的西南角落，长寿路与西康路口，竟然出现了一个巨大的钟楼。完全是想象中、中世纪哥特式的，如同大教堂高耸入云，超过周围所有的建筑。笼罩钟楼的光线都在旋转，最顶端的钟面也是扭曲的，产生时针正在转动的错觉。而在钟楼顶上的天空，星星与月亮同辉，绝对是另一个世界。

听说这幅画后来被拍卖出了七百万的价格，被一位日本的神秘买家收购。

除了这些东西，高凡还留下一个信封，警察打开发现，原来是一簇女人的头发——乌黑乌黑的，乌鸦羽毛似的，光可鉴人，仿佛还在卡门的头皮上生长，永生不死。

一切结束之后，叶萧带我去过一次被查封的夜总会。在凶杀案的第一现场，卡门被杀的密室里，墙上挂着一幅画。

画中的女子早已变作幽灵，恐怕怨不得别人，怪只怪她编了个谎话，说在画廊卖了七万元，真相是她强行卖给了这里的主人——这才是她送命的理由吧！虽然高凡直到宣判都没说出来。

我看着墙上的画足足一刻钟。卡门躺在黑夜的向日葵丛中，眼眉低垂，不知是否在梦中。枝叶与花朵遮盖私处，坦荡的胴体撩人，长发如同乌鸦羽翅，扭曲着似要飞上苍穹。而在画面上方二分之一的空间，却是凡·高无尽旋转的星空。

我把电脑桌面改成了凡·高的《星空》。


　　一个人在恋爱之前与恋爱之后的区别，正好像一盏还没有点着的灯与一盏点着的灯之间的区别一样。现在灯已经摆在那里，而且是一盏好灯，而且也发光了。


依然摘自文森特·凡·高给弟弟提奥的书信。

凡·高是在麦田里开枪自杀的，死前几天刚在同一片麦田里，完成了那幅《麦田群鸦》。凡·高是在提奥的怀里死去的，但提奥也只比凡·高多活了六个月。

高凡十八岁那年，发生过三件大事，除了没考上美术学院，卡门跟着美术老师私奔，还有那桩震惊全城的火灾。

大火从子夜烧起，烈焰滚滚了漫长的一夜。清早六点，天蒙蒙亮。人们在破砖烂瓦间寻觅幸存者，高凡呼喊着某个名字。废墟上的焦土瓦砾，只剩一点火星，就像一盏灯。

他看到了她。

荒地上的玫瑰，完好无损，睡裙只烧焦了蕾丝边，乌鸦般的黑发被潮湿的晨风吹起，带着烫头发的气味。她的嘴角挂着微笑，不可名状的目光，长满危险的花刺。

男孩看见野玫瑰。

（本文引用的凡·高的书信，均出自《亲爱的提奥》，南海出版公司，2010年版。）

第

# 3 夜

黄片审查员萨德侯爵的一夜

怀抱着终极理想的不良视频图片检查员

　　浪子与六翼天使一般神圣！疯人与我的灵魂一般神圣！

　　　　　　　　　　　　　　　——艾伦·金斯堡《嚎叫》

　　1789 年 7 月 14 日，这是改变人类历史的日子。清晨，巴黎群众聚集在巴士底狱门口，面对封建王权专制的象征，关押着成千上万革命者的坚固堡垒。铁窗内有个男人叫喊："他们在里面杀被关的人！"愤怒的民众攻占了巴士底狱，发现监狱里只有七个囚犯——两个精神病，四个伪造犯，还有一个淫荡犯——当拿迪安·阿尔风斯·法兰高斯·迪·萨德（Donatien Alphonse François, Marquis de Sade），俗称萨德侯爵。据说因为他的叫喊，才导致巴士底狱陷落，也可以说是萨德侯爵改变了历史。

　　1740 年 6 月 2 日，萨德侯爵出生于巴黎；2015 年 7 月 14 日，当代黄片审查员"萨德侯爵"死于上海。本故事的主人公，我称他为"萨德侯爵"。而他第一次知道萨德侯爵，是在三年前的夏夜。那一年，他大学刚毕业，计算机专业技术宅，没谈过女朋友——如果快播和硬盘里的不能算的话。他有过喜欢的女生，比如中文系系花小芳，可对方只记得有个猥琐男时常等候在她最爱的桂林米粉店门口。她也不知道有许多个孤寂的夜晚，自己的头颅已与波多野结衣或苍井空老师的身体无缝对接——当然是在"萨德侯爵"深深的脑海里，他的梦里，他的心里，他的歌声里。

往前追溯五年，他还在老家的寄宿制高中。那年李安的《色·戒》公映，班里每个同学都在传梁朝伟与汤唯的高难度姿势照片，紧接着又是冠希哥的"人体摄影艺术展"。虽是个小城市，但早恋蔚然成风，众星捧月的班花、爱吃零食的胖妹，都依次跟着男生去了电影院或快捷酒店。老师和家长也没空管，只要不耽误功课和高考，别闹到"无痛人流"就行了。学校有三百零五个男生，二百四十九个女生，总共只有一间狭窄的公共浴室。晚上六点到八点开放给女生，八点到十点开放给男生。每晚八点，早就候在门口的男生们都抢着早点进去，好能闻到更衣室和莲蓬头底下女生们的气味，发现藏在瓷砖缝的水滴里的秘密。"萨德侯爵"总是最后一个，因为他身材瘦弱，抢不过其他男生，有时还会挨揍。但他有一颗敏感的心和一双敏锐的眼睛。在更衣室的木头缝隙里，他总能发现一两根女生的长头发。当女生们都走光以后，或者男生们都走光以前，他把耳朵紧贴着墙，似乎能偷听到两个钟头前女生们洗澡时的莺声燕语。男生们用恶心的目光看着他。校园里渐渐流传开他是个变态的说法，以至于所有女生看到他都绕道而行，仿佛接近他一米之内就会感染某种疾病。

"萨德侯爵"回忆起十四岁——人生里程碑的一年，第一次进入某位男同学的电脑，路径如下——C:\Windows\党员学习资料\高中数学\政治思想先进性教育\国外电影\抗日战争\张纪中版笑傲江湖\第13集。

他不期而遇了第一位女神，从此领悟——"平生不识武藤兰，看遍A片也枉然"。硬盘里的韩国裔日本人，手把手教会了他什么是人生，那是"兰兰"在中国最辉煌的年代。

当"萨德侯爵"惶恐地收拾干净地板上的纸巾，自然而然想起小学二年级，跟妈妈在家看《泰坦尼克号》盗版碟的情景。当 Rose 对 Jack 深情呼唤"捷克斯洛伐克"时，妈妈用双手挡住祖国花骨朵的眼睛，但男孩仍然通过妈妈的指缝偷看到了，让八岁的他回忆起吃奶的日子。

2012 年，"萨德侯爵"踌躇满志，发誓三年内要在这座大都市买套一百平方米的房子。经过半年求职，方才觅得一个房产中介的职位，每天在马路上散发新楼盘和二手房的广告。吃了三个月的业绩零蛋之后，做成了第一笔生意，帮助一个刚在夜总会工作的女孩租了套公寓。为了开单，他放弃了个人提成，几乎免收了中介费。那天深夜，东北姑娘双手缠绕"萨德侯爵"的脖子，说要用自己来感谢他的帮助。除了老妈，他第一次如此接近一个女人的嘴唇，脑中一万个泷泽萝拉呻吟着"雅美蝶"呼啸而过。忽然，响起大煞风景的敲门声，原来这公寓住满了特殊从业人员，经常被公安局临时抽检，"萨德侯爵"吓得落荒而逃。

他后悔了三年，换了无数工作，别说是一套一百平方米的房子，就连个马桶大小的面积都买不起。无数次蜷缩在群租房的隔板背后，看着惨白惨白的日光灯，听着笔记本电脑里的"东京热"，"萨德侯爵"虚度过最漫长的那一夜。仅此而言，这是个最失败的"萨德侯爵"。

2015 年，春天的故事。

互联网上冒出一则招聘启事，有个"霸气侧漏"的岗位——

### 首席淫秽色情内容鉴定官

待遇：

年薪 20 万。

岗位职责：

快速准确识别色情淫秽内容。

任职要求：

1. 熟悉世界各国对淫秽色情信息的认定标准；

2. 熟悉中国法律对淫秽色情信息的认定标准、明文规定；

3. 熟悉中国互联网、各大运营商使用过的对淫秽色情信息的鉴定标准；

4. 本科及以上学历，性别不限，要求年龄在 20—35 岁之间；

5. 有良好的团队合作精神、责任感强。

福利：

1. 国家标准五险一金及午餐补助、交通补助、通信补助；

2. 随时报销图书购买费用，每天额外供应水果、酸奶；

3. 每年一次的员工关怀体检，生日、结婚、生育贺礼。

三天后，这家互联网视频公司的门口，人山人海，排起长队。最大的六十岁，最小的十六岁，有猥琐大叔，也有广场舞大妈，甚至夹杂一堆自掏腰包买飞机票而来的老外。不计其数的求职者，从静安寺山门口一直排到龙华殡仪馆十三号厅。漫长的队伍里，还有年轻的"萨德侯爵"。他晓得这队伍没两天排不完，自带了小板凳、竹席、棉被，还有存满了片子的手机。

最后一天，最后一小时，"萨德侯爵"已饿得前胸贴后背，严重低血糖，摇摇晃晃走进某著名视频网站。面试官是个四十多岁的中年男人，不断打着哈欠，半秃的脑门冒着汗，桌上一堆面巾纸，看来是车轮大战过了。他扔出来一张卷子——面试题

1. 肤色鉴别题：（略）。

2. 颜色判断题：（略）。

3. 分析题：央视为什么给大卫雕塑打马赛克？

4. 文字题：这句话总共有多少淫秽色情词汇？

5. 外语题：（略）。

6. 数学题：在机器学习领域对色情内容进行鉴定时，常涉及哪些数学原理及公式？请详述。

7. 法律题：详述日、美、欧对色情淫秽的分级体系及优缺点。

8. 影视题：（略）。

"萨德侯爵"在彻底饿昏之前，用最后一丁点儿力气，以及长年累月的审美经验，完成了这张卷子。

两周后，他接到录取通知，总共有三万人应聘，结果只招收七个人（就像在 1789 年 7 月 14 日的巴士底狱中关押的七个囚犯）。"萨德侯爵"是测验中唯一拿到满分的天才。

七个幸运儿入职当天，半秃头的总监叼着香烟，看着"萨德侯爵"乌黑的眼圈说："小伙子，我看好你哦！'三百六十行，行行出状元。'别辜负了黄片审查员这份有前途的职业。再过三十年，你会成为这个行业最顶尖的大师。"

黄片审查大师？简直要得诺贝尔奖的节奏，"萨德侯爵"有了生理反应。

每个人有一个独立的小工作间，拉紧窗帘，戴好耳机，就像克格勃或盖世太保。七个人三班倒，最忙碌是在后半夜，许多用户会趁着管理员下班，上传各种淫秽与血腥暴力的视频。"萨德侯爵"被分配的工作时间是晚上十一点到清晨六点。

具体工作是：A 级露性器官的，封号；B 级露胸的，删视频，ID 禁发布二十四小时；C 级过分暴露或带来不良影响的，删视频。

当你在网上看到"视频审核未通过，暂时无法观看"或者"您想看的视频已删除"，就是"萨德侯爵"的工作成果……

网站视频主要来自用户分享，每天要审查几十万个新内容，必须一刻不停地点击和滑动鼠标。虽有延时审核，但不能让人等太久，"萨德侯爵"的浏览器往往同时开几十个窗口，直到电脑崩溃死机为止。往往一个夜班做下来，就算不得"鼠标手"，至少也是麻木了。到了凌晨三四点，没有不泪流满面的，一般用掉一大包面巾纸。下班后天就亮了，食欲也提不起来，半个月就掉了几斤肉。"萨德侯爵"桌上放着本《关于认定淫秽及色情出版物的暂行规定》，没过几天便倒背如流。他可以轻松分辨哪些是淫秽色情信息，哪些是性知识科学普及，哪些又是打着淫秽色情的外衣，实际上内容无公害，就是骗人进去赚点击量的，例如网页游戏的视频——这在"萨德侯爵"看来才是真正的伤风败俗、丧尽天良！

话说如今世道，对于黄片审查员这个职业有两种评价：一是功在当代，利在千秋；二是后半辈子等着遭报应吧。至于我们的"萨德侯爵"嘛，自觉罪孽深重，后半辈子多数要死于飞来横祸，下到地狱还得从油锅里滚过。

每天晚上，他乘坐末班地铁去上班，下班已是黎明鸡叫，正好赶上首班地铁。黄片审查员的福利之一，就是享受末班地铁的清净，从从容容占据座位，还有空间跷起二郎腿，冷眼旁观对面车窗外闪过的美女广告。从前每到盛夏，地铁拥挤的人流中，色狼们此起彼伏地袭击那些穿着清凉的女孩，女孩们有的奋起反击打色狼耳光，有的则是忍气吞声，更多是已被挤得麻木——只要不怀孕就好。"萨德侯爵"却是标准的正人君子，牢牢控制着自己的双手和躯体，尽量抓牢扶手不触碰别人的身体，即便有反应也要努力控制，不管前面是穿超短裙的辣妹还是知性套装的绿茶婊。

全城最后一班地铁，在公司楼下那一站下车，"萨德侯爵"都会遇见一个地铁乘务员。

她。

隧道深处袭来的风，宛如处男的食指、中指与无名指，毫无经验地撩起她的长发，甩起到空气中。一点笨拙，几分可爱。在最漫长的那一夜，距离地球表面十九米的地下世界，"萨德侯爵"只匆匆看了她一眼，便让自己成了心甘情愿的俘虏，哪怕被绳索捆绑着被 SM 着送到萨罗共和国……

"萨德侯爵"是制服控，看到她那身地铁公司制服，自然而然地想起妈妈——火车站检票员，那个肮脏不堪灌风漏雨充满大蒜头气味的地方，相比之下，地铁站台简直就是克林顿与莱温斯基的办公室。

走进午夜空空荡荡的地铁车厢，侧目望向荒无人烟的站台，同样孤单的准备下班的她，他从不敢上去说一句话，哪怕咳嗽一下或假装摔倒或掉下轨道……他总是这样看她七秒钟，不多眨一眼，也不少一微秒。她也看到了他，经过许多个这样末班地铁的深夜，她应该能记住他的样子，并在心中画上个大大的红叉，底下标注两个字母：一个 S，一个 B。

"萨德侯爵"告别站台上的美人，冲出地铁进公司打卡，想起那个密封的小办公室，即将目睹和删除不计其数的肉体，脑中冒出不知从哪看来的某位美国诗人的句子——"他们将自己拴在地铁上，就着安非他命从巴特里到布隆克斯基地，做没有穷尽的旅行，直到车轮和孩子的声音唤醒他们，浑身发抖嘴唇破裂，在灯光凄惨的动物园磨去了光辉的大脑，憔悴而凄凉……"

十分钟后，他坐在公司电脑前，屏幕上闪起一行大字——

Salòole 120 giornate di Sodoma

直译过来就是"萨罗的索多玛 120 天"。

大学毕业那年，他独自躲在宿舍里下过这部片子，但只看了不到半个钟头，就差点呕吐了，然后干脆删除了文件。也是因为这个片子，他第一次知道了意大利导演皮埃尔·保罗·帕索里尼，也第一次知道了还有原著小说，还有那位 SM 中的"S"——萨德侯爵。

顺便说一句，萨德侯爵是在巴士底狱的铁窗中完成了《索多玛 120 天》第一部，然后藏在监狱的角落里。如果没有法国大革命的解放，恐怕这本书就将跟随作者永远埋藏在地狱。

三年后，当他作为黄片审查员，在视频网站的后台，检查这部网友刚刚上传的禁片，却莫名地兴奋起来，尽管仍然有各种生理与心理的不适，却饶有兴趣地看了下去，尽管根据规定他应该立即删除这部片子。

但是，他决定把《索多玛 120 天》全部看完再删……漫长的两个钟头后，他彻底克服了所有的恶心感，甚至从中读出某种触摸人心的感动，就像在云端俯瞰这座城市黑夜里的每个角落，宛如地铁车轮无情地碾压过隧道深处的铁轨，还有那个穿着地铁制服的女郎完美无瑕的一切……

于是，帕索里尼与萨德侯爵一块儿成了心目中至高无上的偶像。

这天下班以后，黎明扫过长夜，他独自走出公司大楼，呼吸着整座城市清新的空气，宛如重新从母亲的子宫中分娩了一遍。

乘坐头班地铁回家的路上，他开了一个微信订阅号，名叫"黄片审查员萨德侯爵"。

他在网上化名为"萨德侯爵"，上一个萨德侯爵的转世投胎——1814 年 12 月 2 日死于巴黎附近，七十四岁在那个年代可算长寿。他的幽灵飘荡在欧洲大陆，随着被禁止的文字一度遭人遗忘，又随着二十世纪的两次大战而借尸还魂，更被移花接木到萨罗共和国，或遗臭万年，或流芳百世。而今，萨德侯爵的时代一去不复返，唯独"黄片审查员萨德侯爵"才是艺术家们最后的避难所。

他的微信号里第一篇文章是《从萨德侯爵到墨索里尼的 120 年与到帕索里尼的 120 天》。

文中阐述了萨德侯爵在小说原著中的精华思想，以及整个欧洲社会的文化变迁，自十九世纪的古典主义启蒙运动到两次工业革命，然后是恐怖的第一次世界大战，彻底摧毁三个皇冠与延续千年的贵族文明，再到法西斯与共产主义的歌利亚巨人间的搏斗，直到残酷无情的第二次世界大战。从萨德侯爵死后的一百二十年间，到墨索里尼执政以及萨罗共和国最后的疯狂，人类历史的变化远远超越了过去的一千二百年。最后，帕索里尼以萨德侯爵之名，拍摄了一部惊世骇俗的电影，进行了有史以来最深入骨髓的反省。

他有一个礼拜没有去看微信，等到重新打开一看，居然有几百次转发。评论各种各样，大多是赞赏和崇拜，说"萨德侯爵"从黄片里看出了艺术家的审美。

于是，他发现了自己存活在这个世界上除了"打飞机"还有更重要的意义。

"萨德侯爵"开始违反公司规定，每当发现一部具有艺术价值的色情电影，会一秒不漏地看完，吸取其中全部精华，再依依不舍地删除。比如三个多钟头的《罗马帝国荒淫史》，为了防范随时会闯入检查工作的总监，他只能开一个小窗口，同时旁边有几十个窗口作为掩护。罗马帝国的狂欢与灭亡之后，晨曦已照耀在窗外，"萨德侯爵"登录自己的微信号，又发出一篇撼人心魄的影评《罗马不是一天建立的，却是在一夜之间倒掉的》。他从母狼给两兄弟哺乳建立罗马城谈起，到斗兽场与角斗士斯巴达克斯，再到恺撒大帝和埃及艳后克里奥帕特拉，最后是匈奴人帕提拉的铁蹄。果然，这篇文章的影响力更为巨大，几天后转到了某位好莱坞著名华裔大导演的微信号里，又被译成英文转载到了 Facebook。

"萨德侯爵"再接再厉，发现几个经常被封号的马甲，虽然上传的都是黄片，但有不同的偏好和风格。比如有人是法语电影的忠实粉丝，在一堆烂片里夹杂了 Baise-moi（这个法语片名太直接了，不好意思翻译出来）。作为法国人的转世投胎，"萨德侯爵"冷峻地看完后删除，发了一篇揭露和批判资本主义社会的左翼雄文。

有人专发日本鬼子的 CULT 片，"萨德侯爵"一边吃泡面一边啃鸭脖看完了《下水道的美人鱼》。这个算是比较极端的，也有阳春白雪的高雅艺术，像大岛渚执导的《感官世界》。然后"萨德侯爵"用了八千字的长篇大论，分析当年的"阿部定事件"，再演化到渡边淳一的《失乐园》。

还有后来居上的韩国电影，"萨德侯爵"重点推荐了金基德执导的《漂流欲室》和《坏小子》。至于泰国片、越南片、菲律宾片，还有拉美片、东欧片，各种小众情色经典，都没有被"萨德侯爵"错过。尤其是《一部塞尔维亚的电影》，确如该片介绍所云，"一部让世界十大禁片全是浮云的 CULT 极品"。暴力、肢解、杀戮、乱伦、手足相残、同室操戈、自杀，连中国驻南联盟大使馆都让美国人炸了……不正是近二十年来塞尔维亚给世界的印象吗？最后的台词"这就是一个真实的塞尔维亚家庭"，在历尽内外战争、民族分裂、道德沦丧后，《一部塞尔维亚的电影》恰如其分地成为这个国家的代名词，这是一部严肃的政治电影——"萨德侯爵"如此评论道。

于是，我也成了"萨德侯爵"的粉丝，每个周五的深夜，等待"萨德侯爵"的推送消息。无数资深影评人倾情转发推荐，引来更多的黄片爱好者和文艺青年们聚众围观。

大家自发地为他建了一个微信群，兴致勃勃地讨论"萨德侯爵"究竟是怎样一个神秘的人物。有人说他是一个中年男子，在电影资料馆上班，因此能看到无数珍贵的色情片资料，放到二十年前就是揭露资本主义腐朽阴暗面的"内部资料片"。也有人说他是个风流种子，必然是御女无数，一生征服过成千上万的女子，却能做到万花丛中过，片叶不沾身。更有人说他其实是个女的，十多年前非常有名的"用身体写作"的美女作家，作品被查禁之后销声匿迹多年，而今在微信上以点评黄片的名义梅开二度。最离谱的一种说法：他是个变态杀人狂，就像十九世纪伦敦的开膛手杰克，因为他曾用莎士比亚般诗意的文字歌颂过《香水》的主人公格雷诺耶。

当然，没有一个人相信"萨德侯爵"真的是黄片审查员。

盛夏来临，工作了几个月后，其他几位黄片审查员都出现烦躁、呕吐、脱发等反应，每张脸都像是纵欲过度，人不像人，鬼不像鬼。有两人主动辞职，还有一个被关进了精神病院。唯独我们的"萨德侯爵"，虽然每晚熬通宵看黄片，早上还要发微信写影评，气色却越来越好，整个人愈发有文艺范儿。有人说他像当年一张照片上的徐志摩，真是个人间四月天！

他还是每晚乘坐末班地铁上班，在空无一人的大理石站台下车，望向地铁制服美人。她困倦地靠在广告牌上，让人不免猜想起白天的工作场景——奔波在站台上维持秩序，遇到人潮汹涌的时刻，还要强推最后几个乘客的屁股，硬塞进车门不至于晚点。

忽然，整个地铁站台都剧烈摇晃起来，最后一班地铁开出后剧烈爆炸，隧道里飘满呛人的黑色烟雾。天花板全部坠落，玻璃灯罩在地面上摔得粉碎，广告灯箱里的顾里和林萧各自哀号，自动贩卖机里的罐头饮料撒了一地。

她也摔倒在地，额头划出一道细细的血痕，抹过嘴角上最艳的唇膏。"萨德侯爵"奋不顾身扑过去，将她从一块摇摇欲坠的墙面旁拖开。整个地面竖了起来，像即将沉没的泰坦尼克号。又有一辆地铁列车飞来，被地心引力拉拽着冲向站台。他俩只能双手扶着台阶，一格格往上爬去。然而，整个地铁站全部塌陷了，地面恐怕已是世界末日。"萨德侯爵"与暗恋的女神，被围困在这狭窄的地狱深处。

"谢谢你救了我，你叫什么？"

"萨德侯爵。"

"到这时候你还开玩笑？"

女孩嗔怪着他，但已不能离开他了，否则就会一个人孤零零地死去。

"我喜欢你。"

"可我们就要死了吗？"

"也许是的。"

她将头埋进"萨德侯爵"怀里，他好想做些什么，但又制止了邪恶的念头。要是乘人之危，就算侥幸得手，又跟畜生有何区别？两人在黑暗中拥抱了一个钟头，此外什么都没做过，直到一块钢筋混凝土落下来，"萨德侯爵"用身体保护着她，人被砸成了肉酱……

忽然，他从电脑前爬起来，原来是个可怕的噩梦啊！

凌晨四点，刚才梦中的场景，不过是他无数次幻想过的世界末日，也只有这样才有机会跟女神说上话吧？不过，这个代价也稍微大了些，不仅是对自己，还是对她，以及对另外六十亿人类，至少对这座城市的两千万人来说太残忍了。

突然，工作间的房门被推开，总监气势汹汹地站在他背后。"萨德侯爵"的显示屏上正在播放杜拉斯的《情人》，1930 年潮湿闷热的印度支那，西贡街边，中国富二代正在与法国少女共赴巫山，梁家辉健美的屁股，恰好对准了总监错愕震惊进而迷醉的脸——影片已近尾声，这是他们的最后一次。

虽然，总监暴露了他是个深柜同志的秘密，遭到同事告密的"萨德侯爵"还是因为违反公司规定而被开除。

天明时分，他丢掉了黄片审查员的工作，独自收拾东西离开。

他在家里睡了三天三夜，没有去找工作，也没有发微信继续他的黄片影评。当他睡醒了起来，已是深夜十点。似乎忘了已经失业，他仍像往常一样，收拾干净了去上班。

他走下末班地铁，空旷的站台上，看到了制服女神。世界末日并未如约而来，"萨德侯爵"打开微信，甩开手拼命地摇，连地面上的大妈以及红包都摇出来了，但对面的她无动于衷。终于，这辈子最大胆的一次，他走到女神跟前，展示手机里的"黄片审查员萨德侯爵"的二维码说："你好，以前我每天都能见到你，但从明天起就见不到了，我们能加个微信吗？"

制服美女后退了两步，往还没开走的地铁列车叫了一声。驾驶室里下来个健壮的年轻男人，冲到"萨德侯爵"面前冷冷地说："你想干吗？"

"萨德侯爵"并没有害怕，他越过对方高大的个头，看着美女的脸庞说："我喜欢你。"

于是，他的眼镜连带整张脸都被打飞了。

末班地铁的站台上再也没有出现过制服女神，因为开地铁的男朋友让她不用再每天来等他下班了，免得被社会上的变态狂骚扰。

这天晚上，"黄片审查员萨德侯爵"的微信订阅号，因被朝阳群众举报传播色情内容，遭到了永久性封号的处罚。微信上成千上万的"萨德侯爵"粉丝，四处寻找他的下落，但再未见到过类似的马甲号重出江湖。即便有人假冒他的名义写文章，但老读者们一眼就能分辨出真伪。漫长的夏天过去后，"萨德侯爵"的真实姓名和身份才被网友扒出来，原来他真的做过黄片审查员。

但他已经死了。

2015 年 7 月 14 日，攻占巴士底狱二百二十六周年，"萨德侯爵"从刚开除他的视频网站公司楼顶一跃而下。

警方没有公布详情，关于他自杀的原因众说纷纭。除了失业的缘故以外，有人说他死于中国股市，在牛市中炒股使用杠杆，亏光了本金又被强制平仓，只能走上了绝路。

还有一种说法——"萨德侯爵"自杀那晚，楼下几位外国游客路过，摸了摸光光的头顶，落下几滴温热的白色汁液，有个老外正好饿了，以为是新鲜牛奶便用手指蘸了放到嘴里吮吸一番……

与此同时，"萨德侯爵"站在高高的楼顶天台，赤身裸体，犹如六翼天使，俯瞰大半个城市。深深的黑夜里，无论天上地下，一片星光灿烂。他想象在此时此刻，无数或明或暗的窗户背后，有几百万人相拥而眠或不眠。人们彼此相爱或者彼此不爱，彼此憎恨或者彼此欺骗，或者等价或者不等价地交换。人们小心翼翼地或尽情放纵地磨砺着享受着消耗着彼此的肉体、精神以及尊严，又有绝大多数的生命被谋杀在避孕工具和对未来的内心恐惧里。也有几百万人，全然孤独地面对长夜，将自己奉献给天空与地板——就像此刻的"萨德侯爵"，在天国门口，发射出马克沁重机枪般疯狂的子弹，宛如狂风暴雨扫过最漫长的那一夜，将世界摧枯拉朽地打成筛子，同时也耗尽自己最后一滴精魄。

我的表哥叶萧警官私下告诉我，根据法医的验尸报告，"萨德侯爵"在坠地之前就已死亡。

　　断七那天，有人为"萨德侯爵"建了一个网上灵堂，点了二百二十六根蜡烛，并且引用了萨德侯爵在 1814 年死去后的墓志铭——

　　　　墓前经过的人，
　　　　请您双膝跪地，
　　　　为这位世上最不幸的人祈祷。
　　　　他生于上世纪，
　　　　在我们生活的时代命赴阴曹。
　　　　可恶的专制统治，
　　　　时时对他进行迫害。
　　　　恶魔国王多么可耻，
　　　　欺压了他一生一世。
　　　　恐怖笼罩时期，
　　　　它把萨德推到悬崖边缘。
　　　　议会恢复时期，
　　　　萨德还得含冤。

第

# 4 夜

## 舌尖上的一夜

杜超：将舌头赠与好友食用的话痨

曾经，不止一个美女问过我：你们上海男人，肯定很会做饭吧？

答：我会啊，淘好米，在电饭煲里放满水，再插上电，就好了呀，亲。

但我隐瞒了后半句：常忘了把电饭煲的开关按下去。

对于美食，我是异类，所知无多，敢于尝试的机会更少。读书时，常吃小馄饨。后来，每次回头看用完的马桶，那层漂浮的卫生纸，就是童年的记忆了。我不喜甜食，不畏惧麻辣，从未有过为某种食物而排队，惦记某家餐厅念念不忘的时刻。鲜虾泡面和龙虾泡饭，于我而言，是同一物种。

虽然，据我所知，地球上有十三亿吃货，都生活在同一个神奇的国度，比如我的朋友，大师兄杜超，我们通常叫他"话痨"。

不知哪个女生私底下说过：大师兄这个人嘛，虽然嘴很讨厌，但长得颇像汪峰，沉默时，便有魅力。

我并不这么认为，有一回不小心露出来，被人批评了一句：嫉妒。

其实，我只觉得他那张脸，更像电视剧里流行的反面角色。

大师兄杜超说的每句话，仿佛都是布道真理，担心你怕听漏了一句，就会丢失改变人生的机会。他永远正襟危坐，整张脸如果套上黑框，基本就是遗像。他的嘴永无停歇，自夸就算一人对着镜子，也能侃侃而谈半钟头。酒足饭饱之际，他经常从爱因斯坦说到蚊子的避孕手段，从小泽玛利亚新作跳到法斯宾德，也能前一秒钟大聊互联网金融创新，转眼说到在云南吃炸蚕蛹的美食之旅……要么嚼着一块烤牛舌，或舔着哈根达斯冰激凌。

久而久之，对于"话痨"之名，杜超也甘之如饴，安之若素。

作为我最好的朋友，大师兄总想改变我的价值观，无所不用其极，引我入暗黑料理界的法门。十三香小龙虾刚兴盛那几年，他常半夜拽着我闲逛各种馆子，手把手教我如何抽掉小龙虾背后的筋，据说那是毒素和重金属最重之处。

但，我从未如他所愿。

冬天深夜，那年吴江路尚未改造，原汁原味的露天摊上，我提过一个问题——世界上还有你没吃过的美食吗？

杜超深沉思虑，黑格尔、费尔巴哈、尼采、弗洛伊德、荣格般，向寒冷天空吐出一团浓烈的白气说：人生最美好的死法，大概是吃河豚毒死吧。

第二年春天，大师兄杜超邀请我去崇明岛上吃河豚。

当时，我刚写完《荒村公寓》和《地狱的第19层》，在上海邮政总局的古老大楼里，做着一份行业年鉴朝九晚五的闲差事。我还从未吃过传说中剧毒的河豚，但也听说现在的河豚都是人工养殖，看似危险其实安全。

君住长江头，我住长江尾。十来岁时，我坐轮船横渡过长江一个来回，从黄浦江边的十六铺出发，需要整晚上才能抵达江北岸。我对河豚没什么兴趣，倒是想要再体会到中流击水、眺望大江东入海的感觉。

那时候，崇明岛与上海之间的大桥与隧道还没开工，但码头已搬到了吴淞口。我坐了一个小时地铁，在约定好的时间提前赶到。杜超照例迟到至最后一分钟，才缓慢地冲进检票口，拽我跳上开往中国第三大岛的渡轮。

傍晚，来自上游的夕阳，洒满浩瀚的长江口。我眯眼，趴着栏杆，任风吹乱头发，眺望不知是从西陵峡还是黄鹤楼抑或紫金山来的落日。江面上布满各种轮船，不乏一叶扁舟的渔船与舢板，大师兄如数家珍道：渔民们正在捕捞长江三鲜——河豚、鲥鱼和刀鱼。

渡轮抵达崇明岛，天色完全黑了。岛上没什么高楼，刚出码头，便是油菜花染黄的田野。不见半个人影，天高地阔回到一百年前。想起《小岛惊魂》。

正想骂他怎么安排的，出现一辆面包车，像从地底下钻出来的。

这就是他预订的豪车接送？车身污垢比黑夜更黑，破烂得好像随时会散架，座位布满鸡粪痕迹，不时有鸭毛从眼前飘过。

颠簸个把钟头，直到崇明岛的最东边，紧挨着东海与滩涂荒野，才有一栋孤零零的双层农舍。

下了车，脚踩松软泥地，四下没有路灯，饶是月光明媚，空气清纯得几近透明，夹带着海风的咸腥味……

住进所谓的农家乐，只有楼上一间客房，两个男人，单张大床伺候。

对不起，我尚无断袖之癖。

我找老板要其他房间，却再没多余的了。早知道"话痨"这家伙办事拆烂污，懊恼误信他的鬼话，劈头盖脸再骂他一顿，他却贱贱地面露喜色道——你不想吃河豚了吗？

晚饭还没吃呢，辗转舟车劳顿，早已饥肠辘辘。

做河豚的厨师，就是这间农家乐的老板，听着底楼厨房里的油锅声，不禁狐疑：今晚，我们两条命就会扔在这里了吧？

瞎说，这老板是祖传的手艺，几百年前，打刚有崇明岛开始，人家就专做河豚了。

十分钟后，香味飘近，老板端着盘子上桌，一条小得可怜的鱼，长得奇形怪状，鼓鼓的肚子，仿佛刺球，望而生畏。

春洲生荻芽，春岸飞杨花。河豚当是时，贵不数鱼虾——杜超出口成章，掉书袋的本事一流：嘿嘿！北宋梅尧臣的诗，苏东坡也写过——蒌蒿满地芦芽短，正是河豚欲上时。

他们不知道会吃死人吗？

杜超回答，苏东坡说河豚味道"值那一死"，左思在《三都赋》里，就写过河豚"性有毒"。《太平广记》也说"俗云煮之不熟，食者必死"。

厨师自己吃了一小块河豚肉，又喝了半口汤。他说若是一刻钟后我还活着，你们就可以放心大胆地吃了。说罢叼起一根烟，提瓶劣质的白酒出去，蹲在农舍门口看月亮。

我问这条鱼多少钱。

不贵，一千八。

我在网上查过价格，哪有这么离谱？

"话痨"说：懂个屌啊，外面都是养殖的河豚，哪有这野生的鲜美？对不起，忘记告诉你了，这是今天刚从长江里捞上来的。你要是后悔，还来得及。

怕他个鸟。我嘴上如是说，心里却在打鼓。

每年春天，河豚的繁殖期，从东海洄游入长江产卵。塞满鱼子的河豚，最为鲜美。当然，也最剧毒。一条河豚的毒素，足够杀死三十个成年人。曾有个非常有名的歌舞伎明星，吃了四份河豚肝当场毙命，死时面带幸福的微笑，从此日本立法禁食河豚。

你还敢吃？

野生河豚，先割眼睛，去鱼子跟内脏，自脊背下刀，必须要把血迹清理干净，剥皮去刺，若不烧透，食者必死无疑。

至此，我沉默地看着大师兄的眼睛，仿佛被压出来的河豚眼，意味深长地窥着我。

春风沉醉的夜晚，窗户打开，远远眺望月光，四野氤氲白雾，响起长江与东海潮汐。

一刻钟到了。门外，厨师尚活在人世，只是喝掉小半瓶白酒，脸色涨得似猪肝。

回到餐桌前，杜超拿起筷子，虔诚地向盘中河豚祈祷——对不起啦，河豚君。今夜大美，请汝到吾辈兄弟腹中一游，助汝早往极乐世界，记得来世依旧做条有志气的河豚，再回到我的五谷庙中来哦。

说罢，他刮下一片雪白的鱼肉，入口之前，还用舌头舔了一番，幸福表情，生动至极。

好吧，我并非贪恋美食，实在是不想被人瞧不起，多年后让"话痨"津津乐道"这家伙是个胆小鬼"——如果，他还活着的话。

我品尝了小小的一口，鲜得难以用人间言语形容，禁不住拿起调羹，又喝掉半口浓稠汤汁。

世！界！上！居！然！有！这！么！好！吃！的！食！物？！

吃掉这条河豚，用了大约两支烟的工夫，但在我的记忆中，似有半辈子这么长。

刹那间，我一度绝望地认为，自己即将被他同化，毕业为十三亿吃货中的一员。

不知为何，我的双脚颤抖，艰难地挪动到窗边，让海风吹湿眼睛，吃到热泪盈眶的境界吗？

忽然，耳边响起某种尖厉的声音，像是从月光四周的云层里飘落的。

回头去看我的朋友，大师兄杜超，正像死尸倒在餐桌脚下。

面色煞白，身体僵直，气息还有一些，但微弱到难以察觉。

食者必死无疑——"话痨"的最后一句话。

河豚有毒，他快死了！

我浑身颤抖，冲到农舍门外，想要找人求救。我却发现，烹饪河豚的厨师，竟也倒在泥地中，任我怎么拖也起不来。

厨师吃了第一口河豚，想必早已毒发身亡。

月光隐入浓云，集体自杀之夜。

接近子夜，这片岛最偏僻荒凉的尽头，周围没有任何建筑与人烟，连个手机信号都没。

影影绰绰，看似鬼魅，尽是芦苇荡。

我狂乱地向外面跑去，在一片淤泥和滩涂上，暗若黑洞，迷失方向，潮水正在淹没脚踝，弥漫着梭子蟹、小黄鱼、海瓜子的气味。

忽然，我很孬种地哭了。

不知道在荒野里瞎转了多久，我才摸回农家乐，准备来给大师兄收尸，同时想着如何给他家人报丧，又怎么解释他吃河豚毒死了，而我还好好的呢？该死的，我有些胃疼了，毒素发作了吗？

然而，"话痨"消失了。

楼上楼下寻找他的尸体，却在客房里看到了他——坐在窗边的木板床上，嘴里吸着盒装牛奶，手上在玩 PSP 掌机游戏呢。

杜超抬起头，看着我脸上还没擦干净的泪痕，捧着肚子爆笑：我靠！你还真的掉眼泪了？对不起哦，兄弟，我只是骗你玩的。吃完这条河豚，就算是立即死掉，我也是心甘情愿啊。

那个瞬间，真想把他杀了。我会谎称他被午夜的潮水卷走了，其实是埋在最荒凉的滩涂深处。多年后人们发现他时，只不过是一堆螃蟹寄居的碎骨头罢了。

不过，我身后又多了一个人——农家乐的老板兼厨师，他刚从酒醉中醒来，扶着门框大口呕吐，手中还提着喝空了的白酒瓶子。

在最漫长的那一夜，大师兄的脸色变得有些恐惧：喂，开玩笑而已，你不会……不会真的生气了吧？

我想起这个王八蛋说过，他的梦想是成为一个演员，康斯坦丁·斯坦尼斯拉夫斯基体系的，一度整天捧着本《论演员的自我修养》装×。

我独自离开，向着海岛的内陆方向走去，步行了整个后半夜，直到天色微明时分，才走到最近的乡镇。

从今往后，我再没见过"话痨"。

关于"话痨"，他从我的全世界销声匿迹。

两年前，我跟几个老朋友聚会，有人重提这个名字，一种说法是他去了美国，还有人说杜超在香港发了横财，或在西北某省的监狱里。我很害怕听到最后一种可能的消息——他死了。

这些年来，我有无数机会吃到天南地北的美食，却始终不曾变为一个吃货。我保持着异常简单的饮食，恒久不变的体重，还有嗓音。而我对于食物的审美标准，仅仅停留在不饿死的水平线上。

2014 年的春天，与大师兄杜超分别已逾十年，我收到一条短信——

"蔡骏，是我啊，好久不见，甚为想念。本周日，傍晚六点，我在黄浦江边的十九号游艇码头等你，不见不散。"

我从未删除过这个号码，手机屏幕跳出"杜超"之名，心脏微微一颤，竟有隔世之感。

其实，我对游艇毫无兴趣，只是，有些想他。

次日傍晚，驾车来到游艇码头，保安问我有没有请柬。我打电话给杜超，无人接听。

此时，路边停下几辆豪车，从低调的劳斯莱斯，到张扬的兰博基尼，还有几个戴着墨镜的男子。

我焦虑地四周张望，希望看到他的身影——以大师兄那张醒目的脸，难以隐藏的吧。

忽然，有个服务生到我面前问：您是蔡骏先生吗？

我点头。

托盘里有张黑色请柬，写着我的名字，还有两个行书大字——夜宴。

顺利来到游艇码头，看到一艘外形超酷的大型游艇。与通常的游艇颜色不同，这艘船通体都是黑色，若是深更半夜简直可以隐形。

上船刹那，脚下随波浪起伏，自然想起传说中的海天盛宴，杜超对我可真好啊！

可惜，游艇上只有两个年轻的男服务生。

我有些紧张，又不敢逮谁来问一下，以免露怯丢脸。我靠在船舷边上，用眼角余光，瞥着其他几位客人，其中有一位竟是互联网大佬，几乎是跟马云、刘强东同等级别的。还有两个也有些面熟，不知是在什么电视财经节目里，还是在某个顶级品牌的广告上见过。不过，这些富豪都没有携带女伴。

　　游艇起锚，黄浦江风从四面袭来，冷得我抱着胳膊发抖。江水混合着上游的泥土，中游的工业污染，以及下游的海洋气味，让我不免想起十年前，在崇明岛上的野河豚之夜。

　　所有客人在游艇一层坐定，默数人头，总共二十一个。其中三个女的，均非妙龄少女，容貌也只能说差强人意，有的简直丑陋。最老的虽化着浓妆，起码也有五十岁左右。

　　十八比三，而且是这样的三个？今晚，这一版本的海天盛宴，口味是不是稍重了些？

　　其实，我还是喜欢小清新的。

　　令我最失望的，是没有发现大师兄杜超的踪迹。

　　难道他整容了？

　　每位客人手中都拿着一张号码牌，发到我手里是最后一张，在服务生引导下，从一号到七号的客人，先上游艇二楼餐厅去了。

　　原来，这顿"夜宴"要轮流享用，剩余十四个人等在原地，规定禁止使用手机。没有红酒与高档水果伺候，每人仅发一杯白开水。

　　我佯装看着游艇外的黄浦江——东岸的陆家嘴，花旗集团大厦的LED幕墙，亮起 I LOVE SHANGHAI 的五彩灯光，背后是金茂大厦与环球金融中心。正在建造的上海中心，五百米高，琼楼玉宇之巅，云雾深处，星光忽隐忽现。

　　其实，我是在注意每个人的表情。虽然都很沉默，但我能从其中几人的目光里，看出某种兴奋期待，同时暗藏紧张与不安。甚至，有几分拼死吃什么的感觉。

　　半小时后，第一批的七个客人下来，有人用餐布擦去嘴角油水，究竟吃了什么？这餐美食如此迅捷，别告诉我是泡面加午餐肠。

　　随后，第二批客人上楼。

　　而我自然要等到第三批，敬陪末席。

　　下来的人坐在我身边，露出心满意足的表情，让我看到了幸福。有人热泪盈眶，仿佛此生无憾，可以立马送进火化炉了。

　　这令我越发狐疑，听说嗑药也是类似效果，比如魏晋风度中的各位。

　　绕过陆家嘴顶端江心的航标，不断有江轮和沙石船经过，几乎擦到一艘万吨巨轮。我仰望对面船头的集装箱，不晓得是从北美还是欧洲来的，总之是另一个遥远的角落。

舷窗敞开，我想要跳下去，逃离这艘危险的游艇，游到对面的外滩。但我不会游泳。

小时候，有亲戚在浦东，我常坐黄浦江上的渡轮。抢到船头船尾，看雪白浪花，远眺海关大钟，古老中国银行大楼屋顶。茫茫烟水，仿佛置身幻境。长大后，偶尔也会来到外滩边上，看从无到有的陆家嘴高楼，还有江心驶过的各色游船。

今夜，我在游艇上，做别人的风景。

不知不觉间，第二批客人下来了。有人掩面而泣，有人打摆子似的颤抖。那位在富豪榜上名列前茅的人物，则像白痴似的目光呆滞，把头伸出舷窗，画十字。

轮到我了。

经过两轮等待，腹中有些饥饿，自觉尚能忍受。按照号码顺序，我在七个人的最后，踏入游艇上层，风急浪高，晃得厉害，抓紧扶手，入餐厅。

狭窄的二层船舱，只摆着一张圆台面，刚刚清理过。每人一套标准餐具，服务生为你垫好餐巾。我用热毛巾擦了把脸，饮料照例白开水，还有一小碟调味料，略微冲鼻，拌着芥末的酱油。

河豚刺身？

猜疑之间，服务生已端上美食，硕大的陶瓷餐盘中，仅有一条尖尖的舌头。

嗯？

我不禁扶了扶眼镜，不晓得这算什么食材。但无论形状还是色泽抑或纹理，都跟舌头没有任何分别——尤其舌头尖的位置，依稀分辨出开叉的感觉，还有舌头底下那根筋，简直惟妙惟肖。

不可能是牛舌。

我打开手边菜单，发觉总共只有这一道菜，名曰——舌尖。

什么肉？还是某种做成荤菜样式的素菜？据说豆腐可以模仿成很多食材。但我不是吃货，不懂。

但，有一点几乎可以确定，这条"舌尖"并没有经过任何烹饪，无论炒、煎、炸、熘、熬、烩、焖、炖、煨、蒸……一样都没有过，根本就是生的吧？只是，经过厨师简单地处理，或许被冰镇过？去除了血丝之类，保存原汁原味。

舌尖刺身？

其他食客，虽也目露好奇，有人咋舌，有人虔诚，有人流口水，但没像我这么震惊，大概凡是上这条船的人，都有心理准备吧。

这时，服务生已用餐刀熟练地切开舌尖，平均分成为七份，依次送入每位客人餐盘。

不敢低头，那份七分之一的舌尖，正躺在我的舌尖底下三寸。

再看另外六人，都已纷纷动筷，小心翼翼夹起，放入芥末调料，只蘸少许，便送入口中。个个细嚼慢咽，似是慢慢品味其中妙处，以免囫囵吞枣，暴珍天物，落得八戒吃人参果的下场。

有个人吃着吃着，两行眼泪落下来，但绝非芥末冲鼻。还有人双手合十，默默祈祷。有个中年贵妇，擦去嘴角酱油，面露娇羞，双颊绯红，竟似回到少女初夜。

只有我，盘中小小的舌尖，依然完整未动。

先生，这道菜，最讲究新鲜。离开冷藏，若超过十分钟，味道就坏了。

此间的服务生，居然也说得半文半白，想是于丹老师门下高徒？

于是，在此催促之下，也在其他六人的注视下，我仿佛一个犯罪分子，被送上公判大会的舞台。十二只眼睛的异样目光，在我脸上灼烧出十二个洞眼。

被迫地，筷子颤抖，嘴唇也在抖，夹了两下，才拿起那块七分之一的舌尖。

放到灯光下，仔细端详，从那血红颜色，多褶纹路，超强弹性的筋，依稀，仿佛，还是几乎——我见过它，不，是他。

手指再也坚持不住，仿佛筷子上的舌尖，变得比什么都重。

啪……

七分之一的舌尖，坠落餐厅的地板上。

沉默，地面晃动，刹那间，忘记在游艇上，还以为地震，想是遇到黄浦江中的某道急流。

随后是此起彼伏的尖叫声，接着咒骂，大体是慰问我的祖先，以及表达我立刻去死的美好愿望。

几个家伙趴到地上，为了抢夺这块舌尖，就此扭打作一团，价值不知几万的西装和鞋子，沾满翻落的酱油与芥末。

不知道，这片舌尖被谁吃了？

而我，跪倒在角落，疯狂地呕吐——吐出来的是我的拉面午餐。

这是游艇夜宴里，从未有的场面吧，服务生愤怒地将我扔出了餐厅。

此后发生的事，如宿醉一场，我记不清了……

恢复意识，已是黄浦江边，码头外的黑夜，四周再无任何人，我像是被什么抛弃了。

不知几点，想是，子夜时分。

胃中依然难受，但我确信没在船上吃过任何食物，除了白开水——又会是什么？

附近的高楼都灭灯了，我在暗夜中转了很久，才在停车场找到自己的车。

有个人影站在我的车边。

担心遇贼，打开手机的手电筒，照亮一张奇怪的脸。

虽然，十年过去，他像经过无数磨难之后，剥落在古墓中的石像，但我认得他。

大师兄？

"话痨"点头，却破天荒没说话，瞪大深深陷落的双眼，像好几天没睡过觉。

面对这样骇人的沉默，我又说了一长串话。自他落寞的眼神之中，我能看出，他全都明白，却无法张口回答。

杜超已瘦得离谱，形销骨立。穿着廉价的夹克，像根细长竹竿，挑着几块行将腐烂的肉。

忽然，有些心疼。

拉开车门，我请他坐到副驾驶位上，但他不说话。我只是想要开车送他回家。

我拿出一本小簿子，还有两支笔，打开车内灯，放到"话痨"面前。

凌晨，进入笔谈节奏，黄浦江岸，月落无声，有人奋笔疾书……

以下秘密，私房传阅，切勿外扬——

离开我的十年间，大师兄杜超，在南方流浪了些时光，他为之注解"修行"二字。

为追逐各地美食，他不惜千金散尽，最终身无分文。曾经在峨眉山脚下，为了一盆水煮鱼片，被店小二揍到大小便失禁，送到医院已停止心跳，靠电击才捡回一条命。

杜超在广州暂住过，迷恋于一间汤包馆。此店门面奇小，破烂无比，常有老鼠出没于桌脚。每个深夜，准点光顾，从未间断。只剩他与一位老食客。自然，"话痨"的舌头闲不住，总是说到凌晨一二点，老食客却是个夜猫子，丝毫不嫌他烦，倒是听得津津有味。

九个月后，老食客失踪了。杜超独自在汤包馆，每次等他到后半夜。第七天，老食客的儿子来了，说老父已离世，今夜正是断七。

原来，老食客也是位老饕，因为常年不良的饮食习惯，一年前查出得了癌症，晚期。医生断定他活不过三个月。老食客拒绝了化疗方案，每夜跑到最爱的汤包馆，想要死在自己最爱的美食上。没想到，"话痨"出现了，每夜漫长的聊天，让原本绝望的老食客，抛却烦恼，豁然开朗，竟然多活了半年。老食客海外经商多年，积下数十亿财富，临死之前，招来律师，立下遗嘱，赠给杜超一千万遗产，以酬他续命之功。

大师兄攒得第一桶金，无意锦衣夜行，立马携款飞回上海。他是学金融的，知道这钱若不投资，早晚还得贬值一文不值。看来看去，如今这世道，百业凋零，也只有房地产最保险了。

于是，他从买卖高级房产开始，直到自己开公司做地产开发。凭借三寸不烂之舌，加上给某市某区领导进贡珍鲜美食，竟然低价拿到几片地块，由此发家成了亿万富翁，进而做了一名电影制片人。

杜超无法更改吃货之心，变本加厉寻觅各地美食，乃至飞到世界各地，从墨西哥老鼠到非洲白蚂蚁，尽入口腹。然而，他的舌尖日渐麻木，想是各种滋味杂陈，过于旺盛与激烈，在甜辣、酸麻、腥香、冰火之间，味蕾分裂，大脑皮层衰退……必须要有从未尝试过的美味，才能重新唤醒他舌尖。

差不多去年今日，他从开发商的秘密圈子里，意外得知"夜宴"的存在。

这是一艘黄浦江上的游艇，本身就价值过亿。这艘船，每周只开一次，每次最多接待二十一位客人，而每张请柬价值人民币五十万元——超过"话痨"吃过的最贵的一餐。

并非什么人都可豪掷千金而上船，每位客人要经严格审核，通常都是 VIP 会员，一亿资产是最低门槛。

首次踏上"夜宴"游艇，本欲享受一顿满汉全席，却被告知船上仅有三道菜。并且，每位上船的食客，只能选定其中第一道菜。若要吃到其他菜品，只能循序渐进，改天预约下周，甚至更往后的日期。刚要发飙，但看到其他客人，个个比他有钱，也都乖乖遵守规矩。他便想看看究竟是哪道菜，竟相当于如今的大学毕业生十年薪水。

第一道菜，芳名颇有《金瓶梅》的遗风——美人掌。

此菜初看香艳，再看迷离，三看却甚为惊骇，做得如同人手，截至腕部，肤如羊脂，雪白粉嫩，精雕细刻，五指栩栩如生，想是二八妙龄少女。

服务生把此菜切成七份，放在他面前的，恰是一根无名指连接着小半截手掌。细细端详，幸好没从这根手指上发现戒痕——同时，其他六人已享受完美食，要么大呼过瘾，要么独自陶醉。

杜超闭上眼睛，心底一横，夹起来放入嘴中。

不知是怎么做的，简直入口即化，却毫不油腻，而且没有骨头——这才让他安心。

他慢悠悠嚼了十分钟，将这价值五十万、七分之一的美人掌，全部吞入胃中。那一瞬间，仿佛十年那么长……想起崇明岛上，野河豚之夜，我的背影，独自远去，消失在海天茫茫的芦苇荡间。

当晚，大师兄杜超，摆脱了多年的失眠症。

一夜无梦，自然醒，他预订了下周的第二道菜。

是夜，登上游艇，照旧排队。等到二组，叫号来到餐厅，七位食客坐定，服务生端上菜盘，居然是一对人的耳朵。

难以分出性别，看起来略微小些。耳廓很薄，几乎透光，分明，白皙。

菜单上的名字颇有古意——窗笼记。

我的朋友"话痨"博览群书，他知道在旧时文人笔下，"窗笼"乃是耳朵雅称。

这对耳朵被切为七份，他从容地将其放入嘴中。清蒸的，慢慢品味，全部咽入食道，忽然什么都听不到了。万物沉默如许，从未有过的宁静。

索性，闭上眼睛，进入一个空的世界。

等到离开游艇，杜超才听到声音，却不再敢说话——仿佛有只耳朵，藏在胃中，偷听他的每句话。

第三周，他吃到了游艇"夜宴"的最后一道菜——舌尖。

餐盘里的舌头，异常新鲜地抽动，像刚被活杀的鱼，刮鱼鳞，去内脏，做成刺身。

当他用筷子夹起，总有种同病相怜的悲伤。泪水滑落，七分之一舌尖，送入唇齿之间。

舌尖与舌尖，缠绵，舌吻。

谁的舌尖？

那一夜，"话痨"总觉得这条舌头在向自己说话：喂，兄弟，下一个就是你了。

从此以后，每个周日，他都会登上游艇，轮番品尝这三道菜。

杜超自觉这是人生最好的时光，吸食毒品般不可自拔……

礼拜一，舌尖无数滋味，恍然羽化登仙，极乐世界。

礼拜二，略感寂寞，漫长宴席终结，高朋散尽，烛影销魂。

礼拜三，惆然若失，宅于家，茶不思，饭不想，纵使波多也枉然。

礼拜四，运气好在床上躺一天，运气不好就在街头挺尸。

礼拜五，无限想念两天后的夜宴，口水默默自嘴角淌出，智障状。

礼拜六，跃跃欲试，跑到黄浦江边，在码头徘徊，望眼欲穿，俨然八女跳江。

礼拜天，上得游艇，尝得"美人掌"或"窗笼记"或"舌尖"，才算活着。

品尝第一道"美人掌"时，他会在服务生切成七份之前，仔细观察其中掌纹，竟与真人分毫无差。

有的生命线奇短无比，难道已红颜薄命，化作芳魂入香冢？

有的爱情线波波折折，怕是遇人不淑，所托非人，每次都踏进同一条河流……

大师兄喜欢舔着美人指间，感受每个不同的指纹，看到她触摸过的一切——初潮来临时少女的身体，中学初恋时牵过的手，大学宿舍收到的第一束鲜花。

至于"窗笼记"，总能让人安静。当那对耳朵被牙齿嚼碎，空白瞬间过后，响起各种声音——出生起的啼哭，幼儿园疯玩的笑声，小学课堂的数学课，听过的第一首流行歌，在公司被老板责骂，陪情人去听海，发现老公外遇的电话录音，陈奕迅演唱会上的十年之前我不认识你不属于我……

当然，最钟情的那道菜，还属"舌尖"。

一年后，他已为游艇夜宴解囊两千六百多万。

虽然，这些钱对一个开发商而言，算不了什么，但他遇到了更大的麻烦。

"话痨"变成了结巴。

自从迷恋上那三道菜，他对世间一切都没了兴趣。享受"美人掌""窗笼记"与"舌尖"，成为舌尖唯一的功能，从而丧失了另一项重要的能力——他不再喜欢说话，渐渐沉默寡言，惜字如金，甚至羞于启齿。

当他必须要用语言表达时，舌尖竟如石头般僵硬，渍渍地冒出那三道菜的味道。如此这般，大半天只能说出同一个字，听的人急得能把肺吐出来。

他无法再说谎和欺骗别人了。

"话痨"的房地产生意，包括政府公关，跟地方县市领导在酒桌上的交易——全靠一张嘴。当这条舌头不再灵活，乃至于到了无声的地步，由舌尖为自己打开的大门，就此永远关闭。

就像他所开发的楼盘，短短几个星期，要么因建筑事故而崩塌，要么资金断裂成了烂尾楼，要么干脆被政府收回地皮……

最终，有位领导说了一句话：这家伙不好玩了。

杜超宣告破产。

所有人都离开了他，赤条条一无所有。他再也恢复不了说话的能力，舌头仿佛得了绝症。而在身无分文之后，他自然无力再参加夜宴，只能在码头边望洋兴叹，或是趴在外滩的栏杆边，在许多艘大小游艇间，寻觅舌尖上的那一艘。

黑色的，夜魔般的游艇，即便在江边灯火通明之时，他也从未在岸上看到过。

他再也无法吃下其他任何食物，似乎舌尖只能承受那三道菜，否则会有强烈的排斥。每天只能喝些流质食物，有时会反胃呕吐。

大师兄的体重迅速减少了三十公斤，直到骨瘦如柴，宛如骷髅活在黑夜。

无法再活下去了。

不是吗？

他对自己深恶痛绝，一切不都源自这条舌尖？

手里有一张游艇夜宴的VIP白金卡，虽然一分钱都不剩了，但至少有权给船长打电话。

他指名要跟游艇老板见面。

那一夜，游艇靠在码头边，服务生将他引入餐厅。摆着七份空餐具，还有一根白蜡烛。烛光摇曳之间，坐着个穿中山装的男人。他戴着一副厚厚的墨镜，看起来面目模糊，难以形容那种感觉。

总之，老板很神秘，配得上这艘游艇，也配得上这出夜宴。

这是杜超第一次见到他。

"话痨"严重口吃地说——想把自己的舌尖卖给他，作为本周的第三道菜，提供给广大食客享用。

神秘老板沉默片刻，却不正面回答，摘下墨镜，露出一双深陷的眼窝。

他说，自己不过等死而已。年轻时做过厨师，从街边大排档开始，到特色家常菜餐厅，再到宾客盈门的大饭店，还有米其林三星的西餐厅，精致天价的私房菜，正宗的神户和牛料理。因为美食，他在三十五岁那年，幕后控制着全国无数家餐厅，各种层次与菜系，从漠河到三亚，从台湾到新疆，每年有七亿人享用他所提供的美食。

简而言之，他秘密地控制着大部分中国人的胃。

三年前，老板查出患有癌症，决定在死以前，再开最后一家餐厅。他有一个梦——吸引这个国度最富有的人们，进入美食界的终极领域，同时也最具有创意，最能令人疯狂，最为秘密与黑暗。究竟要提供哪种食材？想了很久很久，上到天鹅肉，中到果子狸，下到河豚，乃至蚂蚁、地衣、麝香猫屎咖啡豆……我们已吃完了地球上所有可以想到的动物与植物，如何，才能满足拥有着无尽食欲的中国人呢？

"话痨"张开嘴，指了指自己僵硬的舌头。

老板心有戚戚焉，这并非现代人的发明，而是在我国源远流长，堪称国粹。安史之乱，张巡、许远守睢阳，吃掉了三万人。张巡杀了爱妾赠与士兵，最后杀光城里的女人，死尸也煮熟了吃。这就是吃人肉而流芳百世的例子。他看起来很有文化，像坐在央视《百家讲坛》的镜头前。

曾有一份秘密报告：来自中国最富有的五百个人，有40%渴望品尝人肉的滋味，不惜付出任何代价。北方某海港城市，建立过人肉供应网络。一开始，他们从将要死去之人身上割取肉与内脏，但往往有各种疾病，有的富人因食用而死。必须找到年轻而健康的男女，有人想到了死刑犯。不过，死刑核准权收归最高法院后，货源越发稀少而昂贵。食材的来源，开始与人口贩卖结合。有人爱吃童子肉，便有人贩子将偷来的小孩送去。甚至有只配做畜生的父母，竟将自己的孩子高价拍卖。这个邪恶的网络越做越大，处女肉，黑人肉，金发碧眼肉……扩展到地球上每个角落，以满足口腹之欲。东欧巴尔干某小国，有个村子专事这一行，孩子出生起就为了给中国人吃掉，因此不必读书，但要经过严格的身体训练，以使肉质紧实饱满，并不得接触异性。长到十八岁，每人标价一千万美元，办上旅游签证去中国。在那座城市的秘密工厂里，他们被加工成为粤菜、川菜、湘菜、淮扬菜、本帮菜、日韩料理……

杜超还是没有这种心理准备，趴下来想要呕吐，胃中空空。

老板说，自己也对这个人肉网络深恶痛绝。三年前，危机爆发，幕后大人物锒铛入狱，人肉交易被政府取缔，中国富人们最喜爱的秘密餐厅倒闭，市场出现真空。

不过，他所设计的三道菜——"美人掌""窗笼记""舌尖"，所有食材都是从合法途径购买，从不为了获取食材而杀人，更不会使用医院截肢或其他医疗人体废弃物，包括广东人喜欢的死胎之类一律不碰，那些不但非法和充满危险，也可能带有病菌致人死亡。

第一道菜，美人掌。

初次准备食材，有位姑娘主动找上门。二十四岁，容貌身材，都让人心动。她从小学习钢琴，父母都是音乐学院老师，十根手指纤长而有力，天生就是为琴键而生，获得过许多国际大奖。又有谁忍心截下她的一只玉手呢？经过仔细观察，老板挑选了她的左手，开出一百万的价格。说实话，一百万人民币，买一只年轻健康的手，真的不贵。何况，是这样的一只手，本身就是无价之宝。

游艇的主人反复询问：你是否下定了决心？直到最后一分钟，她仍然有反悔的机会。但她淡然地摇头，说只是为了逃避世界上所有的钢琴。凡是来到这艘船上，都是有故事的人。愿意出卖身体的一部分，必然有各自的原因，只是不愿意说出口罢了。

第二道菜，窗笼记。

前些年，有位很火的歌手，曾在万人空巷的选秀节目中夺冠。后来，她不知不觉销声匿迹了，至今只有极少数忠粉还在怀念她。老板告诉杜超——你，曾经吃过她的一对耳朵。在这个世界上，总有许多你想象不到的人生。一个人，永远也无法真正了解另一个人，哪怕他（她）就是你最爱的那一个。总之有一点，大家都是自愿的，必须年满十八岁，心智健全，具有完全的民事行为能力。游艇夜宴从未强迫过任何人，更没有威逼利诱，买卖纯属自由。

第三道菜，舌尖。

只有说到这两个字，杜超的舌尖才稍微正常一些。

老板回答，舌尖，之所以摄人心魄，不仅在于是人类语言的工具，更是美食滋味的入口。你没有品尝出来吗？四川女孩的舌尖有各种麻辣味道，西北汉子的舌尖充满面条的筋道，广东人的舌尖仿佛浓郁的汤煲。而英国人的舌尖最为廉价，简直索然无味，通常只能和烤牛舌混在一起，想必这就是"约翰牛"的出处。

不用多说，大师兄全明白了。他所迷恋的三道菜的精髓，在于每份宝贵的食材，都经历过可怜天下父母心的精心呵护，也集中了人世间所有的生、老、病、死，爱别离、怨憎会、求不得，五阴炽盛……

当天，杜超前往夜宴指定的一家外资医院。那里拥有全球最先进的体检设备，确认他除了饥饿与营养不良外，并无任何传染病或慢性病。至于他的舌头，虽然说话僵硬，但味蕾功能正常，也未变形或有其他毛病。

他签订了一份合同，自愿进行舌头切除手术。

手术将在游艇上进行，时间是在七天后，也就是今日。

早上六点，杜超来到黄浦江边。

一如往常，码头上弥漫着白雾，看不清对岸高楼。早班渡轮缓缓穿过，像个孕妇怀着一窝崽，拉响声声汽笛，被茫茫烟水吞噬，幻化成某种交响乐般的效果。

登船前，他看到个年轻女子，穿着一袭白色风衣，站在码头后边的高处。微风扬起满头青丝，黑发盖住她迷离双眼，露出一张苍白的脸。

蒹葭苍苍，白露为霜。所谓伊人，在水一方。

大师兄在心底默念《诗经》里的句子，自从迷恋上游艇夜宴的三道菜，他便再没对任何女人动过心。

女子原本眺望江面，恰好发现他的注视，转下头，目光幽深地看着他。

她的右手抓着栏杆，五根手指简直性感。同时，她的左手露出袖管，却只有一个光秃秃的手腕。

忽然，杜超觉得见过她，是在……也许……电视上吧……很多年前，有过某位钢琴少女，与郎朗一样被许多媒体报道过，后来不知为何失踪了。

等他登上游艇，有人告诉他——这位女子，三年前卖出自己的一只手，成为第一只"美人掌"。后来，每逢周日清晨，她便准时出现，安静无声，伫立许久，独自离去。

游艇缓慢开到黄浦江心，被一片白雾笼罩，再也看不到岸上的她。

杜超转入底舱，有间小小的手术室，两个穿白大褂戴口罩的男人，全身只露出一对眼睛。

他被打了麻药，躺下张开嘴巴，一支镊子抓住舌尖。麻醉使他没有任何感觉，仿佛已不再是自己的舌头。不到两秒，手术刀已切断舌根，将他的舌头放到托盘上。

经过简单称重，这条舌尖只剩下二十克，并且随着流血而变轻。

有人为它做了消毒和清洗，塞入特制的容器，装在冰箱里保存。

经过十二小时的冰鲜之后，当晚，这条舌头将会被搬上夜宴的餐桌。

麻醉的效果还没过去，他反而觉得轻松了许多，终于扔掉了嘴巴里的累赘。

他收到一百万元酬金，用其中的五十万，给自己预订了一块墓地。

剩下的五十万嘛，他给了我——今晚，只剩下一张未售出的请柬，他当场买下来，委托服务生送给我。

"话痨"为什么要这么做？用曾经最宝贵的舌头，换来的只是自己的坟墓。他希望我吃掉他的舌头？

他是这样用笔解释的——

"阿蔡，你是我最好的朋友，无论你怎样讨厌我。十年前，在崇明岛上吃野河豚那件事，我一直想跟你说声抱歉。我只是想把你培养成一个吃货。好几次，我在报纸上看到你签名售书的消息，悄悄混在你的读者人群中。有时候，我会带着你的书，排队来到你面前，可你只顾着匆忙签名，竟不抬头看我一眼。我在想，究竟是什么场合，什么时候，我才能真正让你明白——我依然想跟你做好朋友。我已时日无多，等到埋入坟墓，便再无机会。不如，让你品尝我身上最重要的一部分。虽然，我的舌尖已不再灵活，但味蕾深处的记忆还在。也就是说，吃了这舌尖，等于一次性品尝了世间所有美味，可谓死而无憾。"

我没能吃了他的舌尖的一部分，不知是我的不幸还是幸运？

凄惨的车内灯下，"话痨"张开嘴，看不到舌头，只有小半截舌根残留。

杜超遗憾地摇头，两行热泪，从双颊坠落，小本子已被他写满了——

"我只是渴望，让我的舌尖与你的舌尖，以这样一种方式重逢。让我的身体的一部分，永远停留在你的身体里。在黄浦江上，在游艇夜宴，在舌尖上的一夜。"

于是，在最漫长的那一夜，我拥抱了他。

他的身体很冷。

大师兄杜超抓紧我的手，十秒钟后放开，打开车门，自生自灭在黑暗中了。

我慢慢开始相信这句话——人生的喜怒哀乐尽在舌尖。

三天后，我收到了杜超的讣告。

虽然，很怀疑这件事的真实性。毕竟在十年前，这家伙装死骗过我一次，但我还是去了一次殡仪馆。

这回，他是真的翘了。

追悼会现场的遗像，他在黑框中微笑——许多年前，每次当他在高谈阔论，同时拉着一张烈士般严肃的脸，我就会想到此刻情景。我没有猜到开头，但猜到了结尾，我想。

参加葬礼者寥寥无几，花圈总共只有一个。大师兄没什么亲人，早跟当年的朋友断绝了往来。来送他最后一程的人，究竟跟他是怎样的关系呢？

但我认出了几张面孔——

那个……那个……不是上礼拜才见过吗？游艇夜宴的服务生？是，就是他端着托盘，给我送上了请柬。

对，旁边还站着另一个，就是把"舌尖"切成七份，最后把我赶出去的服务生。

等一等，我看到了游艇的船长。那晚，我还煞是羡慕他掌舵的范儿。

我这才明白了，前来送别杜超的，竟然全是夜宴游艇上的工作人员。更教人惊诧的是——他们都管遗像里的人叫老板。

我开始分裂了。

哀乐响起之前，我拽住船长和厨师，想要立刻知道真相。

真相是这样的——

三年前，房地产开发商兼电影制片人杜超，因为得罪了官员，被迫金盆洗手，退隐江湖之远。他用最后的一笔积蓄，自海外购买了游艇。作为一名资深吃货，他以毕生心血研发出三道菜："美人掌""窗笼记""舌尖"。他召集船长、厨师、服务生，还有奢侈品公关出身的销售总监，将游艇改装成黑色的水上餐厅，创建了秘密的"夜宴"品牌。

夜宴的三道菜生意火爆，渐渐成为中国富人身价之象征，如同香车美人不可或缺。谁若是没有上过这艘黑色游艇，都不好意思去美国 IPO[1]。游艇老板则隐入幕后，平常不以真面目示人，只在每回夜宴就餐之际，躲在一面镜子背后，默默观察人们享用美食的表情。

然而，一年前，杜超突然被查出患有癌症。

舌癌。

这是口腔癌的一种，据说病因是吃了太多不该吃的东西。虽说他春秋正旺，却已说过别人几辈子都说不完的话，综合原因致癌细胞发育。他一度想要自杀，如果必须要切除自己的舌头，才能够保住性命的话。

最后，杜超还是在舌尖与活着之间，选择了后者。

他迅速完成了舌头切除手术，从根部彻底截断，看起来非常成功，所有的癌细胞都被消灭了。

失去舌尖之后，他从"话痨"变成了哑巴。并且，他丧失了对于美食的兴趣，因为不再能够尝到任何味道，包括他自己发明的三道菜。

如同行尸走肉般，他度过了最黑暗的半年，直到去医院复查时，意外发现癌细胞复活，这回已转移到了大脑。

人，可以切除舌头，但无法切除脑子。

他已追悔莫及，早知如此，不如当时就死了干净。

一周前，没有舌头的"话痨"，病入膏肓，奄奄一息。他从加护病房里逃出来，给我准备了请柬，一边在手背上插着输液针头，一边躲在餐厅的镜子后面看我。

当天凌晨，在码头边的停车场里，人们发现了他的尸体。

根据停车场的监控记录，杜超坐进了我的车，我们笔谈了大约两小时。然后，他独自下车。就在我驾车驶离的同时，他虚弱地晕倒在黑暗角落，再也没有起来过。

那一夜，我和他拥抱道别，其实，就是他的永别。

而他写给我的那些故事，绝大部分都出自杜撰，也成了他的绝笔。

---

[1] Initial Public Offerings，企业首次公开募股。

而我，是他生命中最后见到的人。

真相说到这里，我已彻底明白了——大师兄只是想在临死前，再捉弄我一次。

不得不承认，这家伙的演技长进了。

究竟是什么样的人，什么样的思想境界，才会用生命来表演呢？

厨师还告诉我一个秘密——所谓"夜宴"，是用来欺骗富人的。

其实，"美人掌"是猪手，"窗笼记"是猪耳，"舌尖"就是猪舌头，只是伪装成人体形状，加入独特的人工色素与调味料，使其具有人肉的色香味。而游艇上全部的食材，实际价值不超过两百块。

说到此处，哀乐响起，杜超的员工们纷纷向老板鞠躬。可见他管理团队还算成功，至少大家都念他的好。

而我没有鞠躬，而是绕到黑色帷幔背后，看到了水晶棺材里的死者。

毫无疑问，这是一具尸体，虽然化过妆容，但仍与活人有着明显区别。

"话痨"终于死了。

我的手指，隔着玻璃，冰冷到烫手，放在他嘴唇的位置上，里面已没有了最重要的那一部分。

哀乐声结束，大家瞻仰遗体，有人捧着个陶瓷圆罐，仿佛大师兄已被烧成灰了。

厨师旋开罐盖，小心翼翼取出个玻璃瓶，泡满了酒精之类液体，还有一枚舌尖。

他说，杜超在完成切舌手术之后，向医生要回了自己的舌头，用酒精泡在玻璃瓶中。

忽然，我想起前清的老太监们，用石灰罐珍藏自己的命根子，一辈子。

根据杜超的遗嘱，这枚舌尖将作为最后的礼物送给我。

×，怎么不送我一艘游艇呢？

话虽如此，我还是接过这瓶遗赠，看着玻璃瓶内壁之中，被酒精泡得胀大的舌尖，充满癌细胞发黑的肉质，居然依旧有些眼熟。

半小时后，我目送大师兄杜超被塞入火化炉。

天下没有不散的宴席。

但是，对我来说，至为遗憾的是——再没有人以装死来欺骗我了。

我把"话痨"的舌尖捧在手心，这是他留在这世上的最后一部分。

"话痨"被烧成灰烬的次日，恰逢周日，头七。

清晨，六点。我来到黄浦江岸，游艇码头。天蒙蒙亮，晓风，残月。独一无二的黑色游艇消失了，听说是被杜超的债主拍卖了。

空荡荡的码头上，只有若干流浪猫在觅食。附近常有人捕捉野猫煮了吃，或者送入街头大排档变成烤串，伪装成羊肉或牛肉……

我打开手里的玻璃瓶，将浸泡在酒精中的舌尖，倾倒在码头的木质地板上。

几只饥饿的猫，循着气味奔来，围绕几圈嗅了嗅，就将"话痨"的舌尖分而食之。它们在角落里打作一团，地上只剩一摊酒精痕迹，依稀还有某个人的气味。

我想，这是他和它最好的归宿。

痴痴看着江上风景，当我转头离去之时，发现身后站着一个年轻女子。

白风衣，黑长发，如雪容颜，很想问她要个微信或 QQ 号。

可我不知道，她究竟是在看我，还是看我身后的江面，抑或那艘消失了的黑色游艇。

风，吹乱她的长发。她伸出右手，五根手指，纤长白嫩，天生适合钢琴，象牙梳齿般，捋过额前发丝。

然而，她的左手，始终隐藏在袖管深处……

闭上眼睛，不敢再看下一秒。我的手腕、双耳、舌尖都莫名地刺痛。

吃货们，小心舌尖。

第

# 5 夜

黄浦江上的白雪公主一夜

肖皛：寻找白雪公主的小矮人

告诉你一个秘密——黄浦江底下埋着一个藏宝箱，换算到今天可以值一个王思聪。

二十年前，我的初中同学肖皑，他的身高与鲁迅先生相同，在学校图书馆的屋檐下，放学后黄昏的星光里，街边音像店里飘散着张学友的《吻别》，他一本正经又神秘兮兮地跟我说——

"喂，蔡骏，你知道吗？一百多年前，有个英国船长，其实是个海盗。他的帆船环游过世界，最后停靠在上海。在他被逮捕并公开绞死之前，他把一个沉重的铁皮箱子，悄悄扔进了黄浦江。那个箱子里头，装满了海盗的不义之财，有墨西哥黄金、南非钻石、西班牙银器……"

肖皑说这是他爷爷临死前泄露的秘密。他爷爷年轻时是潜水员，日本鬼子曾命令他下水打捞藏宝箱。总共十几个潜水员在黄浦江里搜索。那天撞邪了，他们要么被水草困住，要么双脚抽筋，或是遇到凶恶的大鱼，最离奇的是被淹死鬼逮住了。他爷爷是唯一的幸存者，几乎潜到黑暗的江底，在一堆沉船的废铜烂铁间，似乎有个发光的箱子。箱盖打开道缝隙，露出一截长长的头发——女人乌黑光泽的发丝，海藻般野蛮生长着。要不是迅速上浮，双腿就要被缠住，侥幸捡回一条命。但他爷爷到死都没说清楚藏宝箱在哪个位置。

那个傍晚，我完全被他唬住了，相信真有这笔财宝存在，只要天天下黄浦江潜水，运气好就能捞起来——就像我们最爱的一部苏联电影《意大利人在俄罗斯的奇遇》里那样大发横财。随便想想，都馋得吐口水答答滴啊。如果我有了这笔财宝，就会买个 Walkman 听音乐，外加一个正版变形金刚。肖皑的要求更奢侈些，想买台刚上市的日本进口世嘉土星游戏机。那时候，我们就只有这点出息了，买房啊，豪车啊，移民啊，把妹啥的，那都是《终结者1》里的未来时代呢。

初中毕业，我就把这个传说忘了，去他妈的黄浦江底的藏宝箱，反正轮也轮不到我。

但，肖皑一辈子都没忘记过这个秘密。

他告诉我，二十年来，几乎每个星期，他都会到黄浦江边转一圈。或者，他乘坐渡轮好几个来回，从十六铺到陆家嘴，从董家渡到南码头。他研究过黄浦江两岸码头的历史，去档案馆查找租界时期的英文资料，又去海事部门托人调查。所有进出港的船只都有记录，如果查到那个被绞死的英国船长停泊在哪个位置，就可以按图索骥去找了。

光有这些还不够，硬功夫是要下黄浦江把藏宝箱捞上来。肖皑去泰国学过专业潜水，每年要飞去两次，已达到 Special Courses（潜水专长课程）这个层次，再升一级就可以当教练带学生了。

今年七夕，他带潜水装置下水——但刚下到江水里头，末班渡轮就从对岸开过来，他差点被螺旋桨大卸八块。整套昂贵的潜水装备完蛋了，他落汤鸡似的爬上来，失魂落魄地走过外滩，看着无数成双成对的男女。有个卖玫瑰的小女孩缠着他，肖皑扯下她头发上的垃圾和菜叶，买了一枝十块钱的玫瑰。

他把玫瑰抛进了黄浦江。

深秋，肖皑约我在黄浦江边吃饭。夜色朦胧，对面是陆家嘴的无数栋高楼，金茂大厦和环球金融中心，在六百三十多米的上海中心面前，都成了侏儒。

我们二十年不曾见过，自然有了许多变化。但唯独不变的是，天哪，他还是那么矮！

中学时按身高排座位，肖皑永远坐在第一排，早上做广播体操也是第一个，体育课队列训练也在最前面。除了个别女生，他是班里最矮的那个，经常被误当作小学生。现在，根据我的目测，肖皑不超过一米六，当然他没有穿内增高鞋。

他在一家旅行社工作，开拓海外新的旅游线路，总有便利去泰国玩潜水。他说在书店里看到我的许多书，想起黄浦江底的财宝。

肖皑说："我有种预感，就是今年，我会找到藏宝箱。"

他不在意我的目光，仍然畅谈那个秘密计划。怎样从黄浦江的淤泥中获得价值连城的财宝，如何把财宝兑换成现金，有地下黑市是专门干这个的。他估计可以到手十几个亿，至少买几套房子吧。市中心买套高层公寓，郊区再弄个独栋别墅，还要买辆迈巴赫的轿车，雇一个司机和两个保镖。他制定了周游世界的路线，不是驴友的穷游，而是一掷千金的豪华游，让迪拜的土豪也甘拜下风。最后，就是女人了，但他对 AV 女优或国内明星都没兴趣。

突然，我打断了他的黄粱美梦，除非把黄浦江抽干，否则是找不到这个藏宝箱的。

假如有一天，黄浦江干涸了。从浦西外滩到浦东陆家嘴，不再是波涛汹涌的水面，而是一条宽阔的壕沟——底部铺满烂泥和垃圾，百多年来的沉船、殖民者们生锈的武器、某个法国小姐从巴黎带来的梳妆台、"二战"逃难犹太人的钢琴、日本鬼子的军刀、"大跃进"后废弃的钢铁、1966 年抄家时扔下的金条、码头拆除时的建筑废墟、二十多年前某个孩子丢失的红白机……还有不计其数的骸骨、几百台iPhone、上千台诺基亚（洗干净还能用）、不计其数的高跟鞋。爬下外滩防汛堤，走上江底泥浆，充满沼气的臭味。曾经江水浩荡，在头顶浊浪翻滚，浪奔浪流而今不复，只剩鱼儿与尸体齐飞，重金属污染淤泥共天空雾霾一色。忽然脚底轰鸣震颤，那是越江隧道和地铁二号线。

肖鲃两只眼睛怔怔的，他是被我的想象感动了吗？但，他的目光焦点并不在我，而是我的背后。于是，我转头往后看，却见到了她。

她。

好像什么刺痛了我的眼睛。

那是个女孩子，看起来十六七岁，脑后扎着马尾，被风吹得有些调皮。她站在餐厅的窗外，斜倚着栏杆，看黄浦江对岸的灯火。

肖鲃从座位上跳起来，几乎撞破那块玻璃。我指了指大门方向，他跌跌撞撞冲出餐厅。我在餐桌上甩下几张钞票，跟在他身后追出去。来到江边的防汛墙边，刚才的女孩已不见了。

他失望地看着四周，对着天空吼了一声，又低声说，她可不是鬼魂。

一个月后，我脑筋搭错，忽然想学滑冰，便去滑冰俱乐部报名。那是在一个大商场顶楼，有块小小的冰场，教练在带一批学员。他们穿着锋利的冰刀，从冰面上滑来滑去。要是骤然平视他们，看不到脚下的冰面，还以为是一群鬼魂飘来飘去。

我买了一个教程，在收银台付钱的时候，看到了她。

天气越发冷了，加上冰面的寒气，小姑娘雪白的脸颊，冻出了两块"红苹果"。

刷完卡，开好发票，我却赖着不走，反正也没有旁人，滑冰俱乐部快要下班了。

"你叫什么名字？"

她瞥了我一眼，目光有几分敌意，但还是回答了："玄春子。"

"啥？"

我没听明白，才想起收银条上有收银员的名字，真为自己的智商着急。

"玄春子。"

就是这三个字。

"晕，怎么像是修仙小说里的人物？难道你还在起点中文网业余写网文？"

女孩回答："我是朝鲜族思密达。"

怪不得，我明白了。

她的普通话很标准，不过带着一些东北味。我继续跟她聊了几句，她才十七岁，今年高中肄业，刚到上海三个月。

聊天到此为止，她不肯留电话号码或 QQ，只能留微信，这是老板规定的。但我两手一摊，说我没用微信，她像看外星人一样看着我。

而我看着她的眼睛、她的面容、她的头发、她的一切……都跟白雪好像啊，当然，仅仅是我们记忆中的那个白雪。

小时候有部电视剧《十六岁的花季》，我们班几乎每个人都看过，有人说拍到了女生洗澡，也是电视上第一次出现早恋。但我记忆更深的，是每次片头都会有席慕蓉的诗，片尾会有一段旁白，加上各种名人格言。2007 年，我第一次参加台北书展。在 101 大厦的书店里，偶遇了女诗人本人。我认识她，但她不认识我。我只是，安安静静地看她侃侃而谈。至今还记得她的诗。

电视上播完《十六岁的花季》，就被湖南台与台湾皇冠接连不断的琼瑶剧占领了，从《婉君》到《雪珂》再到《青青河边草》的《六个梦》，直到《梅花三弄》咆哮的马景涛同学——也就是那年，开学的 9 月，白雪来到了我们班。

她叫白雪。

《十六岁的花季》里的女　号也叫"白雪"，演员叫吉雪萍，声优却是袁鸣。不过，我们全体男生都觉得，那年秋天来到初二（2）班的白雪，要比电视上的"白雪"好看得多。

她的个头很高，至少有一米七，细细长长的，穿着条白裙子，乌黑的马尾晃在脑后，扫着男生们的心门。还有那皮肤啊，真像雪一样白，近乎透明的颜色，可见青色的皮下血管，盯着看还有些恐怖的感觉。

白雪很快有了一个外号：白雪公主。

那时的中学里有许多回沪知青子女，她也是其中一分子。有的人从小就在上海，她却刚从黑龙江转学过来。她妈是东北人，在阴雨绵绵的上海话世界里，她的东北话就像晴朗的太阳。她父母还在北大荒的农场，送她独自一人回上海读书，寄居在姑姑和姑父家里，准备在上海报户口和考大学，这样总比在黑龙江强多了。

可惜，白雪的学习成绩很差，功课完全跟不上。大概是转学的缘故，也可能本就不是读书的料。每次考试她都是最后一名，数学简直白痴，最离谱的是有次交了白卷，气得老师命令她在走廊站了半个钟头。所有老师都不喜欢她，说她必须留级多读一年，否则会把学校的平均升学率拉低——而这一可能性，也成了悬在所有男生头顶的达摩克利斯之剑。

虽然，男生们都爱向女神献殷勤，更别说是白雪公主了，但白雪有些难以接近，用今天的话来说就是冷艳高贵，似乎谁都看不上眼。在这座城市，她没什么朋友。如果说勉强算有的话，那就是我和肖皑两个人。

我告诉她，在《格林童话》最初的版本里，白雪公主没有后妈，迫害她的人是亲生母亲。白雪说不相信，她妈妈待她很好，只是她不想再待在那个地方了。但是姑姑嘛……她不说了。我们问她有什么爱好，比如读书啊，看录像带啊，读漫画啊，甚至打游戏之类的，她的回答很酷：滑冰。

那年上海已有了旱冰馆，也算是时髦的运动。但是，滑真冰的还绝无仅有。

白雪说在东北的松花江上，每到11月，就会结上一层厚厚的冰。整个学校里的孩子，个个脚踩最简单的冰刀，跑到江面上去滑冰。她的滑冰技术是最好的，能够连续在冰上转好多圈。曾经有个体育老师，看中了她这双长腿，推荐去哈尔滨的体校练过几个月，后来受伤才放弃了。

在我们身边，白雪只待了不到半年，在初二的上半学期。从秋天到冬天，她迫切地期待最冷的时节。她说等到 12 月底，黄浦江就会结冰，那时候就能上去滑冰了。我和肖皑都在笑她，说打我们生出来开始，无论苏州河还是黄浦江都没结过冰。但她顽固地不相信，觉得我俩是在诓她。因为，这是白雪爸爸告诉她的。在来上海的行李里头，她特意藏了一双冰刀鞋，等结冰以后就可以在黄浦江上滑冰了。她把冰刀鞋带来过学校，穿在脚上给我们看过，刀口寒光闪闪，真是杀人利器啊。正好被老师发现，将她的冰刀鞋没收，说这个家伙太危险了，万一切掉学生的几根手指头，学校可负不起责任。我想除了安全原因，也是老师对于白雪这种差生的惩罚。

冰刀鞋被没收那天，从没掉过眼泪的白雪，一路哭着回家，雨打梨花般惹人怜爱。我和肖皑，谁都不敢去安慰她。因为她个子高，力气大，脾气暴躁，有时会揍男生。这双冰刀鞋陪伴了她五年，是她爸爸送的生日礼物。

一个月后，短暂的寒假开始。

她原本要回东北过年，却在回家前几天消失了。

人们最后一次看到白雪，是上海最冷的一天。在黄浦江边，金陵东路轮渡码头附近，有几个轮渡公司的职工，还记得这个高高的姑娘。

我们的白雪公主，再没出现过。公安局记录了她的失踪时间，三年后，户口被注销，算作法律死亡。

那是二十年前的事了。

还有一个秘密——肖皑暗恋着白雪，他只告诉过我，因为身高的差距，不敢让别人知道。

虽然，身高不到一米六，肖皑却很有自信。男生发育本来就比女生晚嘛。女生长个头的时候，男生还都是小不点呢。他总觉得，再过几年，自己就会比白雪高半个头了。谁都无法预测未来，如果他知道自己长到现在，贴着墙量身高还是一米五九的话，大概就不会那么想了吧。

我们从小就知道白雪公主与七个小矮人的故事。但对肖皑而言，如果，有一个小矮人和七个白雪公主该多好啊！如果，是我们的白雪同学，一个也就够了。

他的白雪公主，此刻在何方呢？

那晚在黄浦江边的餐厅，肖鲵看到窗外凭栏独立的女孩子，也是这副白雪般的容颜，甚至差不多的个头。

而此刻，在我眼前的滑冰俱乐部收银员，她叫玄春子，不叫白雪，还是个朝鲜族思密达，让我如何转告呢？

于是，我决定，不告诉肖鲵。

彻底忘记白雪吧，这样对他最好了，我确信。

2015年，冬至夜，又是北半球白昼最短黑夜最长的一天。

在最漫长的那一夜，寒潮自西伯利亚来袭，席卷过整个中国北方，跨越长江，拥抱上海。温度往下跌落到零下十多度，据说是解放后从未有过的。

凌晨两点，听着窗外呼啸的北风，大雪齐刷刷地飘落着。开着空调，我也瑟瑟发抖，每寸空气都是冰冷的。入睡之前，我最后看了眼微博，却跳出一条消息扎了眼睛：黄浦江结冰了！

真的吗？

网上发了许多张图片，不少人正在黄浦江边围观呢。这时，我收到一条短信，居然是肖鲵发来的，他说他已经赶到黄浦江边，江面千真万确地封冻了。

冬至这天我去上过坟，老人们说今晚不应该出门，是鬼魂出没的节日。

半小时后，我和肖鲵在外滩观光平台碰头了。

没错，漫天凛冽的风雪中，黄浦江已凝结成一条水晶般的玉带。我们瞪大双眼，不是做梦，也不是精神错乱。结冰的江面像半透明的镜子，完全凝固在今晚的某个瞬间，再也没有波涛汹涌，没有泥土味的水汽，没有潮汐的起伏。江面上残留各种吨位的船只，有从太平洋另一端来的艨艟巨轮，有从苏州河来的小小驳船，全像被点穴或定格，被冰层封锁在江心或岸边。对岸陆家嘴钢铁森林的灯火，在冰面上发出五颜六色的反光。

跟我们同样闻讯赶来的，是刚从夜场里出来闲得蛋疼的年轻人，像大叔的都是摄影发烧友，举着各种长枪短炮狂拍一通。

趴在栏杆上的肖鲵说："那么多年来，我拼了命找寻的，并不是黄浦江底下的藏宝箱，而是我们的白雪公主。"

失踪的白雪？

“嗯，二十年了啊！我读大学的时候，专门去过黑龙江，找到白雪家里。她的父母也多年没见过女儿了。但我相信，无论她在天涯海角哪个角落，一定会再出现的——而且，就是在这里！她失踪的当天，在黄浦江边看到她的，肯定不止轮渡公司那几个人。我想，只要每天在黄浦江边上寻访，就可以找到其他目击者，不管她是死是活还是怎样，总有水落石出的一天。”

黄浦江，漫天风雪的凌晨，看着他有些发红的眼眶，我唯有沉默。

我莫名地想起松花江。几年前，我去哈尔滨签售《谋杀似水年华》。恰是 11 月，松花江已经封冻。我住在兆麟公园边上，子夜时分，独自去江边溜达。我大胆地走到冰面上，脚底下还算结实，滑溜溜的很有趣。我从没滑过冰，小时候一度流行的旱冰鞋都没穿过。冬夜，我在松花江上走了半小时，还脚底打滑摔了一跤。我丝毫没感觉冷，反而心里头热腾腾的。第二天，我去了几十公里外的呼兰，渡过传说中的呼兰河，拜访萧红故居。在萧红童年住过的屋子前，有尊她的雕像，汉白玉的，雪一样白。那个民国女子，坐在一块大石头上，手里拿着一本书，肚子里不知怀着谁的种，就像黑白照片里的那张脸，我站在她的面前，却有种异样的感觉，似乎她正在幽幽地看着我。对视的刹那，她活了似的，让我有些恐惧。

那里头有她的灵魂。我相信。

回到冰封的黄浦江边，肖皑呵着白气说他最后一次见到白雪，是在她失踪前一天。

那天是她的生日。

白雪在东北读书晚，比我和肖皑早出生一年。她看上去也更成熟，胸啊屁股啊都发育得很好，不知道的人以为她快要高中毕业了呢。当她和肖皑一起走在街上，即便不是白雪公主和一个小矮人，至少也是大姐姐带小弟弟的节奏。

那一夜，肖皑请她看了场电影，陈凯歌的《霸王别姬》。他是冲着张国荣去的，最后看得眼泪汪汪，而白雪看到一半就睡着打呼了。

电影散场，她收到了神秘包装的生日礼物，是一双崭新的冰刀鞋。

白雪兴奋地跳起来，真的很漂亮啊，女款的，粉红色，不锈钢刀刃，像古龙的第八种武器。

上海买不到这种东西，肖皑有个远房亲戚在东北，就这么托人邮寄包裹来的。这双冰刀鞋，用掉了他一个月的零花钱，还差几十块钱是问我借的。

白雪把冰刀鞋放在脚上比画几下，果然英姿飒爽。最近她牢牢盯着气象预报，冷空气南下，接连几场小雪，气温在零下三度左右。她在等待黄浦江结冰，坚信会有那么一天。

二十年来，肖锴始终没有忘记那一夜。

那是白雪公主的生日，也是他们的最后一面。

"蔡骏，现在你看到了吧？白雪说得没错啊，黄浦江真的会结冰耶！当初，是我们这些人孤陋寡闻。你不会相信的，白雪失踪以后，我查过许多史籍资料，黄浦江确实有过冰封的记录！

"最严重的一次在明朝正德元年，黄浦江足足冰封了一个月。那冰层厚得不但可以走人，还能跑马推车，人们正好省却舟楫横渡之苦，直接从冰上往来穿行。有户人家办喜事迎娶新娘，踏冰而行走到一半，冰层突然断裂崩塌，一百多号人敲锣打鼓乐极生悲而全灭——而今新娘的骸骨依然埋葬在江心吧。其次是清朝咸丰十一年，那年冬天太平军猛攻上海，突然遭遇剧烈的风雪，黄浦江冰封直至次年正月十四日才融化。寒冬拯救了盘踞上海的洋鬼子，无数太平军战士变成冰雕冻死在郊外，否则上海早就被忠王李秀成攻克了。最近的一次是光绪十八年，十二月初二，上海的最低气温零下十二摄氏度，徐家汇积雪深达三十厘米，黄浦江苏州河全部结冰，'累日不开，经旬不解'，这件事距今已有一百二十多年了……"

肖锴给我看他抄录在手机里的资料。

他把半个身子探出栏杆，最大限度接近黄浦江冰面，大声说："所以啊，我和白雪一样固执，一辈子都在等待今晚的降临。"

"白雪！"

肖锴突然尖叫，不是内心呼唤，也不是低温下的幻觉——而是在黄浦江对面，浦东陆家嘴那边，距离江岸不过十来米，雪白如镜的冰面上，有个姑娘正在滑冰。

真——的——是——白——雪——啊——

就像二十年前，上海市普陀区五一中学，初二（2）班的白雪公主。依然高挑与苗条，两条细长有力的腿，裹着白色的滑雪衫，脚上穿着冰刀鞋。

冰刀鞋。

黄浦江上的白雪公主。

　　她在冰封的江面上随心所欲，西岸外滩的古老建筑，东岸陆家嘴的摩天大厦，变成钢铁与水泥的白色山谷。风雪吹乱她的头发，江两岸无数的观众，正在欣赏她的冰刀鞋。

　　我的初中同学肖皑，为最漫长的这一夜，已足足等待了二十年。

　　他不想只做观众。

　　白雪公主近在眼前，小矮人 Come on baby!

　　肖皑挣脱我的阻拦，整个人翻越栏杆，纵身一跃，跳下黄浦江。

　　我惶恐地把头探下江面，他并未摔死或淹死，而是双脚打滑地站在冰面上，向我挥舞胜利的手势，灯光照亮小小的个头。

　　"快回来啊！"四周响起警察的高音喇叭，呵斥在黄浦江冰面上的人立刻回来。

　　但他不在乎，从外滩向陆家嘴跑去，踩着几小时前还是滔滔江水，而今却是晶莹剔透的冰面。白雪就在对面，脚踩锋利的冰刀鞋，冰面上划出两道清晰的印子，穿花绕步出一组神秘图形。

　　白雪公主和她的一个小矮人。

　　空旷的黄浦江上，除了被困住的船只，就只剩下他俩了。

　　这一夜，冰面上的世界很大很大，又仿佛小得微不足道，如果她是白雪的话。

　　肖皑接连摔了好几个跟头，额头在坚硬的冰面上磕出了血。除了鲜红的血，还有眼泪在飞。凌晨四点，身后的海关大厦钟楼敲响。亚洲第一大钟，响起《东方红》的旋律，几十年来从未晚点，小半个上海都能听到。而我亲爱的同学，已经冲到黄浦江江心，正对着苏州河口最宽阔的那片冰面。

　　还差几十米，就要触摸到记忆中的白雪了。

　　黄浦江上的玄春子，嘴里欢快地哼着歌。

　　女孩意识到背后有人，冰刀九十度垂直，站定在冰面上回头。

　　她看到了他，依稀，似曾，相识……

　　突然，他脚下的冰面撕开一道细细的裂缝。

　　玄春子惊恐地尖叫，在东北长大的她，清楚这意味着出大事了！

　　肖皑也感到危险，但不知怎么办。转眼间，裂缝变成无数道细纹，化作一张密密的"蛛网"。

　　一片大大的雪花，坠落到眼底。他并不管脚下变化，继续向白雪走去。玄春子继续尖叫，撒开一双冰刀，往陆家嘴岸上逃命般滑去。

似魔鬼的步伐，摩擦摩擦，摩擦摩擦……

男人的两条腿，自然追不上女孩的两只冰刀。

黄浦江两岸，成千上万围观的人，一齐发出尖叫、咆哮，或祈祷。

四分之一秒后，肖皑脚下的冰面碎了。

等到我重新睁开眼睛，冰封的黄浦江上只剩个大窟窿，翻腾着水汽。

再见，我的同学肖皑。

黄浦江底，平日混浊的泥水，在冰冷中清澈了许多，他竟能看清水下的一切——在一团古老的淤泥间，闪过某种微亮的光，那是女孩飘扬的发丝，乌黑丝绸般鲜艳夺目，栩栩如生，好看得很……

你好，白雪公主。

你好，小矮人。

白雪在水底微笑着，还是穿着那件白色的滑雪衫，脑后扎着俏皮的马尾，一条深蓝色的运动裤。她的胸口，挂着昨天刚收到的生日礼物，漂亮的粉红色女款冰刀鞋。"谢谢你啊，可爱的肖同学。"初二那年冬天，真的很冷很冷。虽然，她是在黑龙江出生的，但那儿即便零下几十度，仍然大多天气晴朗，夜晚缩在火炕上很暖和。无法忍受上海的冬天，那种每个毛孔都是冰冷阴湿的感觉，像剪刀慢慢铰碎你的血管和神经。她寄居在姑姑和姑父家里，住在最小的阁楼顶上，只有个屋顶上的老虎窗为伴。那张自己搭出来的小木床啊，都不够她伸直双腿的。冬天里没有任何取暖设施，家里总共只有一个热水袋，却是要留给表妹用的。她总是半夜里冻醒，满脸鼻涕还有眼泪，仿佛快要熬不过去。短暂的寒假开始了，她却不想回东北去过年，虽然很怀念在松花江上滑冰的日子。她曾经发誓再也不回去了。她总是看着气象预报，不时跑到黄浦江边。上海的冬天越来越冷，根据在东北长大的经验，按照这样的体感温度，早就应该结冰了。而黄浦江与松花江差不多宽，她相信再等不了几天。

于是，生日过后的第二天，也是那年上海最冷的一天，她来到黄浦江边，静静等待江面结冰的刹那。只不过，她和他等待了足足二十年。

冬至第二天，狂暴的风雪停了。

上海的早晨，太阳照常升起。

昨晚黄浦江的结冰封冻，距离上回过去了一百二十多年，但只持续了七个钟头，冰面就差不多全部融化，如此短暂。

冰面开裂的过程，整个上海已万人空巷，几千万人挤满黄浦江两岸，个个高举自拍神器，顺便刷刷朋友圈。固体流冰只漂浮了半个上午，便被奔流的江水吞噬，正午之后就再无影踪。

如昙花一现。

黄浦江上无数海鸥飞来，成群结队，你追我逐，像是举行什么仪式。不少停在冰冷的水面上，大概一夜冰冻过后，江底的鱼儿都活跃了吧。

公安局的船只忙着打捞，几个蛙人正在下水——肖鲲坠落冰窟的位置，恰是黄浦江江心最深处。古时候，泥沙冲刷出了陆家嘴，形成锐角三角形的大转弯，而锐角正对准苏州河口。几百年来，河水与江水互相撞击，在中心掏出无底洞似的漩涡，竟有二十九米之深。

不止在外滩，整个黄浦江的上下游，许多警察和城管出动，到处打捞搜索尸体——还活着的可能性微乎其微，肖鲲可能随波逐流被冲到了吴淞口，进入长江的泥沙深处，也可能被潮汐带到上游的松江、泖港，乃至淀山湖……

作为落水者的朋友，也是出事时的第一目击证人，我来到水上公安分局。

码头边浮动的小房子里，我见到了玄春子。

她还认得我。

在警方的反复询问下，她的脸色都发白了。

第一个问题，为什么要跑到黄浦江上滑冰？

玄春子说她刚过来几个月，在上海没什么朋友，早就憋坏了。她从小就会滑冰，又在滑冰俱乐部工作，昨晚听说黄浦江结冰了，她就带了冰刀鞋出门。她住在浦东一边，到了陆家嘴的江滨绿地。那里有亲水平台，她天生胆大，试着检验一下，根据这个温度，感觉冰面很结实，就跳下去滑冰了。

听起来，无懈可击。

第二个问题，掉进冰窟窿里的人跟她是什么关系？

玄春子两手一摊，表示完全不认识，从小到大都没见过那张脸。她也搞不清楚，对方为何突然冲过来，并叫她一个陌生的名字。

什么名字？

白？雪？好像是吧。

警察叔叔问：白雪是谁？

我不知道。玄春子当然也没看过《十六岁的花季》。

她说，凌晨四点，当那个人冲到黄浦江的中心，几乎要抓到她的瞬间，只觉得这家伙好奇怪啊——一个小个子，却是个怪叔叔，看起来很激动，一边乱叫还一边飙眼泪。

警察叔叔，那个小个子，是不是个变态狂啊？玄春子最后问了一句，思密达。

她不是白雪。我想。

天黑时分，肖鲵重新出现在我面前。

他躺在公安局的验尸房里，已被冰凉的江水泡肿了，灌满水的肚子鼓鼓囊囊。

蛙人是在黄浦江的正中心，陆家嘴与苏州河口的交汇点，昨晚肖鲵坠落冰窟的位置，也是江底最深的漩涡里，捞出了他的尸体。

随着肖鲵一起出水的，还有一个锈迹斑驳的铁皮箱子。箱盖开着一道缝隙，尸体的左腿脚踝，正好嵌在半开的箱子里，所以他始终没有浮出水面……

尸体的怀里还抱着某样奇怪的东西。

像是鞋子，又像是刀子，上面依稀可辨是粉红色的。

在冰水里溺亡的肖鲵，死去的双手钢铁般坚硬，死死抱紧了这个物体。法医和警察费了好大的力气，差点让尸体的胳膊骨折，才把它取了出来。

忽然，我明白了这是什么。

冰刀鞋！

用清水冲刷了一遍，剔去各种污垢与垃圾，或许还有肖鲵的人体组织，一双冰刀鞋出现在了停尸房里。

粉红色的女款，两只鞋子用鞋带连接着，可以挂在人的脖子上。从鞋帮的形状来看，似乎从来都没有被人穿过，不锈钢的冰刀，匕首般锋利，刀光夺目……

鞋子侧面有两个字：黑龙。

我的表哥叶萧警官也赶过来了，他让玄春子过来辨认这双冰刀鞋。小姑娘点点头说，黑龙牌啊！国产的名牌呢，齐齐哈尔冰刀厂生产的，如果不是山寨的话，起码值好几百呢！

而她并不知道这双冰刀鞋二十年前就躺在黄浦江底了。

冰刀鞋被警方收起来时，我真想大声说——当年为了买这双鞋子，我还贡献过四十块零花钱呢！

　　然后，就是夹住肖鲳左脚的铁皮箱子。

　　箱子看起来又大又沉，表面爬满各种贝壳和水生植物，依稀可辨几个高浮雕的洋文，还有阿拉伯数字"1848"，似是十九世纪的英国货。

　　就是它？肖鲳跟我念念叨叨了二十年，传说中黄浦江底的藏宝箱？

　　文物局工作人员到场后，才敢打开这个铁皮箱，却没发现任何金银财宝，连枚硬币都没看见，只有一个小小的骨架。

　　人的骨架。

　　但看起来太小了，可能是个小孩子。

　　不过，法医又仔细看了看骨架，感觉不同于常人，从牙齿和骨缝来看，起码有二十岁了。

　　一周以后，叶萧警官告诉了我结论：黄浦江底打捞上来的铁皮箱子里，装着一个成年男性侏儒的骨架，并且属于高加索人种，也就是白种人。

　　虽然没有什么金银财宝，历史学家还是仔细研究了这个铁箱。根据铁壳上的英文雕刻，以及箱子里残留的衣物，结合海关档案，终于找到了线索。

　　铁皮箱属于一个英国船长，他常年航行在世界各个港口，表面上是从事贸易，其实是在贩卖人口——也就是奴隶贩子。船上有两个奴隶从未被卖掉过，因为是船长最心爱的私人宠物：一个是白雪公主，另一个是小矮人。他俩都是切尔克斯人——最昂贵的白人奴隶。1892年，清朝光绪十八年，这艘船来到上海，准备贩卖契约华工去南美洲。那年冬天严寒，黄浦江结了厚厚的冰层，所有船只都被困住开不动了。有天深夜，白雪公主和小矮人，想要趁着结冰的机会逃跑，跳船私奔。很不幸，他们在冰面上被船长逮住了。一周后黄浦江解冻，小矮人被关在铁皮箱子里，抛进陆家嘴转角外的江心。同一天，船长被租界工部局逮捕，不久以贩卖人口的罪名，当众吊死在跑马场。白雪公主却不知所终，或许终老于中国的某个角落。

　　肖鲳断七那天，我又去了外滩，趴在栏杆边吹风。有艘渡轮经过，宽阔的肚子里藏着不少人。十岁以前，我住在外滩背后，能看到海关的钟楼。那时有亲戚住浦东，我常坐渡轮过黄浦江。对于小孩子来说，坐渡轮过江可是很愉快的经历呢。现在，我很想再坐一次渡轮，让薄薄的水雾将我包裹，带着泥土味的江风拂过脸颊，耳边是此起彼伏海轮的汽笛声——这是做梦的时候，周围一切人和物不复存在，只剩我独自一人，站在黄浦江水中央，身后是座巨大的城市……

这一天，玄春子回到了东北老家。

从哈尔滨过松花江，坐车不到一个钟头，就到了大雪冰封的呼兰河。

河边有个居民小区，洗剪吹店里放着"Let it go! Let it go!"的音乐。

十七岁的玄春子，拖着大包行李回到家里。妈妈已经包好饺子，等着她回家过年呢。她爸爸腿脚不太好，窝在沙发里看没有字幕的韩剧。

妈妈是汉族人，看来还年轻，简直就是少妇，只是身体有些发胖。女儿完全继承了她的这张脸，她要是抹掉眼角鱼尾纹，再减肥个二十斤，母女俩走在大街上，简直是孪生姐妹的感觉。

她把饺子端到女儿面前说，过完年别再去了啊，上海有什么好啊？

"妈，你去过上海吗？"

"去过啊，在二十年前。"

玄春子的妈妈说完这句，便退回卧室。她看着镜子里的自己，双手托着下巴，做出个少女的姿态。

她想起了上海。

二十年前，在上海市普陀区五一中学，她度过了初二上半学期。

那年冬天，上海冷得异常，冷到让她以为黄浦江一定会结冰。

生日过后的第二天，她带着刚收到的生日礼物，前往黄浦江边，期待看见冰封的时刻。

她还在等一个人——身高比自己矮了大半个头的发育不良的男生。

昨晚，她说她要离家出走，去遥远的南方闯荡，那里有更多的机会，也许还能去香港发展。她觉得凭借自己的身材和长相，最差也能混个超级名模。

"谢谢你的生日礼物，但你愿意跟我一起远走高飞吗？"她这样问肖皑。

当时，男生毫不犹豫地答应了。

他俩约定在黄浦江边，金陵东路轮渡码头会面。

但是，她从早上苦等到黄昏，肖皑都没有出现。

她已下定了决心，但他不够这个胆量，终究还是个没发育好的小屁孩。

天，已经很冷，黄浦江依然没有结冰。

她的脖子和高挺的胸前，挂着肖皑送给她的黑龙牌冰刀鞋，痴痴凝望翻滚的江水。

　　然后，她向轮渡公司的人们打听，黄浦江有没有结过冰？但那些阿姨叔叔都摇头说："小姑娘，你开什么玩笑啊，黄浦江会结冰？我们在这儿工作了三十年，每天要来回渡过几十次，别说是这辈子，前生和来世都不可能呢！"

　　冬天的黄浦江会结冰——完全是爸爸骗她的鬼话！因为，她最爱滑冰了，要是听说去上海就不能再滑冰，她一定会伤心的。真傻啊，每个爸爸都这样骗过天真的小女儿的嘛。

　　这时渡轮靠岸，她掏出两毛钱买票，想去对岸浦东看看。几条通道连接着码头，网格状的铁条缝隙间，江水拍打着堤岸。走在铁网格上，发出轰轰回声，交织着浪涛难以分辨。船舱拥挤喧闹，一点也不浪漫啊。都是从浦西下班回浦东的人们，大多推着自行车，没有座位的空间。渡轮呜咽几声，解开缆绳，船舷率先与码头分离，浑浪汹涌。黄昏的外滩亮起了灯，有名的情人墙背后，又会挤满偷偷亲嘴的恋人。一排排巨大的黑灰色古老建筑，随着波涛颠簸一上一下后退。水雾中朦朦胧胧，人在船上如云中漫步。她挤到渡轮最前头，那边风景独好；也有人讨厌船头，江风呼啸睁不开眼。看对岸的陆家嘴，自然没有今天风光，只有暗暗的堤坝、码头和大吊车。东方明珠已造好了，其他几栋楼还在施工。一艘万吨远洋巨轮驶来，在微不足道的渡轮身边，从容地擦肩而过。不知哪个国家来的，硕大船体里藏着隐秘气息。无数汽笛响起，像合奏一场音乐会，勃拉姆斯或巴赫。船头浪大，溅到脸上，充满土腥味，冰冷冰冷的刺激。外滩的海关大钟响起，傍晚六点整。天色已完全昏黑，两岸闪烁无尽灯火，好像昨晚的梦啊。

　　渡轮开到黄浦江江心，在她眼里如此宽阔。不巧的是，有个大叔的自行车撞了她一下，让她的身体失去平衡。幸好双手抓牢栏杆，但挂在脖子上的冰刀鞋，却整个掉进了滔滔江水。

　　糟糕，昨天刚收到的生日礼物啊！齐齐哈尔冰刀厂的黑龙牌啊！限量版的粉红色女款啊！

　　金属的冰刀很重，在黄浦江江心立马沉底。她手脚并用爬出栏杆，准备跳下水去捞这双冰刀鞋——有双手从背后抱住她，将她硬生生又拽了回来。

　　是肖鲲吗？

　　不，这双手挺大的，手指关节细长有力，很迷人的男人的手。

她回过头，看到一张陌生的脸。

男人的长发在寒风中凌乱，很像郑伊健的发型。他的眼睛细长，却很好看。消瘦苍白的脸庞，嘴角却有两撇小胡子，穿着时髦的棕色皮夹克，腰带上别着个 BP 机。他比她高了大半个头，至少有一米八三。

"喂，你想要自杀吗？"男人的声音又年轻又有磁性。

她茫然摇头，但又立刻点头。

"好吧，算我救了你的命，小妹妹。"

"我不小了。"她回头看着黄浦江，还在心疼她的生日礼物，低声说，"谢谢你。"

渡轮抵达对岸的浦东，稳稳地以船舷靠上码头，轻微的撞击感。铁栏打开，人流涌出，黄浦江堤坝上一道小小的决口⋯⋯

年轻男人带她去吃涮羊肉火锅。她喝了半瓶白酒，感觉很暖和，很快忘了那双沉到黄浦江底的冰刀鞋。

那天晚上，她是在男人的家里度过的。似魔鬼的步伐，摩擦摩擦，摩擦摩擦。

果然，她没有再回黑龙江，也没回学校读书，更不可能再去姑姑家的小阁楼。

她跟着这个外号叫"长脚"的长发男子，一起去了向往已久的南方。

南方很温暖，看不到雪，冬天里也有炽热的阳光。真好啊，好到让她不再怀念松花江上滑冰的日子了。

他们在广州、深圳、海口漂泊了三年。直到有天早上，当她在出租屋的床上，赤身裸体地独自醒来，发现那个男人彻底消失了。

这是她在医院查出怀孕的第二天。

只剩下自己一个人，不知道该怎么去做人工流产。她继续在许多个城市漂来漂去，越漂越往北方，不知不觉就过了长江，又过了黄河，结果出了山海关。回到东北，她依然不敢回家，因为肚子已经七个月大了。

最后，她落在了哈尔滨边上的呼兰县，孤身在医院生下个女儿。

这里有几百户朝鲜族，有个光棍姓玄，在医院做护工，是个瘸子，四十岁还讨不到老婆，就收留了她们母女。

于是，她的女儿也成了朝鲜族，起了个好听的名字——玄春子。

从此以后，她在呼兰县改名易姓，安心陪伴瘸子度日，并把女儿养到了十七岁。

但没人知道白雪是谁。

窗外，噼噼啪啪响起炮仗声，明天就是除夕夜了，呼兰河上铺着坚硬的冰。

"春子啊，咱娘俩去河上滑冰吧。"

女儿欢天喜地，带着冰刀鞋出门，在呼兰河上滑出老远。

妈妈也用力摆动双腿与胳膊，冰刀划出两道漫长的轨迹，弯道超过年轻体健的女儿，看来蛮像是专业运动员。零下二十度的风雪里，她剧烈地喘气，径直朝向东南，呼兰河的下游，松花江方向滑去。似魔鬼的步伐，摩擦摩擦，摩擦摩擦。

十七岁的女儿跟在后面滑，吃力地大声喊："妈妈啊，你吃错药啦？干吗滑得这样拼命？"

"我看到前面有白雪公主，正追着她滑呢！"

"哇，你没骗我吗？"

"没有啊。"

"那么世界上有小矮人吗？"

"也是有的。"

"嗯，妈妈，我在黄浦江的冰面上看到过小矮人。"

"黄浦江会结冰？"她停下步伐，额头滑下汗珠。

女儿猛点头，说："是啊，上个月，我还在黄浦江上滑冰呢，可刺激啦。"

"我可不信呢！"她像个少女般笑了，"别说是这辈子，前生和来世都不可能呢！"

大雪弥漫之际，她踩着冰刀站在呼兰河的冰面上，仿佛回到黄浦江里的渡轮上。

她想起，白雪离开上海的那一天，刚过完十六岁生日。

# 第 6 夜

我与李毅大帝在世界杯

李毅大帝：怀揣足球梦的愤怒包子铺老板

足球是这样一种游戏，许多人随着一个球满场上跑来跑去，想尽一切办法把球踢进别人的大门里，也就是踢到对手的大门里。同时要把守住自己的大门。比赛双方是十一个人对十一个人。

——奥古斯丁·库塞尼《中锋在黎明前死去》

那一年，李毅大帝初中毕业。

李毅是我的同学，"大帝"是他的外号。在上海市普陀区的五一中学，少男少女们都在长个子，唯独李毅瘦瘦小小，发育不良，远看像小学生，喉结很晚才突出。每逢提起他，人们会说："哇，李毅大帝啊！"跟着各种吐槽，因为他的外号跟形象恰成反比。

李毅大帝是知青子女，出生在安徽蚌埠。他学习成绩糟糕，有一年数学只考六分——我没有打错字，令人发指的一百分里的六分。

我有一台任天堂红白机，专打"1990坦克大战"与"魂斗罗"。我常和李毅坐在一起，用双打模式加三十条命，一路打到最后一关。电脑还没普及，更没有VCD，但我家有日本牌子的录像机。我俩爱看英雄本色系列港片，还有尚格云顿的美国暴力片，偶尔有周星驰的赌片。

而李毅既没有游戏机，也没有录像机，家里只有台黑白电视机，还常飘雪花。

那一年，世界杯来了。

据李毅大帝说，他七岁开始踢球，为什么没去少体校？他说，少体校的教练来看过他，但他太瘦小了，别人一扛，就整个人滑翔出去。到现在，这个选材标准也没变过。

但我想，与其跟少体校那帮流氓混在一起，李毅还不如跟我谈天说地，下四国大战军棋，互相传阅军事历史书，多么高端洋气上档次的娱乐方式啊。

那年夏天，中考同时，世界杯开幕了。

1994年，美国在地球另一端，为照顾欧洲观众，许多比赛放到中午与下午。对于中国人，就是子夜与凌晨。我一场直播都没赶上，只能在第二天打开电视看两眼。

世界杯小组赛第二轮，漫长而残酷的中考结束了。

我考砸了。

等待考分公布的过程中，最后一个初中暑假开始，李毅大帝找到我说——新民晚报杯也开始了。

新民晚报杯，就是上海市中学生七人制足球比赛。赛制跟世界杯差不多，但有两千多支球队，可以自由组队，先是小组赛，然后是不断的淘汰赛……

那年头，拜中央电视台韩乔生老师所赐，意甲最为流行，又以AC米兰球迷为多。我看到各种亚平宁范的队名：AC上海、国际上海、A米国米联合FC、虹口那不勒斯、五角场罗马、桑普药水弄多利亚、静安佛罗伦萨寺、八仙桥比萨斜塔、曹杨八村贝鲁斯科尼，就差一支提篮桥基督山伯爵队了。

给球队起名字的任务，自然落到我身上。憋了半天，想出一个霸气侧漏加文艺小清新加SM重口味的队名——

"大自鸣钟索多玛一百二十天队"。

听起来拗口，但有帕索里尼代言。大自鸣钟是我们所在地标。至于那部电影，我还没看过，甚至不知道萨德侯爵，只听说有一部世界有名的禁片。凡是有人问起我这名字来历，我一律回答：意大利社会主义革命主旋律科教片。

最麻烦的是队员，至少要凑满七人，可我们班愿意参赛的，只有我和李毅大帝两个。

去哪里挖人呢？李毅大帝率先看中他的邻居。小伍，比大帝小一岁，还在读初中，个头已经一米八了，强壮的身体放到古代就是刽子手的料。他读书不用功，父母担心他不能初中毕业。小伍不在乎，整天往工人体育场去踢野球。

我想到白哥，忧郁青年，肤色挺白，瘦瘦长长，许多女生喜欢他。有天下午，他突然从教室消失，我们才知道他辍学了。很意外，九十年代还会有这样的事。他家太穷，读书稀烂，索性早点出社会。他打工赚钱，穿得不错，兜里插着包双喜，很有香港仔的感觉。

我们借了几张别人的学生证完成报名，分配到普陀区第十三小组。报名站有许多散兵游勇，想参赛却找不齐人组队。我们像团购抓来两个家伙，但都是胖纸。

一个叫大胖，普陀中学的，跟我们一样刚完了中考。他有一米九的个头，行动倒也敏捷，被分配到了守门员的位置。

二胖是市一中学的，读书不错，戴着眼镜，摆明了将来要读大学。但他狂热地崇拜荷兰橙衣军团，尤其三剑客。当我们答应收他入队，他激动地流下了眼泪。

我去体育用品商店，用零花钱买了一套球衣，一颗足球。

训练第一天，在静安区工人体育场。四十度的烈日底下，我被晒成了煤炭。"长寿街道马拉多纳"李毅大帝演示盘带功夫，教我们热身、停球、传球、跑动、射门……

场边有个社会青年，总是骑着助动车，叼着烟看我们踢球。看在他长得很像梁朝伟的分上，我把他拉进队伍，正好十八岁，符合参赛年龄。

他叫阿飞。

最终，是他毁了我们。

李毅大帝、小伍、白哥、大胖、二胖、阿飞，还有我——大自鸣钟索多玛一百二十天队凑齐了七个人。

后来，当我每天傍晚回家看《灌篮高手》，瞧见樱木花道、流川枫、三井寿们，倍感亲切。

给我们的时间很短，不足十天。每个早晨，我穿好球衣，脚踩回力牌跑鞋，抱着足球赶到静安区工人体育场。因为不能换人，必须七个人打满全场六十分钟。我们跑圈锻炼体能。晚上，我在家里的楼道跑步，从一楼到六楼来回爬十遍，直到大汗淋漓地洗澡睡觉。

世界杯小组赛结束，我成了阿根廷的铁杆球迷。那是迭戈·马拉多纳最后一次作为球员参加世界杯。阿根廷首战打希腊四比零，次战二比一拿下非洲雄鹰尼日利亚。但在最后一场小组赛前，马拉多纳被查出禁药而禁赛，阿根廷零比二败给保加利亚。

而在我们的世界杯上，大自鸣钟索多玛一百二十天队，第一场比赛，开始了。

下午两点，七个人顶着烈日，分别乘坐公交车、自行车、助动车以及步行，抵达小组赛的光新路体育场——后来早就拆掉了，约是现在中山北路乐购的位置。

足球场被分成两块，同时两场比赛。边线各立一道球门，上下半场各三十分钟。没有边裁，只有一名主裁，没有越位球的限制。同组有八支球队，单循环比赛，前两名出线，竞争将是异常残酷。每天一轮的比赛密度，也堪称是魔鬼赛程。

对手叫甘泉二村 B52 队，队长是位军事爱好者。他们普遍块头比我们大一圈，板凳上坐着三个替补队员。

根据赛前布置，我们七人排成"二二二"攻击阵形——大胖守门，我踢左中卫，二胖右中卫，白哥与阿飞担任左右前卫，李毅大帝与小伍搭档锋线，形成一高一快组合。

裁判员哨响，对方拿球进攻，一团乱战后，球落到我的脚下。有人过来逼抢，我紧张得浑身哆嗦，本可以轻松处理或传球，却直接一脚踢出边线。对方扔界外球，二胖脚底打滑摔倒，被对方射门得手。

零比一。

中场休息，有人埋怨了我几句，但李毅大帝说：没关系，继续踢。

下半场，白哥第一个抽筋，接着是我。只有最瘦弱的李毅大帝，仍然不知疲倦地带球护球摆脱，完成了不下三次射门。

但，没进球。

第一场比赛，大自鸣钟索多玛一百二十天队输了。

烈日被乌云取代，转眼下起大雨。我们没有带伞，全被淋得湿透，坐在体育场的看台下。七个男孩脱掉球衣，光着肌肉蓬勃的上身，彼此沉默地滴水，看着雨水汇成的透明的墙，阻挡在我们和足球场之间。

李毅大帝拍了拍我的肩膀：没关系，明天再来！大不了，连输七场，再回家。

第二天，雨停，积水。只要皮球没漂起来，比赛继续。

这回对手比我们矮小，我带球过人的自信来了，一路杀到底线传中。李毅大帝小宇宙爆发，一个头球顶入对方球门左上角。

GO……GOAL……

大自鸣钟索多玛一百二十天队第一粒进球。

也是我的第一个助攻。大家呆了片刻，直到裁判响哨，对手垂头丧气地捡球——没想好庆祝进球的动作，是叠罗汉呢，还是学贝贝托做摇篮状？抑或集体在草地上俯冲？考虑到这片球场一片泥泞，布满危险的碎石子，我们选择了最原始的拥抱。

三分钟后，李毅大帝打进第二个球——抢球左脚推射，从守门员裆下入网。

中场休息十分钟，我们信心爆棚，觉得下半场还能再进两到三个。

下半场，阿飞回追时把对方踢倒。一声惨叫，裁判鸣哨，对方包括替补全都冲进场地，要找阿飞算账。眼看是要打架的节奏，我们这边小伍和白哥都摩拳擦掌，阿飞满不在乎，指着鼻子问候对手的母亲。

他被红牌罚下。

形势即刻扭转，六打七，比十打十一吃亏多了。阿飞是中场关键位置，防守顾此失彼，很快被攻进两球，终场二比二。

到手两分飞了。

那一年，世界杯刚实行赢球三分制，新民晚报杯还是两分制，至此我们二战仅积一分。

回去路上，阿飞向我们道歉。他从小在街头打打杀杀出来，断腿见血什么家常便饭。他保证，在球场上会管好自己，不再犯相同错误。

当晚，世界杯八分之一决赛，阿根廷被罗马尼亚以三比二淘汰。

没有马拉多纳的阿根廷，就像没有李毅大帝的大自鸣钟索多玛一百二十天。

但是，白天还有我的世界杯。

第三场，球场差不多干了，太阳下再度尘土飞扬。

没有红黄牌记录，所以，阿飞照样上场。小伍率先进球，接着是李毅大帝，然后是白哥漂亮的远射，最后是阿飞将功补过。

四比零，赢得太爽了。

晚上，白哥请客，在长寿路吃白玉兰小笼包。他们都喝了啤酒，白哥与阿飞不停地抽烟，只有我什么都没沾——这个习惯一直保持到今天。

接着四场比赛，我们以一比零，二比一、三比二获胜。最后一场，惊人的十三比零，李毅大帝演了帽子戏法，我也打进了有生以来第一个比赛进球。

小组赛，我队五胜一平一负，按两分制积十一分，以第一名出线，耶！

不过，我们才打进普陀区三十二强。

第二天，立刻进入淘汰赛，八分之一决赛、四分之一决赛、半决赛，过关斩将，对手已是正规的高中校队。

普陀区的冠亚军决赛，刚开场我们连丢三球，包括二胖的乌龙。那届世界杯上，哥伦比亚队的后卫因为乌龙球，回国后被本国球迷枪杀了。

下半场，李毅大帝爆发。他先进两球，最后一分钟，他远远吊门，像导弹飞进球网。

三比三！

淘汰赛没有加时，后面有人排队等着进场比赛，直接点球决胜。白哥、小伍、二胖，全部踢飞，而我直接踢给了守门员。只有李毅大帝和阿飞命中。然而，对方更糟糕，总共只踢进一个，我们以点球二比一获胜。

大自鸣钟索多玛一百二十天队，赢得普陀区冠军，杀入上海市十六强。

在美国世界杯四分之一决赛与半决赛的同时，作为唯一一支自由组团的队伍，我们连续击败徐汇区与虹口区的冠军，也是两支名牌高中的校队，最终晋级半决赛。

李毅大帝在十四场比赛中，打进了三十六个球，如果在职业联赛，这是个惊人的数据。

没有任何媒体关注到我们，场边也没有拉拉队，更没有踢大腿的美少女。即便这样的战绩，我也没敢告诉爸爸妈妈，因为他们不许我踢球。

此刻，地球另一端，世界杯进入冠亚军决赛。

巴西 VS 意大利。

也可以说——罗马尼奥 VS 巴乔。

第二天，我们自己的半决赛。深夜，大家组团去大排档。贱岳七支枪，吮小螺蛳，吃烤串，啃鸡腿。有人把电视机搬出来，夏夜街头的树荫下，准备通宵看比赛。

李毅大帝是意大利球迷，最崇拜罗伯特·巴乔。鉴于阿根廷有一半的移民来自意大利，我和他从未站在对立面过。

子夜，我妈突然出现，硬把我拖回家睡觉了。当时我很不情愿，但要不是我妈的话，后来发生的事可能会毁了我。

第二天，我早早起床，打开电视看重播，美国的世界杯冠亚军决赛，竟已到了加时……最终，巴西与意大利打成零比零。

点球决赛。

米兰老将巴雷西踢飞，巴西后卫桑托斯罚球被帕柳卡扑出。阿尔贝蒂尼果断射中，但罗马里奥也得手。意大利的艾瓦尼射中，布兰科同样没失手。马萨罗的点球却被塔法雷尔扑出，紧接着邓加射入。

最后一球，罗伯特·巴乔，面色凝重，慢慢后退，助跑，右脚，取左上角。

但，飞了。

巴西人狂欢，第四次捧起世界杯，而我永远记得罗伯特·巴乔哭泣的样子。

吃完午饭，来到静安区工人体育场，半决赛前的最后一次训练。

大自鸣钟索多玛一百二十天队，却只剩下六个人。

阿飞不见了。

因为，他杀了人，昨晚。

十多个小时前，世界杯决赛。我的队友们仍在大排档，比分迟迟零比零，陆续回家睡觉去了。直到点球决胜，只剩李毅大帝和阿飞两个人。

巴乔点球踢飞的瞬间，李毅大帝愤愤地踢飞一个啤酒瓶，滚到某个家伙身边。那人恰好是李毅大帝的邻居，也是个街头混混，仗着人高马大，走到面前嘲笑：喂，这不是大帝吗？干吗火气这么大？

从小到大，李毅因为生得瘦小，总是遭各种人欺负，他最恨别人这种语气，又加上意大利丢了冠军，便一拳揍倒了对方。

不想，对方有三四个人，围拢过来对付他。阿飞上来帮忙，他习惯性地把啤酒瓶砸碎，举着锋利的碎玻璃冲过去。

一阵厮打之后，欺负李毅的混混，胸口插着碎玻璃，倒在血泊之中，眼睛瞪大，死了。

阿飞成了杀人犯，他第一个逃跑，然后是李毅大帝。阿飞不可能回来了，大概已流窜上火车，到了安徽或江西什么地方吧。

今晚就是半决赛，无人替补。

先把球踢完再说！这是李毅大帝唯一的话。

傍晚，我们随便吃了些面包和热狗，穿上新买的统一颜色的球服，坐了一个半小时的公交车，横穿大半个上海，抵达传说中的五角场。

七点半，江湾体育场。中国现存最古老的体育场，可容纳五万人，两边各有中国古典式的拱门，民国年代最有名的建筑之一。球场四角打出灯光，照亮绿油油的草地，好像在参加甲A联赛。

与我们争夺决赛入场券的，是静安区的名校华东模范中学足球队，领队是他们的副校长。看台上有几百名拉拉队，统一穿着漂亮的校服，全是华东模范中学的，竟然大半都是美少女。我们这些屌丝望洋兴叹，艳羡不已。

今晚，对于李毅大帝而言，是命运的分水岭——球场边出现了体育运动技术学院的教练，据说是专门来观察他的，可能破格选入青年队。

裁判清点人头，发现我们少一人，便问要不要等替补队员。大帝说，没有替补，就这么踢吧。

半决赛，从第一分钟开始，就是七个打六个。

华东模范中学的实力超群，个头普遍比我们高大，脚法又像巴西人般灵活，随便蹚球就能把我过掉。他们配合娴熟，何况我们人少，防守漏洞百出，接连丢了三个球。

我不断听到美少女们的掌声与尖叫声。多年以后，当她们大多已为人妻人母，一定会怀念这个遥远的世界杯之夜。

下半时开场，很不巧，人家又打进两个球。

零比五。

夜空下起倾盆大雨，穿透我们疲惫的身体。看台上，人们狼狈逃窜，只剩几个钉子户。

再见，美少女。

体院教练也失望地离去，再没机会看到最后那一幕。

我仍然玩命地奔跑和抢截，直到小腿肚子剧痛、抽筋。

你尝过抽筋的滋味吗？比赛暂停，二胖来帮我压腿。

雨水模糊的视线里，依稀看到几个穿着绿衣服的男人。那年头，警服是草绿色的。

他们跟裁判说话，我听到几句——昨天凌晨的斗殴事件，有人说李毅大帝也参与了杀人。反正阿飞已经逃跑，对方流氓也翘了辫子，谁都说不清楚。

警察是来抓李毅大帝的。

他扑通跪在地：我没杀人，是他们一起打我的，让我踢完这场比赛，我就跟你们走。

警察压了压帽檐，掩饰着黑眼圈，想必昨晚熬夜看球，点头同意。

比赛继续，我还在场上，总不见得只剩下五个人吧，勉强在场上步行。

最后一分钟，李毅大帝独自带球疾进。泥泞大雨之中，双方均已筋疲力尽。大帝连过三人，抬脚远射。

飞出横梁前，突然下坠，电梯球，迅雷不及掩耳之势……

1994 年新民晚报杯上最精彩一球。

全场人呆若植物，任由大雨浇灌。裁判默默点头，吹响终场哨。

一比五——大自鸣钟索多玛一百二十天队负于华东模范中学队，无缘决赛。

我和李毅大帝倒在草地上，看着灯光尽头的夜空，密密麻麻的雨点，万箭穿心。

警察将李毅大帝拽起来带出球场。

我的眼睛湿润而模糊，看着他孤独的背影。忽然，江湾体育场四角的灯光熄灭，只剩下黑茫茫的雨夜。

没有进入决赛，我们也没有任何奖牌或奖金。

那一年，华东模范中学拿下了总冠军。

大家公认他们是巴西队，而我们大自鸣钟索多玛一百二十天，是屎样的中国队。

新民晚报杯，至今仍在举办。二十年来，所有打入十六强的球队，都是各所名牌中学的校队——除了第一届的半决赛，有这样一支街头杂牌军乱入。我与李毅大帝创造的历史，或许将永远保持下去。

当时，我最关心的是——李毅大帝会不会被判有罪？那时候，杀人罪如果成立，哪怕只有十六岁，也有可能被枪毙。

七天后，警方调查结果出来，李毅大帝没有参与杀人，经过批评教育后释放。

只有我在看守所门口等他。

他默不作声，拒绝了我递给他的娃娃雪糕和光明牌冰砖。他走路的姿势奇怪，歪歪扭扭，两条腿夹得很紧，没走几步就趴下来，揉着自己的屁股。

很多年后，当"捡肥皂"这个词流行，我才明白他的痛苦。

过了一个星期，李毅大帝被上海南翔职校录取。但他买了张前往山东的火车票，去蓝翔足球学校报到了。

他说，想代表中国队踢真正的世界杯，算了算自己的年龄，期望在 2002 年。

那年暑假，我给自己准备了一个小本子，每天用笔倾诉郁闷的心情——很多年后，当我成为所谓作家，忽然意识到，这就是写作生涯的开端。

初中毕业不久，我的母校五一中学被强拆了。原来的学校大门变成夜总会，现在叫"东方魅力"。当你从长寿路武宁南路口经过，会看到那巨大的招牌。

第二年，我花三百块钱买了甲 A 联赛的全年套票。上海申花队获得第一个联赛冠军的赛季，我在虹口。

1995 年，深秋。最后一场比赛，拥挤的看台上，我想起大自鸣钟索多玛一百二十天队。但也只是想想而已。

他们都已离我远去。

杀人潜逃的阿飞，成为公安局通缉令上的熟面孔，总是出现在街头的布告栏，四周紧挨着老军医的小广告。他在中华大地流窜了三年，最终在北方某县城落网，判处死刑，枪毙。

小伍，一度也想去踢球，但被足球学校拒之门外，后来成了待业青年。我最近一次见到他，大约是 2000 年，他在逐门逐户地推销保险。

白哥自己做生意。没想到越做越火，在黄河路开了家海鲜店，在吴江路开了家小吃店，在寿宁路开了家小龙虾店，不到二十五岁，买了四套房子。但他不慎沉迷于赌球，输得身无分文，被高利贷切断两根手指，而今不知身在何处。

大胖进了国有单位，当一名卡车司机，几年后时来运转，被提拔为小车队长。他通过成人自考，拿到了本科学历。如今，他是一名中层干部公务员，体重超过三百斤，开口闭口都是官腔，《新闻联播》版的。

二胖是个好孩子，高考拿到七百多分，进了复旦大学新闻系。他成了一名出色的调查记者。几年前，他去某省调查征地拆迁血案，深夜莫名死在所住酒店楼下，当地警方定性为跳楼自杀。所有人都相信他是被自杀。

至于李毅大帝，我再没有过他的消息。

1997 年，老榕的《大连金州不相信眼泪》以后，我有很长一段时间不看中国足球了。

有时候，我会梦见 1994 年的夏天，美国世界杯冠亚军决赛上，巴乔踢飞点球后的第二天，在上海江湾体育场的灯光下，大自鸣钟索多玛一百二十天队，还有李毅大帝离开球场的雨中背影。

后来，我听说甲 A 联赛里有个球员叫李毅，是个很会进球的前锋，护球啊盘带啊射门啊都老牛×了。我上网看了照片——跟我的初中同学李毅有几分像，年龄也差不多，出生地是安徽蚌埠。虽然，身高差距太大，不过男生在二十岁后才蹿个子的先例也不是没有。

2002 年，中国男足第一次打进世界杯决赛圈，就在我们的近邻韩国和日本比赛。

我想，李毅的梦想实现了吗，代表中国队参加世界杯？很遗憾，我在中国队的大名单里没有看到我的同学。

零比二输给哥斯达黎加，零比四输给巴西，最后一场对土耳其，有人说赢球可能出现，结果零比三。

再见，中国队。

我本以为，四年后的德国世界杯，能再看到他们，但没有。

这些年里，网上流传起李毅的各种名言："天亮了""恶有恶报""我的护球很像亨利""球迷骂我是因为我有威胁谁让我踢得好呢""我从来就不会耍什么大牌""此球让我铭记一生""我喜欢巴萨，但是我却想去拉科和瓦伦西亚。皇马？他们的锋线很强，不过后防却不好"……

我才发现，百度贴吧里最有名的李毅大帝并不是我的初中同学。

但自那时，我开始四处寻找我的初中同学李毅。我去过山东蓝翔足校，现已并入蓝翔高级技工学校。在整个蓝翔技校的花名册里，我找到三百六十九个李毅，再仔细筛选他们的年龄和籍贯，终于发现了我的初中同学。

他十八岁那年，代表一支业余队参加乙级联赛。预赛阶段的球场上，他的左腿被人踢断。因为医生的疏忽，最终断腿没有接好，左腿比右腿短了十厘米，一辈子都需要拐杖为伴。

李毅再无可能踢球，只领到三千块赔偿，消失了。

我没有放弃寻找他。

又过四年，南非世界杯，我还是没看到中国队。那一年，中超联赛的李毅大帝快退役了，全年出场一次，进球为零。

2014年6月，巴西世界杯。

傍晚，我开车经过西康路，靠近长寿公园。从前，这个路口叫作大自鸣钟。堵车风景时刻，无意看了一眼窗外，好像有什么混了进来……

今晚有百度贴吧的活动？不，是块招牌，在一家街边小店，布满油腻和污垢——

李毅大帝包子铺。

我在路边停车，冒着被罚两百块的危险，来到这间微不足道的包子铺门口。几屉包子冒着热气，收钱的是个女人，三十岁上下，一看就是外地农村来的。我猜她是产后发胖，脚边跟着个五六岁的男孩，拖着鼻涕问妈妈要包子吃。

然后，我看到了他。

包子铺内间，有个男人坐着擀面皮。刚做完的包子，正要放入蒸笼。他的背后有一副拐杖。

虽然，相隔整整二十年，五届世界杯——其间，巴西拿了两次冠军，法国一次，意大利一次，西班牙一次，阿根廷一次都没有，不知道这次轮到谁？可我依然认得他。

上海市五一中学，初三（2）班，他叫李毅，外号大帝。

小男孩回头管他叫爸爸。他从裤兜里掏出一粒糖，不耐烦地说：一边玩去！

我走到他面前，看着他的眼睛问：兄弟，包子怎么卖法？

两块钱一个。

我掏出十块钱，说买五个。

但他努了努嘴，指着门口的胖女人说：钱交给我老婆。

我交了钱，还想说些什么，喉咙却堵塞了。他依旧低头做包子，把我当作路人甲或死尸乙。闷热得像火化炉，只有台小小的风扇。他的汗水滴落，混入面粉将被我们吃掉。

后面有人排队，我退回路边，镜片上的蒸汽，却不曾退去，带着咸味……

一个礼拜后，凌晨时分，我独自出门透气，一路走到大自鸣钟。

　　李毅大帝包子铺，那道窄门开着，露出诡异白光。有台破旧的小彩电，正直播世界杯小组赛——意大利 VS 哥斯达黎加。

　　幽暗的屋子深处，女人抱着孩子睡觉。还有个男人，默默地看比赛。他打着赤膊，后脑勺堆起肥肉，汗滴纵横在后背。

　　忽然，他看到了我，艰难地撑起拐杖，傻笑着露出发黄的门牙……

　　最亲爱的朋友，我想跟你拥抱，你却说：早上六点才有包子！

　　再见，李毅大帝。

　　有人说，时间夺去了我们轻狂的眼神，却给了我们嘴角上扬的资本。

　　对不起，我只同意前半句。

　　我说，人这辈子，仿佛一次漫长的足球比赛。而我们大多数人，就像我的同学李毅大帝那样，只能看着别人成为梅西。但在那一夜，你有没有问过自己：我真的输了吗？

　　比赛，才刚刚开始！

第

# 7夜

———

## 万圣节的焰火葬礼

小灵：为逝去情人放焰火送别的女入殓师

　　真美！原来白天放烟花也这么好看！惜朝，告诉你，
这是我见过的最好看的烟花了！

——电视剧版《逆水寒》

　　现在，我最怕一句话：我是看着你的书长大的。

　　以后，还会有一句话：我是看着你的书长大的，一直看到我死了。

　　比如，一只"萌萌哒"的鬼，比如胖子君，比如他，比如她，比如它。

　　胖子君往生的那年，刚满二十九岁。

　　当他被拉到殡仪馆的深夜，殡葬车终究没能扛住，石破天惊地爆
掉一个轮胎，司机说这辈子没拉过这么沉的尸体。

　　万圣节的前夜，三个男人推着小车，方才把胖子君抬下来，艰难
地送入遗体化妆间。

　　今晚值班的化妆师是小灵。闲了三天的她，正躺在殡仪馆的女生
宿舍，看着刚从图书馆借来的悬疑小说。她扎上头绳，换好工作服出
来，戴上手套和口罩，看到了胖子君。

　　按照行话，不能管这个叫尸体，必须叫大体。她照例向大体鞠躬，
说了一套祝福语，恭送死者往生。

　　没家属吗？

　　他还不到三十，家里父母早就哭得不省人事，其他亲戚没这胆量，

更不敢担责任。

胖子君挺着小山似的肚子，仿佛睡着了的北极熊，又像因公殉职的相扑运动员。化妆台像一张床，坚固的塑钢材料，四脚发出吱吱声响，让人担心随时会被压塌。死者的双眼睁着，厚重眼皮底下，瞳孔扩散，目光暗淡，角膜轻度混浊。

虽然，小灵不是法医，但按照她的经验判断，死亡时间在二十四小时左右。

怎么死的？她继续问同事，从前也碰上过遇害的大体——有胸口被丈夫捅了几十刀子的，有脑袋被老婆剁下来的，有火车站半夜里被劫匪勒死的。

咳！饭局上喝醉了，从餐馆的窗户冲出去，摔到七层楼下，死了。

辛苦您啦，把大体交给我吧。

子夜，殡仪馆，遗体化妆间，只剩下两个人，活的和死的。

Hello！晚上好！

从胖子君被拉进来的那一瞬间，小灵就认出了他——全城已没有比他更胖的家伙了。

照道理，该把遗体眼皮拉下来再开始工作，但她痴痴地看着胖子君，不晓得为啥死后二十四小时，眼睛还不闭上。难道是为了看到她？

小灵是胖子君的职高同学，她比他小两届。

她学的是化妆，当然是给活人服务。

他学的是会计，自然不是给死人算账。

那一年，胖子君十八岁，在职高篮球队打中锋，身高一米九，体重一百八十斤，属于非常标准的运动员体重。说实话穿着球衣站在篮筐底下，身边大堆长人，丝毫不显胖。

小灵走到篮球场边，跟几十个女生共同花痴，大多数人挚爱流川枫，还有人迷恋三井寿，更有口味重的喜欢樱木花道，只她远远地盯着胖子君。

那场球打完，女生们给各自的男生送茶端水擦汗甚至奉上香吻，只有胖子君一个人落寞地走到跑道边，整理着充满汗臭与脚气味的运动包。

小灵给他递了一块毛巾。

后背心早就湿透，蒸笼头几乎喷出汗来，他拿过毛巾擦了个遍，连声谢谢都没说，闪身去水房冲冷水澡了。

　　她拿回充满男生体味的毛巾，默默跑回宿舍洗干净，挂在床头绳子上，在日记本上写下"胖子君"三个字——不是他的姓名，其实也不是外号，更不是什么可爱的小名。因为，全世界只有她这么叫他。

　　几天后，小灵又到篮球场边。他终于坐下，喝了一口她递来的水，问你叫什么。

　　小灵，大小的小，灵魂的灵。

　　我叫……

　　胖子君！我能这么叫你吗？

　　我胖吗？

　　我喜欢胖子。

　　好吧，他故意把肚子鼓出来，说我请你去吃饭吧。

　　他俩的第一顿饭，是在 KFC。那座小城市里，肯德基算是高大上的餐馆。许多穷学生要省下半个月的零花钱，才能吃上一餐全家桶。虽说是请女生吃饭，但小灵像猫似的吃了点薯条，而胖子君吃了两个巨无霸，三对新奥尔良烤翅，一根墨西哥鸡肉卷，还有两瓶饮料，那样阔绰大气的出手，让打工的收银员小妹对他投出送给富二代的媚眼。最后，小灵还是决定跟他 AA 制，因为胖子君裤兜里的钱，只够他下个礼拜上收费厕所的了。

　　第二个月，胖子君请小灵看了场电影，他才偷偷摸摸在黑暗中握紧她的手。

　　他感觉小灵的手好小啊，手指却是纤长灵活，天生就是化妆师的料。

　　十多年后，万圣节前夜，殡仪馆的遗体化妆间。小灵的十根手指，并没有太大变化，只是不再触摸活人的脸而已。她正抓着莲蓬头，在用清水冲洗胖子君的遗体——冰柜里冻了整个白天，皮肤上的白霜渐渐融化，底下是僵硬的肌肉和骨骼。

　　科学家们常说，人死后会减少二十一克的体重，可能就是灵魂的重量。

　　不过，小灵从来没信过。她所看到的死人，大多死沉死沉，要么冻得硬邦邦，要么掉了许多零件，哪来的二十一克啊？而躺在遗体清理床上的胖子君，体重早已爆表，只有那种称牲口的大台秤才管用。

　　我也问过小灵，殡仪馆有没有真实的灵异事件？她回答，网上无数关于殡仪馆的鬼故事，全属鬼扯淡。没错，小灵是我的粉丝，在另一个城市。万圣节后，我找她吃了顿饭，向她了解殡仪馆与遗体化妆师的真实故事。

这个故事，是她告诉我的。

那么胖子君呢？

十年前，他参加了三校生高考，考进一所大学的会计专科。校区在另一座城市，他俩告别的那天，正是个春风沉醉的傍晚。小灵送给胖子君一本书，那年校园流行的《荒村公寓》。胖子君则带着小灵，跑到城郊的游乐园，坐上最大的摩天轮。两个人转到最高的顶上，他掏出打火机对着天空，仿佛点着了夕阳和云彩。

他说，小时候，城里发生过一场大火。从他家的楼顶上，可以看到火光熊熊，满脸都是热腾腾的空气，弥漫着焦煳味，不知死人还是橡胶的气味，闻起来很像过年时油炸的香味。

那时起，胖子君就特别喜欢看火。

北国天冷，11 月就冰天雪地，年底就到零下二十度了。但只要有火，就会暖和。以前家里用煤球烧炉子，能看到火苗子往外蹿，后来通了暖气，反而没感觉了。后来，碰到中学的篝火晚会，什么地方的森林大火，哪怕是火车站流浪汉烧的汽油桶，都会让他特别兴奋。

摩天轮上，胖子君问小灵，你看过白天放烟花吗？

没有啊。

将来一定有机会，我放给你看。

胖子君双手揽小灵入怀，只感觉她轻得像一只小猫，而自己像只又肥又蠢的大狗。

喵呜。

汪汪。

在两个人学猫叫与狗叫之间，摩天轮已下降到了地面。

半年后，小灵去胖子君的大学找他。那时，她还在职高学化妆专业，明年就要找工作就业了。她买了一纸板箱的烟花，坐了三个钟头的长途车，找到胖子君的寝室楼下。他们爬上校园背后的山坡，刚给烟花点火发现全都哑了。拆开来一看，根本没有火药，而是沙子。小灵被骗了，买了假货。

胖子君安慰她，小灵不哭，汪！

又隔半年，春暖花开的小河边，小灵买了一大箱烟花。这回绝非山寨，花光了她一个月零用钱。胖子君用烟头点燃引线，就在烟花发射之前，一场倾盆大雨倒下。两个人变成落汤鸡的同时，小河里的水刷刷往上涨，还没来得及抢救，整箱烟花就被河水淹没了。

胖子君又安慰她，小灵不哭，汪！汪！

她擦干脸上的雨水，没有哭。

两年后，胖子君大学毕业，但没找着会计的工作。他只考出了最低级的证书。任何一家单位，看到他这种五大三粗的体形，就会怀疑他的智商和情商，会不会在账本上少记或多记一两个零，或者干脆抢劫出纳携款潜逃。

他在家里晃老了一年。天天混在网吧，打网游，拿了把大砍刀，没日没夜刀光剑影血雨腥风，游戏里被他砍死的人，每个礼拜能造出一座殡仪馆。

小灵在给胖子君做全身 SPA——是他的尸体。

活着的时候，他喜欢趴在学校山坡的草地上，让小灵给他捏背。可他的体形实在太大，就算用四只手也难以尽兴。

她问他，这要捏到什么时候呢？

一直捏到我死了，胖子君说。

他死了。

这间殡仪馆的服务比较高端，收费也要高些。按照台湾殡葬业的标准，要给死者做沐浴，全身 SPA，擦精油按摩，再细心地化妆，漂漂亮亮，往生西天。

小灵做这行七年了。

她从职高毕业，本想成为一个优秀的化妆师，但找不到工作。打过几份零工，收入微薄，根本养不活自己。

这时候，看到殡仪馆的招聘启事，遗体化妆师，跟她专业对口，基本工资三千多块，每次上岗都有奖金。

小灵咬了咬牙，瞒着父母，就去应聘了。

总共招七个人，只有四个报名，小灵是唯一学过化妆的，自然毫无争议地录取。

培训三个月后，她开始为第一具大体化妆。原本以为是个病故的老年人，没想到却是个小伙子，大学还没毕业，暑期下河游泳，脚抽筋淹死了。从河里打捞上来，已有些腐烂，又在冰柜里冻了两天，才送到殡仪馆的化妆间，很像美剧《行尸走肉》里的人物。

小灵当场呕吐出来，结果被扣了半个月工资。

然后，她借了几百张恐怖片鬼片僵尸片血浆片的盗版碟，每天在殡仪馆宿舍里练胆。墙壁背面就是放尸体的冰柜，推开窗是火化炉，每天有几百具烧焦的骨骸被敲碎。每个星期天，她去叔叔工作的屠宰场，帮忙杀牛宰羊，哪怕溅一脸血都没关系，只为了让自己胆子变大。

终于，她完成了毕生第一次为遗体化妆。

那是个老太太，八九十岁，面色铁青。家属们在旁边干号着。她小心地用棉球蘸着消毒水，进行大体的脸部清洁。她的工具有化妆笔、海绵、刷子，根据生前遗像，认真地画出脸庞线条，尽量符合原本肤色。

没过两天，她碰上一个跳楼自杀的年轻人。从二十层楼掉下来，四分五裂的，连脑袋都断了——就需要缝补这门技术活了，在遗体化妆师的圈子里，这可是一门高难度的手艺。但要是能够掌握的话，一辈子吃喝就不愁了。师傅带着小灵一起缝补，先得提着死者的脑袋，研究缺口的角度，以及是否有缺少的骨头和皮肤。然后，两个人一针一线的，把人头与脖子重新缝合——古时候的犯人砍头，死后家属也是这么重新缝上再入葬的。

等到这个活干完，死者父母抱着小灵说，谢谢你啊，姑娘，我儿子终于可以去投胎啦。

这地方有种说法，残缺的尸体无法投胎，只能去做孤魂野鬼。

小灵在殡仪馆工作满一年，给一百多具大体化过妆，有男有女有老有少，有病故的有自杀的有车祸撞死的有被乱刀砍死的……但她从没跟胖子君提起过。

有一天，胖子君家的亲戚死了，他被父母拖着去殡仪馆参加大殓。遗体送去火化后，他嫌殡仪馆晦气，一秒钟都不想多待，急着要离开，却正好撞见小灵。

小灵走出化妆间换衣服，刚缝合完一具被变态杀人狂肢解的女尸，身上全是死人的鲜血与污垢。在她摘下口罩的瞬间，胖子君直勾勾地看着她。

她不知道该怎么解释，胸口还挂着工作牌，有她的名字、照片还有岗位。

胖子君第一次发现，女朋友确实是化妆师——但不是给活人化妆的。

他俩大吵了一架，从遗体化妆间一直吵到停尸房再到火化炉最后到骨灰临时停放处。胖子君身体庞大，不慎撞到一排骨灰盒上，不知多少人的骨灰撒在他脸上——感觉自己这辈子都要被死鬼们诅咒了。

总之，胖子君给她下了最后通牒——必须从殡仪馆辞职。

她摇摇头，换好衣服，洗干净脸，向外走去。

满脸骨灰的胖子君追在后面问，怎样？

走啦？

去哪里啊？

回家。

然后呢？

上班。

不上班行不行啊？

不上班你养我呀？

面对小灵的质问，胖子君低头不语。他还是个无业游民，每月仅有的收入，是在网吧里打网游装备赚来的。

我！养！你！啊！

殡仪馆门口，熙熙攘攘的大街，大堆的纸车纸马纸房纸美女旁边，胖子君大声喊，声嘶力竭。

小灵痴痴地回过头来，才想起有部香港电影，他俩一块儿看过几百遍，《喜剧之王》里周星驰对张柏芝说的台词。

她微笑着摇头，你先照顾好你自己吧。

回家的夕阳下，她一路流着眼泪，再被西北风吹干，刀割似的疼。

胖子君和小灵分手了。

第二天，在殡仪馆的门口，她买了一大箱子烟花，想要放到天上去，希望胖子君可以远远地看到。当她要点火的时候，城管突击检查，把她的烟花全部没收了。

这辈子都没机会和他一起放烟花了吧，她想。

死人们的眼睛皮一眨，一辈子过去了。

活人们的眼睛皮一眨，六年过去了。

小灵没有再见过胖子君。

她也没再谈男朋友，父母知道她的职业后，也给闺女张罗相过几次亲，都关照她不要说自己在殡仪馆工作的。

但是，每次她都开门见山地说，你好，我是化妆师，但不是给活人化妆，而是为往生者服务，把人干干净净地送走，我觉得这份工作挺体面的，挺那什么正能量的。只要你喜欢我的话，以后我也可以为你化妆，如果我活得比你久一些。

你可以想象那些相亲对象的目光和结局。

也有单位同事给她介绍过，殡葬行业的婚恋多是内部消化，反正彼此都是为尸体服务的。也有位年长她几岁的师傅追求过她，却被小灵委婉地拒绝了。

她说，要是你再胖一点，我就答应你。

对方胡吃海喝了半年，体重涨到了一百八十斤，但离小灵的标准还差得远呢。

忽然，小灵低下头来，看着死去的胖子君。

这是她六年来第一次见到他。

额头上有些伤痕，皮肤里残留碎玻璃，都被她小心地处理过了。也因为遗体过于庞大，她从子夜十二点，工作到凌晨三点。虽说，这是殡仪馆里最容易闹鬼的时刻，但她没有半点害怕。

化妆进入尾声，胖子君终于像个人样了。以前跟他在一起时，看到他睡着的样子，小灵就忍不住要为他化妆——其实是拿他作为实验品，当作死人脸在练习。

可惜，现在的他，是冷的。

六年前，胖子君跟女朋友分手。他每天二十四小时混在网吧打网游，在道上混出了名儿，许多金链肉瘤大哥来找他买装备，几个月里净赚了十几万块。通过跟玩家们沟通互动，这些年学到了不少互联网知识。他决定创业，办一家 SNS 社区，名叫"万圣节"。就像现在网上许多同志社区，而胖子君的这个社区，是专门给恐怖鬼怪爱好者，以及万圣节 cosplay 办的。

但是，胖子君家里没钱，拿不出第一笔启动资金。他住在三十年前爷爷的钢铁厂分配的老工房里——那一年他还没出生，要没有这套五十平方米的房子，他妈至今都不会嫁给他爸呢。

这时候，他遇到了天使，也是经常向他购买网游装备的富二代，更是德州电锯中国同人会的会长，网名"重口味天使"。每部《德州电锯杀人狂》公映，这家伙都会去美国包场看。他给胖子君投了四十四万，说这数字最吉利了，虽说用来互联网创业诡异了点，但年轻人不就是得艰苦奋斗吗？

果然，他开始了足够艰苦的奋斗。从半地下坟墓般的办公室开始，到雇用第一个程序员开发 APP。这中间他也被别人骗过几次，几乎搞到身无分文的境地。最惨的时刻，他一个人在桥洞下饿了三天，却没有人给过他一分钱——他那肥胖的体形实在是跟乞丐相差太大，最后他被几十个假装要饭的围殴，被赶到了火车站旁的铁轨上险些做了海子。

两年前，终于迎来互联网经济的春天。胖子君赚到了第一桶金，虽然还不够发工资，却证明了万圣节商机无限。不用担心饿肚子了，至于为什么会越来越胖？因为太操心了，经常被迫跟渠道商喝酒，天天熬夜加班，每晚吃一大包酸菜方便面加香肠加鸡蛋加大瓶可乐，肚子就像实心铅球似的鼓起来。

两个月前，马云和阿里巴巴在美国上市，更是让胖子君心潮澎湃，他给自己树立了一个目标——十年后，纳斯达克，敲钟见！

为了拿下一单生意，连续三天没有睡觉的他，又去陪客户喝酒了。那群王八蛋最会灌人了。他一口菜都没吃，空着腹，先喝啤酒五杯，再饮红酒四杯，最后干了五十二度的白酒三斤。然后，大家看他有些不行了，便拼命地给他吃肉，又吞下了半斤牛腿肉，三根羊排，两只老母鸡。

但，胖子君毕竟没有净坛使者的福气。

那家餐馆有个露台，他本想冲过去呕吐，却彻底喝糊涂了，直接撞上玻璃幕墙，再硬的玻璃也承受不了他的重量，直接从七楼摔下来。

他死了。

经过法医的检验，胖子君的真实死因，不是摔死的，而是因为暴饮暴食，加上酒精中毒。

终于，胖子君去另一个世界的纳斯达克敲钟了。

回到殡仪馆的凌晨，阴阴的风在遗体清理化妆间回荡。小灵最后擦拭一遍化妆棉，无菌手套轻轻抹过，死者的嘴角微微一动。

她知道，他还有话要说，对她。

小灵把耳朵贴在胖子君嘴边，亲爱的，说吧。

汪！

从尸体的喉咙深处，传来一记狗叫声，那是胖子君最爱学的声音。

他睁着眼睛说，小灵，其实，你不知道，我始终悄悄关注着你，看你的每条微博、微信、QQ空间和签名。我知道你没嫁人，男朋友都没再谈，每次相亲都失败了。我想，我还有机会，只要我能成功，就一定踩着五色云彩，开着宝马奔驰，像个盖世英雄，接你回家，娶你。

我养你啊！

嗨，还记得六年前，在殡仪馆的门口，我跟你说过的这句话吗？既然是男人，不就应该对女人这么说吗？

小灵抬起头来，怔怔地看着胖子君，许久许久，第一滴眼泪，从她腮边滑落，坠入胖子君尚未瞑目的左眼。

热热的。

刹那间，小灵好想大声说——复活吧！亲爱的，我的胖子君！

他闭上了眼睛。

不知是她的还是他的泪水，从冰冷的眼角滑落到耳边，溶化死后浓浓的妆容。

再不会醒来。

小灵为胖子君补妆，低头亲吻他的嘴唇。

天亮了，万圣节。

下午四点，殡仪馆七宝山厅，胖子君遗体告别仪式。

可惜，来人稀稀拉拉，除了父母与亲戚，没什么其他人。胖子君生前的互联网公司，总共三十多号员工，连一个都没来——都拥到劳动保障局讨薪水去了。只有投资他的那位德州电锯杀人狂天使，给他送了个黑玫瑰扎成的硕大花圈，看起来煞是拉风与扎台型——那一夜，天使本人正在北京地铁里扮演清宫太监而被警方拘捕。

胖子君安静地躺在水晶棺材里，身着黑色西装，打着领带，面色白皙，头发锃亮，竟比他活着的时候，更帅一百倍。

大概，只有在情人眼里，他才是这个样子吧。

哀乐结束，遗体告别仪式完毕，胖子君被送到后面的火化炉。

体形过于庞大沉重，只能送进一个单间。关上炉门，按下电钮，数千度高温烈火，往生极乐矣。

小灵穿着一身正式的黑色衣裙，头发上别着白花，远远地看着火葬中的胖子君。

火葬场的玫瑰。

有人给她起过这样的绰号，但从未有人看她穿成这样，同事们好奇地围观，却都不敢上去问她为什么。

火化一具遗体需要个把钟头，家属在外面号哭等候之时，火化炉的烟囱上面，喷出大团炽热的烈火。

大家都看不懂怎么回事，只感觉四周温度剧增，地面上流溢着喷火的液体……有经验的火化工高喊：出大事了！

　　紧接着，整个火化炉被熊熊烈焰包围，大家慌乱地往殡仪馆门外逃去。

　　小灵夹在人群中间，痴痴地看着烈火焚城与焚尸，脸被火光映得通红，就像在职业高中的篮球场边第一次看到胖子君——他的浑身上下装满了脂肪，因为烈火焚烧而从烟囱喷出。胖子君的尸体就像一团喷火巨龙，迅速点燃整个火葬场和殡仪馆。何况，他是喝酒醉死的，巨大的肠胃里，灌满了高纯度的酒精，更加助长了这场大火。

　　终于，当整个殡仪馆都陷入火海，小灵才被两个奋不顾身的男同事救出来。

　　好大一蓬火啊！

　　画面太美，你不敢看。小灵站在马路对面，看着这场殡仪馆史上最壮观的灾难。火化炉的烟囱不断喷出烈焰，就像白日焰火，直冲云霄。巨大火舌，半空爆炸，火星四散，带着胖子君身上的油脂，如同最迷人的烟花，绽开五颜六色，绚烂夺目。所有目睹此景的人们，注定永生难忘！

　　一群外国小孩依次敲门来讨糖吃，他们不晓得这是中国的殡仪馆，小孩的洋妈妈们以为是小菜场之类的。小孩子们敲开了一家家寿衣店和花圈店的大门，店里当然没有糖果和巧克力，只能顺手抓给他们一把纸钱和冥钞，大方点的就送了几块报废的灵位牌和骨灰盒子的边角料。最后看到一蓬大火，小孩子们怀抱最新的礼物，欢快地完成了万圣节讨糖之旅。

　　西北风吹过，烈火永不停歇地燃烧，从白天烧入傍晚，连着天边晚霞。全城的消防车都已出动，却难以控制猛烈的火势。每个消防员的身上，都沾满了胖子君体内的黄色油脂。而那充满焦煳香气的尸体味道，则弥漫在整个城市，乃至大半个中国上空……

　　万圣节。

　　这场"10·31"特大火灾，足足烧了五个多钟头。谁都没有想到，子夜时分，突如其来下了一场大雪。黑夜里白茫茫一片，终于把火扑灭。整个殡仪馆与火葬场早被烧成白地。幸好，没有人（活）员伤亡，但几百具尸体直接成灰了。

　　镜头回放——下午五点，大火最猛烈的瞬间。小灵想起胖子君生前爱看的一部港片，有段黑社会老大的台词：人生的最高境界，就是风风光光地活，红红火火地死。如果，不能风风光光地活，那就红红火火地死吧。

忽然，她跳着双脚拍手欢呼起来！

女孩笑得多么灿烂，像小时候骑在爸爸肩膀上，出门去看国庆节放烟花。

摩天轮上，胖子君问小灵，你看过白天放烟花吗？

没有啊。

将来一定有机会，我放给你看。

胖子君双手揽小灵入怀，只感觉她轻得像一只小猫，

而自己像只又肥又蠢的大狗。

喵呜。

汪汪。

# 第 8 夜

香港一夜

小马哥：用谎言编织世界的「英雄」

> "阿 Sir，我没做大哥很久了！"
>
> ——吴宇森《英雄本色》

2005 年 10 月 15 日，我第一次到香港。

早上，自深圳出发，我跟制片人 Z 先生同行，有辆轿车来接我们。经过文锦渡关口，守关的阿 Sir 面带微笑，看过通行证，示意入关。进入香港的道路改左驶，丘陵起伏，绿意盎然。车虽多，但井然有序，绝不见内地常见的抢道。潮湿浓雾间，群山外的海峡，忽隐忽现，硕大的青马大桥，蓬莱仙山般的摩天巨楼。进入九龙半岛的水泥森林，看不到周围高楼的顶，窄窄的马路两边，招牌已是横看成岭侧成峰。

在尖沙咀的酒店住下，特意走到弥敦道南头重庆大厦，王家卫的《重庆森林》就是这处，却到处是黝黑的印度人或巴基斯坦人，底楼是个档次很低的卖场，据说晚上不安全。

下午，我和 Z 先生见了香港的投资方及导演黎妙雪。那是我的小说第一次改电影——《地狱的第 19 层》。有位很资深的女电影人，谈到张国荣出事前跟她通过电话，某段诡异的故事，在此不表。

谈完事，我和 Z 先生坐地铁去维港对面的香港岛。在金钟下车步行去坐缆车，来到太平山顶赏夜景。观景平台狭小，大雾看不清，草草下来。转了很久，却撞到中环广场，在香港打工的菲佣，每逢周末放假聚集于此。又坐地铁去铜锣湾，车厢大半东南亚面孔，间或几个裹着美丽的丝绸头巾，那是穆斯林女孩的标志,应是印尼或马来西亚人。

回到酒店，我独自外出。

深夜十点多，于香港人而言，夜生活才刚开始。兰桂坊这种地方，我素无兴趣，掏出手机里存的地址，步行前往附近一条小街。

拥挤逼仄、密密麻麻的招牌底下，有间上海小馆。门面不大，只有七八张桌子，下夜班的工人在吃炒饭。有个年轻男人坐在角落，独自抽烟，看电视里的 TVB 剧。他的椅背上，挂着件灰色风衣。

小马哥。

我叫了他的名字。他猛然抬头，露出少年般的笑容，掐灭烟头，跟我拥抱。

他用上海话招呼我，用粤语跟伙计们说话，给我点上几份小吃。他是这家店的老板。

我问他别来无恙。

阿 Sir，我没做大哥很久了!

他的这句话，令人会心一笑，自动脑补出中年狄龙的形象。小马哥，是我的初中同学。

有句讲句，他越来越像周润发了，当他重新给自己点上一根香烟，嘴角还叼着牙签时。

我和他第一次相遇，上个世纪九十年代初，刚进上海市五一中学预备班。小马哥，是我们班个子最高的。他的功课差，小学就留过两级，比我们大两岁，嘴角已有一圈小胡子，穿着港剧流行的太子裤，看起来像社会青年。

听说，他的爸爸妈妈早已离婚，妈妈重新嫁人去了香港，而他跟爸爸留在上海。

小马哥总是说，他就快去香港了。

我有个小学同学，成绩很好，平时穿着体面，头发梳得一丝不苟。西康路上有幢大房子，以前是他们家的，原是新中国成立前的资本家。他爷爷逃难去了香港，留在上海的房子被充公，他爸是共产党员留了下来。我们只做了三年的同学，他就全家移民去了香港，投奔已是亿万富豪的爷爷了。

那个年代，凡是跟香港有关的一切都令人艳羡。我听过的第一首粤语歌，是霍元甲的"昏睡百年国人渐已醒"。往后就太多了啊，还记得《秦始皇》的《大地在我脚下》吗？八三版《射雕英雄传》的《铁血丹心》，《义不容情》的陈百强的《一生何求》。了解我的朋友，都知道我会吹笛子，而我最拿手的，是"浪奔浪流／万里滔滔江水永不休"的《上海滩》。那时无论粤语国语，我们同学都会唱，有一年最流行叶倩文的《潇洒走一回》——"天地悠悠过客匆匆／潮起又潮落／恩恩怨怨生死白头／几人能看透"。

我家有台录像机，常带同学们来看港片。来得最多的同学有三个：一个叫李毅大帝；还有个叫杀手李昂；最后，就是这一夜的主角——小马哥。

除了《纵横四海》，我们最爱看《英雄本色》，导演吴宇森，监制徐克。

《英雄本色1》看了三遍。《英雄本色2》却看了十遍。到《英雄本色3》已跟前两部没关系了。虽然，公认《英雄本色1》才是巅峰之作，但《英雄本色2》更让男生们过瘾——那时尚无暴力美学的说法。

最后有场戏，周润发穿着小马哥浑身是洞的风衣，挂满炸弹，跟阿豪与龙四一起去为张国荣饰演的阿杰复仇。我们四个男生，用我家的录像机反复播放，数出总共被打死的人数——四百一十九个，绝对是一场惨绝人寰的大屠杀。

现在想想，我们可是够无聊的。

终于，1993年，小马哥去了香港，与母团聚，持单程证。

他走以后，不再联络，我挺想他。

那一年，街头流行艾敬的一首歌。距香港回归还有几年，人人都很期待1997年，又仿佛很遥远，想象那是梦想与光荣的年代——

"我留在广州的日子比较长／因为我的那个他在香港……他可以来沈阳我不能去香港……让我去花花世界吧给我盖上大红章／1997快些到吧八佰伴究竟是什么样／1997快些到吧我就可以去HONG KONG/1997快些到吧让我站在红磡体育馆／1997快些到吧和他去看午夜场／1997快点儿到吧八佰伴衣服究竟怎么样／1997快些到吧我就可以去香港……1997……1997……"

2012年，我在《悬疑世界》杂志卷首语里，写过大致这样一段话——"而今，八佰伴早开到了我们家门口，办张港澳通行证可随时飞到香港，淘宝上就能买到红磡的演唱会票，午夜场不早就有人组团去看过了吗？而那个让人憧憬过的年头，眨眼之间，竟已是十五年前的往事。"

好吧，日本的八佰伴早就倒了。

1997年，香港回归，普天同庆。我呢，那一瞬间，也有种发自内心的自豪感。

那年圣诞节，小马哥敲响了我家的门。

哇，他又长高了，卖相好，一袭灰色风衣飘飘，胸口插着墨镜，发型是那年流行的中分，很有周润发年轻时的派头。

其实，他才二十岁呢。

小马哥来上海是看老爸，过两天还要回香港。当晚，我们几个同学请他去吃夜排档，最后必然是他抢买单。

他抽着外国烟，神情过分早熟，说起香港各种繁华，上海想要迎头赶上，起码还得五十年吧。

有人问，香港有许多上海人吗？有啊，我们特首董建华、立法会主席范徐丽泰，还有倪匡、亦舒、王家卫、张曼玉、汪明荃、沈殿霞……

为了满足我们猎奇的欲望，他又说起香港十大奇案。说到雨夜屠夫，大家瞪大了眼，似乎不敢相信。其实，那年头，上海也有了连环杀人狂，比如敲头案。

有个同学傻傻地问，小马哥，你是不是做生意发大财了？还是炒股票？

想起《大时代》的方展博，但我更爱《第三类法庭》的青蛙王子温兆伦。

他吹了一口啤酒，淡然道，哪有啊，我是混社团的。

众人沉默片刻，都看过古惑仔，混社团，不就是黑社会吗？

终究有人忍不住问，开过枪吗？

废话。

玩过女人吗？

对于我们这些屌丝处男来说，这可是个重大问题呢。

香港妹，大陆妹，越南妹，泰国妹，混血妹，白鬼妹，黑鬼妹，全都玩遍了。

我们嫉妒地看着他，彼此无语。

最后，我问了他一个问题——你杀过人吗？

他不响。

面朝夜空吐出一圈烟雾，小马哥淡淡地说——

"这里到底不是自己的地方。有人千方百计要离开自己的家，有的人想回去，有的人……连落脚的地方都没有。还是自己的地方好。"

只有我明白这是《英雄本色》的台词。

没过两天，小马哥回了香港。

那一年，我领取了中华人民共和国居民身份证，可我依然不能去香港特别行政区，不能去找小马哥，不能去维多利亚港，不能去狮子山下……

才发现，《我的1997》里的歌词，竟然全是骗人的！

2000年，我开始在榕树下网站发小说。2001年，我写了第一个长篇小说，第二年出版。

2003年，"非典"。4月1日，香港传来张国荣自杀的消息。

彼时，我尚在上海邮政上班，在四川路桥的市局办公。那天傍晚，下班走出单位，眼前出现一个穿着风衣的男人。

小马哥回来了。

他戴着墨镜，风衣领子竖起，遮掩自己的脸，带我去乍浦路的小餐馆吃了顿饭。他特意选在饭店的死角，露出憔悴的双眼，做了个噤声手势，说，别跟任何人说见过我！

你被黑社会追杀了？

他说他刚从香港回来，虽然是当时的疫区，照道理是要隔离的，但我并不害怕。

告诉你一个秘密，我是警察。

啊？

香港警察，在回归那年，我就考进了警队。

上次见面，你干吗说是混社团的啊？

因为，那次之后，我真的去了黑社会。

卧底？

嗯。

不会吧。

卧了将近五年的底。

他敞开衣领，露出胸口乌黑的刺青。

你真的杀过人？是吗？

别问这个！一年前，我搞了社团老大的女儿，不小心动了真感情，暴露了身份。我回不去了，警队丢卒保车，把我除名了。现在，黑社会满世界追杀。借着"非典"的形势，我回来避避风头。阿骏，在这个世界上，你是我唯一可以信任的人了。

就像阿豪信任小马哥那样？

没错。

说完，最让我担心的事发生了，他从桌子底下掏出一个旅行包，交到我的手里说——弟弟，请帮我好好保管，最多一个月后，我来取回。

啊？

那包里的分量并不重，但我不敢打开，生怕会滚出个把人头或手之类的。

这个……这个……我不知道如何推托。

小马哥接着说，你看到今天的新闻了吗？

张国荣自杀？

你还记得《英雄本色2》，张国荣演的卧底警察阿杰，在跟阿建一起行动前，看到天上有流星飞过吗？

"我听人说，看到流星，会有人早死。"

当然记得，张国荣的这句台词，深深印在我脑中。以至于，有一年大家都去郊外看流星雨，唯独我不为所动。

昨晚，我离开香港前，看到了天上的流星。

小马哥如是说，他看着我的眼睛，而我不是害怕，是很害怕！

看我沉默如许，他拍拍我的肩膀说——你相信有神吗？我相信，我就是神。

这还是《英雄本色》里周润发说过的话，但符合小马哥的人物性格。

他迅速结账离开，连个电话号码也没留下，这是作死的节奏吗？

当晚，我独自拎着旅行包回家，依旧不敢打开。

接下来一个月，我整天提心吊胆，晚上常被噩梦弄醒，早上担心门外脚步声，中午在单位食堂吃饭，总是怀疑陌生人的目光，是否会突然掏出两把枪来，血洗一番，留下几十具男男女女的尸体，还有被食堂大姐的鲜血染红的冬瓜汤。

最终，整个"非典"最黑暗的时期度过，我的小马哥依然没回来。

他死了吗？

就像他在香港看到过的流星？像张国荣那样死于楼下？还是像宋子杰那样死于一枪？还是……

等了足足三个月，旅行包一直藏在床底下，周围用几捆旧杂志掩饰。终于，我打开了那个旅行包。

数月尚未有异味，应该不是不干净的东西。但我最怕的是，会不会有几万美金，还是一张国际银行卡并附有密码？抑或什么更重要的东西，比如以前港片里的磁盘之类的罪证？

结果，包里只有一本薄薄的书。

外面包着挂历纸的封皮，看来保存得很小心，难不成是《小马哥回忆录》？《香港腥风血雨录》？《港九江湖怪谈》？《旺角杀手浮生记》？

教我智商捉急的却是，打开一看，竟是本香港地图册。

有冇搞错啊！彩色印刷得很精美，总共二十多页，依次是香港的行政区划、地形和地质、动物和植物、经济和交通，还有港岛、九龙、新界各区的详细地图，却是1993年出版的繁体版本，早已过时。

再翻第二遍，生怕地图册里会夹什么东西，可把每一页都仔细翻过，仍旧一无所获，也没有被涂抹或手写的痕迹。

仔细嗅了嗅书页，会不会用化学溶剂浸泡过后，纸上就会显出特殊文字或符号？我用了四种不同的液体，直到整本地图册快泡烂了，还是没发现任何异常。

除非——这本地图编辑时就预留下密码，藏在某个角落？

2003年，剩余的日子里，我把这本香港地图册反复看了一百遍。我的目光与手指，游走过铜锣湾，触摸过尖沙咀，飞越过天水围，夜渡过长洲岛，却不知小马哥在何方。

此后两年，这本地图册藏在我的床底下，小马哥也从没来过。

2005年，盛夏。

小马哥在MSN突现，我看到他的头像，分不清是周润发还是他。我们在线上聊天，说香港，说上海，说全世界。他说，他已没事了，也不混黑道，洗白了身份，现在香港开了间小餐馆，要是我来香港的话，记得要来找他。

两个月后，我到了香港。

临行前，我在MSN上问他要了地址，约定今晚见面。

2005年10月15日，深夜十一点。

我与小马哥重逢，在香港尖沙咀的夜。

寒暄过后，我从包里掏出那本香港地图册——两年前他托我保管，而今原封不动奉还。

我想知道，这本书里的秘密是什么。

哦……

他的神情颇为尴尬，再次掐灭半根烟头。这个，哎呀，说来不好意思。当初，我是想把黑社会的账本交你暂时保管，但我放包的时候搞错了，正好随身携带一本地图册，包着一模一样的封皮，这就……

我几乎要喷血了！

很想把他拖出去枪毙一百遍啊一百遍。

然而，小马哥正襟危坐道，你信吗？

我摇摇头。

接下来，我要说的，才是真的。

小马哥起身收工，关上店门，带我出去。

我俩一路散步到维港边，海风吹乱他的风衣，看着对岸港岛的摩天大楼，彻夜不眠的香港灯火，星星般的太平山顶。

阿骏，我们是最好的朋友吗？他问我。

还用问吗？小时候，你是差生又留过两次级，老师和家长都不准我跟你做朋友，但我们不照样是兄弟？有一次，我们去西宫玩，路上碰到几个流氓敲诈勒索，你跟他们打了一架，搞得你头破血流，但你跟那些×样子说——

"你可以侮辱我，但不可以侮辱我的朋友！"

哈哈，这可不是小马哥的台词，是豪哥对阿成说的！

他点起一根烟，火星忽隐忽现，说，这个秘密，也是现在才能告诉你，但我从没后悔过。

看不清他黑夜里的眼睛，我皱起眉头：你说什么？

小马哥扬起风衣，将我整个包裹起来，低声耳语，其实，我是共产党，中华人民共和国国家安全部潜伏港澳的地下工作者，维护国家安全是我的职责。

晕，你说什么啊？

背井离乡十来年，吃那么多苦，受那么大委屈，鬼门关上走几回，还不是为了你我身后那片土地。

我转回头，试图看到九龙的狮子山，当然这是徒劳，视野全被高楼阻挡。

拜托啊，小马哥，你是认真的吗？

你最好别信！呵呵！

瞬间，脑中想起《国产凌凌漆》的最后，那把刀上刻的"民族英雄"四个字。

那本香港地图册的秘密，你呢，就不要多想了。总之，现在这本地图，早就毫无用处了。而我，也已退役不干，国家安全部的档案，都不会再有我的名字了，别为我担心哦。就当是我送你的礼物，拿回去吧！

他从风衣内袋掏出地图册，塞进我的包里。

子夜，零点。

再度拥抱，眼眶居然湿润。

第二天，回深圳。从尖沙咀坐地铁，路经旺角，想起卡门。到罗湖口岸，顺利通关，当晚飞回上海。

包里塞着小马哥送给我的 1993 年版的香港地图册，至于他说的秘密，我依然不太相信。

我们没留电话号码，耳边响着他临别时的话：下次来香港找我玩哦！

不知道还有没有下次。

两年后，我的作品改编的第一部电影公映。小说发生在上海，电影却搬到回归前的香港，自然留有遗憾。唯一让我欣慰的是，电影里扮演叶萧警官的，是狄龙的儿子谭俊彦——《英雄本色》豪哥的儿子啊！

我有个表妹，年年要去香港好几次，狂买各种奢侈品。2008 年，十一长假期间，我托表妹去看望小马哥，给他带些礼物。

表妹去了尖沙咀那家小店，别人告诉她，原来的老板死了——半年前，有仇家找上门来，一枪爆头。

小马哥死了？

是啊，小马哥终究是要死的，否则哪来满是洞眼的风衣？

而这，才是余则成们的真实命运，不晓得烈士名单里有没有他？

我怅然。

而我，再没去过香港。

是因为小马哥，还是别的什么原因？我不知道。我也素来对购物毫无兴趣，若要旅游的话，五洲四海，东洋西洋，自有更佳去处。

同一年，我参加过一期电影节目，跟我对谈的嘉宾是徐克。当年的《英雄本色》他可是监制呢，《英雄本色3》更是他亲自执导。徐克还在电影里客串了一个音乐老师，而吴宇森演了个台湾警官。当我们小的时候，连做梦都不会相信，怎能与这些神一般的存在对话？

光线传媒的演播大厅内，我坐在徐克对面，怔怔地看着他的眼睛，很想问他一个问题：小马哥有没有真实的原型人物？然而，我憋了半天，始终不敢问出口，只看着徐老怪很有礼貌地侃侃而谈。

是他老了？

还是我长大了？

但，我的小马哥，永不复还。

2014年，距离我上次见到小马哥，转眼逝去整整九年。

每年的国庆假期，我的表妹都会去香港购物，去逛迪士尼乐园，这一回她却不去了，临时改机票飞去韩国，原因嘛众所周知。

两天前，我接到个陌生的电话，带着浓浓香港味的普通话，让人听着略带费劲——

请问是蔡骏先生吗？

是。

我是 Mark 的弟弟，我在上海，可以与你见面吗？

Mark 是谁？

然后，电话那头报出小马哥的全名。

一小时后，在我家楼下的港式茶餐厅，我和一个年轻的香港男子见面。

他递给我名片，世界五百强在上海公司的部门经理，他说，就叫我 Ken 好了。

而我有些恍惚，Mark 的弟弟 Ken？在《英雄本色2》的国语版，小马哥的双胞胎弟弟阿建？穿着小马哥浑身是洞的风衣的周润发？

果然，他们兄弟很像，个子也差不多，看着阿 Ken 的脸，仿佛回到2005年的秋天，子夜的香港。

怎么从没听小马哥说起过你？我直截了当地问，虽然，我并不怀疑他。

我们是同母异父的兄弟。

三十年前，小马哥父母离异。所有人都以为，他妈妈改嫁去了香港。那不是真的。或者说，香港男人是真的，但他在香港有家室，自然，也无法带她去香港。

他的妈妈去了深圳，每个周末，香港人过关来看她，就是包二奶。几年后，她为香港男人生了个儿子，取名建华，英文名 Ken。

1993 年，小马哥的爸爸赌博坐牢，他在上海退学，独自买了张火车票来深圳。

已跟妈妈分别十年，老妈根本不喜欢他，所有母爱都在 Ken 的身上，何况小儿子是香港种啊香港种。

回归前一年，那个男人的原配死了，小马哥的妈妈与十岁的弟弟，苦熬到头，得偿所愿，去香港合家团聚了。

唯独小马哥，一个人留在了深圳。

香港男人嫌他讨厌，不准他申请来港探亲，怕他一来就变成黑户口不走了。

Ken 告诉我，在他跟妈妈搬去香港以后，再没见过哥哥。

2003 年，"非典"过后，开放港澳自由行，小马哥第一次进入香港。他来家里吃了顿饭，还是偷偷摸摸的，趁着 Ken 的爸爸不在。也只是吃了一顿饭而已，妈妈就把大儿子打发走了。

弟弟还算热情，带哥哥在香港玩了三天。小马哥循规蹈矩，自觉排队，从不乱穿马路，打喷嚏不忘用手帕掩住，坐自动扶梯永远站右边，更别说什么随地大小便了。

然后，他提早回了深圳。

小马哥第二次来香港，已是两年后的 2005 年，十一长假之后。他让弟弟 Ken 帮忙，说要在尖沙咀找家小餐馆，花三千港币包一晚，给每个伙计发了条烟，让大家演戏叫他老板，说是要招待一个好朋友。

第二天，小马哥又走了。

这也是他最后一次到香港。

小马哥一直住在深圳，从事各种生意与职业。发过财，破过产，也有过安逸的日子。他结过婚，离过婚，但没有过孩子。从他住的高楼顶上，可以清楚地遥望香港，那是新界连绵的山冈，有时能望见大帽山顶。

当 Ken 说到这里，我算是大致明白了——

这些年里，小马哥关于香港的一切，包括什么进入黑社会，又是警方的卧底，学什么使徒行者薛家强，结果爱上黑帮老大的女儿，最后又被追杀，再向我袒露心迹，原是我党派遣港澳的地下工作者……竟然！竟然！全是编造出来的！或者说，是他脑子里的妄想。

但，他演得真像啊，货真价实的影帝，比发哥厉害一百倍啊！

我低头，看着杯影中的自己，默默数着那十年间，在自己身上发生过的一切。

上个礼拜，我的哥哥死了。

阿 Ken 告诉我。而我故作镇定地问道，怎么死的？

9 月 28 日，接近零点，他喝醉了。遇到抢劫，他反抗。对方拔刀，不巧刺中心脏。

就这么简单？

两天后，凶手在东莞被捕，内陆省份来的十八岁少年，看到他用iPhone6 就想抢劫。

我摇头，这不是小马哥的死法。

阿 Ken 继续说，我也很多年没跟哥哥联系过了。我去美国读书了五年，回来后发现香港不景气，许多年轻人都北上了，我就直接来上海工作。妈妈说，哥哥从没给她打过电话，她也没关心过哥哥。我很难过。

你为什么来找我？

三天前，我飞去深圳，处理哥哥的后事。打开他的电脑，MSN自动登录，没想到他还用这个？好奇地看了聊天记录——我发现他的朋友好少啊，在联系人分类里，有个特别类别，就是你的名字。对不起，你没看到过他的留言吗？

啊？

差不多六七年前开始，我就再没登录过 MSN。

阿 Ken 提醒我，这个月底，MSN 就要在全球范围内关闭了，建议你快去看看吧。

与小马哥的弟弟阿建告别，我飞奔回家，趁着 MSN 死亡前的最后几天，再次登录。

深夜，我把登录状态改为有空，响起无数嘀嘀声，都是前几年积累下来的。

满屏最多的是小马哥。

2008/2/4 23:57:05

**小马哥** 过年啦，祝你新年大运！

2009/3/31 06:17:33

**小马哥** 嘿，在书店看到了你的新书，大麦哦！

2010/1/22 22:05:49

**小马哥** 今天去看了电影《孔子》首映，周润发真的老了啊！

2011/11/5 04:51:24

**小马哥** 前两天你来深圳签售新书，我本想过来看看你，但有些事跑不开，下次吧！

2012/4/15 10:05:49

**小马哥** 期待再次看到你的电影！加油！拍出像《英雄本色》那样的电影！

2013/12/24 23:49:17

**小马哥** 圣诞快乐！

2013/12/24 23:49:31

**小马哥** 我送你的那本香港地图册，还在吗？

2013/12/24 23:50:04

**小马哥** 放心，我不是想要收回。

2013/12/24 23:52:38

1993 年，我刚到深圳，在火车站，花十五块钱买了这本香港地图册。当时觉得好漂亮啊，我整天捧着它看啊看，期望能很快去香港，去地图上的中环，去九龙公园，去油麻地，去旺角，去庙街，也许能遇到周润发？遇到张国荣？遇到狄龙？遇到吴宇森？遇到徐克？

2013/12/24 23:55:49

呵呵

2013/12/24 23:56:32

后来，妈妈和弟弟真的去了香港，但我一个人留在了深圳。很多年，我都想不通，为什么我不能去香港？

2013/12/24 23:58:03

无数次，我站在罗湖关口外，披着小马哥的灰色风衣，遥望那个梦里的香港，却没有踏进去过一步！

2013/12/25 00:01:19

从我 1993 年刚到深圳，再到 2003 年开放自由行，十年啊，册那娘的。

2013/12/25 00:02:44

小马哥在《英雄本色》里也只等了三年嘛！

2013/12/25 00:03:51

阿骏，上海下雪了吗？这里基本不下雪的。

最漫长的那一夜

2013/12/25 00:05:08

对不起，以前那些故事，都是骗你的！揍我吧。

2013/12/25 00:06:13

我一直以为，小马哥是大英雄，我也可以成为那样顶天立地的人。长大以后，我才发觉自己什么都不是，一个微不足道的小人物，就连隔壁的香港都去不了。如果，我不把自己想象成一个英雄，恐怕半分钟都活不下去，就算只是个无名英雄。

2013/12/25 00:07:07

对了，那本香港地图册。我是故意送给你的。张国荣走的那天。我想，这辈子可能都去不了香港了。所以，这本1993版的香港地图册，就送给你，留个纪念吧！

2013/12/25 00:08:13

唉，又过去十年了啊。如果，那时候吓到你了，别恨我哦！不管你是否看到。

2013/12/25 00:09:59

对了，我在淘宝开了家香港代购店，每天有员工来往深圳与香港，保证正品。如果你有需要，比如奶粉之类，请跟我说，千万别客气！

2014/9/28 22:39:02

嘿，我又来了，没觉得我烦吧？

2014/9/28 22:39:51

小马哥　十年前，觉得不能去香港，真是一辈子的遗憾啊。现在回头再看看，才屁大点事呢？那时候的自己，真是可笑呢。

2014/9/28 22:41:08

小马哥　今晚，我却想起，小马哥对阿豪说过的话——

2014/9/28 22:42:30

小马哥　我不想一辈子让人踩到脚下！你以为我是臭要饭的？我倒霉了三年，就是要等一个机会！我要争一口气，不是要证明我比别人了不起，我只要告诉人家，我失去的东西我一定要亲手拿回来！

2014/9/28 22:43:27

小马哥　但我想，如果失去的是时间，还拿得回来吗？

2014/9/28 22:44:44

小马哥　我刚在深圳河边看到流星了，晚安！

第

# 9夜

蜡像馆的一夜

为了挚爱蜡像不惜一切的老头

蜡像是很恐怖的东西，将无生命的物质塑为人形，将灵魂禁锢在死亡的眼中，将无尽赞美与终身荣耀幻化为木乃伊般的存在。

所以，我不太敢去蜡像馆之类的地方。

其中给我留下巨大心理阴影的蜡像馆，在南方某个旅游城市。在郊外的公路边，尘土飞扬，据说要造高尔夫球场。孤零零两层小楼，深红色油漆外墙，几乎没一扇窗，楼顶广告牌满是明星照片，衬托出一行大字，模仿某位国家领导人的字体——杜莎姑娘蜡像馆。

门票标价一百，有物价局和旅游局公章。检票处立着一具蜡像，是个中国老头，又高又瘦，像晾衣架。短袖白衬衫，极不合身的宽大，像罩在骷髅外边，随时会从衬衫纽扣里，进出一两根白骨森森的肋排。头发全掉光了，眉毛稀稀拉拉，胡子倒是干净，肤色不深不浅，光溜溜的，蜡黄蜡黄，让人想起大太监李莲英。

突然，蜡像动手打了自己一耳光。竟有只苍蝇叮上鼻子，把它当作僵尸产卵生蛆。原来他不是蜡像，只是这肤色，这形态，还有一动不动的僵硬……唯独眼睛很亮，像深井里的清水，不像其他老人的无精打采与混浊。盯着你检门票时，让人不由自主想避开，好像多看一眼就会被吸尽精气。

进入蜡像馆门厅，竖着杜莎夫人的介绍。这个法国女人生于十八世纪，第一尊蜡像作品就是伏尔泰，以后还有卢梭和富兰克林。法国大革命，断头台下尸山血海，她从中寻找人头，制作头部模具和蜡像。

路易十六和玛丽皇后被斩首后，杜莎夫人做过他们的死亡面具。战争期间，杜莎夫人移居伦敦。1835年，她在贝克街建立蜡像馆，原来福尔摩斯是隔壁邻居。

至于杜莎姑娘——杜莎夫人排行老八的闺女，女承母业，颇有成就。杜莎姑娘蜡像馆，作为杜莎夫人蜡像馆的子品牌，专注于再现青少年喜爱的大众明星，拥有上千万忠实观众，本馆就是杜莎姑娘蜡像馆在全球的第十九家分馆。

首先，看到古天乐版的杨过与李若彤版的小龙女，但这分明是《乡村爱情》的刘能，以及困于绝情谷底十几年的裘千尺，还有一只酷似老母鸡的神雕。虽然如此，旅行团的小伙伴们，还是纷纷愉快地拿起自拍杆。

同一展厅，张国荣版的程蝶衣与张丰毅版的段小楼，周星驰版的至尊宝与朱茵版的紫霞仙子，《流星花园》的F4，《泰囧》的徐峥、王宝强与黄渤，《甄嬛传》的孙俪，《倩女幽魂》的王祖贤。最有范儿的，自然是未剪胸版的武媚娘。无论男女都争相与她合影，或者说与胸合影。最年轻的蜡像，是刚搬进来的小鲜肉，赤裸上阵，只剩一块遮羞布，他叫宁泽涛。

天杀的蜡像馆还有二楼，迎面开来一艘泰坦尼克号，莱昂纳多·迪卡普里奥扮演的Jack与凯特·温斯莱特扮演的Rose，相拥在《加勒比海盗》的背景前，好像这部电影的男一号是约翰尼·德普。这层全是老外，玛丽莲·梦露的裙摆被一根大头钉固定在了大腿上，为了避免游客骚扰裙下。

一大拨欧美明星后，是一衣带水的日韩邻邦。高仓健扮演的杜丘与中野良子扮演的真由美，金秀贤扮演的都敏俊与全智贤扮演的千颂伊，居然还有泰国的马里奥。最后是盛大阵容的AKB48，日本妹子摆成各种姿势。总而言之，这些蜡像都丑哭了。除了有几分神似的，大多属于整容前，卸妆后，连续四十八小时熬夜的水准，个别已被泼了硫酸。简直毁童年。

一楼出口的拐角，一尊孤零零的蜡像——她穿着云南彝族服饰，青葱如玉的兰花指，放在右耳的翡翠耳环旁，好像刚给自己戴上，可惜没看到阿黑哥。

阿诗玛。

她是整个蜡像馆里最漂亮的一具蜡像，与电影里的形象分毫不差，真实到让人以为是工作人员假扮的。有人憋不住摸了一下，指尖触及美人脸庞，绝对死人般冰冷。

"别碰她！"

一个低沉的吼声，晾衣架似的管理员老头，仿佛从大门口瞬间飘移而来。"可以拍照片，但不能碰。"——老头的气管里好像有什么东西，听起来古怪。

这个旅行团里的人都在三十岁以下，没有五六十岁的大妈，也没人认识阿诗玛，更无人上来合影。

蜡像馆还有个题词壁，整整一面墙，供游客涂鸦题字，为了避免在蜡像脸上和胸上刻字，比如"某某到此一游""情比金坚"等等。题词壁五花八门，有人抄了首宋江在浔阳楼上的诗："心在山东身在吴，飘蓬江海谩嗟吁。他时若遂凌云志，敢笑黄巢不丈夫！"

能宽容这样的反诗，老头管理员也不容易了，假如他明白这意思的话。

最后，游客们向导游投诉——什么垃圾蜡像馆，简直是殡仪馆！质问导游拿了多少回扣，要求退还一百元门票钱。导游当然不肯，一路扯皮回了酒店。人们回头看"杜莎姑娘蜡像馆"——荒无人烟的公路边，只剩管理员老头挥手告别，莫名一股恐怖片气氛。

当晚，所有游客躺在酒店床上，梦到了蜡像馆，还梦到了紫霞仙子。有人从她手里抽出一把宝剑，看起来惨遭毁容的她，淡然回答："我猜中了前头，可是我猜不着这结局……"

此时此刻，杜莎姑娘蜡像馆里，一楼的第二展厅，两盏昏暗的灯。紫霞仙子手握紫青宝剑，凝视穿着书生服饰、仿佛唱戏归来的至尊宝。

一只手，布满皱纹，骨节粗大，树干般的右手，将宝剑抽出剑鞘。另一只手用干抹布擦净宝剑。这是一把开过刃的剑，十步杀一人的利器。宝剑塞回剑鞘，手又拿起一把鸡毛掸子，拂去紫霞仙子身上的灰尘。她那干枯的头发，也被某种药水喷了一遍，重现光泽——这蓬假发本来就是活人头发做的。

深夜，这双手，属于蜡像馆的管理员老头。

六点钟闭馆，通常满地狼藉，到处是垃圾、痰迹、小孩的大小便。每天要接待两到三个旅行团，有一百多号人的老年团，也有七八个人的老外团。周末有散客，多是城里的中学生。男生把蜡像馆当作泡妞圣地，借用丑×蜡像吓唬女孩，颇易得手，搂搂抱抱亲嘴，带去城郊开钟点房。

蜡像很容易结蜘蛛网，至于被游客破坏的，他会简单地修修补补。范冰冰扮演的武媚娘，那个著名的胸啊，早被人摸黑了。每隔一个礼拜，就要给武媚娘宽衣解带，把抹胸干干净净地洗一遍。可怜的是，武媚娘的胸每天都会变小，但只要涂上一层装修用的胶，立马恢复成骄傲的 D 罩杯。

接近子夜，老头才忙完。

他不回家，每月工资一千五百块，包吃包住，就睡在蜡像馆底楼的值班室。房间不到八平方米，堆满了蜡像修补材料，有张臭烘烘的小床铺，这里冬天必须要生炉子，夏天则是蚊子的天堂。老头的枕头里散发出一股蜡像味，与人的气味有些像。他的气管不太好，有哮喘的老毛病，随身带着哮喘喷剂。后半夜，他常发出震耳欲聋的鼾声。

隔着两堵墙，蜡像馆亮着微弱的灯，用来防贼和吓唬小鬼。几十个蜡像怔怔地站着，好像集体表演哑剧，又像被武林高手点了穴。

骤然之间，周星驰版的至尊宝，从朱茵版的紫霞仙子手里，再一次抽出紫青宝剑。虽是蜡像，嘴唇却动了，发出人类的声音——"我靠，这老头把你的剑擦得真干净！"

其实，这也不是周星驰的声音，而是他的御用国语配音石班瑜。

至尊宝往前迈了两步，手中的紫青宝剑重重掷向黑暗的角落，发出"吱"的一声惨叫。他兴高采烈地跑过去，剑锋上穿着一只灰老鼠，挣扎几秒便气绝身亡。

这时他背后的紫霞幽幽说道："哎呀，杀千刀的至尊宝。你又残害小动物了，把我的宝剑弄得血污遍体，让我怎么佩带在身上啊。"

至尊宝将死老鼠摔在地上，用衣角擦了擦宝剑，送回紫霞的剑鞘，松松垮垮地答道："没事啊，老头还会给你擦一遍的。你忘了上个月的后半夜，老鼠蹿到你的裙子里，你吓得乱叫，把整个蜡像馆的房客们都惊醒了。"

"不错啊，我最喜欢灭鼠害的至尊宝了！"

他俩的旁边，是穿着旗袍的张曼玉，在王家卫《花样年华》中的扮相。一箭之遥，梁朝伟正对着吴哥窟的树洞哭诉，忽而转头，无语凝噎。他再看隔壁桌，却响起了热闹的麻将牌声。

《英雄本色》里周润发扮演的小马哥与狄龙扮演的老大，正在一张桌子上摆开阵势。梁朝伟转忧为喜，拉着穿旗袍的张曼玉，坐到麻将跟前凑成了一桌。李连杰扮演的黄飞鸿，刘青云扮演的方展博，津津有味地跟在后面飞苍蝇。打了两圈之后，狄龙叹息道："阿Sir，我没做大哥很久了！"

狄龙和了。跟后面的黄飞鸿赚了一大票，方展博则摇头："我还是回去做股票吧，顺便筹备蜡像馆证券交易所。"

小马哥淡定地咬着牙签说："这里到底不是自己的地方。有人千方百计想要离开自己的家，有的人想回去，有的人连落脚的地方都没有。还是自己的地方好。"

"此言差矣！这个蜡像馆啊，就是我等落草为寇的水泊梁山啊。"央视版《水浒传》里的李雪健，穿着宋朝服装，跑到题词壁前，从宽大的袖管里掏出笔墨砚台。那首浔阳楼头"敢笑黄巢不丈夫"的反诗，自然是宋公明的手笔。他在墙上挥毫泼墨，竟是宋徽宗的瘦金体——"我家住在蜡像馆，人人都要爱护它"。

在朋友圈一片点赞声中，又一只老鼠从女儿国国王裙摆下穿过。蜡像馆亦非世外桃源，即便安静的漫长一夜，也常有鼠辈猖獗。蜡像皮肤娇嫩，有的蜡质还是老鼠喜欢的美餐。有一回，成龙的大鼻子，就被一只硕大的母老鼠咬掉了。所以啊，大家都很惧怕老鼠，灭除鼠害就是蜡像们的第一要务。

唯独一楼最后的拐角，杨丽坤版阿诗玛蜡像的周围，闭馆后就会布满老鼠药和捕鼠夹，每晚都有一两只可怜的小东西，在她面前命丧黄泉。老头最爱阿诗玛。他在她的面前最久，围绕这尊蜡像兜兜转转。

有一夜，哮喘的老毛病发作，老头难受得挖心挖肺，倒在地上摸出哮喘喷剂，这才发现已经用完了。老头快昏迷的时候，阿诗玛大叫起来，招呼蜡像们来帮忙。

整个蜡像馆动员起来，楼上楼下聚集了一百来个。二楼《白色巨塔》的唐泽寿明，正好穿着医生行头，给老头做了一番检查，结论是必须用喷剂才能救他的命。

至尊宝冲到蜡像馆的值班室，拨打120急救电话。他发出石班瑜的声音，还带着电影里的腔调，接电话的小妞回答："你耍我啊，神经病！"以为有人模仿周星驰说话搞恶作剧。

大伙儿想要背老头去医院，但蜡像的密度和重量都低于人类，实在没办法把他搬出去。何况，凡是进入蜡像馆的它们，都对人间有莫名恐惧。白天面对游客，已让它们备受折磨，谁想要跑到外面的世界？

那就好像宇航员脱掉太空服，被直接扔在银河系。

忽然，《精武门》中的李小龙版陈真自告奋勇："我们不能眼睁睁看着爷爷死啊！"

李小龙赤裸着上身，在全体蜡像的祝福声中，冲出黑夜中的蜡像馆。自打从蜡像工厂诞生，他头一回独自走上公路。路灯稀稀拉拉，不时有卡车呼啸而过，路边野狗对他狂吠，夜行动物一眼能看出他不是人类，而是个行走着的人形怪物。蜡像比不得活人的血肉之躯，不能磕着碰着，稍不留神就会缺胳膊断腿，甚至撞得粉身碎骨，截拳道踢两下就自己散架了。他心急如焚地走了半个钟头，赶到城里的二十四小时药店。值夜班的药店大妈，没认出他是李小龙，更没发觉他的肤色与表情异于常人，整张脸和脖子以及关节都是僵硬的。唯独他打着赤膊，让大妈以为撞上了流氓。

还好，大妈见过的裸男多了，从容地取出哮喘喷剂，李小龙才发现——没带钱！

豁出去了，他抓着哮喘喷剂狂奔而逃。药店大妈大喊抓贼，提了一把扫帚追赶。这年头，半夜里喊抓贼的，没人敢出来帮忙。但蜡像跑不快，每一步都像慢镜头，大妈在后面挥了一扫帚，正好打中李小龙的腰眼。

扫帚如杨志杀牛二的宝刀，竟将蜡像整个拦腰截断，上半身飞进绿化带，下半身还在人行道。

药店大妈傻了，以为杀了人，又觉得不对劲，会不会撞到邪鬼？还是湘西赶尸？《鬼吹灯》的胡八一？《盗墓笔记》的小哥张起灵？

大妈哭喊着逃回药店，晚年注定将在极度恐惧与各种烧香拜佛中度过。

蜡像是宁为玉碎，不为瓦全。李小龙的下半身完蛋了，上半身还能动弹，他把哮喘喷剂衔在嘴里，依靠两只手往前爬行。

只要天没亮，他还有机会回到蜡像馆。一路爬出城区，回到荒凉的公路上。有个残疾的乞丐，也是只剩了上半身的，躲在桥洞底下睡觉，蓦地被爬行的蜡像惊醒，同情地给了李小龙一杯水，浇灌在他的嘴里。

还是开水！

蜡像的嘴巴要被融化了，李小龙干脆把哮喘喷剂吞进肚子。继续在公路上艰难爬行，两只野猫过来，在背后狂抓一番，叼走了他的两只耳朵。坚硬的柏油路面上，蜡像的十根手指全部断光，最后只剩下光秃秃的手腕，在凌晨五点回到了蜡像馆。

老头还活着，命悬一线。

《精武门》的李小龙版陈真却已面目全非，无法辨认，他只剩下不到二十斤重。大伙儿从他的身体里，取出了救命的哮喘喷剂，往老头的口腔里喷。

天亮了。

老头苏醒，所有蜡像恢复原位，唯独不见李小龙，两侧的狄龙与梁小龙，面露悲伤之色。

他发现有堆破碎的蜡像材料，早已不成人形，像是被汉尼拔分尸的残骸。哎呀，看到全新的哮喘喷剂，老头终于明白了，不禁大哭一场，在后院埋葬了破碎的蜡像。

蜡像馆的悲伤事件却由此接踵而来。

有辆小货车开到蜡像馆门口，放下来几个壮汉，将紫霞仙子蜡像扛在肩上带回了城区。蜡像馆老板也在现场，穿着一身伪唐装，看起来很像《百家讲坛》的某名流。城里有个开煤矿的土豪，是老板的好朋友，心血来潮参观蜡像馆，正好撞见紫霞仙子。他是《大话西游》的超级粉丝、朱茵的忠实崇拜者。在紫霞身边驻足流连，哈喇子都掉下来了，便花了十万元买下蜡像。

蜡像馆老板心中窃喜，这鬼地方开业七年，若非地方政府给他送地皮，早就要关门大吉了。而他的这些个蜡像啊，全是最低价收来的次品，个个丑陋，居然有人不嫌弃，岂不快哉？

管理员老头哆嗦着嘴唇，看着紫霞仙子被抬上车，好像自家闺女出嫁到窑子窝。老板塞给他一个红包，里面装着两百块啊两百块，作为卖掉蜡像赚钱的奖励。

深夜，紫霞住进新家，市里最贵的别墅小院。土豪为她在三楼设了个洞房，按照古代的样子布置齐全，亲手将她扛到床上，戴上红盖头，紫青宝剑挂在床头。

土豪开始还有绅士风度，没有对紫霞动手动脚，而是心满意足地回到二楼睡觉。

原来，他是想要等到黄道吉日，再行亵玩之美事。

七天后，"吃唐僧肉"的好日子到了。土豪灌了三瓶五十多度的白酒，来到洞房，扯了卡拉OK的线和麦，怒唱一首《最炫民族风》。他剥去紫霞的衣裙，从上到下抚摸，很有东京电车痴汉的味道。但蜡像比不得充气娃娃。他给紫霞换上一身女仆装,戴了护士帽,穿上空姐的丝袜,齐活儿了。

土豪玩得起劲,紫霞眼里流下泪水,喃喃自语:"我的意中人是一个大英雄,有一天他会驾着七彩祥云来娶我。"

说罢,房里出现了第二尊蜡像——不知是谁为至尊宝改换了装扮,这回他变成了《大话西游》里的孙悟空,手里还抄着一根拖把改造的木棍。

两个钟头前,蜡像馆的小伙伴们,给至尊宝开了饯行宴,为他换上木箱子里的旧戏服。他说每晚梦到紫霞在哭,确信她遭受虐待,必须把她从火坑中救出来。至尊宝变身为孙悟空走出蜡像馆,陈凯歌《荆轲刺秦王》中的张丰毅版荆轲,唱起了"风萧萧兮易水寒/壮士一去兮不复还"。

子夜,他长途跋涉到城里。至尊宝怎能忘记紫霞的气味?他凭借嗅觉找到这间别墅,闯入三楼的洞房。

又来了个蜡像,按计划土豪本该当场吓晕。不想这家伙早已喝高,把自己当作了牛魔王,随手抓起陶瓷台灯,重重砸在至尊宝头顶。

蜡像如何经得起这一台灯猛砸?

至尊宝也好,孙悟空也罢,化为几百个蜡块,撒落在紫霞洞房花烛夜。

土豪看着满满一地板的周星驰,对着床上的紫霞说:"他好像一条狗耶!"

一秒钟后,紫青宝剑刺入土豪心脏。

土豪至死都没想明白——这把剑居然是真的?

第二天,人们发现土豪的尸体,胸口插着紫青宝剑。房间里碎了一地蜡像,还有套丑陋的戏服。紫霞仙子完好无损,穿戴着原本的衣裙,地上散落着女仆装、护士帽和丝袜。

土豪之死,在公安局仍是个谜。土豪开煤矿出过多次矿难,手里死过上百人,难免有人上门寻仇结案。

紫霞仙子的蜡像嘛,被认定不吉利,最终给土豪陪葬,跟着纸人纸马纸豪车纸别墅纸大奶纸小三同时烧了……

只有蜡像馆的老头,悄悄去给至尊宝收尸,从土豪家的垃圾箱里,扫出几十斤的蜡块,拖着平板车回去埋葬了。

老头哭了,像死了个闺女,又死了个儿子。

　　蜡像们心有戚戚焉。那么多年，老头呵护着每一个蜡像，不管有多丑，全当作自家孩子——唯独阿诗玛例外。

　　老头第一次遇见她，还是 1969 年，过完冬至的深夜。二十岁，像现在一样嘴上没胡子，头发却茂盛得像 7 月杂草。他是"老三届"，知识青年，上山下乡，插队落户。那一晚，他裹着军大衣，挤在贫下中农里头，天上飘着细碎的雪花，看了场露天电影《五朵金花》。罕见的彩色片，副社长金花，字幕里看到杨丽坤的名字。他主动申请编入电影放映队，常年流动在穷乡僻壤，十来部电影翻来覆去放映，总算找到机会，弄到"大毒草"《阿诗玛》的拷贝——女一号还是杨丽坤。

　　1970 年，他开始给杨丽坤写信，寄往云南省歌舞团，次次石沉大海。三年后，他偶然得知，杨丽坤早被下放到地方劳动改造，最终关进了精神病院，远在湖南郴州。过年他没回家，坐了三天三夜的绿皮火车，赶到郴州精神病院。这家医院闻名全国，《人民日报》上有篇《靠毛泽东思想治好精神病》说的就是此处。精神病院里的杨丽坤，目光呆滞，满头乱发，仿佛三四十岁的老女人。有人告诉他，杨丽坤今年刚结婚，死心吧。他献上路边采来的山茶花，悄然告别。

　　"文革"结束，他被分配到电影院，担任电影放映员的工作。而他的女神杨丽坤啊，也从精神病院出来，与老公孩子一起去上海电影制片厂度过余生，此生却再没碰过电影。

　　而他一辈子没结婚，打光棍到老，至今还是个老老实实的处男呢。

　　电影院的老伙计们开玩笑说，你算是讨了电影里的女明星做老婆了。但是呢，无论山口百惠还是波姬·小丝，抑或林青霞，有哪一个比得上阿诗玛杨丽坤呢？

　　当然，他也不会忘记那些片名，什么《人性的证明》《砂之器》《瓦尔特保卫萨拉热窝》《黑郁金香》《这里的黎明静悄悄》《莫斯科不相信眼泪》……就连童自荣配音的佐罗的台词，他都能背得滚瓜烂熟，因为他真的亲手放映过一百遍。

　　告别小清新的八十年代，毫无防备地被扔进九十年代。先是流行录像带，后来是 VCD 和 DVD。电影院经营惨淡，经常只有一个观众，还是来借空调睡午觉的。最后，电影院关门大吉，整个拆掉盖起洗浴中心，老员工们都下岗了。

　　洗浴中心的大老板，是他外甥女的婆婆的干儿子的拜把兄弟。电影放映员，就此改行给人搓澡为生。

2000 年 7 月 21 日，杨丽坤在上海去世。五十八岁的短短一生，流星般辉煌过后，大半淹没在沉寂的海底。老头就快要成老头了，专程赶到上海，在龙华殡仪馆，看了她最后一眼。他献了一个大花圈，包了个一千块的白包，这在那年代是很高的标准。

七年前，洗浴中心老板出国去伦敦参观了杜莎夫人蜡像馆，看得那是津津有味。回国适逢本地开发旅游，便向政府拿了块地皮开发，建起了山寨的杜莎姑娘蜡像馆。

蜡像馆刚开业那个月，生意火爆得不行，全省人民纷至沓来。到了第二个月，蜡像馆就闹鬼了。管理员都是二三十岁阳气十足的小伙子，却被吓得屁滚尿流。以后啊，蜡像馆出再高的薪水都没人敢去。

唯独洗浴中心搓澡工老头、前电影放映员，听说蜡像馆里能看到无数电影明星，就自告奋勇应聘去当管理员，只要一千五百块的工资。

偌大的蜡像馆，只有老头一个人。每逢傍晚，出纳会来收现金。老板则每周来视察一次，多半是陪同领导参观，或者带个小秘书来亲嘴。

老头搬进来没两天，就发现真的闹鬼。他也想过办法驱鬼，但毫无用处。他发觉那些蜡像半夜里就会活了，也有喜怒哀乐爱恨情仇，各自说话聊天吵架撕×。他对于蜡像并不恐惧，无论它们有多丑。老头装作不知道，每晚打扫完毕，还能呼呼睡大觉，哪怕蜡像们开万圣节的联欢晚会，在他床边打德州扑克赌钱。

而他终于相信——任何物质一旦塑成人形，就能拥有与本体相近的灵魂。

自从成为蜡像馆的管理员，老头心里最大的愿望啊，就是能看到阿诗玛杨丽坤的蜡像。

他好多次向老板提出这建议。老板回答："阿诗玛啊？五朵金花啊？现在的年轻人谁晓得？孤零零的蜡像放在那里，没有一个人来合影，你让人家阿诗玛在阴曹地府里不害臊吗？"

"如果我自己花钱呢？"老头固执地问。

"就算是那些丑×蜡像，最最便宜的工厂里做的，每个至少也得两万块钱，你买得起吗？"

于是，老头决定自己攒钱做个蜡像。

他悉心学习了蜡像制作，自费几千块买原材料，用三年时间，终于造出一个阿诗玛——毕竟是半路出家的三脚猫，手艺不精，蜡像丑陋到极点，简直就是容嬷嬷。不巧恰逢盛夏，三十八度的桑拿天，作坊里没有空调和风扇，劣质的蜡像很快就熔化了，先掉下来两个眼珠子，接下来是阿诗玛的胸，然后是整个脑袋，"啪"的一下在地上摊成大饼。

老头抱着被斩首的阿诗玛大哭一场。

他想到城里的老房子。反正他一直住在蜡像馆，老屋只有二十平方米，借给一对摆夜排档的农村夫妇，每月收三百块租金。他咬咬牙，老房子以两千块一平方米卖了出去，换来四万块钱。有了这笔钱，他请假去了趟广东，在全世界最大的蜡像工厂，定做了一尊极品。

三个月后，杨丽坤版的阿诗玛，被运送到蜡像馆。老头拆开包装一看，惊为天人，几乎兴奋得犯了哮喘病。

没错，在整个蜡像馆，并在有史以来的蜡像界，这是最漂亮的一个，无与伦比，没有之一。

阿诗玛身上的衣服，都是老头亲自去云南石林买来的，最正宗的彝族撒尼人装扮。耳环是真翡翠，腾冲淘来的，虽说品质不高，但也花了七千块。他并不担心翡翠耳环失窃，因为戴在蜡像的耳朵上，没人会觉得那是真货，就像没人相信紫青宝剑可以杀人。

老头每天只睡不到六个钟头，死人般沉静，无梦。黎明，冬天还是黑漆漆的，夏天已亮了鱼肚皮。无须闹钟，脑子里某个器官，定点在五点三刻唤醒。老头在被窝里蜷缩五分钟，不少一秒，亦不多一秒。值班室里有电饭煲，他给自己煮锅粥，只要天别太热，可以连吃两日。偶尔，他会去城里买几个包子，吃碗牛肉粉。他不看报纸，不听广播，没有电视机，连手机都不用，值班室有台座机就够了，平常接导游们的电话。除了出纳与老板，他无须跟任何人联络。吃完早饭，他到蜡像馆里检查一遍，看看有没有梁上君子光顾，老鼠家族又做了什么恶事。整个上午，客人不多，更不会有散客，他开始修补残损和弄脏的蜡像。午饭还是喝粥吃馒头，然后就和阿诗玛说话。他有一副老花眼镜，平常很少戴，却是精心呵护阿诗玛的工具。老头用商场买来的化妆盒，不时为她化上淡妆，永远保持银幕上的容貌。没有客人的时候，他就给自己洗衣服。无论盛夏寒冬，他都用冷水擦身。在洗浴中心做搓澡工的那几年，让他对于泡澡这件事深恶痛绝。日落之后，游客退散，蜡像馆重新成为他的私人领地，他开始漫长地清理和检查，特别保护阿诗玛不被老鼠骚扰。老头知道其他蜡像很嫉妒，他对蜡像馆每个居民都做了警告——谁要是敢欺负她，就会被扫地出门，被野狗叼走，被农民打烂，被污水腐蚀……

可惜，他从未见过阿诗玛的蜡像动过一丝一毫，也没听过她的歌声，哪怕只是一句低声而客套的"你好""谢谢"之类。

好像她才是整个蜡像馆里唯一没有灵魂的物体。这是老头这些年来唯一的焦虑。

虽说野百合也有春天，纵然是蜡像的世外桃源，终究逃不过千万劫中的一次。

有人给旅游局写了封投诉信，说无良黑导游强制购物，把游客带去世界上最丑的蜡像馆，讹诈了每位游客一百元。信里还说，进入这样的蜡像馆，见到如此尊容的电影"明星"，造成的心理阴影面积该有多大呢？

这封投诉信被转载到了网上，在微博上转发了两万次，在微信上阅读了十万次以上，旅游局和市政府顶不住压力，下达一道红头文件，为恢复本地在全国人民心目中的美好形象，限令在一个月内拆除蜡像馆。

老板拿到几十万补偿金，拆掉也不可惜。何况政府答应在城北再给他批块地开鬼屋乐园。他接到管理员老头的电话，问能不能在另一个地方重建蜡像馆，把所有蜡像完好无损地搬过去。老板拒绝了，没有地皮可用，就算有地也得多花上百万。这还不是关键，据说有位风水师，是给建造市政府大厦出了不少主意的世外高人，他说现任书记之所以长期得不到升迁，源自本地有一群妖孽。风水师夜观天象，昼算八卦，确定这些妖孽就是邪恶的蜡像。经过媒体报道，全国人民都知道这里有丑陋的蜡像，很可能引来明星们的投诉和官司，只有灭其存在，才能保一方太平，护父母官的仕途，并且永绝后患。

蜡像馆的死刑判决，挑了中元节的"好"日子，化身为一纸拆迁通知书下达下来。拆迁队只携带简易工具，准备先把房子洗劫一空，凡是能用的东西，窗户啊木梁啊，全部运走卖钱。再来一个总破坏，用最原始的方法，就像传说中项羽火烧阿房宫，古罗马人毁灭迦太基，成吉思汗夷平花刺子模。风水师特别关照，最好在废墟撒上盐，确保来年寸草不生，让蜡像中的邪灵永无葬身之地，才能让百姓安居乐业，子子孙孙永享富贵。

十二壮士，起个绝早，气宇轩昂，怀着保卫家乡的崇高使命，刚撞开蜡像馆大门，就落入深沟陷阱。老头手持一把冲锋枪，就是在《第一滴血》里史泰龙版兰博的武器，身上披挂子弹带，高声呵斥入侵者们，胆敢再踏进蜡像馆一步，就要扮演电影里的尸体了，一辈子！

老头手里的家伙只是道具，但起码能吓唬后生们。掉进坑里的拆迁队员们，庆幸自己死里逃生。

蜡像馆安全度过一个星期。大门早被堵死，围墙后面布满陷阱和壕沟，灌满粪便这种"生化武器"，以至于成为苍蝇的集中营，远近二十公里臭气熏天。拆迁公司掐断了水电，老头自行开挖水井，在值班室储存了两个月的面粉和干粮，还有手电筒、蜡烛、汽油等守城物资。

深夜，拆迁队以鬼子进村的方式，爬上梯子越过围墙，好几个掉进了粪坑。但他们早有预案，用木板搭桥越过陷阱，闯入蜡像馆一楼。他们带好手电筒，各自提着榔头与锤子，面对一个个丑陋不堪的蜡像，好像进了人肉屠宰场。虽然害怕，却必须执行命令。第一个要被砸碎的是周杰伦的蜡像。有人刚抢起家伙，周董就唱起饶舌的《本草纲目》，孙俪穿着甄嬛的清宫盛装，平举双手一跳一跳过来。女儿国国王唱起了"女儿美不美"，武媚娘挺着酥胸在拆迁队员背后吹气。楼上的吃人博士汉尼拔，舔着牙齿走下楼梯。《碟中谍》的阿汤哥版亨特特工飞檐走壁，眼看要将入侵者全歼。

妈呀，邪灵真的出现了，拆迁队的小伙子们，魂飞魄散，丢盔弃甲，越过粪坑和跳板，救出挣扎的同伴们，越墙而逃。

蜡像馆保卫战第二次胜利。老头从角落出来，与他的蜡像伙伴们击掌庆贺。

这一晚过后，倒是验证了风水师的预言，蜡像馆煞气重重，布满凶险的恶灵，若不祛除，必定后患无穷。

现在难题来了，谁都不敢再接近此地。附近的地价都跌了许多，高尔夫球场也宣告停工。领导挠头之时，只能派遣蜡像馆老板出面，毕竟还是他的产业。

老板选择在阳光灿烂的正午，离蜡像馆五十米开外，举着大号喇叭和广场舞级别的扩音器，以震耳欲聋之势喊话。还是那套陈词滥调，先是表扬老头的忠诚，说他是史上第一敬业的管理员，也是公司最勤恳的老员工。再上"胡萝卜"，只要老头投降，交出蜡像馆，立即给他发放三千五百块年终奖——他没说这是工资个人所得税的起征点。边上的领导实在看不下去，咳嗽两声，老板心领神会地提高了奖励额度，从三千五升到五千五，最后在领导的手势下，报出一万八的不二价。

等了个把钟头，原本期待的白旗并未看到，老板便从"胡萝卜"转到"大棒"，依次祭出城管、协警、公安、特种兵、法院、监狱，直到注射死刑等法宝，但最厉害的是精神病院。

蜡像馆中的老头，听到"精神病院"这四个字，想起1973年在湖南郴州，初次与杨丽坤相逢的情景。他怒不可遏地推出《鸦片战争》中林则徐的大炮，灌满粪便往门外来了一发，正好击中老板口沫四溅的嘴巴。

最后的"侵略"，定在中秋节，月圆之夜。

晚上八点，拆迁总指挥下达总攻令。大疆无人机，先行盘旋侦察一圈，确认没有重型武器。八盏探照灯打开，将蜡像馆照得如同白昼。九十九台挖掘机由蓝翔毕业的高才生驾驶，宛如库尔斯克原野上的坦克大战……后面跟着一支重金聘请来的专业驱魔队伍——和尚、道士、仁波切、古曼童齐出马，联合成为"蜡像馆终结者"。

轰隆巨响之后，第一道墙被推倒。紧接着是土方车，倾倒大量碎石填平粪坑和陷阱。接着是蜡像馆本身的墙体，抵抗了不到两分钟，就在无数推土机的强暴下化成渣渣。几个蜡像还试图反抗，李连杰版黄飞鸿和《警察故事》中成龙版陈家驹，他俩还来不及亮出绝招，便"出师未捷身先死"了。老头躲在蜡像馆房顶，被埋入瓦砾堆的刹那，看到阿诗玛也被绞进了挖掘机的履带下。

他凄惨地呼唤心爱的人儿名字，却意外地听到她的回答，阿诗玛的绝唱——

"马铃儿响来哟玉鸟儿唱 / 我跟阿黑哥回家乡 / 远远离开热布巴拉家 / 从此妈妈不忧伤 / 不忧伤嗨啰嗨啰不忧伤 / 蜜蜂儿不落哟刺蓬棵 / 蜜蜂落在哟鲜花上 / 笛子吹来哟口呀口弦响 / 我织布来你放羊 / 我织布来嗨啰嗨啰你放羊……"

一生中最后一次的中秋之夜，老头第一次听到身为蜡像的杨丽坤的歌声。她的嘴唇在动，口型饱满，表情像电影里一样欢快。他终于相信，她也是有灵魂的，从未离开过他，自蜡像塑成装上眼睛的那一刻起。只是她始终保持沉默，哪怕手指都不移动分毫，只为绝不泄露这秘密。

但她一定知道，他是有多么爱她啊。

8月15日，城外的月光好美，像个圆规画出来的银盘，照着每一个魂。无论人，或蜡像，老头想。

　　清晨，蜡像馆变成废墟，停着几十辆挖掘机与推土机，似刚被苏军攻克的柏林。

　　杨过与小龙女，Jack 与 Rose，唐僧与女儿国国王，贾宝玉和林黛玉，永尾完治跟赤名莉香，都敏俊与千颂伊，全都埋葬在残垣断壁下，粉身碎骨，各自变成泥土，再也无法分开……

　　抗拒拆迁的管理员老头，被认定在当晚失踪。无人发现他的尸体，这也是事实。

　　而在这个世界上，只有我知道以下的秘密——老头的血肉之躯，跟蜡像们混合在一起，距离他的 DNA 残渣最近的，是阿诗玛的翡翠耳环。

第

# *10*夜

莫斯科不相信眼泪

卡佳：带着悔恨等候一生的老奶奶

假若我们知道什么是时间的话，那么，我相信，我们
就会知道我们自己，因为我们是由时间做成的。造成我们
的物质就是时间。

　　　　　　　　　　　　　　——豪尔赫·路易斯·博尔赫斯

　　第一次听到《当你老了》这首歌，是在 2014 年初秋，乌鲁木齐。
　　新疆之行的最后一夜，晚上有纪律不能随意出门，我还是鼓动须
兰与甫跃辉出去走走。离开八楼昆仑宾馆，三个人走在乌鲁木齐街头，
北京时间已近子夜，晚风微凉。街边竖着拒马，须兰担心安全问题。
但我不怕。穿过一条地下通道，听到吉他与歌声，在罐头似的甬道共
鸣。弹吉他的流浪歌手，是个健壮的汉族小伙子。我问他能不能弹唱
一首歌。他说，那就唱首《当你老了》——我从没听说过这首歌。
　　当他唱到"当你老了，头发白了，睡意昏沉。当你老了，走不动
了，炉火旁打盹，回忆青春"，我脱口而出叶芝的名字。
　　乌鲁木齐午夜的地下通道，流浪歌手年轻的声音，缓缓切碎回忆
里的时间，像黑洞里泄漏的阳光，照出成千上万飞舞的尘埃纤维，洒
在十多年前我的脸上，还有她。
　　那一年，我在上海市卢湾区的思南路邮局上班。
　　我没读过正规的大学，曾被认为是件颇为遗憾，偶尔也觉得自卑

的事。我学的是电报专业，一度能背出两千个中文电码，但没来得及发过一份电报，这个行业就被淘汰了。我被迫改行到邮政窗口，接收EMS快件和包裹，收银和填单。后来说起中石油中移动之类的央企，才发现我也曾是央企员工，而且是垄断央企，当时却没人这么想。邮局三百六十五天开门，周末门可罗雀，我会在柜台底下，偷偷看本小说，或者发呆。

一个冬天的周末，我遇见了她。看起来六十多岁，头发花白，烫成中年女人的波浪卷。脸上皱纹不多，白的像正在融化的雪。啤酒瓶底般的镜片下，有双令人印象深刻的大眼睛。她穿着件高领黑色大衣，裹着深紫色的羊毛围巾，化着淡淡妆容，这就与众不同了。她盯着我看了许久，我有些害怕地站起来，问她有什么需要。她说她想要投诉，为什么卖明信片的窗口没人？她的声音不像这把年纪。人民邮电不该让人民浪费时间等待！她的态度很严厉。虽然，人民邮电早就改称中国邮政了，我不敢纠正她的说法，自作主张地跑到别人的柜台，拿了张明信片卖给她。

她在我的窗口前写明信片，居然是外语，又绝非英文。最后，地址下面写——

Moscow Russia。

我能看懂这是莫斯科。老太太把明信片投进门外的邮筒。

以后每个周末，她都会来到我的窗口前。我说我不是卖明信片的，但她指定要从我的手里买。我建议她一次多买几张，需要时投进邮筒就行了，但她不听。她的收件人地址，永远都是莫斯科，落款只写俄语。同事们说，这老太太是出了名的"刁民"，平常总因为小事情要投诉。每个人看到她都很头疼，恨不得装作上厕所逃走。我感觉自己是要倒霉了，怎么总是来找我呢？

春日黄昏，她又来了，把去莫斯科的明信片投入邮筒，坐在台阶上不动了。老太太面色不好，一个人捂着心口站不起来。周末的淮海路，夜生活刚开始，她的面前人来人往，却没有一个敢靠近，大概是老太太讹人的事太多了。

只有我蹲下来问她怎么了。她的手哆嗦着，指了指上衣口袋。我从里面掏出一瓶硝酸甘油片，知道这是心脏病的药，倒出一片塞到她嘴里。我祈祷老太太不要死在我怀里。

几分钟，她的魂魄像是回来了，说了声谢谢。我刚好下班，问要不要送她回家。老太太将我推开，没走几步就摇摇晃晃，又被我搀扶住了。

那天黄昏，星光早早挂上树梢，老太太挽着我的手，走过初春萌芽的梧桐树荫。她家在思南路，有许多深宅大院，不少名人故居。面对曾经或此刻住在这里的人们，我时常有些自卑。

拐角花园里有栋三层洋楼，门口堆满杂物，底楼的厨房间，飘着炒菜的油烟味。老太太抱怨道，乌烟瘴气！踏上幽暗的楼道，二层住着许多户人家。直到顶楼，她掏出钥匙让我开门。

进门有个宽敞的客厅，窗下是花园和树荫。三面墙上都是书架，从地板排到天花板，各种厚厚的书脊对准我，好像无数细长的砖缝。房间弥漫温暖的腐烂味，好像小时候外婆家的棉被，长久没有晒过太阳，扑面而来，难以逃脱。我把老太太放进大沙发后问，你家里人呢？

没有。

一个人住这套房子，就有些奢侈了啊。目测客厅有三十多平方米，里面还有卧室和卫生间。

要不要我关照一声楼下的邻居，让他们上来照应？我想这种老房子，街坊邻居的关系都很融洽的。

不要啊，住在这里的人，都是些自以为是的戆卵，他们不知道速溶咖啡简直是马尿。她说话直接而刻薄，像在邮局里不停地投诉这个投诉那个。

我要告辞时，老太太指着身后的书架说，你随便挑一本书带走，算作我答谢你的礼物。快，我看你会挑哪一本。

那一年，我还没有在网上看书。常站在书店里半天，在书架前看完整本书，只有最最厚的那种，才会掏钱买回家，小心地翻看好几遍。

这面书架上都是外国文学，八十年代没版权的老书，我的手指头哆嗦如偷书贼，拿了本卡夫卡的《诉讼》。

春夜，我像出笼的小鸟，逃出神秘老太太的屋子，开始第一次阅读卡夫卡。

又是个周日，快要下班，我坐在邮局的窗口后面。老太太出现，照旧买了张明信片。我感谢她上次送我的书，她问我看懂吗？我是整个通宵看完的——约瑟夫·K，看完有些害怕。

这么说来，你对自己的生活很不满意？

没有啊。

你在说谎。老太太拉下一张脸，别转屁股往外走，快要走出邮局门口时，我喊了一声，你说的没错。

她回头，微微一笑。这是我第一次看到她的笑。她向我歪歪脖子，意思是让我跟着她走。我问她心脏没事了吧。

信不信我能打死一头牛？听老太太这样说话，我憋着没笑出来。去我那里坐坐？她问。

但我摇头。

上次你到我家，我看得出你的眼神啊，很喜欢那几排书架，没说错吧？

嗯……无法反驳。我第二次送她走过思南路，回到顶楼的房间。

她让我在书架上随意挑选，但每次只准带走一本。她的藏书有些闻所未闻，我一本本拿出来，翻开几页又塞回去，直到《老人与海》——因为在老人的房间里吧。等我回头，桌上摆了几盘冷菜，还有一锅热腾腾的蛋炒饭。要请我吃晚饭吗？我往外走，又说还不饿呢。

你这孩子又说谎了！老太太的声音异常严厉，都听到你肚子里的叫声了！

好吧，肚肠是最诚实的，都怪我午饭在单位旁边的阿娘面馆吃得太少了。当我坐在餐桌前，她让我给家里打电话。你不回家吃饭的话，妈妈要担心的吧。

想想也是，我用老太太的电话打回家里，说是单位同事临时请客吃饭。打完电话，我知道她又要说我了，抢先说声对不起，我没有说实话。

好吧，可以原谅你，并且记得，这是我们之间的秘密，包括你最好的同事，也包括你的妈妈，别说你来过这里。

那么神秘？

别问为什么！总有一天你会知道的——假如一辈子都不知道也没关系，世界上总有许多事情，是不需要理由的。嗯，吃的味道如何？

我总是呆呆地说，蛮好，蛮好。

狗屁！难吃得要命！我自己做的炒饭能不清楚吗？做饭是我的弱项。好吃就是好吃，当你感觉味同嚼蜡，就说出来，哪怕摔碗也没关系。这是我半年来第一次下厨做饭，上次我把整个灶台都烧焦了。

告别之前，我问了最后一个问题：我该怎么称呼你？不能叫她阿婆或老奶奶，如果叫阿姨又太违心，我天生脸皮薄，肉麻的话说不出口。

老太太看着我的眼睛，声音仿佛年轻了三十岁——叫我卡佳！

卡佳？

回到思南路上，我仰望梧桐树丛中她的窗户。有一盏昏黄的灯光，但看不出任何人影。月光悬挂在屋顶，让我想起书上看来的恐怖传说，会不会是吸血鬼老太婆呢？但我不在乎。

周末，我经常跑来陪伴这个名叫"卡佳"的老妇人。她的脾气古怪，有各种各样的禁忌。她最讨厌撒谎，逼得我每次把心里话直截了当说出。从未见她有亲戚朋友，也不与邻居来往，门口撞见都不打招呼。我相信，除了我没人敲过她的门。她说现在的人都没礼貌，根本不值得相交。我也不敢问她，到底有没有家人。好像那是个雷区，一张嘴就会引爆。我甚至不知道她的真实姓名，也不知道她的年龄。我偷看过她的信箱，但没订阅报纸，也无任何来信——这意味着她寄往莫斯科的明信片，都是有去无回。

卡佳（以后的余生里我习惯叫这个名字）问过我许多问题，比如爸爸的职业。我不加掩饰地说我爸是电工。她说她很喜欢这个职业！我想她是在奖励我的诚实吧？但后来，我才明白其中缘由。

轮到我问她了。卡佳，你以前是干什么的？

她不响。

作家？老师？教授？

她无声地摇头，否决所有可能，最后说，我干了一辈子公交车售票员。

开玩笑？

她从抽屉里拿出一块买票的夹板，一股公交车上拥挤的汗臭味，从各个角落涌入鼻孔。

卡佳常问我读过什么小说——金庸的几乎全部，还有《三国演义》《西游记》，《红楼梦》我没读完，但《水浒传》读过至少一百遍。世界名著嘛，从前家里有本《悲惨世界》，滑铁卢战役的那段，我读过十多遍。但我最喜欢的，是司汤达的《红与黑》，最后于连上了断头台，玛蒂尔德小姐抱着爱人的头颅去埋葬，成为我整个青少年时期印象最深刻的一幕。有时候，我觉得自己像于连，但又不像他那么聪明和世故，更没有他的好运气，可以遇到雷纳尔夫人和玛蒂尔德小姐这样可爱的女子。这些本该永远深藏在内心的话，我全倒出来告诉卡佳了。

她没有任何评价，只是向我敞开她的书架。不到一年时光，我读了马尔克斯、卡尔维诺、博尔赫斯，还有叶芝的诗……她也会推荐一些给我看，比如托尔斯泰的《战争与和平》、陀思妥耶夫斯基的《白夜》、屠格涅夫的《猎人笔记》——为什么都是俄罗斯的？

看过《莫斯科不相信眼泪》吗？

很久以前在电视上看过。

你能帮我把这部电影弄来吗？我还想再看一遍。

卡佳的要求与众不同，但我总有办法为她实现愿望。那年秋天，我费了几番周折，在大自鸣钟盗版碟市场，买到了这张经典译制片。老太太家里没有VCD，她给了我两千块钱，我给她买了台超强纠错的国产VCD。

思南路的梧桐树叶金黄，窗外枝丫萧瑟。我为她拉上窗帘，像黑暗的电影院播放《莫斯科不相信眼泪》。从前看这片子，觉得苏联完全是发达国家，不比美国差，比日本先进多了，至少房子宽敞，还有私家车。那是个文明的世界，到处是博士和院士，开口闭口您啊您啊，男女关系也更开放……我记得很清楚，女主角爱上的钳工果沙，他的生日与我相同。这片名在中国成了某些人的口头禅，总是用来安慰失意者：莫斯科不相信眼泪——我能从中听出几分残酷。

电影开始于1958年的莫斯科。

1958年，我也在莫斯科，卡佳说，那年我给自己起了个俄语名字——卡婕琳娜，昵称卡佳。

你在莫斯科还有朋友对吗？所以，你每个周末买明信片，寄到莫斯科去？

看电影吧！

她不再回答，安静地缩在沙发里，整张脸陷落于阴影。

VCD放完《莫斯科不相信眼泪》，二十岁的我没有流泪，只觉得故事有些意思，仅此而已。

卡佳沉默了两个多钟头，没去过洗手间，也没说话。最后，片尾曲响起"亚历山德拉……亚历山德拉……"。我蹲在她跟前，看着她低垂的眼皮。跟我说说莫斯科吧？

都是过去的事了，你最好别知道，否则会后悔的。

她的目光别向房间尽头，仿佛墙上晃动一扇无形的窗，推开就是那座冰雪覆盖的城市。

莫斯科，五海之港、森林中的首都、千顶之城、无数次被烧毁又无数次重建的不死之城。而对我来说，莫斯科是一部电影——四十多年前，我被公派到莫斯科电影学院留学，学习电影导演与编剧。

在拉紧窗帘幽暗静谧的顶楼房间里，从她嘴里说出的前尘往事，像胶片放映在霉烂开裂的天花板，纤尘不染的地板，迷宫般的书架上……

1958年，我在莫斯科的全世界第一所电影学院里。我的梦想，是成为新中国第一个有名的女导演。

学电影很有趣吧？

看电影和拍电影完全是两回事，你知道安德烈·塔尔可夫斯基吗？对，你不会知道的，他的电影怎会在中国公映呢？安德烈是我的同班同学，也是个很奇怪的人。那时候，我就觉得他一定会拍出特立独行的电影，就像他本人那样。

他的才华比你还多吗，卡佳？

小东西，你说什么呢？把我和安德烈相提并论？别侮辱一个天才！听我说，很多人只有到老了的时候，才会清楚自己究竟有多少才华。当你还年轻，如果有幸发现，千万不要让它溜走。

当你在莫斯科，卡佳，一定很漂亮吧？

她没有像其他女人那样喜悦，而是蹙着眉头说，你越来越会说话讨好女人了——但我不喜欢这样的你，记住了吧，不要用这样的方式讨我开心！1958年，每个在莫斯科的中国留学生都知道我——电影学院乌黑长发的卡佳，不仅是中国人，还有朝鲜和越南的留学生，也经常到电影学院来找我。

但你都瞧不起他们？

你怎么知道？

卡佳，你到现在也是这样啊，瞧不起任何人！你是个骄傲的人，不是吗？

哈，你越来越了解我了！不错，但我并不讨厌他们，那时候的人都很简单，除了某些人。比如——阿廖沙，在莫斯科的中国留学生圈子里，他可是呼风唤雨的大人物，就像他的爸爸在延安时代就是很有名的革命家。他经常请我去莫斯科大剧院去看芭蕾舞。

可是你不喜欢他？

对，但我最爱看柴可夫斯基的《天鹅湖》啊！你是嫉妒了吗？我可不会让他碰我一根手指头的！嗯，这我就放心了——我不知不觉落入了她的小圈套。

还有一个人，他叫米哈伊尔，但是苏联人，他有着浅黄色的头发，海水般的蓝眼睛，个子比我高整整一个头。

他很帅吗？

差不多，第一次见到还以为是电影演员，跟他聊了半天电影学院，才知道他是国际象棋运动员。他爸爸是有名的话剧导演，他妈妈是芭蕾舞艺术家。但我不喜欢他，虽然迷恋过他的脸。他在斯大林分配的别墅里长大，冬天暖气烧得火热，不知道莫斯科的冬天有多冷，以为全世界都跟自己家里一样美好。他太有教养了，说话彬彬有礼，每次在餐厅吃饭，他总纠结于每道菜的细节，克里米亚葡萄酒的年份。你知道我对做菜一窍不通，真想把一盆红菜汤扣在他头上！我可不希望你成为像他那样的人，记住了吗？

嗯，卡佳。我故意把声音调粗一些。再说说那两个男人吧！阿廖沙？米哈伊尔？

他们各自向我求过婚，但都被我一口拒绝了，我可不是那么容易被人追到手的。

在莫斯科，就没有你真正喜欢的男人？

卡佳又不说话了，陷在沙发中半晌，摇摇满头的白发说，有的。

他是谁？

出去吧，今天你问得太多了！而我说得也太多了！你知道吗？记忆就像是一杯水，当你不断地饮用这杯水，总有杯底朝天的时刻。

莫斯科究竟长啥样？我想起看过的各种苏联电影，想起小时候妈妈单位对面的东正教堂，天蓝色的拜占庭式的圆顶。

这天晚上，我梦见了莫斯科。

那些年，我做着平凡的工作，每天上班下班简单重复。我很少跟同事们说话，没什么共同语言。也有个别年龄相仿的，能说些关于电脑和影视的话题，仅此而已。至于和我一样喜爱文学的只遇到过一个，年纪比我大了十几岁，因为我在单位的电脑里，发现了她打的古典诗词。于是，我也经常暗中打几段陆游和辛弃疾的词上去。

我连文艺小青年都算不上，因为不会装×。心情阴郁就会激发倾诉的欲望——自己是唯一的听众。从十八岁到二十岁，每星期悄悄写三首诗。最早记录在一本宝蓝色封面的笔记本上，后来整个本子都写满了，换了好几本黑面抄。

认识卡佳老太太以前，我常去静安区图书馆，在报刊阅览室里坐上半天，看《诗刊》，看《收获》，看莫言的《三十年前的一次长跑比赛》。后来，思南路的顶层大屋就成了我的私人图书馆。

我在为前途而彷徨，担心自己要困在一个平凡之地度过一个平凡人生。我害怕会像身边那些成年人那样，渐渐丧失脑腴，学会扑克牌和麻将，为了几百块钱或几包年货而争吵，在别人替你安排好的航道里随波逐流。

亲爱的小东西，当你为这些而恐惧时，也许你还有机会，如果连恐惧都感觉不到，那才是完蛋！她这样回答我。

于是，我给卡佳看了我所有的诗。

那天阳光灿烂而刺眼。我拿着宝蓝色封面的笔记本，还有碎米饭粘着废纸上的文字，发出浓郁的霉烂气味，交到她温暖的手掌心里。我的后背心在冒冷汗，害怕她会批评我，就像她直率的性格。什么狗屁不通的玩意儿啊？少年不识愁滋味，为赋新词强说愁……

果然，她淡淡地说，你没有写诗的天赋，可惜啊。1958 年，在莫斯科的广场上，每天都有人在念诗，有人念普希金，有人念白银时代，更多的在念自己的诗。我经常独自藏身在人群里，听那些过分煽情的朗诵，偶尔也会遇到让人终身难忘的句子，就像遇到让你终身难忘的人。

那个人是谁？

卡佳面无表情地摇头，翻到小本子中的一页说，你看这首诗里有许多叙事，说明你有说故事的才能，你可以试着写小说。

我们认识一年了。偶尔，我会陪伴她去淮海路上的国泰电影院看电影；去共青森林公园的草坪上野餐，就像《莫斯科不相信眼泪》里的苏联人那样。她的行动虽然迟缓，兴致却高得很，头发与衣服都特意收拾过。她拿出最好吃的罐头，国产的酸黄瓜，在春天柳絮飞扬的小河边，用俄语唱起我从未听过的歌。在邮局的营业大厅里，我常见到一个叫薛范的翻译家，《莫斯科郊外的晚上》《草帽歌》等好多歌曲，都是被他翻译成中文的。他是个拄着拐杖坐在轮椅上的小儿麻痹患者，我知道他是谁，却从未跟他搭讪过一句话。而我就是那样的人，腼腆到跟任何人说话都会脸红。

但自从认识卡佳，我就变得开朗了些，至少敢与老太太开玩笑了。

坐在野餐垫上，看着上海难得晴朗的天空，卡佳说，如果我有儿子的话,我就叫他格奥尔基;如果我有女儿的话,我就叫她亚历山德拉。可惜,我既没有儿子,也没有女儿,更不会有孙辈……但我有回忆。

终于,她说出了那个人的名字。

1958年5月1日,国际劳动节游行。我在莫斯科电影学院的方阵,红场上人山人海,刚过瓦西里升天大教堂,队伍全散了。我独自坐地铁回学校。莫斯科的地铁很漂亮,但那天人很多,我在猎人商行站上车,挤在车厢里喘不过气。有人从背后拍了拍我,回头看见一张中国人的脸。他很年轻,大概二十来岁,穿着朴素而简单,就像个工人,手里却拿着本书。他想把座位让给我。这种事常发生,你知道,我不会假惺惺谦让的。我坐在他的位子上,列车继续在莫斯科地底飞驰。他站在我对面,左手拉扶手,右手依然捧着书。封面正对着我,别列亚耶夫的《陶威尔教授的头颅》,竟是本科幻小说。我还是第一次看到有中国人在看苏联的科幻小说。

你主动问他了?

嗯,这是莫斯科的地铁一号线,方向是列宁山和莫斯科大学,我问他是不是莫斯科大学的中国留学生。他摇头说,我在巴黎公社发动机厂。卡佳模仿年轻男人的口气惟妙惟肖。

地铁很吵,他的话很少,像你一样内向。他说他不是大学生,是在发动机厂实习的电工,也是被国家公派过来的,他的俄语名字叫格奥尔基。我问他为什么看科幻小说,他却装聋作哑不回答。这让我很生气,要知道在莫斯科,每个男人都围在我身边献殷勤,要是我跟谁握了下手,他会半个月不舍得洗手。因为分心,我错过了站下车,直到莫斯科大学站。我跟着他下车,直到一所工厂的大门。外面有士兵站岗,看来是军事禁区。他一路对我视而不见,却突然说,你不能进去了,但可以把宿舍电话号码留给我。

他喜欢你,对吗?

当时不太确定,我等了整整一个月,才收到格奥尔基的电话,约我周末去列宁图书馆。我打扮得漂漂亮亮,从电影学院到图书馆一路上,不少苏联男人为看我而撞上电线杆。在大阅览室,我问他为什么不说话。他说,来图书馆不就是看书吗?他在看爱因斯坦的《相对论》,那年头在苏联也算是前沿科学了。他很着迷的样子,反复说起速度和引力,可以帮助人类实现时间旅行。在接近光速的飞行器上,一天相当于地球上的一年,当你一百天后回到地球,实际上已过去了一百年的孤独。但是，这样的旅行只能抵达未来，如何能够回到过去呢？我完全听不懂他在说什么，耐着性子等了两个钟头，看掉半本陀思妥耶托夫斯基。眼看他要坐到天黑，我愤然离去。等我一个人走到大街上，他却追出来道歉，然后说，卡佳同志，我喜欢你。

那么简单？

这就够了！对啊，你们都不明白，世界本就该这样简单！我不喜欢拐弯抹角繁文缛节，我喜欢有一个男人当着我的面说——看到我第一眼就喜欢我，看到我第二眼就要告诉我。卡佳躺在春天的艳阳下，白发覆盖青青河边草说，我喜欢那样的男人，格奥尔基这样的中国男人。他的父母都是工人，他从技校毕业，在天津的一家国有工厂做电工。苏联需要中国工人，在西伯利亚还有很多。因为他自学了很多电气理论，被分配到巴黎公社发动机厂，这家厂里有全世界最好的工程师。每个周末，他都会去列宁图书馆，有些书跟他的专业有关，有些是最先进的科学理论，比如他手抄过整本爱因斯坦。在莫斯科，格奥尔基是个异类，因为他不喝酒。你知道，苏联男人都是些酒鬼。对了，你不喝酒吧？

嗯，从不喝酒。

希望你永远保持下去！十月革命节，全世界共产主义者的盛大节日。格奥尔基却带我去了公墓。我就是喜欢这样的与众不同，大晚上去墓地，不觉得很刺激吗？新处女公墓，埋葬着果戈理、契诃夫、奥斯特洛夫斯基、爱森斯坦，最新的墓碑属于自杀身亡的法捷耶夫。我给以上这些墓碑都献了花，尤其爱森斯坦，那可是我们学电影的老祖宗。从公墓出来，一路逛到莫斯科河边。那时已经很冷，水面结了厚厚的冰。忽然蹿出七八条壮汉，喝得醉醺醺的，对我动手动脚。在这些人面前，格奥尔基的个头就像小孩子。他们看不起中国男人，说了些侮辱的话。格奥尔基啥都没说，抓住为首的一个，抱摔在莫斯科河的冰面上。打架开始了。后来我才听说，这些酒鬼都是冰球运动员，怪不得四肢发达。他们以多打少，我怕格奥尔基会被打死，到处尖叫着求救，终于找来两个警察。那个十月革命节，我们是在警察局里度过的。格奥尔基受了些外伤，我亲手给他包扎了伤口，不很严重，但看起来浑身是血——大半都是别人的。那几个冰球运动员却被他打惨了。你要记住，为保护女人而受伤的男人，会让女人记住一辈子。

直到现在？

是啊，此时此刻，在这里——卡佳指了指自己的心脏，从莫斯科的那一夜开始，我深深喜欢上了这个实习电工，但不知道前途如何。

最后半句话，却说得我满怀忧伤，结束了这场野餐。

这一年，我开始上网，也开始写小说。我尝试把最初的小说，贴到"榕树下"网站。我不太在意外面真实的生活，小说也多是内心写照，或是天马行空的想象，大多跟历史有关。几乎每篇小说，我都会事先拿给卡佳看一眼。她总是又快又认真地看完我的短篇小说，而我忐忑不安地等候在旁边，又为了掩饰自己的心情，随手拿出一本《远大前程》或《青年近卫军》。她有时候说很好，有时候拍案叫绝，有时又会大骂狗屁不通。

她用红笔画出一个段落，告诉我要删掉其中的三分之二——虚词、副词、形容词全部删除！不会损害你要表达的意思，千万不要啰唆，不要追求语言上的华丽，那些都是女人的涂脂抹粉！我要你看到一张真正的脸，哪怕是个像我一样的老太婆，但这没关系！只要是真的就可以。简单，直接，该有力量的时候就爆发出来，一个字胜过千言万语！对了，你必须多读海明威。有朝一日，当你开始写长篇小说，就会明白更多。

卡佳说这些话的时候，镜片底下的双眼，一下子变得很年轻。

能给我看看你年轻时候的照片吗？

我在莫斯科的照片，当然有不少，我还上过苏联的杂志封面呢，作为中苏友好的代表。不过回国以后，陆陆续续都被烧光了。

为什么？

因为，我有记忆啊——每道亮光，每片阴影，每个嘴角，每个眼神，每分钟每秒，全都在心里头清清楚楚，还需要照片吗？

卡佳，你是什么时候回国的？

1958 年，最后一天，莫斯科大雪纷飞，我提前终止了学业，坐上从莫斯科到北京的国际列车。因为那年秋天，我的父母叛逃去了香港，发表了一些反动言论，我当然也受到了牵连。他们后来又去了美国，墓地还在旧金山呢，但我一次都没有去过。

格奥尔基呢？

我再没见过他，也没有音讯，不知道他现在还活着吗。1959 年，我回到上海，大学没有毕业，又是叛徒的女儿，没有一家单位敢要我。还有些人风言风语，说我在莫斯科做了不要脸的事，是上海话所说的

"拉三"，你懂的。

所以，你被分配进了公交公司做售票员？

卡佳浅浅一笑。你好聪明呢。我坐在十三路电车上，每天从曹家渡到提篮桥，卖了一辈子车票。至于这栋房子嘛，我就出生在这里，以前一楼是客厅、餐厅和厨房，二楼是我和父母卧室和书房，三楼是储藏室。六十年代，这套房子被许多人占据了，我一度被扫地出门，暂住在单位宿舍。后来国家落实政策，把最破的顶层还给了我。其余部分，永远不再属于我了。但我不在乎，反正一个人过，那么大房子也没有意义。

你没有结过婚？

嗯，这没啥了不起的。

为了你的电工格奥尔基？

闭嘴！

那次谈话后，我写了个短篇小说《绑架》。给卡佳看过，她点头说还可以，你去投稿参加个文学比赛吧。可我不认识文学圈的任何人，听说那些比赛和奖项都是要有关系的，否则人家根本都不看你一眼。她说没关系，哪怕没人看过你一眼，但你以后不用为自己的胆怯而后悔。于是，我选了从报纸上看来的一个"贝塔斯曼人民文学新人奖"。几个月后，从十四万篇投稿中，我的《绑架》意外获奖了。我平生第一次去北京，参加了颁奖典礼，小说发表在那年的《当代》文学期刊上。终于，我认识了许多有名的作家，文学期刊的编辑，出版社的领导……

我带着奖状回来给卡佳看，但她并没有祝贺我，而是冷冰冰地警告——喂，你快要完蛋了！

怎么了？

得奖啊什么的是不错，但请你从今天起忘记，所有的奖是给你的过去，不是给你的现在，更不是给将来。你明白吗？还有你见到的那些人，在你嘴里津津乐道，好像都是些很厉害的大人物，在北京在全国叫得出名字的……但最好离他们远一点，写好你自己的小说就够了！

因为在莫斯科你都见过了，对不对？

你读过《静静的顿河》吗？

肖洛霍夫。

他后来得过诺贝尔文学奖。我在莫斯科电影学院的老师，是他最亲密的朋友，常带我去参加他的文学沙龙。他已经获得了列宁勋章、社会主义劳动英雄称号，不再是那个穷乡僻壤的哥萨克了，伟大的肖洛霍夫，他再也写不出伟大的作品了！还有那些著名的作家、诗人、画家和各种艺术家，我们在国内读书的时候，都把他们当作偶像和明星。可一旦见到本人，不过都是些大腹便便的老家伙们，只会高谈阔论，彼此肉麻地吹捧。苏联政府给这些人提供了宽敞明亮的别墅，在莫斯科郊外的森林里，还有嘎斯轿车、司机与仆人。我打心眼里喜欢他们的作品，但又讨厌他们本人。

这不矛盾吗？多年以后，才发觉提出这样的问题，我简直是个白痴。

卡佳摸着我的后脑勺说，在写作这条道路上，你可能会很有成就。但要记得，绝不能轻视任何人，就像绝不能轻视你自己那样。有朝一日，我会不会也变成自己曾经讨厌过的那种人？也许会，也许不会，很遗憾，我们大多数人属于前者。但请你别忘了今天，别忘了你最初为了什么而写。不是什么改变命运的鬼话，而是你想要倾诉内心。

那你讨厌现在的自己吗？

她走到镜子前，摸着脖子上的皱纹。很讨厌，讨厌得要死！

第二年，国际形势风云突变，中美军机在南海相撞；基地组织劫机撞了纽约世贸中心；我的第一个长篇小说《病毒》完工；更重要的一件事是，卡佳出了意外。

深秋，在思南路与南昌路的拐角，她被一辆助动车撞倒了，后脑勺磕在水门汀上，在医院里昏迷了一个星期。

我找不到她的亲属，只在抽屉里找到一张医保卡，这才知道她的真实姓名。我去过派出所与居委会，确认她没结过婚，亲戚全在香港和海外，但从不来往。二十年前，她从公交公司提前退休，闲着没事翻译俄国小说，稿费虽然微薄，总比光拿退休金的孤老太强些。我在医院代表亲属为她签字，当时很害怕她会不会将永远沉睡下去。

卡佳醒来的那天，我正在她的病房里。当她突然睁开眼睛，我盯着她喊了几声卡佳。她的目光有了反应，说明她至少记得这个名字。我转身要去呼唤护士，她发出含混不清的声音，似乎是俄语某个单词，听着又有几分耳熟。午后的时光里，我在门口停下来，慢慢转身。枯黄落叶的窗外，射来白油漆般的光，在我的脸上反复涂抹。

我听清楚了她的念叨：格奥尔基。

最初的恍惚过后，我才想起这个名字属于谁——1958 年在莫斯科的中国电工。

你是在叫我吗？

卡佳点头，又叫唤了我一声格奥尔基。

我想要摇头，脖子和颈椎却僵硬着不动，也许是昨晚落枕了，也许是其他什么原因。

昏迷的七天里头，她的头发更白了，我不会给她保养皮肤，脸上的皱纹密集涌出，但没照镜子的她并未意识到这些。

我找你找了多久啊？

七天。

我像个白痴似的回答。

卡佳摇头，眼眶已经湿润。我找你找了多久啊？

当我看到老太太的泪水，像涨潮的黄浦江汹涌在脸上，我的心头骤然悬空，一下子懂了她的问题——她找我找了多久？她找她的格奥尔基找了多久？

但我不是格奥尔基，我只是每周跑到她家来看书的在邮局上班的后生，我能这样告诉她吗？

把你的手交给我。卡佳向我恳求。

我伸出手，在老妇人的手掌心里。她的手又柔软又暖和，就像我小时候的外婆，但有些老茧和很粗的纹理，看来干过不少体力活，包括冬天里手洗衣服。她的手像一层薄膜，将我紧紧包裹起来。

Honey，格奥尔基是卡佳的糖纸头里的甜心。

第二天，我给她办理了出院手续，医生说她并无大碍，也不会有后遗症，就是可能记忆出了些问题。

我把卡佳送回思南路的顶层大屋，帮她洗去沙发和书架的灰尘，买了医生关照可以吃的东西。告别的时候，她在身后叫我。格奥尔基！记得来看我。

我回头，看着她布满鱼尾纹的眼角，点头说好的。

为什么我会承认自己是格奥尔基？欺骗一个记忆错乱的老太太并不是好玩的事儿。因为，在为卡佳整理房间的时候，我从床头柜里找到个相框，镶嵌着一张黑白照片——

他看起来二十多岁，穿着灰色的工装服，背景似是 1958 年的莫斯科，那是卡佳常说起的克雷姆斯基大桥，横跨在莫斯科河上的悬索桥，许多人在桥上自杀而闻名。看到这张照片，我就不由自主要闭上眼睛，不敢再多看哪怕一秒。

他很像我。

不，是我很像他。

虽然颜色是黑白的，但照片里的人，分明就是过去的我——也许是上辈子？也好像是我穿越过了，眼睛、鼻子、嘴唇、下巴……仿佛自己在照镜子。

所以，我是格奥尔基。

而在卡佳的眼中，我依然活在这张照片里，来自1958年的莫斯科。我无法反驳她，无法向她辩解，哪怕隐藏或烧掉照片，但格奥尔基的这张脸，就在她的心里头藏了四十多年——只要看到我的这张脸，格奥尔基就会生动而鲜明起来。

一度我想不再去找卡佳了，免得让她对我产生更多的依赖，但隔了两个星期，我还是忍不住去了。她一直坐在沙发上等我回来，穿着颜色鲜艳的羊毛衫，花白的头发被染黑了，嘴唇上涂着淡淡的口红。

祝贺你，格奥尔基同志，你终于成功了！

她拿出两个搪瓷杯子，倒了些饮料要跟我碰杯庆祝。

什么成功了？我不明白。

时间！

哦？你说什么？我懵懂地与她干杯，喝尽似乎是过期了的饮料。

你不记得了吗？1958年，在莫斯科，12月最冷的那天，你带着我坐地铁来到莫斯科郊外，一片被大雪覆盖的森林里。那里有个卫国战争以后废弃的兵工厂，方圆几公里内荒无人烟，废墟的最深处有个舱门，你用了很大力气才打开这个门，拉着我走进一条地道。

你要说什么？

当卡佳说到这些，我是有些害怕的，徘徊在她的沙发背后，随时准备逃出门外。

我们手拉着手，走进地道最深处，却有个巨大的地下空间。那里有很多奇怪的东西，难以形容是什么，还有条深不见底的隧道，仿佛通往地球的心脏，我真有这么一种感觉，好像不断有阴冷的风从地底涌上来。你说这是地狱之洞，能带我们去任何地方，包括未来和过去。

时间？

对啊，格奥尔基，我问你这是什么地方，你回答说是基地。你说，在巴黎公社发动机厂，有个七十多岁的总工程师，原本是核物理学家，因为犯了政治错误，被开除出了军事部门，才分配来你们厂里。总工程师对于核武器不感兴趣，但他一直在秘密研究时空旅行，用了整整半辈子。但这是绝密，不能让任何人知道，因为到处都是克格勃密探，如果被发现的话，他一定会被抓起来流放到哈萨克共和国或北冰洋的小岛。总工程师只信任一个人，那就是你格奥尔基！因为你是中国人，人际关系最简单，而且你单纯而可靠，有着忠诚和沉默的品质。而你也很聪明，非常善于学习。对啊，是你告诉我的，你自学了物理学和量子力学还有相对论。虽然，你只是个实习电工，但你的脑子里却装着所有最前沿最先进的科学知识。你还跟我说过黑洞和虫洞理论，就算我基本听不懂，但我相信你。

很遗憾，我不是格奥尔基，很遗憾，我对这些东西一窍不通——我真的很想大声说出来，却压抑在喉咙口无法言说。最后，我却点着头说，是啊，相信我，我们就是时间的一部分。

卡佳的身体蜷缩起来，仿佛躲藏在秘密基地的深处说，那个时候，我刚刚接到我父母在国内叛逃的消息，我真的很恐惧，将会因此而跟你分离。你应该记得啊，我突然问你，如果，我们中有一个会先死去怎么办？我会穿越时间，找到那个过去的你，或者是未来的你。

刹那间，我的脑子像被一盘录音带灌录了，不知从哪里飞来一句话，来不及思考，便已脱口而出。

没错，你记得很清楚啊，对我来说那是四十多年前的记忆了，对你来说也许只是昨天，或者是上个月，对吗？

老天爷，我居然说对了？刚刚那真是 1958 年格奥尔基对卡佳说的话吗？我无言以对。

1958 年 12 月，在莫斯科郊外森林地下的秘密基地，格奥尔基，你告诉我时间是可以穿越的，但暂时还没有找到控制的方法。你无法决定是穿越到 1900 年还是 2000 年。但，只要能保存一根头发，里面藏有我的基因信息，就会引导你到我所处的时空。

所以，你拔了一根头发留给我。

卡佳猛点头！抚摸着她特意染过的满头黑发。那根头发还在你手里，对吗？我二十多岁的头发，那时发质很好，又黑又亮，粗粗的也不分叉，苏联女同学们都很羡慕我。

头发？我只能随便编了个理由。时空隧道里无法保留下那根头发，否则我就不可能出现在这里了，很遗憾。

原来是这样啊，没关系，我能看到你，摸到你的脸，就很满足了。

在她的手触摸到我之前，我退到门口说，卡佳，今天太晚了，你早点睡吧。

你去哪里？

1959年，莫斯科。我回答，新乐路东正教堂的地窖，那里连接着莫斯科森林里的隧道。我必须回去，总工程师还在等我。

你还会回来吗？

一定会的，但我每次穿越时间，到你身边不能超过十二个小时，否则我就会在时间中消失，这个理论很复杂，就好像我们不应改变历史一样。好的，下个星期，我等你！晚安，格奥尔基。

转身离开卡佳，冲下黑暗的楼道，回到铺满落叶的思南路上，我竟直奔新乐路的东正教堂，仿佛要回到1959年的莫斯科。阴冷的上海黑夜，仰望天蓝色的拜占庭式圆顶，我决定成为格奥尔基。

但他是一个电工，而我对此一无所知。好在我爸爸也是电工，我在家里重新学习了电工知识，还有爸爸书架上那些厚厚的工具书。我跟着爸爸爬上爬下使用各种工具，万用表、电笔、十字和一字螺丝刀、斜口钳……

我恶补了许多科学资料，狭义与广义相对论、虫洞理论、阿西莫夫的基地系列。那一年，我在"榕树下"论坛，担任了科幻版的版主，第一次读到刘慈欣的《乡村教师》和《全频带阻塞干扰》。我还写了个短篇小说《夏娃的密码》，投稿给第一届倪匡科幻奖，虽然入围，但没得奖。

冬天，我作为格奥尔基从莫斯科穿越而来，穿上以前爸爸厂里的工作服，带着所有工具。我告诉卡佳，她的这间顶层屋子，年久失修有电路危险。我装模作样帮她检查电线，还真的排除了两个隐患。她问我，这些电器都是在1959年以后发明的，我怎么会那么精通呢？

卡佳，我还去过很多时代呢！1968年的越战春季攻势，1979年的伊朗革命，1991年的苏联解体……但这些秘密我都守口如瓶，要知道我是来自1959年的莫斯科，虽然没有人敢相信苏联会在三十年后不复存在，但克格勃还是会把我抓起来的。

你回到过过去吗？

嗯，回去过，比如1945年的柏林，1917年的阿芙乐尔号巡洋舰，1815年的滑铁卢。

格奥尔基，你能回到1958年的上海吗？

干什么？

你知道的，我是怎么离开莫斯科的？

因为你的爸爸妈妈？

嗯，如果你能在1958年的秋天，在上海阻止我的爸爸妈妈叛逃去香港，让他们安心留在社会主义新中国，我就不会被迫离开莫斯科了。那样的话，我的命运，不，是我们两个人的命运，再也不用分离那么多年。我会嫁给你的，在1959年的莫斯科，我们将是一对红色夫妻，学成归国后参加社会主义建设。虽然我的爸爸妈妈，等到"文化大革命"还是会逃跑或自杀，或被抄家后一无所有。但我会跟你走的，格奥尔基，跟你去你的老家，去你们单位，哪怕放弃电影导演的梦想，哪怕只做个俄语教师。但我们会幸福的，我还会为你生一大堆孩子，可以吗？

一个老太太这样对我说，我紧张地从沙发上摔下去，还得拼命掩饰慌张，后悔刚才的牛皮吹太大了。

不……不可能的……

你不愿意？

不是，我愿意，但我做不到！我绞尽脑汁地和上次的谎言衔接上，免得有什么前后矛盾。对了，我不是说过吗，虽然，时间旅行可以实现，但无法选择准确的时间点。我不能设定具体哪一年哪一个地方。

胡说，格奥尔基，那你是怎么来到这里的，每周一次雷打不动？

她真的着急了，手舞足蹈的说话样子，很像苏联电影里的人物。

因为，你的头发可以给我定位指路啊。说完我就想狠狠掐自己，因为我说过那根头发是不可能保存下来的，但我还得圆谎。哦，你留给我的那根头发，虽然消失在了时间隧道里，却给你留下了时空坐标，让我可以在茫茫人海中找到你。但我找不到你的父母，更去不了1958年的上海。

格奥尔基，可你为什么现在才找到我？

老太太说到这里，眼眶又红了一圈。是啊，为什么要等到红颜白发呢？为什么不在1960年？哪怕二十年前也好啊。

对不起。我无法再编下去了，自己的泪腺也有些控制不住。

别说对不起！我从来……从来没有抱怨过你。格奥尔基，这一切，全是我自己的选择，与你何干？

得抓紧机会转移话题，我抛出第二个不可能的理由——卡佳，我可以穿越时间，但不可以改变历史。

去他妈的历史，老太太淡淡地说了句脏话，最好全都给我改变了。

要是如你所愿，你没有在1958年离开莫斯科，我们两个人在一起结婚的话，那么今天坐在这里的你，就一定会消失的！

那就让我消失吧！你知道吗？我找你找了多久？就是为了等到这个机会。不然的话，三十年前，我就已经死在了苏州河里……你不懂，那时候自杀很容易的！

我懂的。

哎呀，我见不得女人哭，更见不得老妇人哭，我忍不住伸出手指，抹去她脸颊上的眼泪。

你不懂！

卡佳躲开了我的手，她把头埋在膝盖里，断断续续说着对不起……有个秘密，我一直藏了四十多年，始终在我脑子里转啊转啊，我想要是有朝一日，你真的出现在我面前，该不该把这个秘密告诉你。

卡佳，你想说就说，不想说也没关系，就当我不知道。

不，我必须要说，否则对你不公平。你看，我只是个老太婆，除了你以外，已经什么都没有了，也没必要继续藏下去，听我说——1958年，在莫斯科，你带我去过森林里的秘密基地以后，那天晚上，我又去了一个地方。那是莫斯科的一家酒店，只有苏联的高级干部才可以享用，有特供的葡萄酒和里海鲟鱼子酱，有从西方国家进口的奢侈品。你还记得阿廖沙吗？我跟你说过，也是我们中国留学生，他的爸爸当时位高权重，经常出现在《人民日报》上。是他邀请我去那家酒店，我们普通的留学生想都不敢想的地方。

我明白了，我原谅你，卡佳。

格奥尔基，你不能原谅我！你必须不原谅！绝对不能宽恕这种行为！绝对不能宽恕我！也绝对不能宽恕阿廖沙！如果，我还在你心里的话。

嗯，我不原谅。

阿廖沙请我吃了顿大餐，我们一起喝了些伏特加。你不知道，在莫斯科的时候，我的酒量能喝倒大多数苏联男人，在你面前我却滴酒不沾。阿廖沙说，上头已经决定了，让我从莫斯科电影学院退学，立刻送回国内。但只要我答应跟他在一起，他就可以通过他爸爸，解决所有的问题，就算不会宽恕我的父母，至少可以宽恕我本人——只要我写封公开信与父母断绝关系。这样我就可以继续留在莫斯科读书，还有机会成为新中国第一个伟大的女导演。前提是我成为他的情妇，搬到他在郊外的别墅。

听起来挺诱人的。

嗯，我同意了。

卡佳已哭得泪水涟涟，像个丢失了糖果的小姑娘。看着她老去的容颜，冬日阳光底下银色发丝，我不知该说什么。

对不起，格奥尔基，1958 年，那个莫斯科的冬夜，在酒店的高级套房里，我陪伴阿廖沙度过了一夜——不，干吗那么文绉绉的？说大白话嘛，就是陪这个男人睡了一晚上……

可是？

我知道你的疑问，第二天，我改变了主意，我感觉身体很脏，打心底里厌恶自己。我对阿廖沙反悔了，拒绝做他的情妇。因为，就算这样留在莫斯科，我也不可能再见到你了。我会变成一只笼中之鸟，被他用完后再抛弃。如果是这样的我，你还会要吗？你先别说！不管你会怎么想，但我不能接受，怎么可以再把这个身体交给你？那是委屈你了啊，无辜的格奥尔基，你还不明白吗？

我明白。

你永远都不会明白的！那天晚上，是我的第一次。

卡佳……卡佳……卡佳……

我轻声呼唤她的名字，但她摇头说，我本来是要留给你的，可我却为了自己，为了能留在莫斯科，为了……

别再说下去了。

我真的，很想抱着她，安慰她，我的卡佳，我是电工格奥尔基。

所以，我要和你说对不起，我该恨谁呢？阿廖沙？我的爸爸妈妈？我自己？还是……那瓶高烈度的伏特加？

这也是你后来讨厌酒精的原因？

她深呼吸了一口气。十多年前，我在电视上又看到了阿廖沙，他变成了一个老头子，头发都掉光了，是西北某省的一家大企业的总工程师，正在大会上畅谈思想政治工作……但不知为什么，我对他一点都恨不起来。

虽然，我很担心卡佳的情绪，但我要回去了，1959 年莫斯科森林里的秘密基地还在等我。

等一等，格奥尔基，你还记得吗？我俩最后一次见面。

当我沉默着不知如何回答，她抢先说，在列宁山上，莫斯科大学主楼门口，眼前是冰封的莫斯科河，可以看到大半个城市。我清楚地记得时间：1958年12月30日。几天前下过大雪，刚好到这天放晴。我们坐在台阶上，脚下白茫茫一片，远方是各种建筑物的天际线。接近傍晚，天边的晚霞很漂亮。

是啊，我记得。

那时候，我说等我回国以后，每个周末都会邮寄明信片来莫斯科给你的。

卡佳，我一直都收到的。

我还对你说，格奥尔基，我们永远不可能在一起了。

等你老了，我还会来找你的。我想，如果我是格奥尔基，我会这样回答。

卡佳点了点头。是啊，我很高兴，你也记得那么清楚——等我老了，你还会来找我的。现在，我已经老了，可你还年轻。格奥尔基，你不要再来找我了吧。我已经把秘密告诉你，就算是我年轻的时候，我也配不上你，何况当我老了？记得下次穿越时间，可以去1950年的上海，那会儿我还是个拖着两根辫子的少女，我会喜欢上你这个电工的。

好啊，我答应你。说着说着，我已退到门口。

1958年，最后一天的早上，我踏上了离开莫斯科的火车。从此以后，我没有过你的消息。你可知道，格奥尔基，我去过你以前的单位，还去过你的家乡，见到了你的爸爸妈妈和兄弟姐妹。但没人知道你去了哪里。他们都说你被派遣到苏联实习电工，但不晓得什么时候才能回来。我想，你大概是消失在时间隧道里了吧？

也许，你们的时间已经过了四十多年，而我的时间只过去了四个月。

说到时间，已进入2002年。这年春天，我的第一本书出版了。我很想拿给卡佳看看，虽然首印只有五千本。但我想到在她面前，我是来自1959年的莫斯科的中国电工，而不是在二十一世纪初的喜欢写作的邮局职工。所以，我不能解释这本书是怎么回事，只能强忍着不告诉卡佳——如果她没有被助动车撞过，如果她的记忆没有混乱，她一定会为我而高兴的！说句题外话，这本书在几年后翻译成俄语在莫斯科出版了，得到了一个俄罗斯文学评论家的评点。我匿名地给她邮寄过一本，不知道她看过没有。

从 2001 年冬天到 2002 年夏天，我一直在卡佳面前，扮演成时间旅行者格奥尔基。我的表演很成功，每个周末，我都会陪伴她两个小时，帮她阅读书架上她最爱的书，跟她说说我杜撰的世界新闻，比如美帝国主义行将崩溃，古巴和朝鲜人民过着社会主义的幸福生活。偶尔也带她到复兴公园里走走，让她回忆起莫斯科的公园和森林。

有一天，还是在思南路的顶层大屋，当我为卡佳胡诌穿越到 1789 年法国大革命遇见丹东和路易十六时，听到了敲门声。

平常除了我，不会有任何人来敲她的门。是我替她开门的，外面是个老头，估计有七十岁了。他报出了卡佳的真实姓名，问这是她家吗。是的。

太好了，你妈妈在家吗？当他摘下眼镜，我才明白，他把我当作了卡佳的儿子。不过，我妈妈可比卡佳年轻二十岁呢。

是谁啊？卡佳出现在了门后。

他看着她，一句都没有说。

她也看着他，皱起眉头，咬着嘴唇。

卡佳？

令人意外，他说出这个名字。

你是谁？

卡佳问他。老头的眼角抽动，强忍着不在我面前失态，轻声回答，格奥尔基。

瞬间，我明白了什么，把门口的灯都打开，想看清楚老头的脸，发现他很像一个人——我。

不，是我很像他，眼前的这个老头，仿佛四十年后的我。

他就是格奥尔基？ 1958 年，在莫斯科，卡佳深深喜欢过的男子，在巴黎公社发动机厂实习的中国电工。

但我很紧张，慌张地躲藏到墙角，注视着卡佳的表情，她看出来了吗？

卡佳依旧沉默不语，盯着老头的脸盘，反反复复，看了又看，就差拿出放大镜了。

老头站在门口问，卡佳，你还好吗？

卡佳不响。

他接着说，1958 年，你离开了莫斯科，我一直很想再见到你。

　　两年后，中苏关系恶化，他才卷铺盖回国。那时候，我们国家紧缺技术工人，因为在苏联的发动机工厂工作过，他被调去了军工系统。在西北沙漠的深处，生产第一代弹道导弹。这是一项绝密工程，仅次于原子弹，所有人都不能与外界来往，家里也不知道他去了哪里，他也联系不到卡佳。后来他成了工程师，成为我国导弹事业的功臣。他在西北基地结婚，生了一对儿女，一直干到光荣退休。去年，他的妻子过世，儿女也结婚了，他自由了。于是，老头通过各种关系，找到了这里。

　　他是格奥尔基，而我是格奥尔鬼，很抱歉。

　　我怯生生地看着卡佳，准备悄悄溜号，让他们两个人独处，毕竟已互相寻找了四十多年。

　　但，卡佳却摇头说，我不认识你。

　　她说得那么冰冷而决绝，让人望而生畏无法抗拒。

　　卡佳，不要这样对我，不要……

　　老头才说了半句话，卡佳就赶他走了，大声叫喊起来：你是个冒牌货！真正的格奥尔基在这里——她用手指着我的鼻子。

　　你说什么？这个年轻人是我？

　　请不要再来骚扰我了，不然我打电话报警！

　　话音未落，卡佳已强行关上了房门。

　　而我不知道说什么，她一个人缩在沙发里，随意地翻着几本书，连眼镜都没戴上，想是一个字都没有读进去。我走到窗边，看到楼下的老头仍然徘徊，不断抬头仰望这扇窗户。

　　第一次，我觉得卡佳不但刻薄，而且残忍。

　　再见，我要回1959年的莫斯科去了。

　　告别卡佳，我冲到思南路，看着那个四十多年后的我。我那架势像是要打人，但他并不害怕，挺直胸膛看着我。我羞涩地说，对不起，她的记忆出了些问题。

　　你是谁？

　　我是你。

　　嗯，看到你很亲切，真的很像我年轻的时候。

　　我是冒牌货，你才是正版，我向你道歉。

　　老头从兜里掏出个信封，里面装着一根女人的头发丝，说这是在1958年的莫斯科，她最后送给他的东西。

你要我拿上去再跟她说说吗？也许，她会想起来的。

唉，不必啦，谢谢你。

谢我什么？

老头摇摇头，不声不响，离开了。

我想他再也没有回来过。

这年12月，我的工作调动了，因为写作引起领导关注，我被调离基层的邮政局，来到四川北路的邮政总局，在机关里编写邮政史和企业年鉴。

对于卡佳来说，来自1959年的莫斯科的格奥尔基，突然在时间隧道中消失了。

也许，这对于老太太来说很残忍，但我不能再继续伪装下去了。

隔了半年，进入盛夏时节，漫长的"非典"灾难消退，我才再去看望她。我会直截了当告诉她，我不是她的格奥尔基。

但家里没有人。我到处找她都没有消息，邻居说她失踪三天了，许多老年人就是这样走失的。我有个表哥叫叶萧，是个很厉害的警官。通过他的帮忙，我查到卡佳的身份证被人使用过，购买了上海飞兰州的机票，刚入住当地一家宾馆。难道有人盗窃了她的身份证？还是更可怕的事？叶萧帮我询问兰州警方，确认入住宾馆的就是老太太本人。

我打电话到宾馆房间，恰好她接起电话，告诉我，他死了。

谁？

格奥尔基。

我的脑中掠过那张四十多年后自己的脸。

原来，卡佳是去参加葬礼的。

我去找她，也买了张飞机票去兰州。参加追悼会的有老头的子女，已是儿孙绕膝，还有军工企业的领导，多年的老同事们。但没有人认识卡佳，她独自穿着黑纱，站在一堆花圈外面。西北风吹湿了她的眼睛，遗体被推去火化时，卡佳远望着他窃窃细语——你知道吗，我找你找了多久，我找你找了多久。

她又用俄语说了一遍。

再见，格奥尔基。

一年前，当七十岁的他，第一次出现在我们面前，卡佳就已明白，她的格奥尔基回来了。老头说的都没错。但，那个真正住在她心里头的，是在莫斯科河冰面上跟苏联人打架的年轻的中国人，而不是白发苍苍的老头子。二十多岁与六十七岁的格奥尔基，对她来说，是两个完全不同的人。此时此刻，怎及得上彼时彼刻？年华这东西，就像人死不得复活，满头白发不可能恢复三千青丝。她心里透亮得很，我们都回不去了，不如，还是让这老头子，别再折腾，好好过日子吧……

所以，卡佳的记忆并没有错乱，精心伪装的人不是我，而是她！

她只是为了让自己相信，格奥尔基当年所说的时间旅行，是真实发生过的，他一定会穿越时空来找她，索性将计就计演了一场戏。

是我被她骗了，我才是个傻瓜呢。

其实，当我假扮成格奥尔基的时候，她只要跟我说两句俄语，就必然会露出马脚……但她自始至终跟我说中国话，尽量避免任何俄语单词，哪怕是个地名和人名，除非达斯维达尼亚或达瓦里希。对啊，当我们说到往事，凡是我无法圆谎之时，她都会主动扯开话题，让我避免尴尬露馅。

我护送卡佳飞回上海。在祖国的蓝天上，老太太向我承认，当她刚认识我，第一次在我面前发心脏病，让我给她拿药吃硝酸甘油片，竟然也是假装的。那也不是硝酸甘油片，而是糖片。

她只是始终在等一个人，等头发乌黑的年轻电工，等他沉默时的眼角，等他最美的时光。他俩唯一共同拥有的，只有记忆。但我没有，或者说，我没有她最美的时光的记忆。

我以为她会哭，但没有一滴眼泪。卡佳应该荣封奥斯卡影后，同时拿下最佳导演和最佳编剧奖，难怪是莫斯科电影学院的。

说实话，我应该对她有所怨恨，被她玩弄于股掌之间，我却怨恨不起来。

但我没有再去看过她。

时间，却像翻书一样快啊，刷刷刷过去了十多年。我早就从邮政系统辞职，自己开了家文化公司。我依然保持每天都写小说的状态，虽然比不过网文大神们，但旺盛的写作欲望从未变过。而在我的书架上，还有当年卡佳送的书。

唯一小小的遗憾是，我还没去过莫斯科，尽管我的书在那里翻译出版过。如果我有机会去莫斯科，我会去一个地址——卡佳的明信片里所写的，每个星期都要投递到那里，收件人的名字叫格奥尔基。

2014年，初秋的一夜，乌鲁木齐的地下通道，听完流浪歌手的吉他弹唱。我忽然，很想给一个人打电话。

但我没打通她家的电话，也许是搬家了，换号了，还是那栋老洋房被拆迁了？

回到上海，我才听说——卡佳死了，在一个礼拜前，享年七十九岁。

我回来晚了，没能送她最后一程，已被火葬场烧了。整理遗物过程中，我发现一个白色信封，上面写着我的名字。打开只有一根头发，银白色细细的长发——这是她最后的希望，如果我还能找到1958年以前的她的话。

信封底下压着一张VCD：《莫斯科不相信眼泪》，十多年前我从大自鸣钟盗版碟市场为她买的。人去楼空的顶层大屋，我独自陷落在卡佳的沙发中，打开VCD和电视机重新看了一遍。两个多小时后，电影临近尾声，女主角卡佳微笑着眼含泪水，对着昵称为果沙的格奥尔基，反复说了两遍"我找你找了多久啊"。

我找你找了多久啊。亲爱的，卡佳。

我闭上眼睛，仿佛回到二十岁。能在那个年纪，遇见卡佳，是我一生莫大的幸运。

卡佳去世的一周年忌日，我回到思南路上，那栋洋楼的顶层早已换了主人。我把车停在路边，独自在梧桐树下漫步。阿娘面馆早已搬到对面，我常给卡佳买东西的烟纸店变成了房产中介，只有我上过班的邮局没变。如果她还活着的话，我想带她去国泰电影院，我的小说改编的电影又快公映了。忽然，从卡佳住过的小花园里，有个男人像风一样冲出来，正巧撞在我身上。

他大概二十多岁的年纪，很客气地向我说对不起。我发现他长得跟我很像，简直像失散多年的同胞弟弟。他穿着土得掉渣的工装服，皮鞋也是那种土黄色的老货，发型像从博物馆里出来的。他小心地张望四周，向我问道，今年是哪一年？

2015年，公元后，我很耐心地回答。

他掐着手指算了算，嘴里念念有词。糟糕，时间又算错了，这么说来，她已经八十岁了？

我问他，你找谁？

请问你住在这里吗？是否认得一个女——是老太太，她叫……

万事并非与生俱有

莫斯科不是一天建成

她被烧毁过很多次

她在废墟中长大

树木向天空伸展

因为它们相信天空

而天空相信热情

相信这善意的大地

亚历山德拉 亚历山德拉

什么在我们面前飘动

这是岑柳在马路边

用华尔兹的舞姿播撒着种子

岑柳用它树木的婆娑

谱成动听的《维也纳圆舞曲》

它们将破土而出 亚历山德拉

呼吸莫斯科的空气

花楸树装点着莫斯科

橡树绅士般站立

还有排排的岑柳茁壮地成长

莫斯科期盼着被树荫覆盖

莫斯科会让每棵小树

都有生长的地方

——电影《莫斯科不相信眼泪》主题曲《亚历山德拉》

尤·维兹博夫 / 词；谢·尼基津 / 曲

# 杀手李昂与玛蒂尔达

李昂：为萝莉金盆洗手的冷血杀手

　　爱一个人并不是要跟她一辈子的。我喜欢花，未必一定要把它摘下来。我喜欢风，难道叫风停下来。我喜欢云，难道叫云下来罩着我。我喜欢海，难道我就去跳海？

——吴宇森《纵横四海》

　　小时候，看过一部吴宇森的港片，周润发、张国荣、钟楚红三角恋的神偷故事。我记住了"祝你们春梦了无痕"，也记住了巴黎的塞纳河与博物馆。我们那个年代，很多男孩子，都憧憬过冒险生涯，把职业大盗或杀手，当作一份有前途的事业，幻想在肮脏的俗世红尘，着一袭黑风衣，遗世独立，穿梭于枪林弹雨，双手握枪，左右开弓，取他人性命于温酒之间。

　　时隔多年，渐渐忘了。

　　我家楼下，有间小小的兰州拉面，老板和伙计都是青海撒拉族。从前，每周两次学习武术散打，深夜回家路上，会在店里吃一碗面。我知道这习惯不好，好久未曾去了。

　　有一夜，我浑身臭汗，双脚踢沙袋有些疼，蓬头垢面，踏入店里。伙计们用异样目光瞟我。刚要坐定，才见小店角落，坐着个外国少女。

　　兰州拉面店极少来洋鬼子，倒是隔壁的酒吧、美发店、比萨店里，常见几个熬夜的老外，我怕她是走错了门。

然而，她盯着我，又低头看手机，像是在核对照片。

我对洛丽塔没兴趣。

她坐到我对面，没有冲鼻的香水味，更无难闻的体味，却让人醉了。

你是蔡骏吗？

洋妞用中文问我，而我真傻，愣了一下，还"诶"等于承认。

我叫 Matilda。

她怕我没听懂，拿出一张纸，写了四个歪歪扭扭的汉字——玛蒂尔达。

好熟悉的名字啊，第一反应《红与黑》，带着于连的人头去埋葬的玛蒂尔德小姐。

于是，我越发仔细看她的脸。

玛蒂尔达有双灰眼睛，拉面店暗淡的灯光下，发出波斯猫似的绿色反光。她的头发是咖啡色，微微有些小卷，刚好及肩的中等长度，细碎的卷刘海，衬托着她一双直直的眉目。她的容貌不像北欧人那么硬，鼻子也不像南欧人那么钩，反而有些柔和。皮肤没有雀斑，只是单纯而干净的白，不像剥了皮的粉红老鼠般的日耳曼人种。

虽然，外国人的年龄难以判断，但我想，她不超过十八岁。

我找李昂。她说。

Who？

不是世界卫生组织的意思，虽然，我的英语蹩脚到只会那么一两个单词。

李昂。

你的初中同学。她补充了一句，这回普通话发音不标准了。

记忆短路的几秒钟间，李昂的面孔，浮现在我的大脑回沟。

对，就是这个同学，中学时代跟我挺要好的。他经常跑来我家，因为我家有台录像机，可以放各种录像带，吴宇森的《英雄本色》《喋血双雄》《纵横四海》《辣手神探》……都是我和他一起看的，有时还有我的另外几个同学，比如李毅大帝、变硬金刚、蒲松林。

那时候，李昂说过，他梦想要做一个杀手。

同学们私下说，就凭他那小身板，弱弱的样子还能做杀手？大概经常被人欺负，就幻想手里有把枪，把敲诈勒索的高年级学生都打死吧。听说他的父母早就离婚，爸爸在欧洲打黑工。后来，他果真出国了，再无消息。

玛蒂尔达手机里翻出一张照片，背景是九十年代长风公园少先队广场，两个男孩戴着红领巾，一个是我，另一个是李昂。

抬头看小萝莉的灰绿色眼珠，我问，你是怎么认识李昂的？

这个深夜，苏州河边兰州拉面店里，玛蒂尔达娓娓道来。她的中文水平很有限，我无法直接还原，只能经过多重过滤，用自己的语言重新组织一遍……玛蒂尔达是法国人，住在大巴黎南郊。爸爸是个卡车司机，妈妈是家庭主妇。她十三岁那年，爸爸妈妈开车去蓝色海岸，在里昂出车祸死了。玛蒂尔达成了孤女，没有亲戚，独自住在父母遗下的老房子。她不是个好孩子，从不好好上课，常跟同学打架斗殴。她爱看功夫片，打起架来不要命，男生也会被她打哭。有个女老师早就看她不惯，每天把她揪起来当众羞辱，有一回顺便辱骂了她爸爸——玛蒂尔达的爸爸是法共党员，本地工会的积极分子，每年五一节都要唱着《国际歌》上街，女老师则是极右翼党员，从前发生过肢体冲突。

第二天，玛蒂尔达没有再去学校。她背起旅行包，骑上自行车，从银行取出五万欧元现金，父母留下的全部存款。

那个冬天，巴黎下了很大的雪，塞纳河的转角，结了薄薄的冰。

玛蒂尔达十三岁的脸，冻得像透明的胡萝卜，她去找一个叫Léon 的男人。

出走前夜，她从网上转账了一百欧元，成为欧洲杀手俱乐部的VIP 会员，在各个杀手的名单和介绍中，她选中了"Léon"。

网站里没有照片和姓名，只有一组简单数据——2002 年入行，共执行过六十三起任务，成功六十起，失败三起，欧洲排名第四，单次价格五万欧元。条件是只杀一人，仅收现金。

他们约定在巴黎新桥见面。

玛蒂尔达紧紧抓着背包，看着雪花落在塞纳河上，有种想要跳进去的感觉。

一只手从背后搂住了她的腰。

她回头，看到一个男人，中国男人。

玛蒂尔达结结实实抽了他一个耳光，叫他滚。

我是 Léon。

他担心她会跳塞纳河自杀。

中国男人很瘦，大约三十岁，个头不超过一米七。乌黑的头发与眼睛，穿着就像中国超市的伙计，这样的中国人在巴黎随处可见，其中不乏非法移民。至于容貌吗？在欧洲人眼里，中国人都长一个样。

你是杀手？

Léon扭头就走，她拽住他的胳膊，请求他带自己去吃顿晚餐，随便什么都成。

你身上不是有五万欧元吗？

嘘！

玛蒂尔达不敢拿出来，一路害怕被人抢了，饭都不敢吃，饿得心慌。她被带去中国城，吃了碗馄饨。

然后，她把二万五千欧元交给了这个叫Léon的中国男人，事成之后再付一半。

Léon说，你现在后悔还来得及，我立刻把钱还给你。

玛蒂尔达摇摇头，我不再需要了。

一周后，报纸登出中学女教师遭枪击身亡的消息，怀疑因为被害人的极右翼言论，遭到了北非移民团体报复。

玛蒂尔达不敢回家，怕被警察逮捕，因为她对同学们说过想把老师杀了。她给Léon打电话，给了他剩余的二万五千欧元。中国男人带她去家小旅馆，开了个房间，先让她洗了热水澡，又陪她吃了顿馄饨。

旅馆的镜子上，Léon用红笔写下自己的中文名字——李昂。

随后，又在自己的名字前，加上"杀手"两个字，说这才是全名。

杀手李昂。

玛蒂尔达说，你教我中国话好吗？

好，先教你第一句——晚安。

李昂离开旅馆，留下女孩孤独地躺在床上，手指摩擦嘴唇，眼神空洞，仰望黑暗的天花板，一丝不着。

第二天，恰是圣诞节，李昂来跟玛蒂尔达道别，说接了个新任务，要去德国刺杀一个商人。他买了个长毛绒圣诞老人作礼物，还留给女孩五千欧元，最后是一张新的法国护照，让她离开巴黎去南方。

李昂跨上摩托车，身后响起小猫似的哭泣声，女孩说自己哪里也去不了。

沉默，叹息，十秒后，他递给她一个摩托车头盔。

玛蒂尔达破涕为笑，坐上摩托车后座，跟着李昂一骑绝尘，离开大雪纷飞的巴黎。

那一夜，摩托车穿越法国到德国的公路，女孩脖子上缠着圣诞老人，紧搂着中国男人的腰，头贴在他坚硬的肩膀上，看着依稀寒冷的夜空。女孩包里只有一本书，昨天刚从巴黎旧书店买的，散发樟脑丸味道的老书，玛格丽特·杜拉斯的《来自中国北方的情人》。

路上走了整个昼夜，经过比利时的布鲁塞尔，摩托车开到莱茵河畔的科隆。

德国的冬夜，科隆大教堂的尖顶下，玛蒂尔达遥遥远望着北极星。

她问李昂，你杀过多少人？

不到一百个吧。

明天，你就要杀了人吗？

嗯。

带着我去，我给你做帮手。

不。

如果你不答应，我就去报警，要么你就把我杀了。

玛蒂尔达抓着他的胳膊，另一只手摸到他的腋下，果然有个硬邦邦的金属物。

李昂闭上眼睛，口中呵出的白气，在德国的雪夜里融化，缓缓点头。

晚上，他们住在一间汽车旅馆，只有一张床。玛蒂尔达裹紧了毯子，焦虑地等待着中国男人。然而，一直等到她睡着，始终没有感觉到李昂的存在。

清晨醒来，玛蒂尔达怀中抱着的是长毛绒圣诞老人，她看到李昂正在给手枪上油。她冲进卫生间，检查身体，确信自己还是处女。

雪开始融化。

他们骑着摩托车，来到科隆郊外一间别墅，杀手李昂直接按了门铃。开门的是个大腹便便的德国男人，李昂用还算不错的德语说了几句。

然后，德国人给他们泡了咖啡，坐在沙发上聊天。

玛蒂尔达很紧张，也很兴奋。她很害怕，也很期待，期待李昂突然从腋下抽出手枪，瞬间打爆德国鬼子的脑袋。

但这一幕始终未曾上演，李昂慢慢地跟对方说话，直到德国人的脸色变得僵硬。

终于，李昂拔出枪，放到桌上。

德国人退缩到墙角，抱着脑袋，痛哭流涕。玛蒂尔达看在眼里，不知从何升起一股快感，真想在后面踢他屁股几脚，爽！

李昂打开手提包，掏出几十摞厚厚的欧元，果然是中国人啊，满口袋现金的土豪派头。

德国人沉默了半个钟头,终于同意了什么约定。他把衣服脱下来,李昂对着衣服开了一枪,正好是心口的位置。德国人重新穿上这件衣服,瞪大眼睛躺在地板上。李昂从包里取出红色颜料,撒在他破了枪眼的胸口上,看起来像具浑身是血的死尸。

玛蒂尔达明白了什么。李昂掏出手机,从各个角度拍了几张照片。然后,他把德国人从地上拖起来,把桌上的几摞钱塞到他手里,又给了他一张新护照。德国人迅速换了套衣服,戴上帽子和墨镜出门。他没开自己的车,而是叫了辆出租车远去。

杀手李昂说,他不会再回来了。

你让这家伙远走高飞,再跟客户说已经杀了他,就能得到剩余的钱?

是,我不想杀人。

你不是说你杀过一百个人?

我骗你的,女孩。

玛蒂尔达问,我的老师呢? 她也没死吗?

杀手李昂点头,我说要杀她的人,是巴黎北区的阿尔及利亚移民,如果她还想保命的话,最好去法属圭亚那或法属留尼汪岛。她在我的威胁下,拿钱走人。报上刊登的消息,是假的,只为了骗你。

男人都是骗子吗?

杀手李昂耸耸肩,跨上摩托车说,至少,现在我没骗你,如果你不信任我,不必上车,回你的法国去。

玛蒂尔达没有任何犹豫,骑到中国男人后座,搂紧他的腰,脸贴他肩膀,闻他腋下枪口的火药味。

摩托车穿过德国中部丘陵,途经上萨克森易北河谷,翻越厄尔士山,进入捷克境内。

八百年的布拉格老城,伏尔塔瓦河上的查理大桥,玛蒂尔达让风吹乱头发,像回到塞纳河。杀手李昂看着桥下冰封的河流,跟周围的行人相比,他是那么不起眼,那么没有存在感,没人会记住他的脸。

终于,他向玛蒂尔达承认,之所以成为欧洲排名第四的杀手——

第一,大多数买凶杀人的客户,并非什么黑社会或犯罪集团,而是些可笑的笨蛋。而买凶杀人本身就是件很愚蠢的事,一定有比这个更有效更安全的解决办法。杀人原因通常分为几种:出轨的丈夫为离婚却不愿支付巨额成本，对他们来说最好的妻子就是死了的妻子，所以需要买凶杀妻；经常被上司虐待辱骂想要杀人泄愤或为提升自己职位；比较普通的是干掉生意对手，不过并非跨国公司，而是挣扎在生死线上的小公司，甚至夫妻老婆店的小业主，现在欧洲经济萧条，这种人比比皆是。还有嘛，就是各种千奇百怪的原因，比如嫌邻居开party太吵啊，小时候被同学打过一顿以致终身念念不忘，还有像玛蒂尔达这种杀老师的。

第二，李昂是个中国人，在欧洲是最适合做杀手的。想要买凶杀人的这些客户，大多看着李小龙和成龙的电影长大，他们印象中的中国人，要么是排队买奢侈品的土豪，要么是个个身怀绝技的功夫高手。因此，李昂这种形象走到客户面前，加上冷酷无情的眼神，没有任何特点的脸，让人绝对难以记住。天哪，不做杀手就是暴殄天物，他必须从娘胎里就开始杀人如麻了。

第三，李昂太聪明了。他事先调查好杀人对象，发现这些家伙本身确有问题。他会带着几样东西去找杀人对象谈判，一是枪，表明自己随时都可以爆你的头。二是钱，如果你跟我合作的话，那么对方买凶的预付款，可以分给你一半，作为你离开这个国家的补偿。三是一本全新的欧盟护照。此外，他的包里还有各种工具和颜料，可以伪造杀人现场。通常来说，大部分人都会妥协，拿上钱收拾细软远走高飞，总比留下来变成死尸，或者一无所有成了穷光蛋要好。

只有三个人不愿意照办，杀手李昂并没有来硬的，只是笑笑离开了。这就是他的六十三次任务记录里，仅有的三次失败差评，其余的六十次都得到了用户好评。不过，那三个人比其余六十个都惨，一个被揭发了强奸幼女的罪行被判处了三十年监禁，还有个被曝光非法交易而倾家荡产最终跳楼自杀，最后一个因为睡了无数有夫之妇被戳穿而被别人老公阉了——背后这一切都是李昂干的，当然。

玛蒂尔达说，让我做你的帮手，有我这样的女孩在旁边，可以让人感受到我们的善意。当然，我也可以随时变得邪恶，比如——她从口袋里掏出一支仿真枪。

这一站，杀手李昂的任务对象，是布拉格三只青蛙咖啡馆的老板。

老板是个七十多岁的白发老头，夜深人静，关了店门。看着不速之客手里的枪，老板并不慌张，只是问是谁要买自己的命。按照杀手行的规矩，李昂拒绝回答这个问题。

咖啡馆老板摇头说，你知道我是谁吗？

三十年前的捷克秘密警察头子，杀手李昂回答。

我得罪过许多人，他们要来夺我性命，但我没想到会是一个中国人。

老头说罢，又看了看旁边的玛蒂尔达，用流利的法语问，女孩，你多大啦？

十三岁。

回家去吧，这里不适合你。

玛蒂尔达掏出枪，顶着他的脑门。

杀手李昂说出交易条件，无非是给老头一笔钱，还有一本假护照，离开欧洲去随便哪里。

老头答应了。

不过，这次的客户条件比较苛刻，不仅要看到照片，而且是杀人的整个视频。

按照事先分工，玛蒂尔达用手机拍摄，杀手李昂在镜头前杀人——这个并不算刻意，大部分职业杀手都是有助手的。

老头干了几十年秘密警察，演戏也算是特长。玛蒂尔达买了一批电影道具，安装在老头的衣服里面。

她的手机镜头里，三只青蛙咖啡馆，阴郁恐怖，月黑风高杀人夜。杀手李昂出场，他穿着黑色皮夹克，端着以假乱真的贝雷塔道具枪。老头惊慌失措后退几步，摆出各种企求的表情，从口袋里掏出许多钱，从抽屉里翻出值钱的古董，却都无法阻拦杀手完成任务。

随着李昂枪响，玛蒂尔达按下开关，老头胸口爆开个血洞，痛苦倒地。冷酷的杀手又补了他两枪，咖啡馆的地板上血流成河，手机拍下全部过程，直到确认死亡。

老头喘回一口气，玛蒂尔达把他拖起来。老头说，我能不能亲你一下？

玛蒂尔达看了看杀手李昂，而李昂背过身去，点点头。

老头亲吻了她的脸颊，低声说，你很像我的孙女。

她在布拉格吗？

不，三年前，她和她的爸爸妈妈，都被炸死了，那颗炸弹是来杀我的。谢谢你们！

老头换好衣服，趁着夜色离开三只青蛙咖啡馆，也许他会去布宜诺斯艾利斯，再开家三个老兵咖啡馆，中国人懂的。

这一晚，李昂与玛蒂尔达在咖啡馆度过，杀手躺在长椅上，女孩睡在柜台后面。

用作道具的鲜血已被擦净，明早的布拉格，又多了起失踪案而已。

杀手李昂顺利拿到酬金——剩余的二万五千欧元。他的卡里还有十五万欧元，足够在布拉格生活好一阵子了。

他们在郊外租了个老房子，每天去深山间练习射击。玛蒂尔达总是跟着他，几乎寸步不离，害怕李昂会甩下她独自走了。

如果，有警察来抓住他们，肯定会把李昂以诱拐少年儿童的罪名关进监狱的。

玛蒂尔达问过一个问题——三只青蛙咖啡馆的老板，那个逃跑的老头，我查过他的资料，从1980年到1985年，他杀过许多无辜的人。这样的人，其实早该死了，你为什么不杀了他？

1980年到1985年？泰坦尼克号字幕组的捷克斯洛伐克，跟我有根毛的关系？

杀手李昂拿起枪，对准远远树梢上的一只鸟，说，亲爱的玛蒂尔达，你迟早会明白的，在这个世界上，没有谁对谁错，或者说，我们都是错的。

他们去了欧洲许多地方，走遍挪威的北极峡湾，爱琴海上的小岛，西班牙的阿尔罕布拉宫，还有莫斯科不相信眼泪。每次都是执行杀人任务，当然无一例外都成了放人。

风尘仆仆的一路上，玛蒂尔达跟着李昂学习中国话，从一二三四学起，直到学会"我和我的小伙伴们都惊呆了""画面太美不敢看""我只想安安静静地做个美男子"……

李昂给她看从前照片，包括中学同学们的合影，其中有个家伙现在是作家。

杀手李昂与玛蒂尔达是最佳拍档，与其说是杀人，不如说是拍微电影。因为大多数客户，都要求看完视频才给好评。杀手李昂是男一号，被"杀"对象则被迫演起男二或女一。玛蒂尔达更有编剧和导演天赋，兼灯光师、化妆师、道具师与剪辑师，为让每次杀人都有创意，尽量逼真写实，避免千篇一律引起客户怀疑，她精心编排了各种不同的杀人环境及流程——

阳光下杀人，月光下杀人，浴缸与马桶上杀人，飞速行驶的汽车里杀人，波罗的海私人游艇上杀人，古罗马大斗兽场里杀人，欧冠决赛看台底下杀人，《天鹅湖》芭蕾舞剧中杀人，冯·拉斯提尔的片场里杀人，学习吴宇森电影在放鸽子中杀人，更为惨烈血腥的有昆汀·塔伦蒂诺风格，最后升级为韩国导演奉俊昊的阴郁现实主义风。

两年过去，玛蒂尔达，个子长高，胸部挺起，骨盆都变大了，不再像个小姑娘。

不过，她还是处女。

杀手李昂接到了新的任务，目的地是波黑首都——萨拉热窝。

客户要暗杀的对象，住在1914年刺死奥匈帝国皇储斐迪南大公的那条街上。

李昂自言自语了一句：瓦尔特保卫萨拉热窝。

玛蒂尔达听不懂，她只是有种不祥预感，抓着杀手的胳膊，把头靠在他的肩上说，李昂，我们已经攒到很多钱了，什么时候洗手不干？

我不知道，除了干这行，我还能干什么？

开家小旅馆吧，情人旅馆，不错的主意吧。

去哪里？

我想去越南——她正在第三遍看玛格丽特·杜拉斯的《来自中国北方的情人》。

杀手李昂不置可否地看着她的眼睛，埋头在她的长发里，猛烈呼吸着女孩体味，瞬间就要心软。

但在他做决定前，先要完成今天的任务。

敲开一户不起眼的人家，有个五十来岁的塞族男人，戴着一副老花眼镜，正在专心地阅读《哈扎尔辞典》。

按照惯例，杀手李昂拿出枪，再拿出钱和护照，让对方做选择题。

然而，那个家伙直接从书本里抽出一支枪，还没等玛蒂尔达反应过来，一颗子弹已打进了杀手李昂的胸口。

不是道具枪！

鲜血飞溅到玛蒂尔达的脸上以及嘴角，第一次尝到中国男人体液的滋味，有些咸，有些涩。

在对方要开第二枪之前，玛蒂尔达把手机扔了过去，准确地砸中了老家伙的眼镜。

他的手枪也掉落了，正在他满地找眼镜之时，玛蒂尔达拖着浑身是血的杀手李昂，艰难地逃出了这栋房子。

　　她踩下摩托车的油门，杀手李昂靠在她的后背上，飞快地开过曾经引爆第一次世界大战的街道。

　　萨拉热窝郊外的医院，玛蒂尔达将李昂送入手术室，拿出包里的两万欧元现金。

　　三个小时后，子弹从肺里被取出了，李昂总算捡回一条命。

　　但他们不敢在医院停留，害怕那些混蛋很快会追来。玛蒂尔达继续开摩托车，载着李昂飞驰过波黑的山区。第二天，到达克罗地亚的萨格勒布，这才放心地转入一家医院。李昂醒过来后，只在医院躺了一星期，他就要求出院离开。

　　玛蒂尔达重新调查了萨拉热窝的杀人对象，才发现死里逃生是他们命大——那家伙是前波黑塞族军事首领。九十年代的波黑内战期间，此人亲自指挥了多场屠杀，至少有数百名穆族平民被杀害，包括许多不到十二岁的男孩，他说这些男孩长大了，就会拿起枪屠杀塞族人。后来，他逃过了海牙国际法庭的审判，隐居在萨拉热窝的老城区里。

　　几天后，在匈牙利的一个汽车旅馆，玛蒂尔达在给杀手李昂的伤口换绷带，并用热水为他擦洗身体。他的肌肉明显不如欧洲人，却有一种中国人特有的肤色，至少皮肤摸上去很舒服。他的胡楂比较茂盛，虽然蓄不起大胡子。有时候的清晨，可以看到他身体的变化，显然他是个健康的男人，比大多数人更健康——但她不明白，为什么他还不要她？

　　此刻，电视机里有条新闻，在伊斯坦布尔发现一具尸体，漂浮在博斯普鲁斯海峡上，土耳其警方已确认，此人正是八十年代捷克秘密警察头子。电视上有死者的照片，以及年轻时与几年前的近照。玛蒂尔达认出了这张脸，布拉格三只青蛙咖啡馆的老板。

　　杀手李昂说，我们必须走了，客户已知道我在说谎，他们不会放过我的。

　　这个客户很厉害吗？

　　我不知道，但是，涉及要杀政治人物的，恐怕都不是好鸟。

　　等一等，我猜，雇你去萨拉热窝杀人的，跟雇你去布拉格杀人的，是同一个客户。

　　没错。

　　玛蒂尔达长大了，她发觉自己比这个傻傻的杀手李昂聪明多了。你还不明白吗？那个狗娘养的，发现你没有完成杀人任务，不但放走了猎物，还拍假视频欺骗了他。对方非常气愤，决定报复我们，让你去执行一桩危险的任务，是要假借萨拉热窝的混蛋之手，把我们都干掉！

杀手李昂懂了，他们连夜逃离汽车旅馆。还是由玛蒂尔达开车，虚弱的李昂趴在后面，把头埋在咖啡色的长发间，像只落难的宠物狗。

两昼夜后，他们经过维也纳和希特勒的故乡林茨，再次进入德国巴伐利亚境内。他们一路向北驶去，一直到荷兰的鹿特丹港。这是莱茵河的入海口，也是欧洲最大的集装箱港口。他们带着摩托车坐上滚装船，经过波涛翻滚的北海，抵达了英国伦敦。

玛蒂尔达说她很想去一个地方——墓地。

天色昏暗，来到伦敦郊外的海格特公墓，玛蒂尔达带着他兜兜转转，直至一座花岗岩纪念碑前。有个德国老头的雕像，刻着几行镏金大字，玛蒂尔达用结结巴巴的英语念出来——

"全世界无产者联合起来"。

还有一句："哲学家们只是用不同的方式解释世界，而问题在于改变世界。"

马克思的墓。

墓前的无数鲜花大多是中国公费旅行团献上的，现在空无一人。马蒂尔达也给墓碑献了一束花，她的爸爸妈妈都是法共党员，她小时候跟父母来过这里，记得爸爸还唱了首《国际歌》。

杀手李昂说，我曾是中国共青团员，不知道现在退团了没有。

我介绍你加入法国共产党吧，玛蒂尔达勾住他的脖子说。

这时候，李昂不想开玩笑，他说，那个客户是个大人物，已下达了全球必杀令，对我的人头的悬赏额，可能高达数百万欧元。玛蒂尔达，你快点走吧，这是你能活下去的唯一办法。真正的职业杀手，随时都找到我们。

你要我离开你？

是，赶快走吧，要么我离开你？

玛蒂尔达忍着眼眶里的泪水说，好吧，我可以走，但有一个条件。

说。

你必须答应我。

都快要死了，还有什么不能答应的？

跟我做爱。

这……

我不管。

玛蒂尔达用嘴唇封住他的口。

杀手李昂挣脱道，玛蒂尔达，其实，我是想等你，等你长大。

如果，我长不大了呢？如果我明天就死了呢？如果你明天就死了呢？马克思给我们的时间太短了。

你一定要的话，什么时候？

现在。

什么地方？

这里。

玛蒂尔达如是说，杀手李昂困惑地抬头，这是公墓啊，节操呢？

一不留神，他被她推倒在墓碑前的草地。

在最漫长的那一夜，伦敦北郊近乎透明的星空，像散落的水晶珠链，弥漫着少女刘海间的气味。

年轻的玛蒂尔达，用身体融化着杀手李昂。来自中国的男人。在伟大的马克思墓前，告别处女生涯，没有比这更庄严更伟大的誓言了。她想。

清晨，他们一览无余地展现给马克思。

玛蒂尔达抚摸杀手李昂的胸口，他却说，你要履行诺言，从今往后，我们，永不再见面。

好，但我们要找个分手的好地方。

在哪里？

你还记得吗？我们第一次见面。

巴黎，塞纳河，新桥。

对，我们的最后一次见面，应该在伦敦，泰晤士河，滑铁卢桥。

玛蒂尔达真会选地方，滑铁卢桥，既与法国有关，又是《魂断蓝桥》的那座桥。

上午，十点，伦敦常见的细雨。

杀手李昂与玛蒂尔达，来到滑铁卢桥上。这座泰晤士河弯曲处的桥，是伦敦风光最好的所在，西是威斯敏斯特与伦敦眼，东有伦敦城和金丝雀码头。

男人三十二岁，女孩十五岁，车水马龙，熙熙攘攘，雨雾风光。

送君千里，终须一别。

吻别。

雨水夹着泪水，冰冷夹着温热，好湿好湿的一个吻。

同时，杀手李昂的视线，越过少女的头发与香肩，看到两个黑衣男子。再回头，桥的另一端，也有几个形迹可疑的男人，正向他冲来。

作为一个职业杀手，他知道 1978 年 9 月 7 日，保加利亚叛逃作家乔治·马可夫，就是在这座滑铁卢桥上被克格勃特工用毒雨伞刺死的。

杀手李昂推开玛蒂尔达，翻身跳下桥边栏杆。

刹那间，玛蒂尔达想要抓住他，却只摸到他的衣袖，眼睁睁看他消失，没入细雨涟漪中的泰晤士河。

黑衣男人们聚在桥边，有人跳下河去寻找，但无论如何找不着。伦敦警方打捞了三天，仍旧一无所获。

至于玛蒂尔达，在滑铁卢桥趁乱逃跑，一路泪奔。

她想，这辈子所有眼泪，在这半小时内流尽了吧。

玛蒂尔达说到此处，苏州河畔兰州拉面店，幽暗灯光下，我看着她的双眼，泪光泛滥的灰绿色眼球，让我想起童年养过的一只叫小白的猫。

我已吃完一碗拉面，也给她也点了一碗。十八岁的法国少女，不习惯这种味道，只尝几口就推到一边。

玛蒂尔达说，自从伦敦滑铁卢桥上一别，再无杀手李昂的消息。

三年来，她从未放弃寻找那个中国男人。

她走遍了整个欧洲，也去过北美与南美，包括法国人的后花园非洲。

但他不见了，不知是死，是活。

许多个夜晚，她梦回马克思墓前，泥土芬芳的草地，数尺下的骨头与幽灵，中国男人身上的淡淡气味，她深深嵌入他肌肉的手指……每次她都会用这根手指来自慰。

在她十八岁生日这天，决定来到杀手李昂的故乡——中国，上海。

李昂中学时代的旧照片，一直存在玛蒂尔达手机里，她也记得我的名字。她费尽心思，通过法国领事馆的关系，一路找到我家楼下。

女孩只问我一句——你知道李昂在哪里吗？

我闭上眼，摇摇头。

耳边一阵哭泣声，玛蒂尔达哭得梨花带雨，直教人怜香惜玉，好想上去啃她一口。

我开始嫉妒杀手李昂同学了。

忽然，她抬起胳膊，伸出食指，跷起拇指，蜷缩其余三指，这是手枪的姿势，对准我眉心开了一枪。

砰……

感觉真有颗子弹打中了我。

子夜零点，苏州河边的兰州拉面店，我差点从椅子上摔倒。

我骗了玛蒂尔达。

差不多一年前，还是这个地方，这个时间，我的初中同学李昂突然出现，找到我一块吃了碗牛肉拉面。

虽然，那么多年未见，但我有种感觉，李昂还是那个李昂，丝毫都没变过，就跟十几岁时那样。只是，从他的眼神里，偶尔露出某种东西，像藏在云朵间的月光，时而分明，时而晦暗，时而令人目眩。

他说自己刚回国，没有职业，独自漂着。

我问他住在哪里。他不肯回答。

高中毕业，李昂卖掉老宅，攒钱去欧洲读书。他爸爸在巴黎开了家小中餐馆，常被当地黑社会骚扰，每次报警都没用。终有一天，爸爸忍无可忍，掏出一把枪来赶走流氓，结果有人一刀捅死了他。法国警方敷衍了事，明知那几个混混是凶手，却总以证据不足为由，将他们抓进警局又放掉。

第二年，李昂用爸爸留下的那把手枪，亲手打死了那三个法国混混。

他成了通缉犯，买了本假的欧盟护照，从此在欧洲流浪。他重看了所有的吴宇森电影，学会像周润发或张国荣那样举枪摆 pose。他练得了一手好枪法，杀人干净利落，绝无半点恻隐之心，捧起了职业杀手这个饭碗。将近十年间，他杀了六十多个人。但他藏不住钱，每次赚到几万欧元，很快莫名其妙地花光。他有过许多女人，各个种族与国籍，仅限一个晚上，从不见第二面。

但他没有碰到过少女。

他说，三年前，因为没能完成任务，惹怒了一个大人物，招致对方的全球追杀。而今他走投无路，只能逃回中国避难。

李昂特别关照我，如果，遇到一个叫玛蒂尔达的法国女孩，就说没听到过他的消息，绝不能让她找到自己。

因为，大人物派遣的杀手们，随时随地会上门，要是玛蒂尔达找到他的话，便会跟他一起死。

那个深夜，李昂行色匆匆离去，没留下任何联系方式。

但我记住了玛蒂尔达这个名字。

一年后，同样地点，同样时间，她果然来了。

对不起，我还是没有把这个秘密，泄露给玛蒂尔达。

我不知道这是为了李昂，还是为了她，抑或为了我自己。

玛蒂尔达一无所获，临别之时，我送她到桥上。十八岁的法国女孩，问我这条河叫什么。我说是苏州河，不是塞纳河。

后半夜，河上晚风习习，静水深流。

她说，在我眼里，都一样呢。

笨猪。

傻驴。

我用我仅知道的两个法语单词跟她道别。

几天后，待到确认玛蒂尔达返回欧洲，我开始疯狂地寻找杀手李昂。

通过我的表兄，叶萧警官的打听，很快有了下落。

杀手李昂死了。

他死了还不到一周，在玛蒂尔达找到我的那一夜，有两个外籍杀手，同时找到李昂，在上海郊外小岛上的出租屋。他没有反抗，立刻被枪杀了。

不巧正有巡警路过，两名杀手在逃跑过程中，相继被捕。根据杀手的审问记录，以及国际刑警组织的材料，证实李昂确实是个杀手。在欧洲有充分证据表明，他至少杀死过六十个人。但自五年前起，他不再杀人了。

可是，玛蒂尔达跟我说的那些，又是怎么回事？她说杀手李昂一个人都没杀过，一切都是他们两个人假扮的。究竟哪个才是真相？

以下纯属我的猜测——

我的初中同学李昂，因为经营中餐馆的父亲被杀，走上职业杀手这条路。在欧洲的十年间，他以冷酷无情而出名，夺去过许多人的生命，直到遇见一个叫玛蒂尔达的法国少女。

杀手李昂告诉玛蒂尔达，所谓职业杀手都是假的，陪她玩起伪装杀人的游戏。

他本有机会在布拉格，三只青蛙咖啡馆，杀死捷克前秘密警察头子。但他没有这么做，反而同玛蒂尔达一起，精心演出杀人视频，放走曾经作恶多端的猎物，犯下职业杀手的大忌。

很难说他这么做的原因。也许，是厌倦了杀人？也许，只是为了玛蒂尔达？

两年后东窗事发，某位大人物甚为震怒，派人杀死捷克老头的同时，又雇用杀手李昂去萨拉热窝执行任务，目的是借刀杀人。最后，李昂在无数杀手围捕下，跳入伦敦泰晤士河失踪。

杀人令一旦发出永不撤销。

我相信，最近三年来，玛蒂尔达一直被人跟踪，她自己浑然不觉。因为她来到中国，才引来两名杀手。通过特殊的渠道，杀手发现李昂藏身所在，杀了他。

至今，玛蒂尔达还不清楚这些秘密，还是让她永远都不知道的好。

她已拥有了新的身份，刚考入巴黎国际电影学院，学习导演专业。她说，她最擅长拍枪战片，吴宇森的风格。我相信。

而她才十八岁，我想，再过两年，她会忘记的。

那个叫杀手李昂的中国男人，不过一个法国女人漫长而精彩的生命中的过客。

在中国警方保管的死者遗物中，我看到杀手李昂的钱包，沾满遇害时的血迹。钱包夹层里，滑出一张淡淡的照片——

照片里下着鹅毛大雪，似是巴黎，塞纳河上，十三岁少女，咖啡色长发，灰绿色眼睛。

你站在桥上看风景，看风景的人在桥下看你。

其实，她在等待一个叫 Léon 的杀手。

女孩目光深处，泄露焦虑与恐慌，是否放弃杀人，回到学校？

彼时彼刻，一个叫李昂的中国男人，站在桥下凝望并犹豫，要不要走到她面前？同时，他偷拍了这张照片。

塞纳河新桥上的那个瞬间，杀手李昂爱上了玛蒂尔达。

"你杀了人以后，一切都会变了。你的生活就从此改变了，你的余生都要提心吊胆地过活。"

"我不管将来如何，Léon，我只需要爱，或者死。"

——吕克·贝松《这个杀手不太冷》

# 第

# *12* 夜

---

## 北京一夜

冯唐：爱上植物人的出租车司机

"花开了，然后会凋零，星星是璀璨的，可那光芒也会消失。这个地球，太阳，整个银河系，甚至宇宙，也会有死亡的时候。人的一生，和这些东西相比，简直就是刹那间的事情。在这样一个瞬间，人降生了，笑着，哭着，战斗，伤害，喜悦，悲伤，憎恨，爱，一切都只是刹那间的邂逅，而最后都要归入死的永眠中。"

——沙加《圣斗士星矢》

这是一个真实的故事。

许多人都不喜欢那座充满雾霾与拥堵的城市。

但偶尔，我还是会着迷那样的夜晚。春风沉醉兼沙尘呼啸的 3 月，后海盛开荷花的 7 月，秋月如镜锃亮的 10 月，白茫茫落得干净的腊月。

那年初秋，我在工体附近跟友人共进晚餐。忘了谈啥事。我独自离去，沿着工人体育场北路散步。恰是酒吧、餐厅、夜场、三里屯 SOHO……人山人海，挤不出去，挂着红灯的黑车，猫步般跟在身后按喇叭，或干脆问你去哪儿。避之唯恐不及。打车这个技术活上，我是菜鸟一枚，从前没有买车时，我常看着别人上车，自己被迫步行数百米才能抓到一辆。

霓虹下，随波逐流，形单影只。我看野眼，堵车风景，成群结队。东三环，长虹桥边，终有几辆空车，被人捷足先登。更多的是呼啸而过不停的。我想，要么去坐地铁，要么一直站在这里。等到夜色褪尽，再跟满嘴酒气而来不及卸妆的女孩子们抢出租车吗？

一辆空车过来。

并不指望能拦下，前头还有三拨人伸出胳膊。红色的现代索纳塔，却无视所有人，只在经过我面前时，急刹车。

我还没招手，出租车右前车窗摇下，露出一张男人的脸。满世界的噪声里，他沉郁的声音："喂！上来吗？"

白痴般，我愣了。几个家伙冲上来抢，我才拉开红色车门，坐进前排副驾驶座。司机一言不发，稳健起步，甩下后面一群骂娘的文艺青年。

晚八点半，开上东三环主路，我意识到还没说目的地。

"师傅，我去……地安门。"

沿着工体北路、东四十条、地安门西大街，是条直线，但要经过帝都最堵的几个点，何况在反方向。不晓得是领导微服私访，还是出了什么事故，东三环已成巨大的停车场，车尾此起彼伏的制动灯，渲染得如同红灯下的东莞。

出租车司机，三十多岁，不似印象中的北京的哥。更像三国里说的，目似朗星，鼻若悬胆，下颌丰满，居然有几分像那个谁……冯唐？

冯唐的亲兄弟或堂兄弟还是表兄弟？不对，就是冯唐吧？

"你相信，人有前世吗？"

他问我，声音很有磁性。

副驾驶座的风挡玻璃后，我的脸和眼睛，藏在光亮与阴影间，想必已渐渐变形。

我不答。

车子往前开了两步，"冯唐"转了转方向盘，淡定地说："对不起，打扰你了。"

窗户关紧，车封闭性不错，几乎听不到外面噪声，我望着三环上灯光污染的夜空，终于对司机开口："能问你个问题吗？刚才，那么多人招手，你却停在我面前，为什么？"

"远远看你，觉得有缘分。"

这话说得我脸红心跳。莫非，是我遗世独立而不扬手，惺惺然有上古名士之风？

不敢正眼看"冯唐"，眼角余光瞥去，怕他是个男同志，开着出租车寻找同性猎物，难道我看起来像弯的？需要在额上贴"直男"标签吗？

我开始注意车内的一切，比通常出租车干净。眼前就是驾驶员卡片，印着某张男人的照片，再看现在开车的"冯唐"，两张脸，天壤之别。

黑车？心底叫苦不迭，坐他身旁岂有完卵？

他打开车载音响，北京人民广播电台的小说连播……

"黑夜给了我黑色的眼睛，我却用它寻找光明。"

马达睁大着黑色的眼睛，驾着他的出租车，在笼罩着黑色的马路上飞驰着。此刻，他正静静地听着电台里的播音，这是一首顾城的诗。

这几天，他的脑子里全都是那双黑色的眼睛，那个叫周子全的男人，死在他面前时的眼睛。

神在看着你。

他的嘴里默默地念着这句话，却始终都无法理解这句话里所包含的意义，难道真的有一个无所不在的神灵，高高在上地监视着他吗？不，这句话里一定隐藏着什么东西，或者，这是一句没有说完的话，还有很多话永远藏在了死者的心里。

晚上九点，马达开到了他曾经度过两个夜晚的那栋小楼旁。

她到底是谁？

"这个小说写得很一般。"

开车的"冯唐"把电台关了。

我的脸颊一阵发热，因为那是我的小说，很多年前写的，主人公叫马达，是个出租车司机。

"兄弟，你是做什么的？"

　　我给自己编造了一个职业："推销员。"

　　"推销员？很辛苦吧。"

　　"当然。"

　　"您不是北京的吧？"

　　"嗯，不是啊，来出差的，推销员嘛，全国到处跑。"

　　"去地安门干吗？"

　　这是公安局的反恐规定吗？每个乘客必须说出去哪儿的理由司机才能拉？

　　见我没有反应，"冯唐"顿了顿说："我是在地安门长大的。"

　　"难得。"

　　有些累了，我奢拉眼皮，靠在座椅上，惜字如金。

　　"我们家有座独立的小四合院。有我，爸爸妈妈，还有奶奶，一家四口。北房三间，东西厢房。院子里有棵老槐树，夏天我常爬上去掏鸟窝，冬天从屋顶上扫下雪来，堆个小人不成问题。我爸爱养鸽子，大大小小几十只，每天早上起来放飞，天黑前准保全都回来。"

　　"房子还在吗？"

　　"奥运会那年拆了。"

　　"拆迁补偿款应该不少吧？"

　　"呵呵，初中毕业那年，我们家把房子卖了，搬到城外的回龙观。"

　　看看他的年龄，那应是九十年代，卖不出什么价钱："太可惜了。"

　　"说来……话长。"

　　"听听？"

　　"算了吧，很无聊的故事。"不知不觉，出租车已转过东三环，进了朝阳北路，"冯唐"沉默着，没有表情的脸，简直几分可怕。

　　静谧的十来分钟，我仓皇地看着车窗外，有跳车逃生的念头。

　　"小时候，我是北京市三好学生，优秀少先队员，初一那年还上过《新闻联播》，中央首长来我们学校视察，我作为学生代表跟那位爷爷合影。"

　　像一夜里冒出的粉刺，"冯唐"突如其来地说话。我头靠车窗，尽量距离他远些。

　　"羡慕。"

　　不是客套话，想起我小时候，既不是差生，也不是优等生。我没让老师头疼过，也没被人夸过，除了作文还算凑合，就是最容易被忽略的那种孩子。

"我爷爷是老革命地下党员。新中国成立后，分配了一间四合院——从前住着个前清老太监，伺候过慈禧太后。1954年，地安门被拆了，老太监在自家院里上吊死了。'文革'头一年，爷爷也在同一棵槐树上自杀。改革开放，落实政策，才把四合院还给我家。我爸在中央部委工作，我妈是协和医院的妇产科医生，只有奶奶是家庭妇女。小时候，我常能吃到别人家孩子吃不到的东西。你懂的。"

"嗯，我稍微懂一点。"

"小学三年级，我写过一篇命题作文，关于自己长大后做什么职业。我写了三种，一是考古学家，二是文学家，三是北京市长。"

"你也想当作家？"

说实话，在我念小学的时候，从未有过此般梦想。

"我爸爱藏书，家里有个大书房，书柜从地面排到天花板。除了四大古典名著，《马克思恩格斯选集》《鲁迅全集》《红与黑》《悲惨世界》《安娜·卡列妮娜》《罪与罚》《亨利四世》……还有《福尔摩斯探案全集》跟《东方快车谋杀案》。但我最喜欢苏俄小说，《钢铁是怎样炼成的》读过至少五十遍。"

"保尔·柯察金，奥斯特洛夫斯基。"

"记得冬妮娅吗？"

虽然，书中情节大半模糊，但我记得："保尔的初恋？"

"最喜欢她在水边初遇保尔，蓝白色的水兵服，浅灰色的短裙，带花边的短袜，栗色的大辫子……都是十七八岁，没有冬妮娅，就不会有保尔，你说呢？"

"嗯。"

"人，最宝贵的是生命。生命对每个人只有一次！这仅有的一次生命，应当怎样度过呢？每当回忆往事的时候，能够不为虚度年华而悔恨，不因碌碌无为而羞耻。在临死的时候，他能够说——我的整个生命和全部精力都已经献给了世界上最壮丽的事业，为人类解放而进行的斗争！"

北京，晚九点半，朝阳门外大街，出租车司机为我背诵这段名言，保尔·柯察金将要举枪自杀时想到的话。

"不过，我想在那个时候，他心底所念的人，一定是冬妮娅吧。"他按了按喇叭，让前头的实习车闪开，"你想过自杀吗？"

我不响。

"冯唐"转移了话题："你知道我家为何要从地安门搬走？"

这个我感兴趣。

"初三，我十六岁，我们学校的教学楼有五层。那时男生都爱圣斗士星矢，有人喜欢紫龙，有人喜欢阿瞬，我们几个男生，各自扮演喜欢的圣斗士，从一楼玩闹到五楼，是不是很傻？而我最爱沙加，当我高喊'天上天下，唯我独尊'，却不小心胳膊碰到窗玻璃——那块该死的玻璃，整个掉了下去，往外掉。"

"五楼？"

路口，红灯前，他放空挡，拉手刹："嗯，周围的那些人，全逃光了。五楼的窗户底下，就是大操场，课间休息，有许多人。"

"但愿没事。"

"我不敢把头伸出窗户。当我跑到楼下，看到操场上围了许多人。有个穿着连衣裙的女生，横躺在水泥地上，鲜血流了一地，浸红无数片碎玻璃，慢慢淌到我鞋边。"

"哦……"

"后面的事，我记不清了，脑子发热，耳边全是尖叫，眼前数不清的人头，像在菜市口滚动。那晚，爸爸将我接回家，妈妈却在医院留了一整夜。第二天，我才知道那个女生受了重伤，颅骨被玻璃击穿，抢救十个小时，终于保下一条命，但深度昏迷。我向学校承认，是自己不小心碰到了玻璃，愿意接受处分。"

"你傻啊，为什么不说是玻璃自己掉下去的呢？"

"嗯，很多年后，我也有过后悔，为什么要承认？不过，几个男生都看到了，我可以让他们保守秘密，但能保密多久？总有人会泄露出去的。被玻璃砸到的女生，是隔壁班级的，我不认识她——我是北京市三好学生，学校里没有不认识我的，这也是我不敢撒谎的原因。"

车后响起连绵不断的喇叭声，路口早已变成绿灯，"冯唐"才重新开动。

"后来，那个女生怎么样了？"

"植物人。"

"你家赔钱了吗？"

"女生家里开出五十万的条件——二十年前，一笔巨款。虽说，那年头医药费不贵，但对方计算了未来五十年的治疗与护理费，还有整个人生被毁了，无论如何，我接受。"

"你父母呢？"

"九十年代，我爸的中央部委是清水衙门，我妈在医院的时候还没流行拿红包，实在凑不出五十万，最后咬牙卖掉四合院，全家搬去回龙观。搬家前一晚，七十岁的奶奶死了。医生说是脑出血。爸爸却说见到了吊在大槐树下的爷爷，奶奶是舍不得离开地安门呢。"

人说地安门里面，有位老妇人，犹在痴痴等。

"冯唐"继续平静地说："快要中考了，学校只有一个保送名额，原本留给我的，直升北京最重点的高中。出了这样的事，名额自然给了别人。而我嘛，志愿没填高中，怕是将来读大学家里负担不起。我进了西城区的商业职校。至于，被保送去重点高中的那家伙，而今已是个大人物了，常在中央一套的两会新闻见到他。"

"你是说，假如没有那块坠落的玻璃，今天那个大人物，就是你啊？"

"我一直，梦见那块玻璃，依然在教学楼的五层，完好无损地嵌在窗框。夕阳照射在玻璃表面，映出十六岁那年的脸。"

我不太会说安慰人的话，默默看着车窗，北京街头绽射的灯光，映出自己的眼睛，忽然觉得好年轻。

"离开地安门，不到一年，我爸就出事了。"他像说一桩无关紧要的事，如此平静，"他每天骑自行车上班，以前十分钟就能到，但从回龙观进城，就得一两个钟头。有天早上，记得是清明节，他被一辆土方车带倒，整个人卷到车轮底下，被碾成了肉膜子，你肯定吃过吧？"

车轮底下华丽丽的肉膜子，又联想到爆肚黄喉之类，我有种呕吐的感觉，摇下车窗，让风吹乱我的长发。

"爸爸死后，妈妈得了抑郁症，再没心思做医生了，提前病退回家。没过两年，她查出了乳癌。晚期。我十八岁那年，她死了。"出租车已开上东二环，"还想听下去吗？"

"想。"

"我妈刚下葬没几天，我从商业职校毕业，国营单位包分配，进了西单百货做营业员。不久，商场效益不好，三分之一员工下岗。我在家闲了一年多，花光所有积蓄，才重新出来找活干。呵呵，我干过各种工作，运货员、维修工、值班员、推销员。可是，每一样都不长久，最后凑了些钱，开起了出租车，那是五年前的事。"

"说说你遇到过的有意思的事？或者——令人难忘的事？"

我怎么说得像个小学作文老师？抑或电视节目上的梦想观察员之类的"装×犯"？

也许，我是在羡慕他。所谓作家，时常被迫地需要去寻找生活，而出租车司机们，每天就在生活之中。

"不值一提。"

其实，他是欲言又止，区区四字，千言万语。

"平常你也喜欢像这样跟乘客聊天吗？"

"不，我从不跟乘客聊天，差不多一句话都不说，除非有人主动提问。"

对不起，别再说什么缘分，后背心要起鸡皮疙瘩了。

"冯唐"似乎听到了我的心里话，说："今夜，对我来说，非常，重要。"

"怎么了？"

"与你无关。"

他让我吃了颗软钉子，好吧，这确实不是出租车司机的服务范围。职业习惯，我随口提了另一个问题："那你现在爱读什么书？"

"《凡人修仙传》《斗破苍穹》《庆余年》……你不是推销员吧？"

"哦。"

"你是哪儿的人？"

"猜？"

我没有逗出租车司机玩的恶习惯。但，这哥们太令我着迷了。

"南方？但又不是很南，也许，靠东一些。"

"上海。"

"好地方啊。"

"印象如何？"

"呵呵，我还从没去过呢。小时候，去过几次天津，跟爸爸出去开会，爬过一回泰山，还有，对了，北戴河，然后……就没有然后了。"

"这几年没出去玩过？"

"除了拉活去天津河北，每次只能隔着车窗，远远看着光秃秃的野地，还有高速上成排的卡车，交通事故中烧焦了的车壳子，还有尸体。"

"你最喜欢去哪儿？"

"五年前，我刚开上出租车那会儿，有一次路过百花深处胡同，想起当年被玻璃砸伤，变成植物人的女同学就住那儿，便进去看了看。"

"还在吗？"

"百花深处胡同十九号丙，早成了大杂院，搭满违章建筑，住的大半是北漂。她家还在西厢房。十几年前，拿到我家的赔偿款后，她的父母离婚搬走了，听说是分别再婚，却把女儿留在这里。"

"那么多年，你都没去看过她吗？"

"我——害怕。"

不知道该怎么说，但，我明白他的恐惧，真的。

"为什么，突然又不怕了？"

"那天是我的三十岁生日。"

"我懂了。"

"小时候，每个生日，爸爸妈妈都会给我买奶油蛋糕，那是我最喜欢吃的东西了。而自从他们死后，我已经十多年没过过生日了。我只是，想要给自己找一个生日礼物，哪怕只回头看一眼。"

"说……说……说……下……去……"

我有些结巴了，我想。

"老宅，只剩下她的叔叔，我不敢自报家门，谎称是初中同学，代表同学会过来探望。"

"他让你看了？"

"嗯，这家伙把侄女当作累赘，恨不得早死早超生，多出间空房还能租出去。她始终昏迷在床，脑子里残留几块当年的碎玻璃。"

"她会变成什么样子呢？"

"当时，我连续开了十来个小时出租车，许多天没刮脸，长满胡楂子，还有几根白头发，简直就像个大叔。走进那扇狭窄的门，我看到躺在床上的她，竟还像十六岁的中学生。她的头发很长，几乎拖到腰上，感觉从没剪过。长年不见阳光的皮肤，白得几乎透明。她的鼻梁很高，下巴圆润，额头高高的，像冬妮娅。"

"《钢铁是怎样炼成的》？"

"只是一种感觉，谁都没见过冬妮娅，不是吗？可惜，屋里很臭，她叔叔把她当作了一具腐尸。到处是灰尘和蜘蛛网，比牲口棚还糟糕。床脚下摆满尿盆，墙上挂着成人尿布啥的。他们家每月出八百元，请个外地保姆来照顾她，每天两个小时——我猜，当年我家赔偿的五十万，早被哪个家伙花光了吧？"

对面有车开着远光灯过来，照亮"冯唐"的脸，有些发红。

他也打了远光灯："谁能想到呢？虽然，是个植物人，但除了轻微的褥疮，就连例假都是准时的。"

"哦？"

"每个星期，我都会去百花深处胡同。虽然，我自己家乱得像个狗窝，除了爸爸留下来的藏书，就是几十个移动硬盘，你懂的。但在她的小屋，我卖力地打扫，清除多年尘土，把每块玻璃都擦干净。我从淘宝上买了许多东西，专找少女喜欢的网店，比如泰迪熊的窗帘啊，Hello Kitty 的发卡啊，还有挂在她床头的 SD 娃娃。我买了几盆花放到窗边，关照保姆每天浇水。"

眼前浮起这幕奇怪的景象，一个像大叔的出租车司机，每周去百花深处的四合院里，照顾植物人的萝莉，虽然他们两个年龄相同。

"她怎么吃饭呢？"

"通过鼻子——我自学了护理，把鸡和鱼肉调成糊，加上新鲜水果和牛奶，兑成营养流质，灌进一根管子，再通过她的鼻孔塞进胃里。听起来很恶心吧？时间久了，自然习惯。"

"你帮她擦身吗？"

"这个……"问到了要害，他沉默片刻点头，"一开始不敢，但后来我发现保姆偷懒，也就亲手帮冬妮娅翻身和按摩了。"

"冬妮娅？"

"嗯，我喜欢叫她冬妮娅，再也改不了口，抱歉。"

"你没感觉不好意思吗？毕竟男女有别。"

"当然，很不好意思。但后来，就没有这种感觉了。就算我给她换尿布，也没有丝毫的……没有生理反应，别想歪了。"

"是你还是她？"

"我。"

"他叔叔不管吗？毕竟，你是以男同学的身份，又不是男朋友。"

"我想做她的男朋友。"

不承想，"冯唐"如此直接地说出答案，令我无言许久。

"赎罪？"

"有一点，但不是全部，更重要的是——我喜欢冬妮娅。是啊，我是不是疯了？对方要是正常人家，我根本没这种机会，但她的叔叔，根本不管她。我给他塞了两条香烟，就把房门钥匙给我了，却连我的名字都不问。"

"冬妮娅，我也这么叫吧。年复一年，她始终昏睡吗？一点反应都没有？"

"一年前的今天，她醒了。"

我几乎从副驾驶座上弹起来，把脸贴着风挡玻璃看他的双眼。

出租车转入东四十条，他慢悠悠地说："那天之前，昏迷中的冬妮娅，连续发了七天高烧。我开车把她送去协和医院，庸医说她脑中的碎玻璃作祟，导致大脑内出血，建议准备后事。我把她拉回百花深处胡同，就算死也要在自己的屋子里。"

"你救活了她？"

"不知道。我给她换上白色衣裙，为她化妆，第一次擦上腮红和粉，我的手居然没有抖。虽已浑身冰凉，摸不到什么呼吸，我仍然跟每天一样为她擦身，认真按摩她的大腿肌肉，尽管已僵硬。"

"别吓我！"

"那天午后，我刚为她擦完身体，给窗台上的花浇水，忽然听到床上有动静，回头一看——她睁开了眼睛。"

忽地，我想起很多聊斋故事里，穷书生进京赶考，夜宿古寺，偶遇女鬼。金风玉露一相逢，便胜却人间无数。他不可自拔，以至于掘开坟墓，发现女尸竟完好如生，便把她带回老家，放在自己床上，每天喂些稀粥，渐渐僵尸变得柔软，直到还魂复生。待到女郎休养康复，即与书生拜堂成亲。次年，她竟生了个大胖儿子，足不出户，相夫教子，侍奉公婆。多年后，儿子寒窗苦读，金榜题名，光宗耀祖，给父母养老送终，后人还是蒲松龄的隔壁邻居，异史氏曰……

司机的面色略微有些苍白，笑着说："真好啊，她苏醒的那一刻，我哭了。接着三天，我始终陪在她身边，直到她慢慢会自己吞咽，可以用嘴来喝水进食，虽然大小便仍不能自理。第七天，她说话了。"

"她问你是谁？"

"嗯，我骗了冬妮娅，说我是她的老师。因为，她的记忆停留在1995年，还以为自己是个初中生，很快要面临该死的中考，还让我拿几本教辅书来给她复习。"

"有时候，这样也挺好的，除了梦见还在考试。"

"冬妮娅很单纯，她管我叫大叔。而我不敢告诉她现在是2013年，更不敢说是因为我，因为那块玻璃，才让她变成这个样子。我害怕她无法接受这个事实——她已昏迷了十八年，不再是十六岁少女，而是个三十四岁的女人。我继续骗她，说她因为一场车祸，在床上躺了六个月，错过了 1995 年的中考。现在，她必须做好康复训练，才有机会到明年考高中。她问起爸爸妈妈，我说他们出国工作去了，隔很久才会回来看她——那是南美洲，火地岛上的乌斯怀亚，地球上最远的城市，平常通不了电话。"

"她叔叔不戳穿你吗？"

"我跟那家伙说好了，帮着我一起演戏，只是冬妮娅没想到，叔叔在半年里老了那么多。我解释，自从她受伤昏迷以来，叔叔为她操碎了心，结果一夜头发就白了。她又问我：老师，为什么从没见过你？我只能说，我是最近新调过来的，学校派来照顾你，因为校长觉得，你是学校的责任。她问我是教什么的。我说是教语文的，她还让我给她读课文，教她补习文言文和作文——恰好是我当年读书时的强项，重新温习一遍，居然还装得挺像。"

"很有意思的故事。"

干咳两声，"冯唐"皱着眉头："其实，我心里紧张死了，就怕被看出破绽。我换上九十年代流行的衣着，每次去见她都不带手机。虽然，大杂院里住了不少人，但从没人关心这间屋子，违章搭建的墙，阻挡了窗外视线。躺在床上的她，只能看到屋顶瓦片，狭窄的灰蒙蒙天空。我从旧书店买了些二手书，作为课外阅读送给她。除了《钢铁是怎样炼成的》，还有《红与黑》《基督山伯爵》《牛虻》……但她能动的只有眼睛、嘴唇、脸部肌肉，胳膊与大腿都没知觉，根本无法康复训练，更别说看书。"

"只能念给她听？"

"嗯，我从秋天念到春天，从陀思妥耶夫斯基念到卡夫卡。《悲惨世界》念了两遍。原来，我是一个星期看她一次，后来隔三差五就往百花深处胡同跑，最后变成每天都去，大多在午后的两个钟头，出租车最闲的时间段。她问我怎么不去给学生上课。我说现在教育改革，必须给中学生减负，下午都是体育课和自习。"

"这个改革到现在还没实现吧。"

"冬妮娅说想要看电视。虽然，搬电视机过去分分秒秒，但谎言就会马上穿帮。为了让她相信还在 1996 年，我说这个房子太老，有线电视断了。我从旧货商店淘了一台旧彩电，收不到任何信号，配最老的步步高影碟机，上淘宝买了《梅花三弄》《一百零一次求婚》《东京爱情故事》《大时代》的 VCD 刻录碟，全是 1995 年以前的老剧。"

"能把这些弄全，费了不少心思吧？"

"我还自己刻了不少碟呢。冬妮娅的手不能动，连遥控器都按不了，只能我陪在身边，为她打开电视机，放碟与换碟。有一天，北京城下起大雪，我和她看着飘到窗上的雪花，电视机里放着《梅花烙》的大结局，皓祯捧着死去的白吟霜，策马消失在北京的荒野，她第一次流下了眼泪——我很高兴，她的泪腺功能已经恢复了。"

"我记得这个结尾。"

说实话，对于那部剧我印象更深的是马景涛的咆哮。

"为了给冬妮娅排遣寂寞，我又买了台 CD 机，还有张雨生和孟庭苇的 CD 唱片，为她戴上耳机。她每次都舍不得我走，直到在我渐渐调低的音量中睡去，我才能放心离开。"

"还有个问题，你继续给她翻身和擦背，还有换尿布吗？"

"冯唐脸色尴尬："我原本也很害羞，当她刚醒来时，不敢碰她的身体。但是，冬妮娅说没关系，她说自己还是孩子，而我是老师，是她的长辈，就像爸爸和叔叔那样。在她的言语安慰下，我还是准时为她按摩，用热水擦拭她的身体。她说，她喜欢薄荷味。我为她在窗台上种了几盆薄荷，还找来早已停产的薄荷洗发水，为她清洗每一根长发……"

"碰到过胸部吗？"我也有些脸红，"对不起，问得太直接了吧？"

"当然，不可避免，但我没故意占过她便宜。对于她的身体，就像自己的一部分，你要明白，没有任何色情的成分——虽然，她从脖子以下都没什么知觉，就算摸了她也不知道。"

"真不容易。"

其实，我不信。

"今年春天，有柳絮飞到窗上，冬妮娅提出了一件请求——躺在床上那么多年了，想要看一看外面的世界。"

"完蛋了。"

"我犹豫了一分钟，还是答应了。为此，我做了一个星期的准备。我给她买了新衣裳，剪短她的头发，为她用香皂洗脸，擦上大宝脸霜。那是个清晨，大杂院里没人在意过我们，我抱着她走出百花深处胡同，放进我的出租车里，绑上安全带，就在你坐的这个位置。"

听到这里，我背后凉飕飕的，仿佛冬妮娅正趴在我的肩头。

"你怎么解释你是个司机？"

"我说，这辆车是我的兄弟的，我刚考出驾照，借出来练车用的。十九年来，她第一次走出四合院，晒到北京的阳光。我骗她说，这一年来，北京的建设突飞猛进，差不多相当于过去的十几年。当然，我只在二环里头转，不敢带她去东边和北边，怕她被奇形怪状的大裤衩或鸟巢吓着。堵车时，经过一个商场门口，大屏幕上放着五月天演唱会，她感到既陌生又疑惑，等到刘德华出来向粉丝们招手，冬妮娅彻底糊涂了——她问，刘德华怎么都成大叔了？我只能干咳两声说，明星太辛苦了。"

"对啊，她都不知道张国荣已经死了十一年吧。"

"冬妮娅说，她想听听电台广播。我装模作样地打开电台，其实是预先准备好的音频——我找到了 1996 年的中央人民广播电台的录音，那期节目在谈第二年的香港回归，接着是艾敬的《我的 1997》。"那首歌，当年很红，我记得其中几句——"1997 快些到吧八佰伴究竟是什么样 /1997 快些到吧我就可以去 HONG KONG/1997 快些到吧让我站在红磡体育馆 /1997 快些到吧和他去看午夜场……"

"那一天，我带着她在北京城里转悠，从清晨直到日暮。路过包子铺，我下车给她买了稀饭和豆浆。她说想吃爆肚，我又去清真老馆子给她买来，但她吃了半个就想吐。她不知道自己吃了十九年的流质，很难再适应普通食物了。"

"我要是她，得感动得要死掉了！"

"晚上，我把车停在后海边上，冬妮娅不明白，为什么有这么多酒吧。难得没有尘土与雾霾，那一晚月亮很美。我从水边给她摘了几片柳叶，放到她嘴里呷了几下，她说好喜欢这种味道。看着她的脸，眼睛，还有嘴唇，我很想……真的很想……"

"吻她？"

"我犹豫好久，几乎要把手心揉碎。帮她把柳叶从嘴边拿走时，我的嘴唇离她只有一厘米。她闭上眼睛，等着我去亲她。我却拉下手刹，开车送她回家。"

"唉。"

天人交战，我能理解。

"当我抱着她，走进百花深处胡同十九号丙的院子，警察正在等着我。冬妮娅的叔叔脸色发白，跟居委会大妈一起，从我手里抢过瘫痪的女孩。然后，我被警察戴上手铐。冬妮娅不想让我走，叫着让我回来，我什么声音都不敢发出，被警察压低着脑袋，在众人的指指点点中，押上警车送进派出所。"

"怎么回事？"

"就在我开车带着冬妮娅外出的白天，她的爸爸从外地回来了。冬妮娅的叔叔知道他欠了许多债，根本不希望他回来惹麻烦，因此也没有把冬妮娅苏醒的消息告诉他。叔叔无法解释昏迷十九年的侄女为何不见了，只能把我供了出来。冬妮娅的爸爸勃然大怒，担心我会把他女儿拐卖到农村去。他打110报警，查出了我的真实身份——我就是当年闯祸的男生，让他的女儿变成了植物人。在我被警方抓住以后，他希望公安局严肃处理，说我犯了流氓罪，甚至怀疑我强奸过冬妮娅。"

"好像，早就没有流氓罪了吧？"

"我被治安拘留了十五天。并且，我再也不能见到冬妮娅了。"

听着心里越发难受，我又想到什么，叹气说："但比这个更糟糕的，应是她已知道了所有的秘密。"

"没错，见不到冬妮娅的日子，不知道是怎么活过来的。经常跑到她家门口，就会有人报警，把我赶出去。忽然，有天她叔叔找到了我，说冬妮娅开始绝食，要是见不到我的话，就要把自己饿死在床上。"

"你又见到她了？"

"是，三个月前，夏天。我发觉她成熟了，不再是个十六岁少女，更像女大学生。她的真实年龄已经三十五岁，我很害怕再过一两年，她就已青春不再，甚至老得比常人更快。"

"她也知道你是谁了？"

"冬妮娅告诉我，其实，她早就发现了——在她苏醒以后不久，她知道我在说谎，知道我根本不是什么老师，现在也不是1995年。她本以为过去了三年，最多五年，却没想到是十九年。但是，她很享受这样的谎言，愿意每个星期都看到我，听我说那些虚构的故事，我们的国家越来越强大，建设社会主义小康社会，大街上到处是活雷锋。很快香港就要回归，转眼就会轮到台湾。每个人都相信勤劳致富，自己的明天会更好，好像时光从未流逝。"

"别再煽情，我受不了。"

我摇下车窗，只想透透气，透透气。

"冬妮娅的爸爸只陪她住了一周，给她换了台新彩电，可以声控的遥控器。这台电视机还可以上互联网，她很聪明，只学几天就会了。但是，等到她重新见着我，就再也不看电视了。我跟她说起真实的世界，为她念手机上的新闻，微信里的消息，但她统统不感兴趣。最后，她说，她想要死。"

"为什么？"

"在冬妮娅刚苏醒的那几天，发现自己瘫痪在床上，连大小便都要别人伺候，就有了这样的想法。何况，她的脑子里还残留有玻璃，肉体上的痛苦也难以忍受，只是她从不让我知道。但，因为我的存在，为她养花浇水读小说，说起外面幻想中的世界，她才能努力克制想死的念头。她说，为了我，她才活到今天。"

"你怎么劝她？"

"苦口婆心——总之，用尽了一切办法，却无法打消她的念头，反而让她更执着。最后，我答应她，娶她为妻。"他踩了脚急刹车，几乎跟前面追尾，"但她拒绝了。"

这个答案让我始料未及，原本以为是美好结局的伦理片，却突然被编剧推入了绝境。

"那她把你叫来干吗？"

"还不明白吗？她知道，自己只是个累赘，如果答应我的求婚，我将一辈子服侍个瘫痪在床的废人。虽有夫妻名分，却什么都做不了，更不能有性生活，白白耽误到老死的那天。她是怕，我的人生，因为她而毁了。可她要明白——是我先毁了她的人生。"

"但那是个意外。"

"要不是那块坠落的玻璃，如今我也不至于如此吧？到底谁欠谁的？你能说清楚吗？"

"抱歉。"

"整个夏天，她一直在赶我走，但我赖着不走。我这出租车的生意，也是三天打鱼两天晒网，很快连车队的钱都交不出了。她说——如果，我真的喜欢她，就请帮助她自杀。"

"她想要安乐死？"

"这几个月，我始终想一个问题，这样下去的话，对她对我来说，究竟算是什么？当她知道了所有秘密，当她明白已过去了十九年，当她发现外面世界真实的模样？"

"你被她说服了？"

"是的。"

"我想，她也是为了给你解脱。"

"好多次，我从她的屋子离开，走出百花深处胡同，溜达半个钟头，穿过无数迷宫般的巷子，到后海边上，看着一池绿水，就想要跳下去。可，我又想，要是我也死了，冬妮娅怎么活下去？"

"你做出了选择？"

"她说，想去海边看看。今天，早上，我用薄荷味的香波，为她洗干净长发，穿上蓝白色水兵服，浅灰色短裙，带花边短袜，还笨手笨脚帮她梳了大辫子。避开大杂院里的耳目，我把她抱上车——抱歉，还是你现在坐的位置。我带她出北京，沿着高速开到秦皇岛北戴河。我把出租车停在海边，搂着她，坐在岩石上，让海风吹湿她的眼睛。她说，长这么大，还从没看到过海，如果现在死了的话，会很满足。"

"别！"

几乎要抓破自己的大腿，我真想把耳朵捂起来，他却自顾自地说下去："我的双手哆嗦，掏出一瓶安眠药，冬妮娅全部吃了下去。昏睡之前，她对着我的耳朵说——土豪，下辈子，我们再做朋友吧。我点点头，很想说声对不起，但，我沉默着，给了她一个微笑，看着她熟睡的脸，渐渐变得苍白……"

面对这样的情节，我无法验明真伪。我紧握门把，身体僵直地向前倾，看着开出租车的杀人犯。

"听我说——我掏出第二瓶安眠药，仰起脖子，倒入喉中。我抱着冬妮娅，听着她的心跳，抚上她温暖而小巧的胸口。我也睡着了。"

我刚想脱口而出"殉情"二字，但看着身边这个男人，心底微凉——如果，他已殉情自杀而死，那么眼前的他又是谁？

"冯唐"转头看我，幽灵般说："然而，当我醒来，已是傍晚，夕阳从背后照着大海，我发现自己依然活着。地上满是我的呕吐物，胃里难受得要死——我恨自己为什么没死。"

"她呢？冬妮娅？"

车速随之减慢，他说："她——没有呼吸，没有心跳，身体还是微热，软绵绵的，似乎轻了几两，也许刚死去。"

明白了，这是两个人相约自杀，而女的死了，男的却意外幸存。据说很多殉情都是这种结果。

"对不起，我不知道自己为什么没有死。为什么让我一个人活下来？但是，她只想要自己死，希望我正常地活下去。这一切全怨我，是我瞒着冬妮娅，准备跟她共赴黄泉。"

这些话，他说得异常平静，却让听的人毛骨悚然，我强迫自己故作镇定："你怎么处理尸体的？"

"我对自己还活着而很内疚。但是，我没有尝试再死第二次，因为我想在此之前，先把冬妮娅带回北京。当我进了三环，发现各处堵车，在工体北路掉头，恰好到长虹桥边，就遇见了你。"

"停车！"

不敢再想下去了，如果，这是真的。

"冯唐"丝毫没有减速的意思，却问了个不搭界的问题："朋友，你看过《红与黑》吗？"

"问这干吗？看过。"

"还记得结尾吗？"

"结尾？于连不是死了吗？"

"嗯，他死在断头台上。而在这个世界上，唯一爱他的人，是玛蒂尔德小姐，她抱走了于连的人头，来到他指定的山洞里埋了。"

"不要再说了，求求你！"

我没有幽闭恐惧症，但此刻，对于这个出租车的封闭空间，却是如此害怕。

你也能猜到——冬妮娅，严格来说，是她的尸体，就在这辆车的后备厢里。

"地安门到了。"

出租车开过十字路口，停在路北侧的一家风筝店前。

已近午夜。

计价器显示金额五十九元，"冯唐"摆手道："今天，我不做生意的，不收你钱，再见。"

我刚要打开车门，准备子弹般逃出去，却死死抓着门把，不舍地回头看他。车内灯，照亮司机的脸，依稀有两道泪痕。

刹那间，我改变了主意。

"对不起，我不想找那老妇人了，请继续往前走吧。"

"再去哪儿？"

"去夜里……"

出租车司机点头，再也不必言语，带着我沿地安门西大街开去。

我把头伸出窗外，看到皎洁的秋月，径直照入内心秘密——

很多年前，在上海，普陀区，我在五一中学读书。初三那年，我跟同学们在五楼白相，不当心碰下一块玻璃。当时，我也吓瘪了，不晓得会不会闯祸。最后，我很幸运，玻璃砸碎在操场上，没有伤到任何人。直到今朝，许多夜里，我仍然想象，要是那块玻璃砸到了啥人的头上，那么我将……

从地安门西大街，经过后海荷花市场门口，出租车缓慢开去，似是让我挑选下车地点。

但我不响。

沉默中，看着车窗外的老城，在白莲花般的云间穿行的月亮。我已明白，"冯唐"之所以把我带上车，只是想要找个人，安静地听他倾诉这个故事。

但这个故事还没有结束，或者说，正在进行时。而我，不巧参与了进来，成为故事中的一个配角。

开到新街口南大街右拐，他没由来地右拐。我没问他去哪儿，就当是散心，送后备厢里的美人，最后一程。

我转头对着背后的座位，鼻子深深埋入靠垫，想要嗅到冬妮娅的气味——至少，有她头发里的香波味。

然而，什么都没有。

只有纤维与海绵深处的细小颗粒，如同尘霾般钻入肺叶，我拼命压抑，没打喷嚏。

但，在我连续咳嗽的同时，脑中闪过另一个念头，像发光的玻璃片，陨石坠落般，从天而降，在学校操场的水泥地上，粉身碎骨……

"等一等！"我似乎抓住了什么，抢在自己被淹死之前，"你刚才说，今天早上，你们出门前，你用薄荷味的香波为冬妮娅洗头？而她，就坐在我现在坐的这个位置？"

"嗯。"

"可我没有闻到这种气味。如果，她真的在这里坐过的话，她头发上的气味，肯定会残留在纤维上。请相信，我的嗅觉还不错，尤其对薄荷敏感。"

"想说什么？"他淡定的表情，让我简直抓狂，"朋友。"

"你在说谎——我早就该发现了。当你说到一年前，在她奇迹般的苏醒之际，曾经大病一场，送去医院都没救了，医生建议准备后事。

你把她带回百花深处胡同,给她穿上白衣裙,竟还为她擦腮红与粉饼!这说明——冬妮娅,当天已经死亡,因为脑中残留的碎玻璃。而你,不过是在为死人化妆,就像入殓师。今天,或许是她的一周年忌日?"

说到此,我的恐惧,转眼,消失。

对啊,现在谁还用安眠药自杀?真死得了吗?推理小说也不会这么写嘛,明显的 Bug!

而冬妮娅醒来后发生的一切,但愿,只是他心底最为渴望的剧情,却永远未曾发生。

午夜已过,路边行者寥寥,出租车停在一个胡同口。

"朋友,可以下车了。"

他的嘴角微微一撇,不晓得算什么表情。我点头道:"谢谢!"

下车时,我没有给钱,不是我小气,而是怕他生气。

当我在胡同口转身,出租车已开走了,我不想记下车牌号,印象中只有它红色的背影,还有看起来沉甸甸的后备厢。

再见,冬妮娅。

秋风卷过我的长发,抬头意外地看到门牌,似有几个熟悉字眼,打开手机照亮,赫然"百花深处胡同"。

白糊糊的月光底下,我失魂落魄地往里走。胡同比想象中狭窄许多,两边破旧院墙,寂寂空无一人,只有路灯下的树影摇曳。不见四百年前如锦繁花,更难觅七十年前鲜艳面孔。

百花深处胡同十九号丙。门脸早已衰败不堪,屋檐上生着厚厚的野草,我轻轻推开虚掩的木门,进到大杂院里头。绕过两堵新砌的砖墙,还有满地垃圾,凭感觉摸到西厢房。

一股淡淡的薄荷味,她的气味。

于是,我看到窗台外的薄荷,郁郁葱葱的绿叶子,像被什么浇灌过。

想不到,屋里还亮着灯。

难道,冬妮娅已经回来了?还是……

(写到此处,恰是 4 月 5 日,清明节。突然黑屏,电路跳闸数次。电源恢复,幸只遗失两行字,我打字补回,似是冬妮娅在背后看我。)

仓皇徘徊几步,我砸响房门,或许能救人一命?

等半分钟,犹如十年。

门开了,六十岁左右男人,睡眼惺忪冒出一长串京骂,最后问:"找谁啊?"

"请问这有个姑娘，一直卧床不起，是吗？"

"你是问董妮儿？"

"哦？对啊，是这个名字。"

"她死了。"

"什么时候？"

"人都死掉一年了！今早，她爸回来给她烧过纸钱呢。她是我侄女，你又是什么人？半夜三更的。"

"那么……那么……"

我还想问起"冯唐"，但不晓得他的真名，更不知从何问起。

忽然，掠过老男人的肩头，我看到屋里昏暗的角落，依稀有面黑白照片，一周年忌日才摆出来的吧。那是她的十六岁，遭遇意外前夕，我想。

遗像里的她，梳着辫子，穿着水手服，高挺的鼻梁，大而明亮的双目。

真的，很像冬妮娅。

一分钟后，我被赶出了四合院，回到百花深处胡同，深处。

最漫长的那一夜，月光终于清冽。古老门廊下，破败瓷盆里，水面如镜，格格不入地生着一枝莲花，孤独到乍看竟以为是假的。静静地开放，默默地死去。

第

# *13* 夜

---

## 男孩与兵人

俞超：能用意念指挥玩具兵人的异能人士

这个故事，适合在 6 月 1 日，深夜阅读，给你自己。

一年，在成都。作家富豪榜的活动，我只是个打酱油的，坐在嘉宾席上跟兄弟们聊天。童话大王郑渊洁作为上届首富登台，他说最烦恼的是不断有人来借钱。紧接着江南上台，他说不怕被借钱，因为他的钱全变成了房子。

其实，我很怕别人向我借钱，真的。

最近的一次，也是去年，但借的不是钱——而是对我来说，比钱重要一百倍的东西。

那一夜，我的小学同学俞超来找我。

开始完全没认出他来。看似比我大几岁，穿着廉价的灰衬衫，裤腰带束在外面。要是戴上一顶鸭舌帽，基本就是快递员。

他说他认识我。我正独自在家刷微博，认识我的人很多，比如微博上的二百七十万粉丝，虽然要去掉二百五十万的僵尸粉。

阿骏，你不记得我了吗？我是俞超，北苏州路小学，二班。

没有人这么叫我！

俞超——记忆中他最后的脸，像恐怖片里的受害者般模糊。

难道，他是听说我已成了所谓名作家，才特意找过来的？

千万不要是来借钱的！

我祈祷。

然而，不知是装傻还是真傻，俞超并不知道我现在干吗。他打听了许多老同学，才辗转找来——我承认自己还需要更努力一些。

他的语速很慢，表情迟钝，嘴里像吃过苍蝇，散发腐尸味，让我不由自主后退。

我始终回避一个问题：你有什么事吗？

终于，俞超直勾勾看着我的眼睛问——那些兵人在哪里？

兵人？

脑子短路。空白。火花。黑洞。一群小兵人悄悄绕到背后，用枪口瞄准我们……

二十年前。

所谓兵人，就是一种小兵玩偶，只属于男孩的玩具。

在我的小学时代，每个男孩都有一两个小兵人。学校对面的杂货店，运气好的话，五毛钱能买好几个。兵人多是硬塑料做的，约摸手指头大小。从纳粹德军到皇家陆军再到八路军，有端着刺刀冲锋的，也有挥舞手枪的军官。有的兵人两个叠在一起，成为重机枪组。既有质地粗糙需要涂色的欧洲老兵，也有做工精良栩栩如生的美国大兵。

我们班最会玩兵人的，就是俞超。

他是小个子，顶顶不起眼的那种，瘦成豆芽似的，脸上总挂着鼻涕。他的学习成绩属于中游，很容易被老师跟同学们忽视。他很沉默，不跟大家一起玩，就算在体育课上，也蔫蔫乎乎的。最糟糕的差生，也有机会得到老师表扬，但俞超从没有过。

有一次，他带了许多小兵人来学校。课间休息的操场上，他煞有介事地摆开阵势，一边是德国兵，一边是苏联兵。他在地上画了个X形，说一条是伏尔加河，另一条则是顿河，伏尔加格勒在中心位置。小学三年级，几乎没有孩子知道这些，除了我。

当我饶有兴趣地趴下，要跟俞超一起玩斯大林格勒战役时，兵人们却被踢飞。原来是两个高年级男生，就喜欢欺负弱小。我也害怕，但看到俞超拼命地在地上捡兵人，便忍不住要保护他。我跟那两个大家伙打了一架。

自然，是我吃亏。

从此以后，我成了俞超唯一的朋友。

每天，他会在口袋里塞几个兵人，从不给其他同学看到，只在放学后，与我在街心花园的角落里玩。他跟我有着相同的爱好，都爱看战争历史电影和电视剧，看过拿破仑和希特勒的传记，对于二战兵器如数家珍——在我们这个年龄，都可算是异类。

有一回，俞超悄悄跟手里的小兵人说话，我差点以为他有精神病。

俞超平静地回答——我有特异功能。

许多年后，我们习惯于把这个叫作超能力。那年头，流行气功大师与异能人士。大兴安岭火灾时，有位大师在千里之外发功，帮助政府扑灭了大火。每场气功讲座都比四大天王演唱会还热闹，人人头顶一口锅，自称接收宇宙信号，以达天人感应。

我摇头，颇有科学精神地说，瞎七八搭！

他笑笑说，是啊，没有人相信的。

小学四年级，六一儿童节那天，学校组织了许多活动。但在我和俞超看来，都超级幼稚，只有小女生们欢天喜地。

放学路上，俞超在我的耳边说：喂，今晚，邀请你来我家玩，好吗？

从来没人去过他家。有几次，我到了他家门口，他也挥手让我回去。听说，俞超的爸爸妈妈不是普通人，都在某个神秘的军事科研所工作，严禁他带任何小朋友来串门，连老师家访也被拒之门外。

他说，军方有项重大科学实验，爸爸妈妈都连夜赶去西北沙漠某军事基地，说不定过两天会上《新闻联播》。如果这项实验成功，什么核潜艇啊航母啊都不需要了，我们再也不用害怕美国和苏联。

明白了，他今晚一个人在家，才有机会请小朋友来家里玩。但只邀请我一个，因为他没有别的朋友。

但我想，俞超请我来玩的真正原因，是他晚上不敢一个人睡觉吧。

开始我没答应，我家管得也严，夜里不准出门。

回到家，吃晚饭，做功课。6月1号，可以多看会儿电视，连看两集新加坡电视剧《人在旅途》。十点钟，我上床睡觉，又偷爬起来，带着钥匙出门。警告小朋友，切勿模仿。

儿童节的夜，我步行十来分钟，来到俞超家楼下——他家是栋独立的老宅子，隐藏在黑黝黝的梧桐树影中，是军队分配的。

紧张地敲门，露出小伙伴的脸。底楼是巨大的客厅，摆设很简单，没什么家具与电器。灯光幽暗，到处有腐烂气味。俞超没想到我真会来，他打开冰箱与橱门，拿出所有好吃的东西。我毫不客气地吃了几块牛肉干和话梅。

他拖我上楼，来到卧室——真心大啊，木头小床边，堆满了各种小玩偶和兵人。

　　最醒目的，是一群金属材质的兵人。十九世纪的灰色军装，美国乡村宽边帽，扛着带刺刀的滑膛枪。既有光着下巴的年轻人，也有满脸卷毛胡子的大汉。有位穿灰大衣的军官举着配剑。还有士兵举着一面小旗子，红底破布上深色大叉，画着十三颗白色五角星。

　　如此精致漂亮的兵人，我闻所未闻，刚想去摸，却被俞超拦住。

　　他在墙角点了几根蜡烛，关了卧室里的灯。幽暗光影中，他盯着那些金属兵人，轻轻吹了口气，送入它们每个人的鼻孔。

　　随后，他拉着我钻到床底下。

　　嘘……安静！

　　想干吗？但在他家，我乖乖闭嘴。藏身在小床底下，吃力地仰头，注视地板上的玩偶们。晕染般的烛光摇曳，兵人影子都被拉长。我的心被悬起，有什么事要发生。

　　突然，举着佩剑的兵人微微抖动。以为是被风吹的，但烛光没变化。它转头向四周张望，又向前走了两步，再把剑放到地上，伸懒腰，打呵欠。说了几句貌似正宗的英语。

　　周围的金属兵人都活了，要么举枪做射击状，要么坐地休息。像多年老兵，彼此亲切地打招呼，我能清楚地听到它们说"Hello""Good night"。

　　其中，一个小兵走近床脚，举起刺刀向我搜索，微型金属刀锋，闪过杀人的寒光。

　　我尖叫。

　　小兵人们突然不动，像电影中的定格画面。

　　对不起！我意识到闯祸了。

　　俞超拍拍我说，没关系的，我们出来吧。

　　小心翼翼走到烛光里，我拿起一个正在脱帽的金属兵人。

　　天哪！俞超，你是怎么做到的？

　　我说过，我有特异功能！

　　它们是从哪里来的？

　　这是个秘密——俞超咬着我的耳朵说：是我爷爷留下来的。他二十多岁就出国读书，差不多是在二战前夕，去过德国、法国、意大利很多地方，最后去了美国。回国的时候，他带来了这批小兵人——它们都是用锡做的。

　　锡兵？

我看过一篇安徒生童话《坚定的锡兵》。

十九世纪的欧洲和美国，最流行这种小锡兵了。俞超继续为我科普——同一组的锡兵基本上都长得一样，因为从一个模子里烧出来的。但是，这队锡兵除了有个军官，每个小兵都各有特点，我能叫出每个不同的名字——约翰、哈利、老乔治、本杰明……

是什么国家的军队啊？

南北战争！我们常玩的打仗游戏啊。看到这面南方军旗了吗？十三颗星，代表南部联盟的十三个州。北军是蓝色，南军是灰色。不过，南军物资短缺，军服都很破烂，大多戴着自家帽子，更像农民而不是士兵。但这些家伙都是神枪手，打起仗来可厉害呢，把北军打得屁滚尿流。你看这个军官背后的字——

我认不出这一长串英文，俞超解释道：弗吉尼亚州第八步兵团。

结棍！

他颇为自豪地说：我爸爸从小玩这些兵人长大的，后来留给了我。

现在怎么办？

嘿嘿，别害怕，我还能让它们再动起来。俞超笑眯眯地趴在地上，对它们哼起一首曲子。音乐课上五音不全的他，居然哼得有模有样，还有几分耳熟——对啦，电视上看过的美国老片《乱世佳人》。

锡兵们又动了，在军官指挥下，排列整齐队形：前排八个，后排九个，军官在前面，身边有人举军旗，总共十九人的战斗队列。

更神奇的是——这些小兵也都齐声高唱，真人般有各种音色。整栋大屋战歌嘹亮，应是美国南方口音。

俞超得意洋洋：阿骏，这首歌叫《迪克西》，只要我唱起这个，就能把兵人唤醒。

你真有特异功能？我抓着他的手，又摸他脑袋，仿佛装满神秘力量，还是住着一个小外星人？

可惜你们都不相信。他哀怨地低头，接着鼓起精神，脸贴地面，用大人的口气说——喂！士兵们！前方就是葛底斯堡的战壕，打败那些北方佬，就能结束战争，提前回家啦，为了弗吉尼亚！

俞超说的是普通话，带着上译厂的翻译腔，但兵人完全听懂了。它们个个鼓起胸膛，怒目圆睁，军旗指引，列队前进。

这不是排队去被枪毙吗？不过，那时战争就是这样，只有视死如归的战士，才能站在枪林弹雨中不退缩，披荆斩棘，夺取胜利。

它们是男孩，它们是士兵，它们是兵人。

但在葛底斯堡，它们都将变成死人。

兵人队列越过一道障碍——不过是一堆课本，有人不幸倒下，似乎迎面射来密集弹雨。

俞超涨红了脸，大喊：为了弗吉尼亚！

我爬到前进中的兵人们身后，仿佛成为它们中的一员，举着滑膛枪奋勇前进。忽然，有一颗子弹射进了我的额头。

致命的撞击感，无法自控地仰天倒下，后脑勺砸在一堆塑料兵人上。

那个瞬间，我以为自己真的死了。

但没流血，只隐隐作痛。当我爬起来，兵人们都已牺牲，军官也被一枪毙命，只剩那名小小的旗手——它战死在军旗下，像具雕塑不再动弹。

二十五年前，6月1日，深夜，南部联盟的旗帜依然在葛底斯堡飘扬……

在我的童年时代，最漫长的那一夜。

忘了是怎么回家的，总之，我对于那些兵人，留下永不磨灭的印象。它们不是金属玩偶，而是真正的士兵。死亦为鬼雄，缩小囚禁在二十世纪的中国。

6月2日，俞超没有来学校。

拥挤的教室里，我看着他空空的座位，心里还惦记着那些小兵人。

几天后，才听说，俞超的爸爸妈妈死了。

他们是在执行军方任务中殉职，俞超得到烈士家属的优待。他由亲戚继续抚养，从部队大宅搬走。当他回到学校上课，我没看到他有哭过的痕迹，但更为沉默。我想去安慰他，却被淡淡地拒绝。

从此，俞超失去了他唯一的朋友。

我没有再去过他的新家，更没机会见到那些小兵人。但在许多个漫长的夜里，我会梦到那栋大屋，梦到十九个南军战士，梦到葛底斯堡的邦联军旗，梦到罗伯特·李将军……

后来，网上流传过一条军方泄密信息——那一年，那一夜，深夜十一点，在西北沙漠的军事基地，某项重大实验过程中发生意外，有对科研人员夫妇殉职。

可能是人类史上第一次超能力心理战实验，据说可瞬间催眠几万人，不战而屈人之兵，孙子兵法的最高境界。但准备时间太过仓促，按原计划是在半年后，却突然接到紧急命令，必须提前进行实验。

可惜，所有人都失败了。

进入九十年代，开始严厉批判特异功能与伪科学，军方至今再无机会重启此项计划。

当年，那个绝密的科研项目，名叫"男孩与兵人工程"。

我猜想，俞超之所以有超能力——遗传自他的父母，或者说是他的爷爷和爸爸。他的爸爸是个强大的超能力者，却默默无闻地为国家和军队服务。

那个儿童节的深夜，当我在俞超家里玩兵人，阵亡于葛底斯堡战役的同时，他的爸爸妈妈，正在万里黄沙之外，为了社会主义祖国和人民而粉身碎骨。

小学毕业，我和俞超升入同一所初中，但在不同班级，更没机会说话。有时在操场上碰到，我主动跟他打招呼，他却低头不理。

令人意外的是，他的学习成绩越来越好，考试总分经常排到年级第一名。老师们最喜欢这种学生，成绩好，脾气乖，虽有些沉闷，但有什么要紧呢？初二，他就加入了共青团，成为市三好学生。

那一年，电视台在放 TVB 剧《大时代》，许多男孩都梦想成为方展博那样的人物。

中考前一个月，我正在家被逼着背英语单词，俞超意外出现了。

深夜，他背着个大皮箱子，嘴角已冒出胡根，瘦高个子像具僵尸。

我问他什么事。我爸差点要把他赶走。

俞超把皮箱放在我家门口，用变声期的公鸭嗓说：送给你，现在，我不需要它们了。

然后，他匆忙地消失在黑夜。

我疑惑地打开皮箱，发现一堆锡做的兵人：灰军服、宽边帽、大叉十三星旗……弗吉尼亚州第八步兵团。

老天，我捧起这些勇敢的士兵。虽然积满灰尘，但不敢用湿布去擦，害怕会掉漆什么的。我偷来爸爸清理照相机镜头的毛刷子，剔除兵人缝隙间的污垢。我把皮箱子藏在床底下，仿佛有十九个人为我站岗放哨，安心入眠。

星期天，父母不在家。我难得有半日空闲，便把兵人们拿出皮箱，拉紧窗帘，弄得像是深夜，再点上两根蜡烛。我买了一本关于南北战争的书，希望营造出当时北弗吉尼亚军团的气氛。我提前去过图书馆，借阅了一本歌谱集，有美国南方歌曲《迪克西》。我先练习熟了，便趴在床底下唱歌，期望看到锡兵们的行动……

但是，它们再也没有动过。

中考结束后的暑假，几乎每个夜晚，我都偷偷观察兵人。可无论怎样，兵人们永远沉睡，恍如从来没有过生命。

最后，我也开始厌倦它们了。

我在每个兵人的后背上，都用美工刀刻上我的名字，仿佛这样它们就会永远属于我。

很快，我认识到了一个可悲的现实——我不是俞超，我没有超能力，我不可能成为兵人们真正的主人。

那年夏天，俞超考进了重点高中，而我读了邮政学校。

我们两个的人生，就像两条漫长的射线，只在多年前的 6 月 1 日深夜相交，然后向不同的方向奔去，永无重逢的可能。

不曾料到，去年那个深夜，我还会再见到俞超。

他已被时光彻底屠宰，眼角的皱纹，嘴上的法令纹，还有几乎半谢的头顶，颓丧无神的目光。想起我们的最后一面，他用高傲的眼神看着我，恩赐似的将皮箱子送给我，或者说是甩给我一堆垃圾。那时候，他即将展翅高飞，冲上云霄；而我将停留于凡间，注定碌碌无为，虚度余生。

命运却在十几年间，将我们两个倒转了过来。

我给俞超泡了杯绿茶，让他坐在我的沙发上，想要听听他的故事。

他说，上重点高中后，他读书刻苦，还有烈士遗属加分，果然考进名牌大学。

他曾经在美国留学三年，攻读经济学硕士。有一回，路过宾夕法尼亚州葛底斯堡，当年战场，如今麦田，他死人般仰卧，以为能听到罗伯特·李将军的声音，听到《迪克西》的军乐，听到双方士兵临死前的悲吟。但是，他只听到一个安静如坟墓的世界。

回国后，他进入金融投资机构上班，年薪百万的那种。二十七岁，买房结婚，抱得美人归，还生了个儿子。

后来，经济不景气，他破产了，房子被银行收回。妻子跟他离婚，带儿子回了西部老家。

俞超已一无所有。

今夜，他想起当年送给我的兵人，想要再看一眼它们。兵人？

十九个南北战争的锡兵？床底下的皮箱子？中考那年的暑假，我无法唤醒它们，就再也没打开过那个箱子。

可是，箱子又在哪里呢？下意识地冲到床底下，除了灰尘，啥都没有。

对，我搬过几次家，肯定不在这里，会不会早被扔了？

我决定回老房子看看。

已逾子时，两个男人出门。我开车载着俞超，穿越早春的寒夜，来到七层楼的老式工房。

很久没人住过了，迎面有股熟悉的气味——许多年前，俞超就是在这里，放下装着兵人的皮箱离去。

回到我的床底下，居然还没有被扔掉。一堆厚厚的尘土之中，拽出古老的皮箱子。

俞超一眼认了出来，这是他爷爷从美国带回来的，在遥远的二战前夕。

打开箱子，一阵腐烂的烟，我们剧烈咳嗽之后，小心地取出那些兵人。

一、二、三、四……十九，一个都不能少。

用纸巾擦干净，才露出灰色漆皮，带着刺刀的滑膛枪，还有南部联盟的军旗。

关灯，拉窗帘，点蜡烛。回到二十五年前，6月1日，最漫长的那一夜。我们把小兵人排开阵势。俞超闭上眼睛，嘴角默念什么话，对着兵人吹了口气。

然后，他拖着我爬到床底下。

两个成年男人，如何能挤在一张古老的钢丝床下面？还有满眼的灰尘，只能彼此捏着鼻子，又不敢发出任何声音。

一个钟头过去。

兵人们纹丝不动，像已死去多年，变成僵硬的木乃伊。

我们也憋不住了，从床底下爬出来，无奈地看着这些小兵人。

唱歌吧！我提醒了他一句。

可是，俞超摇摇头，他已经忘了那首歌的旋律。

《迪克西》啊！

我还记得，便带着他一起唱，这首美国南方的老歌，鼓舞士兵的冲锋曲与思乡曲。

然而，兵人们还是呆若木鸡。

它们不会再动了。

俞超率先放弃，打了自己一个耳光，颓丧地坐在地板上说：对不起，是我记错了，兵人们从来没有动过，我也没有过特异功能，一切都是小孩子的幻觉。

而我不知道该说什么好，重新把兵人们装进大皮箱，塞回我的床底下。

凌晨三点，我和俞超在老房子楼下分别，我本想要开车送他，却被他委婉地拒绝。

他只说，想要一个人走走。

最漫长的那一夜，看着他佝偻萎缩的背影，我好像永远丢失了什么。

几天后，我听说，俞超死了，自杀。

他吃了许多安眠药，把自己锁在一个大箱子里，活活闷死。没有人为俞超举办葬礼，直接送去火葬场烧了。他没其他亲人，前妻也不接受骨灰，最终归宿是下水道。

俞超死后第七天，我想到了老家床底下的大皮箱。

那是他送给我的礼物，又在他临死前还一起玩过，老法里说太不吉利了。我决定把兵人们烧了，还给它们原本的主人，在天上团聚吧。

头七，传说鬼魂在人世间游荡的最后一天，也是佛教所说的中阴。

我回到老宅，从床底下拖出皮箱子，感觉轻了些，打开才发现空空如也。

十九个兵人消失了。

不可能，记忆错乱了吗？还是放在其他地方？我又在老家里每个角落，仔细搜索一番，确定那些兵人都失踪了。

难道有梁上君子光顾？还是在俞超自杀以前，悄悄潜入过这里，带走了所有兵人，准备给自己陪葬？

我怅然若失离开，直到三个月后。

5月，最后一周，我接到一个女人的电话。

她的声音还算年轻，在反复确认我的身份后，在我不悦地挂电话前，她才说——对不起，我是俞超的前妻。

这个女人，没有带俞超的儿子来参加葬礼，我很厌恶，但我保持克制，问她有什么事。

她说，最近她儿子在玩一些奇怪的玩具小人，背后都刻着我的名字。而她恰好看过我的书，不敢相信这个名字就是我。但她查了资料，发现她死去的前夫，跟我就读过同一所小学。于是，她几经打听才弄到我的电话号码。

她问我这些玩具小人是如何到她儿子手里的。

其实，我也很想知道答案。

她希望我能把这些玩具小人拿回去。

好奇怪，为什么要我去拿？我说可以快递给我，费用到付。

忽然，她的声音变得颤抖：求你了，看在死去的俞超的分上。

听到俞超的名字，我的心软了。正好刚写完新书，我便决定出趟远门。

很远很远的门，巴山蜀水的深处，距上海几千公里。没有直达航班，只能先飞到重庆。再走穿梭于深山的铁路，最古老的绿皮火车。最后，需要坐浅水客轮，上溯到某条长江支流的上游，才是那座峡谷间的县城。

那天，正好是 6 月 1 号。

2008 年的大地震，一度将这里夷为平地。小城里一切都是新的，她家的房子很漂亮，简直是土豪别墅，听说是前任县长家，院子里停着辆黑色奥迪。

我看到了俞超的儿子——他叫俞小超。

七岁，快要读小学了，他穿着超人服，正在地板上玩十九个小兵人。

刹那间，我以为，回到了三十年前，小学一年级的教室——通常，儿子都像妈妈。但，俞小超是个例外，那张脸还有体形和眼神，都跟他爸爸小时候如出一辙。

我蹲下来陪他一起玩，抚摸灰色军服的锡兵，放到眼前，看它背后，依稀辨认出刻痕——我的名字，十六岁那年亲手刻上去的。

兵人们身上有明显磨损，许多漆皮蹭掉了，有的缺胳膊少腿，有的折断了刺刀。那面南部联盟的军旗，已然破碎大半。

我心疼。

小超，你是哪里得到这些小兵人的？

我想看清他的眼睛，看到某个遥远的黑夜。男孩毫无畏惧地看着我，嘴角露出狡黠的笑意，却不响。

他妈接口道：他说是从门口垃圾堆里捡来的，谁知道是真是假。这孩子越来越鬼了。

　　为什么要我拿回去?

　　女人面露难色,看我不依不饶,才说出口:这些小人刚来时,嫌它们又脏又破,她就扔进了垃圾堆。可是,到第二天晚上,它们重新出现在小超的房间。她很害怕,隔了几天,趁儿子睡着,把兵人们扔进汹涌的江水。没想到,它们很快又回来了。儿子很喜欢这些家伙,成了他唯一的玩具。她非常担心,意外发现小兵背后刻着我的名字。她还要说些什么,似乎很可怕,却欲言又止。

　　我感觉到了某种东西。

　　对不起,我不能把这些兵人带走——我告诉她,今天儿童节,就当是我送给小超的礼物吧。因为,这些宝贝本来就是属于他的。还有,请千万要记住,别把它们扔掉或送人。否则,你儿子会遗憾一辈子的。

　　离别前,我轻轻抱了男孩一下。

　　真的,很想亲吻他的脸颊,但又怕把孩子弄脏了。

　　我看了十九个小兵人最后一眼,终于要说永别了——弗吉尼亚州第八步兵团,葛底斯堡的老男孩们。

　　唯有兵人,永不背叛。

　　6月1日,回家路上。我坐着颠簸的客轮,趴在危险的栏杆边,看着山谷间的湍急河流,因为乱砍滥伐和采矿污染而变得又黑又黄。

　　也许,走了太多的山路,双腿肌肉酸痛,仿佛随波逐流。天空越来越远。我闭上眼睛,溢出泪水……

　　真相,是这样的——

　　俞超死后第七天,我计划把所有兵人烧给他。前一夜,十九个兵人复活,从床底下的大皮箱逃跑,溜出窗户缝隙,顺着落水管到地面。这些南北战争的老兵,从便利店偷了张中国地图。危险重重的行军,穿越火线般经过无数路口,差点被车轮压得全军覆没,才从市中心走到飞机场。它们越过铁丝网,沿着候机楼屋檐下,找到这架飞往西部的航班,通过舷梯钻进李托运舱。

　　一夜之间,飞过几千公里,来到遥远的中国西部。沿铁轨,翻山越岭,一路向北。走了半个多月,每天十公里,昼夜不息。有条嗅觉敏锐的中华田园犬,将它们当作敌人和晚餐,发起狂暴的攻击。兵人们面对怪兽,毫不畏惧地作战,付出惨重代价,丧失了五条胳膊和三条腿。侥幸到江边,列队点名,竟一个都不少,但伤痕累累。老兵说,伤疤是男人更是士兵的勋章。锡兵们不会游泳,入水便会沉没。但它们克服恐惧，跳上一艘运沙的木船，逆流而上二百公里，直达烟云缭绕的县城。

终于，兵人们找到了新主人——这个叫俞小超的男孩，跟当年的小主人一模一样，并遗传了爸爸的特异功能。每个深夜，只有他能跟这些老兵说话，指挥它们重整旗鼓，冲锋陷阵，战无不胜。男孩是最勇敢的士兵，也是最优秀的将军。

但，秘密被妈妈发现了。于是，我来了。男孩并不简单，他不但能看透兵人们的心，也看穿了我眼里的秘密，还有他爸爸的往事……那是去年的事。

整整一年后，6月1日将近。我听了整晚上《乌兰巴托的夜》，突然，想念起那个男孩。

就在刚才，二十一点三十分，我给男孩家里打了个电话。

俞小超同学接了电话，我只说了一句：儿童节快乐！

千里之外的男孩，听声音有些紧张，甚至有些迟钝和机械，喘不过气来。他说，自己正在做数学题，过几天就要期末考试了。

突然，他妈妈抢过电话，客气却又严厉地说——喂，蔡老师，你好啊。现在，我儿子读书很好，老师们都说他会很有出息的。下学期，我会带他去省城读重点学校，请你不要再打电话来了，拜拜！

我什么都没说，电话就被挂断。

乌兰巴托的夜啊，那么静，那么静。

最后一个超能力者死了，我想。

男孩与兵人，卧于尘埃，永不醒来……


　　　穿越旷野的风啊

　　　慢些走

　　　我用沉默告诉你

　　　我醉了酒

　　　飘向远方的云啊

　　　慢些走

　　　我用奔跑告诉你

　　　我不回头

乌兰巴托的夜啊

那么静 那么静

连风都不知道我

不知道

乌兰巴托的夜啊

那么静 那么静

连云都不知道我

不知道

飘荡异乡的人啊

在哪里

我的肚子开始痛

你可知道

穿越火焰的鸟儿啊

不要走

你知今夜疯掉的啊

不止一个人

乌兰巴托的夜啊

那么静 那么静

连风都不知道我

不知道

乌兰巴托的夜啊

那么静 那么静

连云都不知道我

不知道

——《乌兰巴托的夜》贾樟柯、左小祖咒／词

第

# 14 夜

老闺蜜的秘密一夜

抗美：把精神病友当儿子的老闺蜜

　　我们拼命划桨，奋力与波浪抗争，最终却被冲回到我们的往昔。

　　　　　　　　　　——菲茨杰拉德《了不起的盖茨比》

　　一个月前，我去过一趟精神病院。

　　我没病。当然。

　　那天下午，天色昏暗，层层乌黑的瓦楞云朵，怕是要塌了。车子开出地库，妈妈催我快点开车。她坐在副驾驶座，低头发着微信。经过中山公园门口，停车捎上一个阿姨。我认识她，从小就认识，一直管她叫青青阿姨。她烫着短发，体形微胖，短袖的花色衬衫，并无过多装饰，与多数跳广场舞的大妈无二。她第一次坐我的车，先是称赞这车的后排好生宽敞，后来又酸酸地嫌自家女婿没用，女儿结婚五年至今连辆车都没买。我妈前几年退休了，青青阿姨退得更早。对于她俩的聊天内容，我的耳朵自动屏蔽。

　　开上青浦境内的高速，闷雷接二连三，却无半滴雨点。车载电台放着柴可夫斯基的《第六交响曲》，我妈和青青阿姨沉默下来，不知在听音乐，还是在看天色。车转入一条小路，两边是江南乡村景象，道路破烂而泥泞，我小心放慢车速，以免伤了底盘。

　　车子停在一座灰暗的建筑门口。还有辆黑色奥迪等在旷野上，车门打开，是小东阿姨。灰突突的天空下，她穿一件浅色风衣，白皙的面孔略施粉黛，脸颊绯红，冷艳高贵。小时候，我觉得她像《东京爱情故事》里的赤名莉香。后来，看了中年铃木保奈美的照片，更觉贴合小东阿姨的气质。现在，就数她保养得最好，拎着 Burberry 的包包，很有贵妇的样子。

她微笑着向我们招手，说我几年不见，居然留满了胡子。又夸我是听话的孩子，愿意给妈妈做司机。

有首歌是这样唱的："风吹雨成花，时间追不上白马"。青青阿姨、小东阿姨，还有我妈，她们三个做闺蜜已超过五十年了。

我妈让我早点回家，晚上她坐小东阿姨的车回去，那是辆机关单位公车，有专职司机。

但我说也想进去，实际好奇她们到底是来看谁的。

在精神病院的门口，三个人一声不响。

还是小东阿姨出声道："没关系，就让骏骏陪我们进去吧，这种地方，还真需要小伙子陪同呢。"

随后，她让司机开车回去了，准备回程搭我的车。

在我有限的童年记忆里，小东阿姨是个大气的女子，常给我带各种珍贵的礼物。青青阿姨嘛，就喜欢带着我跟她女儿一起玩，至于礼物，就很少拿得出手了。

精神病院门外是片荒野，唯有小餐馆一间，不时传出麻将声。

我们跟门卫做好登记，便步入医院大楼。

这是我第一次进入精神病院。没见到强壮的护工，没有凄惨的尖叫，没有墙上的血手印。有些人穿着病号服，在楼道间自由活动，行为神情均与常人无异，更无想象中的汉尼拔博士。

小护士面无表情，把我们引到一间会客室。在这里我才闻到一股药水味，很多人记忆中恐惧的气味。

狭长的窗玻璃上，密集的雨点不断落下，光线透过铁栏杆，洒在一个女人脸上。我不太认识。

她的年龄想必跟我妈她们差不多，但在这种鬼地方自然更显得老些。她留着长发，夹杂许多白丝，却打理得干干净净。又干又瘦的脸上有许多灰斑，没有化妆，白得吓人。眼窝深深的，反衬出幽幽的眼神。

依稀觉得，她年轻的时候，或许很迷人。

从她穿的衣服上的编号，可以看出她是个精神病人，并且是那种比较严重的，必须要限制人身自由。

她应该认得我妈她们三个，点了点头。我妈并不害怕，坐在她的面前，从包里抽出些营养品。小东阿姨拿出个袋子，里面装着许多衣服，包括女士内衣。只有青青阿姨两手空空，只是笑着问她："哎呀，我们又来看你啦，身体怎么样啊？这里伙食还好吧？听说你的病好多了啊！真是啊，我们想你的哦！"

虽然那么一长溜话，银铃般串着，用上海话说来，却分外悦耳动听。

但在我看来，像在哄小孩子。

她——我不知道该怎么称呼她，不知道她的名字，只有胸口上的编号：01977。

不过，我也得叫她阿姨吧，什么阿姨？精神病阿姨吗？

她不声不响，目光虚焦着，不晓得在看谁，起码不在我们身上，甚至不在这间屋里。

我妈又跟护士聊了几句，大体还是问她的身体状况，护士不耐烦地回答，01977一切都好！不要担心。

说完，小东阿姨塞给护士一个信封，我猜里面是购物卡之类的。

护士立马给了笑脸，又给病人削了个苹果。

01977阿姨从未说过半个字，只是拿起苹果，慢慢地啃起来。

一个苹果，她吃得异常认真。

我们都默默地看着她，不敢发出丝毫的声响。

这间小小的屋子，除了她的牙齿与苹果肉的摩擦声，还有雨点砸在窗玻璃上的回响，就像直接落到我们的耳膜上。

安静到震耳欲聋。

等到她吃完苹果，几乎连苹果核也被吞下去了，我妈闭上了眼睛，小东阿姨眼眶有些湿润，青青阿姨几乎要夺门而出。

忽然，她说话了——

天潼路799弄59号。

没承想，她的口齿清晰，声音不响不轻，竟还像小姑娘般细腻，颇有穿透力，回荡在窗户与墙角之间。

妈妈抓紧了我的手。

我的手有些痛。

小东阿姨拽了拽我妈衣角，又对精神病人说："你好好休息吧，我们走了，明年这时候，再来看你！"

对方闭上眼睛。

我们四个走出精神病院。世界却黑了。电闪雷鸣，豪雨倾缸。荒野。雨点冰冷，刺痛脸颊。而我背后的建筑，如沉没中的幻觉。

傍晚五点，感觉已近深夜。我把车往前开了数百米，道路一片汪洋，强行通过非常危险。小东阿姨又提醒，这一带是低洼地，出过水淹事故，有人活活淹死在驾驶室内。

开回到精神病院门口，青青阿姨厌恶地看了一眼，说："要死快了，等在这种鬼地方，要出人命的啊！"

小东阿姨倒是镇定，指着医院门口的小餐馆，说："不如进去坐坐。"

餐馆简陋，七八张台子，只有一个客人，坐在墙角吃着葱油拌面，浓郁的葱油味，勾我食欲。

坐下不点什么也不好，小东阿姨自作主张，点了几样炒菜，至少回家不用饿肚子。

我低声问妈妈："你们去看的那个人，是谁？"

"你忘了吗？抗美阿姨，你小时候，她经常带儿子来我们家玩的，你跟她儿子还一起打过游戏机。"

"嗯，我依稀记得吧，那个男生叫啥名字？"我挠了挠头。

青青阿姨在旁跟了一句："我们做小姑娘的时候，四个人是顶顶要好的，你妈妈、我、小东，还有抗美。"

哦，才明白，四闺蜜。

我妈妈是"老三届"。那代人吃过许多苦。唯独我妈比较幸运，因是独生女，未如别人那样上山下乡，插队落户，而是早早进到单位做了工人。我妈工作优异，早早入了党，特别喜欢文字，常给单位写稿，被保送到华东师范大学读书。

她们中的其余三个，命也不算太差。当年，许多人去了新疆、云南、黑龙江，小东阿姨、青青阿姨，还有抗美阿姨，因是最早的那批，被分配去了崇明岛的农场。

虽说与上海市区仅一江之隔，如今过大桥隧道仅个把钟头，但那时去一趟崇明岛，可比去苏州、杭州还麻烦。有时大雾天渡轮停航，就真正变成孤岛一座。不过，她们被关在农场里头，本身就跟蹲监狱没啥区别，除非有特别的事请假，否则每月才能回家一次。好在我妈在市区工作，没有兄弟姐妹，房子也算宽敞。她们就把我家当作据点，又延续了十年闺蜜之情。

再说回抗美阿姨，在四个女人里头，她是最为命运多舛的一个。

"文革"结束后不久，小东和青青都顺利离开农场回城，只有抗美孤独地留在崇明岛上。因为她家里兄弟姐妹太多，都不欢迎她回家，自觉无望，便嫁给了当地的农民。那座岛号称中国第三大，却是上海乃至江南最穷的地方，就连江北许多县都比它富庶。抗美在农场里吃了太多苦头，她那农民丈夫是个酒鬼，动不动就打老婆，就连她生完儿子坐月子期间，都不能幸免。苦熬到九十年代，抗美终于跟那农民离婚，把户口从农场迁回市区。但家里照旧容不得她，只能在外租房住，每天起早贪黑卖包子，有时还得靠三个闺蜜接济。

她儿子读书不错，虽比我小两岁，却是出了名的高才生。抗美给儿子定下目标，必须考上一流大学，没想到后来反而酿下了大祸。十多年前，最要紧的高考关头，抗美倾尽毕生积蓄，给儿子报了辅导班，还租下考场附近的酒店客房，只为儿子能考上第一志愿北大经济系。然而，高考过后，噩耗袭来：抗美的儿子偷偷买了张去崇明岛的船票，渡轮行至长江中流，他翻越栏杆，纵身一跃，被浑黄之水吞没。打捞三天三夜，才在崇明岛边的芦苇滩上，发现了少年的尸体，已被鱼虾咬得面目全非。警方调查死因，确定是孩子高考失利，自觉无法考上心仪的大学，无脸面再见妈妈，心郁气结，方才踏上绝路。后来想想，也是做妈的逼得太紧，一心一意要让孩子考取功名，来补偿自己这辈子的不幸。

想来，这世上的悲欢离合，不是你妈逼的，就是我妈逼的，莫不如是。

儿子死后，抗美有足足三个月不曾说话，尝试自杀过几十次……不是割腕昏迷后发现伤口结痂了，就是跳楼被六层到二层的无数晾衣杆救了性命，跑回农场喝老鼠药竟碰上山寨货，最后一次是开煤气，结果自己非但没有中毒而亡，反而搞得整层楼都被炸光，隔壁邻居三死四伤。

于是，她被送入精神病院，至今已逾十年。

说到此处，我看着她们淡然的表情，再想想精神病院里的女子，想想她那幽深的目光。窗外仍是瓢泼大雨，阵阵闷雷声滚过，不禁使人毛骨悚然。

最后，小东阿姨做了总结性发言："骏骏，你不知道，这一天，是我们四人初次相识的日子。其实，推算起来也不困难，就是那一年的小学入学日。每年今日，我们都会相约来这里看望抗美。"

话音未落，一阵风吹开了窗户，我被打了一脸的雨。

有个男人帮我们关紧了窗，就是一直在角落里吃葱油拌面的那个。

"谢谢啊。"

但他默不作声，径直坐到我们的桌子边。他看上去三十多岁，穿着笔挺的衬衫，胸口别着医生常用的钢笔，头发梳理得整整齐齐，伸出一只骨节细长的手，伴着雨点有节奏地敲打桌面。

"晚上好，我是这家医院的医生，你们刚才所说的抗美，是我负责主治的病人。"

男人用极快的语速说话，就像大多数医生那样。他冰冷的目光扫视桌上的每个人，仿佛我们个个都有严重的精神疾病。大家不约而同地低头，只有我迎着他的目光。

我懂了，晚餐，才刚刚开始。

小餐馆里沉默无声许久，还是青青阿姨先开口："医生啊，真是太巧了，请问啊，我们抗美什么时候能医好呢？"

"告诉你一个好消息和一个坏消息，你要先听哪一个？"

晕，这个医生很有九十年代港剧的风格，小东阿姨算是见多识广，浅浅笑道："请先说坏消息吧。医生，我们一把年纪了，有心理承受能力的。"

"坏消息就是抗美的精神分裂症一辈子都治不好了。"

"唉，真是可怜啊。"青青阿姨掏出面巾纸，擦了擦眼角。

"好消息呢？"我妈问。

"也是抗美的精神分裂症一辈子都治不好了。"

这种回答让人愤怒，青青阿姨瞪了瞪眼睛："这算什么好消息？拜托哦，你是医生哎，怎么能说这种没良心的话？"

"抱歉，但对你们来说，这就是好消息。"

医生看着我妈、青青阿姨和小东阿姨，唯独跳过了我的眼睛。

"你想说什么？有话就请直说。"还是小东阿姨镇得住场面。

医生点点头，坐到我们中间，左边是我们母子，右边是青青阿姨和小东阿姨。灯光照在他的头顶，乌黑的头发泛出几点油光。耳边全是风雨呼啸，屋顶像被冰雹砸得砰砰作响，随时可能被掀飞掉。

他先看着我妈，还是保持礼貌地说："除了这位阿姨以外，我想请问另外两位阿姨，你们都和抗美参加过 1977 年恢复的第一届高考吧。"

她们三人不约而同地点头。

我只知道，我妈没有参加过正式高考，至于她的三个闺蜜，我则是一无所知。毕竟，1977 年啊，世界上还没有我呢，哪怕连个胚胎都不是。

医生继续说下去："小东、青青，当时，你们两个都和抗美一起在崇明岛上插队落户，因为农场经常收不到信，而农场领导强烈反对知青参加高考，担心你们万一被录取的话，会搞得大家人心涣散。所以，录取通知书极有可能被农场扣压，因此在高考报名填写地址时，你们都填了在市区的地址——而且，是同一个地址。"

他掏出口袋里的小记事本，翻到其中写满字的一页，轻声念出："天潼路 799 弄 59 号。"

我记得，这是今天在精神病院，抗美说过的仅有的一句话。

我还记得，这是我外公外婆家的地址，小时候我曾住过好几年。

妈妈点头承认："是，那是我家的地址。"

小东阿姨接着说："抗美家里兄弟姐妹多，他们的关系素来不和，以前邮件和包裹寄到家里，凡是写她名字的，大部分都会遗失，或者干脆被别人拿走，为此她不知跟家里吵过多少回。"

"其实，我家里也有过这种情况，那年头很普遍的。"青青阿姨也插了一句。

医生双手托腮看着大家，说："完全可以理解，小东、青青，你们和抗美填写的都是天潼路 799 弄 59 号。因为，那是你们最亲密的朋友的地址，而她恰好没有参加这次高考，而她家只有她一个女儿，绝对不会出现邮件遗失的情况。"

"你怎么知道那么多？"

妈妈虽然没说出口，眼神却是充满疑问，我也很想把医生逼到墙角问一问。

"让我来说吧，"小东阿姨打破了这个尴尬，她拍了拍我的肩膀说，"大家都很信任你妈妈，你妈妈的家啊，有前后两间，还有小阁楼。加上你外公外婆，总共只有三口人。在当时的上海，算是居住条件不错的了。而我和青青、抗美三个呢，家里兄弟姐妹一大堆，光我就有五个妹妹，上面还有哥哥嫂嫂，他们又生了三个孩子，全都挤在一个房间里。当我去崇明岛插队落户时，家里真是松了口气呢。骏骏，你可不知道，那时候，我们每次回市区啊，家里别说是床了，就连地铺都没地方打呢。"

"想想都要掉眼泪了，"青青阿姨补充道，"真是谢谢你妈妈，还有你的外公外婆，那些日子啊，我们经常挤到你家，轮流跟你妈妈睡同一张床。要是我们三个都来了，那就一个跟你妈妈睡床，另外两个打地铺，也不会影响你的外公外婆。"

医生面无表情地说："1977 年 12 月 10 日和 11 日，第一次恢复高考的考试时间，青青、小东、抗美都走进了考场。一个月后，如果谁有幸考上大学，录取通知书会通过邮局发到报名时填的那个地址。那个冬天，上海分外寒冷，抗美因此得了伤寒，躺在农场里动弹不得。然而，小东和青青你们两个，却以各种理由，从农场请假回了市区。但你们并没有回家，因为，录取通知书的投递地址，填写的是天潼路。因此，你们都寄居在闺蜜家里，日日夜夜盼望好消息到来。"

三十多年后，三个老闺蜜都无话可说，示意医生继续说下去。

"一个多月后，小东收到了大学的录取通知书，而青青与抗美都没有收到。有些人会去查分数线，但更多的人没有去查。因为第一次恢复高考，集中了'文革'十年无法考大学的所有知青，全国有五百七十万考生，总共只录取二十七万人，意味着只有极少数人可以考上。"

小东阿姨终于开口："没错，我觉得我很幸运。"

"本来我就没指望考上大学，中学毕业就完全荒废了学业，纯粹只是试试而已。"青青阿姨说，看来并不怎么在乎。

"但是，抗美并不是这么想的。"医生的话锋一转。

青青阿姨抢话道："最好的朋友怎么想的，我们还不知道吗？"

"也许，有人知道，但不愿说出口罢了。"窗外打了个响雷，我们都不说话。医生停顿片刻，继续独白："如果，你没有及早回城，而是在岛上的农村又住了十几年，嫁给一个天天醉酒打你的农民，好不容易离婚回到市区，却连房子都没的住，辛辛苦苦把儿子养到十八岁，本指望他考上好大学出人头地，没想到高考过后他自杀身亡，白发人送黑发人，落得个白茫茫真干净，一无所有，这样的悲惨你们有过吗？"

谁都不吭气了。

"所以，任何人在这时候都会想一件事——为什么命运对自己这么不公平？如果，在1977年恢复高考，拿到录取通知书的人是抗美，而不是别的什么人，那么她又会是怎样的命运呢？至少，她会立即离开那个穷得鸟不拉屎的岛，进入大学校园学习和生活，她会遇到自己心仪的男子，像那个年代所有大学生一样顺利地恋爱结婚。要知道，那个年代的大学生，无论到哪里都被当作宝贝，毕业后肯定是国家包分配，进入令人羡慕的企事业机关，说不定还能很快得到提拔重用……不用我多说了吧……那么今天坐在这里，来探望精神病人的人，可能不是你！也不是你！更不是你！"

他依次指了指小东阿姨、青青阿姨和我妈妈。

耳边只有大雨的哗哗声，桌上的几个炒菜全都凉了，只有我动筷吃了些炒蛋。

小东阿姨说："嗯，医生，你是说抗美她，感觉心理不平衡，才会想要自杀，最后精神分裂？这个，我想，也是符合逻辑的吧。"

"不止心理不平衡。一年前，我在治疗抗美的过程中，她向我彻底敞开了心扉，说出了她全部的故事，还有内心的痛苦。而我呢，自然非常同情她。于是，我就利用自己的社会关系，费了九牛二虎之力啊，终于查到了1977年的高考档案。"

青青阿姨惊讶地说："这你也能查到？查到我的分数了吗？"

精神病医生拍了拍桌子，让人心头一震——"你们听我说完，我查到了抗美的名字，她考得还算不错，超过了最低分数线。她被本地一所大学录取了，还是本科，中文系。但是，很遗憾，她没有去大学报到，这个名额被调剂给了别的考生。"

我特意瞥了瞥我妈、小东阿姨和青青阿姨，她们都低着头，不晓得在想些什么。

"唯一的可能性就是——你们中间有人在说谎！三十多年前，你们中的一个，拿到了抗美的大学录取通知书，却出于某种卑鄙的目的，把通知书藏起来或是销毁了！"

医生努力压抑着，没让音量超过风雨声。而我的脑袋有些晕，似乎无数雨点射入血管。我想象那张薄薄的纸片，在1977年与1978年相交的冬天，对于那时无数的年轻人而言，对于我的父母那辈人来说，那是值得拿一切来交换的。

又一记雷声响起，我妈、小东阿姨和青青阿姨，三个人分别抬头，面色煞白。

"现在，你们三个都在这里，到底是谁做了那件事？"这位医生说到这里，虚脱般地长出一口气，松开领子猛喘几下，额头已满是汗珠。

沉默了那么久，还是小东阿姨有胆识，站起来问："你究竟是什么人？"

医生嘴角微扬，仿佛就此圆满，可随时去火葬场报到。他起身离开桌子，打开小餐馆的门，狂风暴雨呼啸而至，犹如盗墓贼侵入地宫。他没有带伞，浑身淋湿，隐入茫茫雨夜。

我们的头发都被吹乱，还是我冲上去把门重新关牢，抹去一脸的雨水，回头看着包括我妈在内的三个女人。

那么，现在问题来了：不是那个什么，而是……

1977 年到 1978 年间的冬天，第一届恢复高考的大学录取通知书，小东、青青和抗美，她们报名时填写的收件地址都是天潼路 799 弄 59 号，也就是我妈家里。不敢想下去了，我妈才是最大的嫌疑人？

但是，小东阿姨和青青阿姨的嫌疑也很大，她们当时都暂住在那里，三个人都有可能接触到抗美阿姨的录取通知书。

我妈低着头，躲避我的目光。小东阿姨依旧正襟危坐，风衣内裹着不老的身体。青青阿姨长吁短叹着，桌上的筷子丝毫未动过。

晚上十点。

没有人要离开。事实上谁也走不了。雷雨轰隆隆不知停歇，精神病院外的荒野，照旧水乡泽国一片。

虽说，这是适合玩杀人游戏的好天气，但我可不想做什么警察或法官。一句话都不想多说，拿起手机想刷刷微博，发现信号都中断了。

"回家吧。"我妈却说话了，突然地。

小东阿姨冷冷地回答："回不去了。"

这个女人还是那么酷啊，就像我小时候记忆中的那样。而青青阿姨仰望着仿佛随时都会被雨砸塌的天花板。

"回不去了。"

我妈不再说话，而我绕到她的背后，想要看到她的秘密。过去，她曾经断断续续地跟我说过点点滴滴。而我，也只能一丝一线地在脑中缝合……比如，她为什么没有参加第一届恢复高考？因为，那时所有人都觉得，我妈已经拥有大学学历了。

　　上个世纪七十年代的工农兵大学生嘛——后来被吐槽过很多次的，我妈却是正儿八经，在华东师范大学的校园里住读了两年，读的是政教系，却在数年后被一笔勾销，好像那段大学校园的时光，只是一场小孩过家家的游戏。

　　于是，她错过了1977年与1978年的两届高考，再等到1979年，便永远失去了资格。

　　1982年，恰逢首届成人高等教育自学考试，我妈对于大学学历被取消，实在是心有不甘，她依旧选择了华东师范大学攻读她最喜欢的中文专业。

　　上个世纪八十年代，要通过大学自考并不容易，许多人都没有勇气报考，也有不少人考试没通过而未拿到文凭。他们没有机会接受全日制高等教育，读书或者文学是仅有的几种爱好之一。自考并不脱产，平时都在各自单位上班，也无须每次都去上课，大多在家读书复习。在我妈的那个班级里，还有个来自金山农村的男同学，他的名字叫韩仁均，彼此却完全不相识。很多年后，我才知道，我妈的这位同班同学，有个叫韩寒的儿子。

　　1985年，我妈拿到了华东师范大学中文专业自考专科文凭。那些年，大部分人只有初中学历，拥有一张大专文凭是件值得炫耀的事，许多人因此而改变了命运。果然，我妈被调到了局里。

　　此后两年，我妈继续攻读华东师范大学中文本科专业。我还是小学生，不太记得她白天上班晚上读书复习的艰难。小时候，家里堆着许多书，从小学四年级开始，我就半懂非懂地翻阅我妈读中文系本科的教科书了，比如什么《古代汉语》《中国文学史》《中外比较文学》，还有《政治经济学》。

　　1987年，我妈获得了华东师范大学中文本科专业的文凭。虽是自考，但也足够风光，在他们那个几万人的单位中，她是唯一拥有大学本科学历的女性。后来，她成为改制后的大型国企的纪委副书记，直到几年前退休。

　　至于，三十多年前的那个冬天，三个女孩挤在狭窄的过街楼屋子里，等待她们的大学录取通知书的岁月，妈妈却从未跟我讲过……仿佛在我出生以前，这个世界不曾存在。

　　"回不去了。"

　　小东阿姨又重复了一遍，令我的视线从妈妈身上挪开。

"骏骏,你生下来刚满月,我就抱过你呢。"小东阿姨看着我的眼睛,仿佛我仍然身处襁褓之中,被她柔软的双手环抱,额头枕在她的胸口。

她接着说:"那时我还在读大学呢,你妈妈很羡慕我呢,不是吗?"她把手放在我妈的手腕上。同时,她又拉着青青阿姨的手,说:"其实呢,我倒是更愿意像你那样。"

小东阿姨背对着我们说:"骏骏,拜你外公外婆家的福气,我还记得,1977年的最后一天,在天潼路799弄59号的过街楼下,我收到了我的大学录取通知书。四年后,我成为优秀毕业生,公派留学去了美国。我在加州大学拿到了硕士文凭,一度也想过在美国定居,却在1992年回国了。呵呵,那时候,每个人都想着往外跑,我们那批在美国的留学生,大部分都拿到了绿卡,我是唯一的例外。很多人想不通,问我为什么回来,其实,我只是想家了。"

在我的记忆中,小东阿姨第一次出现时,我正在读小学。以后每年春节,她都会到我们家来拜年,带着各种各样的礼物,比如正版的变形金刚、美国巧克力,还有给妈妈的化妆品。那时,我知道她在美国,每年春节回一次上海。她每次都是独自一人,从未听她说起老公,好像也没有孩子。或许,也因为这个缘故,她会待我特别好。等到她正式回国,被一所大学聘为教授,我已经念中学了。

那时候,我才知道,小东阿姨一直没有结婚。

回国以后,她跟我家的来往更密切了。她总是关心我的学习,偶尔教我几句美式英语,可惜我并不如她所愿。

虽说在美国留学多年,小东阿姨却很懂得人情世故,没过几年就成为学校行政领导。她出过两本书,做过很多讲座,俨然已是文化名流。最后,她升至大学副校长,从厅局级位置上退休。现在,她又被政府单位返聘,还配有专车与司机。

小东阿姨转回头来,捋起额前的短发,目光柔软下来:"这些年来,我总是惦记着抗美,这家精神病医院是上海条件最好的,就是我给她安排的。"

原来,是小东阿姨把抗美关进这里的——不知为何,我想到另一面去了。

"小东啊,三十多年前,你不是喜欢过农场里一个男生吗?"

说话的是青青阿姨,她的脸色有些异样,嘴唇不住地哆嗦着。刚才我就观察到了,好像她想要说什么,却硬憋着欲言又止。这下终于迸发出来，差点让自己也爆了。

暴雨的屋顶之下，所有人沉默片刻。我看向我妈的眼睛，她自动躲到房间角落。

"是啊，"小东阿姨的脸色已恢复正常，故作轻松地说，"骏骏，让你听到这些，真是不好意思呢。"

青青阿姨索性豁出去了，说："我记得那个男生，跟我们差不多年纪吧，他好像叫什么来着？"

"志南。"小东阿姨说。

"对，他的长相真的蛮好啊，农场里许多女生都喜欢他。"青青阿姨想想说得不对，立即补充了一句，"当然我例外。因为，他有什么政治问题，家里是资本家，他的哥哥是个叛徒，'文化大革命'时被枪毙的，所以不能参加高考。"

小东阿姨点头说："志南是最爱读书的，那时候农场里头，除了《毛选》和样板戏，几乎什么都看不到。我偶尔会从废品回收站里，淘来一些旧书偷偷地看。骏骏，我还会向你妈妈借书看，比如《红楼梦》啊《家》啊，但大多数小说，却是从志南的嘴里听来的，他的记性真是好，跟我整本整本地讲解《悲惨世界》《战争与和平》《安娜·卡列尼娜》《牛虻》……而我印象最深的是《红与黑》，他能从头到尾说上三天三夜，从于连做市长的家庭教师，到他去神学院苦读，再到巴黎的花花世界，遇上玛蒂尔德小姐，直到被处决，玛蒂尔德小姐抱着他的人头去埋葬。"

忽然，我想起十七岁时，小东阿姨送给我一样生日礼物，就是司汤达的《红与黑》，傅雷翻译的版本，这大概也是她最爱的书吧。书中的许多细节，我至今还记忆犹新，有的后来用到过我的小说里，比如玛蒂尔德每年会穿戴一次黑衣孝服，纪念她的祖先德·拉莫尔，也就是亨利四世的王后玛格丽特的情人。

青青阿姨猛喘了几口气，说："那个志南啊，抗美也很喜欢他的——这个秘密，是抗美亲口跟我说过的，他们还……"

"住嘴！"

小东阿姨第一次失态了，她冲到青青阿姨面前，几乎要扇她的耳光。一个闷雷滚过，我妈想要挡在她俩中间，小东阿姨却静默不动了，雕塑般顿了几秒钟，终于瘫坐在椅子上。

青青阿姨擦了擦额头的汗，躲到屋子的另一头，继续说下去："小东,你考上了大学,真是走运啊,而我和抗美留在了崇明岛上,可⋯⋯"

"你们想知道秘密吗?"

小东阿姨打断了她的话,当然,所有人都想知道秘密。

"志南,他是我的第一个男朋友,他想要跟我结婚,而我答应他了。"

这回轮到我妈惊愕了:"小东啊,这是真的吗?是什么时候?你怎么没跟我说起过?"

"就在1977年,我跟他说,我参加完高考,就嫁给他。"小东阿姨苦笑两下,"虽然,我是真的喜欢志南,但,我对他说谎了。第二年,我上了大学,而他留在岛上。我很清楚,我和他之间,隔着一江水。记得离开农场的那天,青青、抗美还有志南都到码头来送我。但我唯独没有抬头看他。坐上回上海的轮船,我趴在栏杆上,大哭一场。那是1978年的春天,很冷,长江口,无边无际的。风冷冷地卷来,脸上刀割般地疼。而我看着自己的眼泪,一滴滴落到江水里,连个泡沫都不会再有,就算我整个人跳进去,也不过是多个漩涡,转眼谁都不会再看到,谁都不会再记得。"

这话才说到一半,屋子另一头隐隐传来抽泣声,我知道那是青青阿姨。而我妈走到小东阿姨背后,搂着她的肩膀,却不知道还能说些什么。

"别哭了,青青。"

小东阿姨主动走到她身边,拍了拍她的后背,说:"直到现在,有时候,我还会梦见志南,梦见他打着赤膊在稻田里劳作,梦见他穿着海魂衫的夜里,举着蜡烛跟我说《巴黎圣母院》里的卡西莫多。至于,志南跟抗美是什么关系,我真的不知道,其实想想,这也不重要吧。离开岛上的农场,我不再跟志南联系了。而他呢,每个礼拜都给我写信,寄到我的大学宿舍里。他在信里说农场的生活,说他可以弄到外面的书了,说青青天天吵着要回城,说谁跟谁又打架了,但从未提起过抗美。他还说,想要到大学来找我,但是农场领导不准请假。他问我暑假有空再回岛上吗?他给我的这些信呢,当时我都保存得很好,但我一封都没有回过。直到,1979年的夏天,我终于给他回了一封信,信里只有三个字——我等你。"

"你真的想要嫁给他了?"青青阿姨问,然后自言自语,"那一年,我还在岛上呢。"

"谁能想到呢,那年夏天,志南出车祸死了。"

青青阿姨点头："是啊，我记得，在岛上，从农场到码头的公路，他骑自行车，被一辆卡车撞死了，好惨呢，我们都去看热闹，脑袋都被车轮轧没了，只剩个身体，血肉模糊的。"

"别说了！"

我妈堵住青青阿姨的嘴巴，以前她也经常这样阻止她，在青青阿姨滔滔不绝口无遮拦之时。

"其实，只有我心里明白：他为什么骑自行车去码头？是因为收到了我的那封信——'我等你'三个字，他要乘渡轮过江来找我。"小东阿姨说着说着，眼眶早已经湿润，过去我从未见过她落泪，现在是破天荒头一回，发现她的脸颊上，正悬着几滴泪珠。她说："都是我的错，要是我早知道，他命里注定不能离开那座岛，不能渡过那条江，我就不会给他写那封信了。"

我妈给她递了面巾纸，小东阿姨任由泪水淌落，似窗外屋檐下的雨水不绝。

"要是志南不死的话，也许，他现在还在岛上，娶了抗美为妻，生了一对儿女，又生了孙子外孙，天伦之乐，日子不错吧？"小东阿姨闭上眼睛，"至少，比我强多了。"

"小东，你一辈子没结婚，就是为了这个男人？"

"我不知道。"

看着小东阿姨的双眼，我晓得她还有很多秘密，比如在美国，后来回国以后，她走过很多的路，遇见过无数的人，撞到过数不清的事，心却终究留在了那座岛上。

终于，她抹去泪水，回头直勾勾看着青青阿姨，却对着我妈说："你还记得吗？那个冬天，我和青青住在你家。早晚青青都守在信箱前，每次邮递员来送信和电报，他们都会聊好久。"

"你在说什么啊？"青青阿姨扑到小东阿姨面前，还是被我妈阻拦开了。

"青青，从一开始，你就知道自己肯定考不上，因此也没有认真复习，你从心底里希望别人也考不上，对吗？"

面对小东阿姨的问话，青青阿姨摇头回答道："但我不会做缺德事！至于，每天都来送信和送电报的邮递员，你们又不是不认识他！小东，你的大学录取通知书，就是他骑着自行车送来的，我替你签字拿下后转交给你的。我说要感谢他，买了几个油墩子请他吃，让他大冬天的骑车送信暖暖身子。每一天，我都问他还有没有新的录取通知书，最后我和抗美的都没有收到过。但是，这小子经常下班来找我玩，他只比我大了两岁，虽说家里条件很差，但那时候在邮政局上班，也算是铁饭碗，总比我们农场好多了啊。"

"嗯，后来，你就嫁给了他。"

我妈总算说了一句话。我这才想起，原来说的就是青青阿姨的老公啊。我见过那个男人的，从小记忆里就有，从他三十多岁够年轻，到四十来岁半秃了脑门，直到快退休了畏畏缩缩。从前，每年他都会给我带集邮的定位册。离上次见到似乎已很久很久了。

"嗯，那时候，他就说，他喜欢我。"青青阿姨似已忽略我的存在，仅把这晚的谈话，当作闺蜜间的私语，"老实说，我有些嫌弃他，长相普通，家里一穷二白，跟我没半点共同爱好。我只是想，他工作还不错，跟他结婚的话，说不定会被调离农场。两年后，我和邮递员结婚了，就是你们都认识的那个人。我提前离开农场，回到日思夜想的上海。"

"如果，没有你在我家的那些天，没有在信箱前等候录取通知书，你也不会嫁给他，是吗？"问话的是我妈，但我想她早就知道答案了。

"对，否则，我这辈子都不会认识他！"

"可是，过去你一直夸你老公，说他虽然没钱，但是工作稳定，没什么不良嗜好，关键是对老婆女儿非常好。"

"我骗你们的，对不起。"

"其实，我早就看出来了。"小东阿姨说。她的眼睛，果然尖利呢。

"有时候我会想——三十多年前，那个选择对还是不对？要是我没有暂住在天潼路 799 弄的过街楼，没有天天守着信箱认识了现在的老公，那么我会不会一直留在岛上？我会嫁给怎样的男人？也许，就是像抗美那样，跟崇明岛的农民结婚。或许，我会生个儿子，长大后就像许多崇明岛男人那样，到上海来当出租车司机。要是这样，还真的算我走运了。只是抗美不走运吧，最后一个人孤苦伶仃，被你们送进这座精神病院！"

"青青！"

"呵！想到这里，我就觉得，我好走运呢！虽然，我从没喜欢过我的老公，从结婚的第二年开始，从我们有了女儿开始，我就想要跟他分开来过。但我不敢，一个女人家带着孩子，能有什么好下场呢？

你们不会相信的，这些年来，你们所看到的，都是我和他装出来的，只有我女儿知道真相，但她也从来不会跟任何人说。有时候，想想女儿，她也蛮可怜的。好吧，就告诉你们，我和他，冷战了三十年……耶稣啊！三十年！"

青青阿姨家里是信基督的，虽她本人不太信，但耶稣已成了口头禅。

我记得，在我妈的几个闺蜜里，青青算是混得比较差的。我读中学的时候，青青阿姨就曾哭哭啼啼来借过钱，说是为了房子装修，而她从厂里下岗每月只有几百块。直到几年前，她办理了退休手续。走运的是，原来家里的老房子拆迁，她也分到了一笔钱。女儿大学毕业进了外资企业，没过几年就结婚嫁人了。虽然，女婿也没太大出息，但总比别人家有个令父母操碎心的剩女强吧。

停顿片刻，青青阿姨又说："今晚，索性就不回家了，反正我家老公也不会等我的。这大雨下得啊，让我这嘴巴，也像水龙头，再也关不住啦。让我再说个秘密，你们都不晓得吧——我女儿小青，读高中的时候，跟抗美的儿子学文谈过恋爱。"

"还有这种事？你肯定反对的吧。"小东阿姨冷冷地问。

"咳，他们两个啊……对了，骏骏你不记得了吗？以前，我们三家人，一块儿去西郊公园看动物，你、小青、学文，三个孩子都去玩了。"这话说得我害羞，好像是有这么回事，是读小学五年级还是预备班？记不清。总之，我的年纪最大，他们比我小两三岁。那时动物园是小孩最愿意去玩的地方，看熊猫，看大象，看北极熊，最有趣的是猴山。对了，学文好像很安静，看起来乖乖的样子，特别怕他的妈妈。而小青呢，是个爱哭的女孩，被打扮得挺漂亮的，要不是比我小几岁，大概会特别注意她的吧。

青青阿姨接着说："小青和学文，是同一年的。学文的功课特别好，小青这孩子读书不灵，特别是数学差到了一定地步。所以，我经常请学文到家里来，帮着小青补习数学。那时候，抗美已经离婚回了市区，一个人带着孩子，租了套小房子，住得离我家很近。小青和学文读不同的高中，但只隔了几条马路。他们经常一起放学回家，在街心花园写作业。渐渐地，我有些不放心了。我发现女儿越来越爱打扮，每天早上出门要反复照镜子。半夜听电台的流行歌，居然还会默默流泪。虽说女孩子青春期都这样，但她这一切似乎只是为了学文。有两次，我悄悄跟着小青，才发现她跟学文一块儿去看电影了，好像是那个……就是那个……一男一女抱着在船头的……"

"《泰坦尼克号》。"小东阿姨冷冷地补充道。

"对，就是那个号，我这脑子啊，快要老糊涂了！当我发现小青和学文谈恋爱，刚开始自然是反对，强迫他们两个分开。我又是要面子的人，只跟抗美一个人说了，都没跟你们两个说过。可是，孩子大了，管不住啊，那年小青在读高二，十七岁，最讨厌听妈妈的话。后来，我想通了，也就不再约束女儿。看看我自己吧，当年为了早点离开农场，嫁给了一个我不喜欢的男人——仅仅因为他给我的闺蜜亲手送来了大学录取通知书，最惨的是我自己还没有份！我为什么不去找个自己喜欢的男人呢？就像小青这样，那么单纯，只是喜欢一个男孩，多好啊！对不起，骏骏，这些话实在不该对你说。但要是能重来一遍啊，我也想找个斯斯文文的、读书好的男孩子，就像学文！"

"后来怎么样了？"小东阿姨和我妈都被挑起了听下去的兴趣。

女人，果然都是天生八卦，无论十六岁还是六十岁，尤其是对于谁跟谁好上了这件事。

"后来……我女儿——你们知道的——终归是个听话的孩子，虽说大哭了一场，还是跟学文断了。其实，我给小青留了个后门，答应等她和学文考进大学以后，就不再干涉了，随便他俩怎么谈恋爱。谁又能想到呢？学文刚高考完就走上了绝路。"

原本针锋相对的小东阿姨，倒也同情地搂着青青阿姨的胳膊，安慰说："小青现在不是也挺好的吗？"

"好什么啊？你们才不知道我的苦呢，学文死后的那个暑期，小青像变了个人似的，木木的，也不出去玩，就算大学考上了第一志愿，也没见得有任何高兴。但她也不哭，整天在床上挺尸，那些天啊，我和她爸都担心死了，怕她也会跟学文一样。再后来呢，小青似乎对什么都没兴趣，大学毕业以后谈了两个男朋友，都是草草了事。直到遇上我现在这个女婿，虽说也没见他们有多要好。只是对方家里有房子，父母都是公务员，结婚条件嘛也只是中等。我原本以为，小青心里还一直念着死去的学文，没想到她爽快地答应了求婚。我就这样稀里糊涂地把女儿嫁出去了。这就是命呢。"

看着青青阿姨的颓丧，我完全想起了她女儿小青，有双乌黑乌黑的眼睛，头发在阳光底下宛如墨色。眼前昏暗的世界，狂风暴雨，天花板下雾时明亮鲜澄起来，回到十多年前的清晨。还有学文，我想起打红白机的情景，虽然他是优等生，但玩游戏也是高手，我俩一起用上、上、下、下、左、右、左、右、B、A、B、A 调出《魂斗罗》的三十条命，如此一路打到通关为止。他不太说话，嘴上有圈绒毛，留着刘德华式的中分发型，嘴里偶尔会哼起"给我一杯忘情水，换我一生不伤悲"。

最后，等三个女人都不出声了，我把目光对准了我妈。

根本不用说话，疑问已呼之欲出——妈妈，你有什么秘密？

天潼路 799 弄 59 号——"1977 年恢复高考大学录取通知书灵异事件"（我给今晚发现的秘密所起的代号）的案发地，也是我外公外婆的家，我从出生到十岁，差不多有一大半的童年时光，是在这栋过街楼上度过的。

我记忆中的第一天，应该是八十年代初的某个下午，天潼路 799 弄 59 号过街楼上，我看到窗外刺眼的亮光，还看到墙上挂着的相框，好像是妈妈抱着婴儿的我，背景好像是在苏州的天平山上。那个瞬间，我就有一个疑问——我是谁？这不是在装×，而是我的记忆里，真的存有这么一段，因为是人生的第一段，反倒记得格外清晰。

从那天开始，我的记忆就是在爸爸妈妈的小家与外公外婆的老宅之间切换。大概在我两岁那年，妈妈搬出了天潼路的老房子。单位给她分配了一套房子，在黄浦区的江西中路。那是上世纪三十年代的老建筑，就连电梯都是那时的旧物。一家三口住会显得很小，但有个突出在楼房外立面的阳台，雕花的铁栏杆两边，还有真正的巴洛克风格的罗马柱，就像站在古城堡的塔楼上——只有三楼，我却已感到在很高的地方，抬头眺望对面大楼的屋顶之上，隐约可见外滩海关大厦的钟楼。那时我想到一个说法，这里是"外滩的屁股"。杂乱无章的天际线上，我经常看着那里发呆，依稀记得某个凌晨，我就这么趴在阳台上，看着天空从黑变紫直到泛出鱼肚白。

但是，我爸我妈都要上班，像我们这种双职工的孩子，通常都交给老人来带。因此，我的大多数童年时光，都是跟外公外婆住在一起，恰好我也是他们唯一的外孙。许多个傍晚，爸爸将我放在自行车后座上，骑过苏州河边，穿过老闸桥，从一条小巷子进入天潼路 799 弄。那条弄堂地下铺着石板，小时候丝毫不觉得狭窄逼仄，因为小孩眼里一切都是大的。外公外婆就住在 59 号的过街楼上，穿过一道陡峭狭窄的木头楼梯，就到了时常散发着白兰花香气的房间。透过地板下的缝隙，可以看到底下的门洞。我特别喜欢爬上小阁楼，趴在屋顶突出的"老虎窗"边，原来那块狭窄的长方形的蓝色天空，一下子变得如此辽阔。眼底是大片的黑色瓦楞，偶尔长着青色野草，再远望仍是层层叠叠的瓦片，头顶不时飞过邻家养的大队鸽子……那时最爱看《聪明的一休》，那个挂在屋檐下布扎的小白人，现在的孩子都不知道了。我常在黄梅天的雨季，趴在阁楼的老虎窗边，看着密集的雨点落在窗上，看着阴沉的天空乌云密布，幻想屋檐下也有个小白人随风飘舞，全世界都在风雨中寒冷发抖——后来特别喜欢宫崎骏的《千与千寻》，不仅因为大师与我同名，更因为电影里那个城堡式的亭台楼阁的世界，那些高悬于墙面的窗户都像极了我的小阁楼。

而我就读过的第一个小学，也在天潼路799弄的尽头，几乎紧挨着苏州河，是闸北区北苏州路小学。那个校舍可是个老洋房，我妈给我报了个美术班，也在这所小学，叫菲菲艺术学校，可惜我不能再把我的学校和我的阁楼画出来了。

我一直在想，那栋老房子里，究竟还发生过哪些秘密？一定会有的吧，就算不是在我家，隔壁邻居的楼上楼下，总有些不为人知的往事。

今晚，这个秘密就在眼前，就像一只被加热的瓶子，再调大些火候，就会彻底爆裂。

小东阿姨、青青阿姨、还有我妈，她们三个人里，至少有一个在说谎。不过，也有一种可能，就是——她们三个全都说谎了。

但，我又不可能指望她们自己说出来。

忽然，我清了清嗓子，第一次高声说："我去档案局调高考的考卷——1977年你们的考卷，好吗？"

沉默。比打在屋顶上的暴风雨更沉默，沉默得震耳欲聋。

子夜，零点。

不知是谁要脱口而出之际，身后的精神病院却响起刺耳的声音。警报声！

听得撕心裂肺的，我忍不住打开窗户，风雨小了些，荒野里亮起几束光，从精神病院方向，变成几个人影，推开这间餐馆的门。

几个不速之客，分别穿着白色外套，两个强壮的男护工，还有个人似是医生模样，却并非刚才那个男人。

"对不起，你们是什么人？"这些家伙就像审问似的，仿佛我们是逃跑的病人。

"我们是今天来探望病人的。"

"哦，我记得。"医生眼里布满血丝。

"前面的公路被水淹了，我们在这里躲雨。"我这样跟他解释。

"今晚有没有见到其他人？"

说话的同时，两个护工在小餐馆里转悠，包括厨房和厕所也没放过。

"是有精神病人脱逃了吗？"说话的是小东阿姨，看到对方点头，她已猜到几分，回头问："是他吗？"

"你们看到他了？"

"是不是个三十来岁的男人，看起来斯斯文文的？"医生说着拿出一张精神病院的表格，写着病人的名字，还有张大头照，赫然就是几小时前，出现在这里的神秘男人。

"他是病人？"青青阿姨快要晕过去了，我妈扶了她一把。

我保持镇定道："他说是精神病院的医生。"

"嗯，这就是他最显著的症状，妄想自己是资深的精神学科医生，这样就能解释他为何一直住在精神病院了。"

说话的才是真正的医生，为了让我们确信他不是精神病人，他掏出医生胸牌给我们看了一遍。

"你们才发现？"

"晚上点名时发现人不见了，调出的监控录像显示，下午他就逃出去了。"

"嗯，我们是见到他了，在这儿吃了碗葱油拌面，还跟我们聊了一会儿天，将近十点钟离开的。"

"册那，这疯子够胆大的，明明逃出了精神病院，还在门口坐了那么久！"一个护工往地上吐了口唾沫。

"现在雨小了，路应该通了，你们有车就快回去吧，留在这里很危险，两年前，有个性变态的病人逃跑，躲在附近一间农舍，杀了那全家。虽然今晚逃走的病人没有暴力倾向，但还是要小心点。"

其实，早知道那个王八蛋是精神病，就算外面下冰雹，也得快点回去了。

我重新发动车子，妈妈坐在我身边，小东阿姨和青青阿姨坐在后排。

午夜，雨刷刮开风挡玻璃上的雨点，瀑布般流淌下来，远光灯前的郊外小道，不知哪里潜伏着精神病人。今晚，犹如蒲松龄的世界，妖异而模糊。

谁都没说话，但我能感到她们的出气声，不约而同地松了口气，仿佛各自庆幸——精神病人的鬼话，谁信啊！

小心地开了不到十分钟，道路上的积水果然退了，车速加快。

忽然，灯光中蹿过一道黑影，几乎紧贴地面飞过。

我无法躲闪，急刹车也来不及，若是猛打方向盘，很可能冲进路边水沟，只能闭上眼睛碾压过去。

再停车。

刚才微微一颤，车轮下好像碾过了什么。其他人也感受到了，小东阿姨回头看着，青青阿姨却催促我快点往前开。

我手心里都是汗珠，窗外的雨越来越小，车里却仿佛暴雨一场。

但我犹豫片刻，还是选择踩下了油门。

不知道轧着了什么。

命运吧，我想。

继续往前开去，很快摆脱了乡间公路，上了回市区的高速。车里的三个女人，依然寂静一片。虽然她们都很疲倦，但我想一个都不会睡着。我重新打开电台，深夜的古典音乐频道，响起拉赫玛尼诺夫的《帕格尼尼主题狂想曲》……

那一晚，在送我妈和她的闺蜜们回家的路上，不知为何，我的脑中却浮现起那个穿着海魂衫的男子。他叫志南，死的时候，应当比我年轻，死在车轮底下，死在一座孤岛上。

一个月后。

我托了许多层关系，包括档案局的领导，依旧无法调出 1977 年的高考试卷。

但我查出了抗美的高考成绩单。

结果却让人惊诧，她的总分不高，远远低于最低分数线，主要的原因在于，其中有一门课考了零分——语文。

语文零分？

这怎么可能？若说数学零分，倒也情有可原，语文从来没有零分的，就算作文打了零分，其他也不可能全错，除非交白卷。

但我没有看错。

　　档案馆的灯光下，明亮却不刺眼。我看着这份成绩单，眼前成排的台子宛如课桌，紧闭的大门有管理员守着，宛如三十多年前的监考老师。而我就是小东，或者青青，或者抗美，坐在决定命运的椅子上，看着想象中的试卷……

　　深深地吸了一口气，仿佛闻到白兰花的香味，外公外婆的小阁楼里的气味啊。

　　离开档案馆，我直接开车去了精神病院，独自一人。

　　回到那栋灰暗的建筑前。门口的小餐馆已经关闭了，取而代之的是送盒饭的快递员，大概还是有医生和护士不满意伙食。

　　但我没有看到抗美阿姨。医生说一个月前，我们去探望过抗美以后，她的情绪就极不稳定，现在必须隔离，什么人都不能见。

　　那个医生，就是子夜时分带着护工出来追捕逃跑的精神病人的那位。

　　他说，那个把自己想象成精神病医生的病人，到现在也没有被抓到。因为没有暴力犯罪的前科，公安局没有下达通缉令或协查通告之类的。好在那个人没什么家属，从小就父母双亡，否则家属们要被烦死了。不过，院长还是为此写了好几页检查。

　　"逃跑的精神病人，跟抗美阿姨的关系好吗？"

　　"他们几乎是彼此唯一的朋友……事实上，抗美把他当作自己的儿子，经常管他叫学文。"

　　"学文早就死了十多年了。"

　　"我知道。"

　　"医生，这么说来，抗美把自己的一辈子，全都倾诉给了那个病友？而那个人，就在抗美的面前伪装成医生？"

　　"嗯，他最喜欢给人做逻辑分析，除了假装给人看病，还经常给人分析各种疑问，许多秘密真的被他说准了——说实话，如果没有精神病的话，他会是一个非常出色的警官，或是推理小说家。"

　　说到这里，我才发现医生的办公室里，摆着一排日本与欧美的推理小说。

　　我问不到更多的答案了，也不想再去打扰抗美阿姨，更没告诉妈妈在内的任何人，关于我的第二次精神病院之行。

　　返回市区的路上，我开车格外小心，以免再轧到什么奇怪的东西。车载音响里是肖斯塔科维奇的《C 小调第八交响曲》，缓慢碾过荒野泥泞的道路，也许还包括某些尸体残骸。

我已经有了答案，或许也是我的妄想——抗美在精神病院的十年来，她宁愿相信一切都是别人的错误，而所有的错误的起点，在于1977年到1978年的冬天，自己未能住在天潼路799弄59号——最要好的闺蜜家里，导致她的大学录取通知书，被别人冒领或藏匿或销毁。

正好有个冒充医生的精神病人，被抗美误认作早已死去的儿子学文，便把一腔的愤懑都倾诉给他听。

至于他的越狱，或者说飞越疯人院，并非是什么巧合，而是早有预谋的——事实上，这所精神病院的管理漏洞百出，只要他想逃跑，任何时间都可以，甚至大摇大摆装作医生从大门出去。但他之所以不愿意走，完全是为了把他当作儿子的抗美——因为他从小是个孤儿，在他眼里抗美就是最亲密的人，就像妈妈，亦同病相怜。

他决定为抗美复仇。

终于，等到了这一天，三个老闺蜜又来探望病人，唯一出现在意料外的，是我。

趁着探视的空当，他伪装成医生逃出精神病院，等候在门外的小餐馆里。如果按照原定计划，他或许会在我们出来以后，上前搭讪再说起抗美的病情，最终诱导我们陷入当年的往事。然而，天有不测风云，狂风暴雨之中，前头道路必然中断，我们暂时无法离开。这倒给了他更多的时间与空间，当然风险也相应增加——精神病院随时会发现他不见了。

于是，他吃了一碗葱油拌面，果然等到了我们。

接下来，就是他酝酿了多年的报复，代替抗美的复仇——也可以说，就是抗美本人的复仇，是她的儿子死后灵魂附体的复仇，对自己当年的情敌小东，对学文生前怨恨过的小青的妈妈。还有对于我和我妈，如果不是出于最原始的嫉妒与恶意，那么就是我妈深埋的某个秘密吧？

心底想着想着，车子已开进市区。傍晚时分，我妈让我回家吃饭，我说等一等。我从延安路高架转南北高架，从北京东路匝道下来右拐，一路往东开去。

到北京东路福建中路路口，车子停在旁边的科技京城前。眼前是座跨越苏州河的桥，小时候叫老闸桥，坐在爸爸的自行车后座上，总觉得这座桥好长好大，桥下的苏州河水面宽阔，河边泊着许多船只，不少竖起高高的桅杆。那时我最爱的，就是趴在桥栏杆上，看一艘拖船带着后面十几条船，一节节列车似的从桥洞下穿过。船上载着煤炭与沙石。发动机的轰鸣声，丝毫不觉得是噪声。船头雪白的浪花，煞是好看。

可惜，原来的老桥在 2001 年拆了。现在这座桥，2007 年才竣工通车。所以，这已不是我童年时的那座桥了。

而今的苏州河，却是分外宁静，很少再见旧时的内河货船。秋日夕阳，洒上清波涟涟的水面，金灿灿地反光。一艘旅游观光的小艇经过，玻璃钢的艇壳，从我脚下的桥洞穿过，眼睛像进了沙子。

驶过这座桥，就是福建北路，也是我读过的第一所小学——北苏州路小学的旧址，几年前被夷为平地。

至于我的外公外婆家，也是"1977 年恢复高考大学录取通知书灵异事件"的案发地——天潼路 799 弄 59 号，同样也已沦为拆迁队挖掘机下的瓦砾。

天快黑了，四周布满高楼，这里的建筑工地，却像精神病院外的荒郊野外。或许等到明年，才会变成四五万一平方米的豪宅楼盘。

从这一头，走到那一头，大概不过一两百米。小时候却觉得这条弄堂好长好长啊。靠近天潼路这头有条支弄，住着我最要好的小伙伴，我的同班同学，如今不知人在何方。尽头紧挨两条路口，已是一片空地。天潼路 799 弄的正门，曾有个玉芝楼书场，常有老人在那儿听苏州评弹，晚上会放录像，我记得最早看过的录像带，当属琼瑶片《梦的衣裳》。马路另一边的老弄堂尚幸存，里头藏着个老园子。清末光绪二十二年夏天，放过西洋影戏，这是中国第一次放映电影，距离 1895 年 12 月 28 日卢米埃尔兄弟在巴黎放映十二部短片——世界公认的电影诞生日仅隔半年。

我再也找不到 59 号的过街楼了，就连废墟上的遗址也寻觅不见，不晓得在哪片角落……

小学三年级，我常爬上阁楼。有个小柜子，最底下那格抽屉，一本厚厚的《钢铁是怎样炼成的》底下，压着一张黑白照片。小阁楼里本来幽暗，老虎窗却投来清亮的光，无数灰尘在光束中飞舞，仿佛夏夜乡间无尽的萤火虫，照亮相片里的四个女生。她们都留着乌黑的辫子，手挽着手，穿着厚厚的棉袄，背景似乎就是我家的弄堂，隐隐还有屋顶上的积雪。她们笑得多么欢快，不晓得命运将会往哪一个方向去。而为她们拍照片的那个人，又是谁呢？

那一年，深秋的清晨，外婆给我做好早饭，送我去学校读书以后，就再没有醒来过。不久，外婆因为脑出血辞世。我第一次接触到亲人的死亡，在追悼会上看着水晶棺材里的外婆，绝不相信再也见不到她了，总觉得哪天外婆还会回来。那年冬天，外婆很多次出现在梦中，那么清晰而真实。

而我对于天潼路799弄59号最后的印象，停留在办丧事的家里挂满的挽联和被棉子（丝绸被套）上。

同一年，我妈单位分配了一套新房子，她也被提拔去了局机关上班，那张华东师范大学中文专科（自考）的文凭，无疑起到了很大作用。

于是，我家搬到了西区的曹家渡，六层楼的工房的底楼，我们拥有了独立的卫生间和厨房，再也不用木头马桶和痰盂罐了。我们一家三口与外公同住，但没几年他就过世了，大概是孤独的老人难熬过岁月吧。

以后搬过很多次家，但从未离开过苏州河。现在推开我的窗户，仍能看到那一线河水，只是由从前的墨黑稍微变清了些。如果往河里放一艘纸船，必然能漂到童年那座桥下。

中考那年，我依然梦想当画家，便提出要考上海美专，结果失败，也没有考上高中。于是，从北苏州路小学妈妈送我读画画班那天起的梦想，就此永远破灭了。当然，往后我也再无缘就读全日制的大学，就跟三十多年前妈妈的命运相同，尽管原因截然不同。

那一年，妈妈常常觉得在同事们面前抬不起头来，因为免不了和别的孩子比较，比如学习成绩很好的抗美阿姨家的学文，还有青青阿姨家的小青，还好小东阿姨没有孩子。苦闷叛逆中的我，在一本小笔记簿上开始了最早的写作，不过是些倾诉罢了，我忘了有没有写过天潼路799弄的记忆。

但我也在读书，只是学校很远，在当时的工厂区旁边。过去是广东人的联义山庄，也就是公墓，阮玲玉的香冢就在我们学校隔壁。多年以后，我给那地方起了个名字：魔女区。

后来，我进入上海邮政局工作，先在思南路上班，后调至四川北路的邮政总局，依然在苏州河边，距离天潼路老宅数步之遥。不知何故，我从未回去看过，只是在文章里不断回忆。

再后来，2000 年开始，我在榕树下网站发表小说，再到两年后出版自己的第一本书。因为各种机缘巧合，我觉得自己是个超级幸运的人，渐渐变成了你们所知道的那个人。

当然，我还是我，也从来没人真正了解过我。

2007 年，我妈妈从单位退休，我从上海邮政局辞职，开了家文化公司，以我的小说为主要产业。

今年，我开始写一连串的短篇小说，成为"最漫长的那一夜"系列，大多来自我记忆中的人和事。

但我从未敢写过妈妈和她的闺蜜们的故事。

我的妈妈，或许，也有她的秘密？

但我宁愿，一无所知。

对了，我也相信，我妈、青青阿姨、小东阿姨，她们三个人，余生里，再也不会有任何来往和联络了。

天，黑了。我想，我该回家吃饭了。

从废墟前转回头，却看到身后站着一个男人。

看不清他的脸，只感觉他穿着件白色大褂，再看胸口的钢笔，很像是医生的派头。

他也在看着眼前这堆瓦砾，似乎跟我一样，在寻找那栋过街楼上的老宅子。

我见过他，在精神病院。

好吧，我就当他是个医生，反正在这个世界里，究竟谁是医生，谁是病人，鬼才知道！

但有一点，他自由了。

开车回家的路上，照例堵得一塌糊涂。我手握着方向盘，心里却浮起一个人的脸——抗美阿姨的儿子学文。是因为刚才那个人吗？学文差不多是 2000 年自杀死的，到现在有十四五年。要是他还活着，说不定是个社会精英，混得比我好吧。对啊，他的学习成绩可棒了，语文、数学、英语无懈可击，大家都觉得他能考上北大、清华。那一年，高考前夕，学文到我家来做客，他悄悄告诉我——他妈反复叮嘱，走进考场，拿到试卷的第一件事，千万记得要把名字填在装订线里面，不要直接写在考卷上，否则要算零分的啊……学文困惑地说："哎，谁会犯这种低级错误呢？妈妈说到这啊，还会掉下眼泪呢！"

第

# 15 夜

白茅岭之狼一夜

老狱警：曾经的名侦探，如今在白茅岭监狱了却残生那座监狱,远在苏浙皖三省交界的深山,有个恐怖片式的名字——白茅岭。

白茅岭是上海管理的农场,是教化劳改犯重新做人的地方,有许多说沪语的干警。上海人管被释放的劳改犯叫"山上下来的",说的就是这座山。从前我一直以为那叫"白毛岭",听起来更阴森更有想象力,仿佛跟白毛女存在某种联系。

那年冬天,每逢日落,就是白茅岭最漫长的一夜。东边和北边,连绵不绝的白茅岭,早已降下白霜。西边和南边,是宽阔的无量河。四面无处可逃,天然的大监狱。刚过 12 月,无量河蜿蜒的水面,结了一层薄冰,多年未见此景。监房、宿舍、兵营还有农舍,均无暖气,只能烧山上的干柴。囚犯们盖着薄薄的被子,互相搂抱取暖。值班的干警最难熬过长夜,唯有痛饮劣质白酒。清晨,隔着铁窗向外望去,是屋檐底下长长的冰,开春的油菜花地和茶园,盛夏的稻田和果树,秋天郁郁葱葱的山岭,远看都像涂抹过一层白石灰,仿佛整个白茅岭被移植到了西伯利亚。屋里屋外,每寸空气,潮湿刺骨,钻进毛细血管,潜入七情六欲。

比冬天更可怕的是狼。七十年代的白茅岭,有什么会同时出现在所有人的噩梦中?便是狼这种动物。狼会吃人。除了农家牛羊,狼最爱吃小孩。白茅岭有所学校,家长多是干警与农场职工。枫林染红的时节,有个一年级的小学生,在放学路上被狼吃了,只剩残缺的骸骨。

传说中的大灰狼，并不只是大人们用来吓唬小孩的。农场职工决意复仇，向部队借了自动步枪，在深山掏到狼窝，掳获七只小狼崽。刚出生的小狼，满嘴奶味，像一窝毛茸茸的小狗。它们被剥皮处死，血淋淋地吊在农场门口。当晚，整个白茅岭的囚犯、干警、职工还有士兵，都听到荒野里的狼嚎，从午夜持续到天亮。让人心里潮湿得发霉，生出密集的狼毛来。

次日早上，挂在农场门口被剥了皮的七只狼崽，消失不见了。

不久，一个职工晚上出门解手，迟迟未归。老婆拖着众人去找，发现在茅坑边的尸体——喉咙被咬断，差不多放光了血。大家都闻出了狼的气味。隔了一日，午后的太阳下，有个职工独自在茶园干活，突发惨叫。等别人赶到，发现他已被咬得面目全非，鲜血染红了茶树枝干。整条大腿都不见了，连着命根子咬断，被狼拖到林子里作了午餐。自此以后，大白天没人敢落单。下地干活必须三人一组，随身携带猎枪，最起码得有镰刀之类的防身。猎狼队使用部队的56式自动步枪（56式至今仍是一种致命武器，威力颇猛），在方圆几里内严密搜捕。

白茅岭有对夫妇，夏天有了第一个孩子。怀孕时就被看准是男孩，生下来足有八斤四两。十月初一，寒衣节深夜，夫妻俩被某种声音惊醒，发现襁褓里的孩子没了。窗户被顶开一道缝隙，残留几缕灰色狼毛。女人疯狂尖叫，左邻右舍提着猎枪赶来，搜索到鸡叫天明，有人在山林边缘，找到两块染血的襁褓碎片。年轻的妈妈哭晕过去，大伙却不敢进山捕狼。最近一个月，有十个男人命丧狼腹。几具残缺的尸体旁边，自动步枪未曾放过一弹。白茅岭的狼动作极其迅速，目标还没反应过来，已被咬断了脖子。

一头寻仇的母狼！

1976年年末，白茅岭农场发回上海的报告，将之形容为"狼灾"。

冬至，纷纷扬扬的大雪降下。每逢这种年景，狼群出没最为频繁，人与家畜也更易成为狼的猎物。狼嚎如常光临白茅岭。监狱岗亭打开探照灯，瞄准风中声音的方向。小土丘上，发现那头狼的身影，狼毛蓬松垂落，像个披头散发的女人，斜眼放着绿光。

清晨，大墙内的某间牢房，十几个犯人陆续醒来，发现他们中的一个，平日里健壮的大块头，已成血肉模糊的一团。喉咙被咬断了。监房里弥漫着血腥味，还有狼身上特有的臊气。铁栏杆上有几撮灰色狼毛。这意味着昨晚，那头狼秘密潜入监狱，成功躲过各种防范，没发出任何声音，杀死了熟睡中的囚犯。它不是来吃人的，死者虽然肥壮，但没缺多少肉，只有浑身狼爪的伤痕。

白头发的老狱警，接连抽掉半包大前门。案发现场烟雾腾腾。幸存的犯人们挤在角落，贪婪地吸鼻子，吞下充满烟味的空气。躺在中间铺位上的死人，是白茅岭唯一的胖子，却像具被吸干了的僵尸。老狱警操着一口黄酒瓮味的南汇话，令人颇感费解。相比警察后生们，他就是个乡下土鳖。他的真本事，只有两个最老的犯人知道，只有蹲了大半辈子监狱的人，才能从他后半夜巡逻慢悠悠的脚步声中，听出那个名侦探的节奏……

三十多年前，提篮桥监狱幽长的甬道两边的铁栏杆里，人满为患，喧嚣骚动，散发出死尸与粪便的恶臭。彼时，他还不是狱警，更不老。他专办各种杀人大案，登上过《申报》，被百乐门的小姐们献过花。他常到监狱提审犯人，穿着灰色风衣，笔挺的皮裤，锃亮的靴子，偶尔戴上呢质礼帽，嘴里叼根烟斗。他很容易被认出来，有人向他吐口水，笑声邪恶。他穿过甬道，仿佛经过动物园，他把杀人犯看作野狗，绑票团伙当成黑鱼，扒手大王视为猴子，但他没看到过狼，也没有看到过狮子样的罪犯。1949 年，许多警官去了台湾，唯独他留在上海市警察局，完成与解放军的交接。他为什么不走？因为是那福州路啊，有他喜欢的书店和姑娘。几年后，这条路上的商务印书馆和中华书局，都搬去了北京。而作为前名侦探，他走出福州路 185 号，踏上去白茅岭的卡车，带领五百名少年犯，从此二十年如一日，再没回家。

老狱警又踩灭一根烟头，看着监房床铺上的死尸。为子复仇的母狼，或许只是示威——它能轻易杀死任何人，在任何地点、任何时间。

但他仍有疑惑，在狼杀人的同时，这间牢房里还有十二个人，难道都没有任何察觉？

一个年轻囚犯说："我看到了。"这小子戴着眼镜，不像其他凶恶的惯犯。他的铺位就在死者旁边。后半夜，他被身边某种动静惊醒，闻到一股刺鼻气味。恐惧充盈了心底。睁开眼睛，月光穿过铁窗照亮监房。有团巨大的黑影，趴在旁边的大块头身上——难道有人半夜来鸡奸？为何没有反抗？不对啊，旁边那家伙可是个狠角色，平常在监狱里横行霸道，都是他干别人的，怎么可能被别人干？不，那个……好像……不是人类。不错，它刚咬断了大块头的咽喉，满嘴都是人血。它也看到了他。

狼的目光。他说这辈子都不会忘记，在凌晨时分的白茅岭，监狱的床上看到一头刚杀过人的狼。狼的鼻子距离他的鼻子，不会超过半尺。狼嘴里喷出的热气，带着死人的血腥气，灌进他的嘴巴。狼狠狠地瞪着他，几乎透过他恐惧的眼球，看穿他悲催的前半生。他不敢叫喊，没有发出声音。狼在警告他，要是把其他人吵醒，立刻咬断他的脖子。他直视狼眼几秒钟。幽暗的、绿色的却又像宝石般的狼的目光。德国纳粹的、意大利法西斯的、日本鬼子的、美帝国主义的、地球上一切的邪恶与残忍的目光，都不如昨晚那目光。

在脖子被咬断之前，他闭起眼睛，强迫自己趴下装睡。他能感到那头狼从床上起身，脚步像猫似的，静悄悄地离开监房，从铁栏杆间钻出去。他躺在尸体旁边，自己也像尸体一动不动。直到天亮，囚犯们陆续醒来，才响起男人们的尖叫。

狱友们都不责怪他，毕竟当他发现时，旁边的人已经死了。假如他发出叫喊，非但自己白白送命，周围那些囚犯惊醒，恐怕也会被这头野兽咬死。所以，他的沉默，反而救了一屋子人的性命。

老狱警记住了这张年轻的面孔，也记住了他的囚犯编号：19077。

大雪一连下了十天。从白茅岭农场建立的那天起，就未曾下过这么大的雪。自狼在监狱里吃人那晚以后，白茅岭人人自危，为了避免在睡梦中葬身狼口，他们轮流说鬼故事吓唬自己。狼的体形虽大，骨头却很纤细，传说有缩骨之术，能钻进很小的洞或缝隙。毫无疑问，又是那头复仇的母狼。

唯独老狱警，照旧抽着大前门，蜷缩在宿舍火炉边，迎来 1976 年的最后一天。默算日子，等到过完年，还有四十九天，就能熬到退休回上海了。

这天黄昏，劳改犯点名时，发现少了一个人。

干警们搜索了整个监狱，包括白天活动过的荒野。

冬天出来劳作的犯人不多，岗亭外放哨的士兵，偶尔也会走神，尤其当风雪弥漫，模糊了视线之时。那年头的白茅岭，越狱并非难事。别说是人，连狼也能翻墙。某年夏天发洪水，砖砌的监狱全被冲垮，有几个囚犯和干警一起被淹死。水田和茶园紧挨着山林，夏天下地劳动的时候，趁着别人稍不注意，囚犯就能轻易逃跑。

越狱者的结局，无外乎几种——被执勤的哨兵开枪击毙；被军警搜捕抓回来枪毙；逃到山上被狼吃了。还有更惨的，九死一生逃回上海，家里人却不敢收留，身无分文还没有粮票，露宿街头，饥寒交迫，为了能吃上口饭，索性再奔回白茅岭报到。

若在平时，早就全员出动搜捕了。不过，今晚零下十五度，在这样的雪夜上山，等于自杀。越狱的犯人也是昏了头，就算侥幸没被冻死，也会成为饥饿狼群的晚餐。监狱决定，等到明天清晨再行动。但到那时候，要搜捕的就不是逃犯，而是逃犯的尸体了。

白头发的老狱警，蹲在监狱门口，给自己点上最后一支烟，努力回忆逃犯的脸，想着想着，却串到了别的什么面孔上。不同的脸像烙蛋饼似的，金黄的压着土黄的，从焦香四溢到冰冷僵硬。

雪，下得稀稀落落。月亮快从浓云间露出头了。白茫茫的山上点缀着黑色的毛竹与枯树。站在监狱前向东望去，山头轮廓分明，右边露出一道陡峭悬崖，突出的侧面很像狮脸。那片山崖，又名狮子口，相传曾是宋朝岳家军抗金的古战场。

平常这个时候，老狱警就要回去值班了。那几个来自提篮桥、在白茅岭监狱相伴了三十年的老囚犯，只有听到他夜巡的脚步声，才能睡得安稳。他清点兜里的烟，剩下一包半，刚够应付七八个钟头。而这一夜，还漫长着呢。

明天早上，太阳照常升起，但不是每个人都能看到。

莫名其妙的，老狱警想到这句话，很想找个人说说，回头只见雪夜里自己的影子。

他摸了摸腰间的枪套——54式手枪的，上个月才配发给每个狱警。这种枪威力巨大，可以近距离击穿薄钢板和砖墙，通常供军队使用。所以，这不是用来看管犯人的，而是为了防范狼的偷袭。弹匣容量八发子弹，但他只上了七发，因为最后一发容易卡壳。

枪套里是空的，枪已不翼而飞。

几个钟头前，他在负责看管放风的犯人。那时候，风雪正好停了，太阳难得从乌云里露头。虽是零下十五度的凛寒，他坐在阳光下的雪地里，仿佛做梦回到了3月的春天。但人到底是老了，他坐在一块榆木桩子上，背靠着光秃秃的篱笆墙，慢悠悠地点了一根大前门。午饭刚吃完食堂的红烧肉，饭后一根烟，赛过活神仙。几个因犯都是些后生，最小的十七岁，嘴上的毛还没长齐，年长的也不过三十，他们正在堆一个硕大的雪人，不断用雪块垒上去，几乎有两米多高。还有个下流坯子，用根粗木头插在雪人的胯下，一副要对着白茅岭所有女人耍流氓的样。

老狱警并没有阻止这些家伙，而是继续享用他的大前门。冬天的太阳下，风懒惰得静止不动，烟烧得尤其缓慢，在食指与中指之间忽明忽暗。

他做了一个梦。又一次梦见提篮桥监狱，梦见福州路上的小书店和姑娘们，最后居然梦见了动物园，铁笼子里趴着一头睡觉的狮子。

十分钟后，他被一阵风吹醒。烟头早把手指烧起泡，他却没任何感觉，坐在榆木桩子上，双眼瞪巴瞪巴，扫过几个囚犯年轻的面孔，他们却诧异惊恐地甚至带有某种怜悯地看着他。

就刚才坐着抽烟的工夫，竟然不知不觉睡着了，他怀疑自己是活着，还是被这些囚犯用绳子勒死，用石头砸死，或者用狱警的配枪毙了。

枪。

下意识摸了摸枪套，空的。

来不及吼叫，就发觉囚犯少了一个——他记得那张年轻的脸，戴着眼镜的斯文样，在令人眩晕的冬至后的清晨，狼吃人的监牢里头。

编号：19077。

这挨千刀的小子，趁着老子睡着的空隙，偷走枪套里的手枪，逃跑了！

几个正在玩雪人的囚犯，都被19077号的举动吓坏了。大家来不及警告19077偷枪会被枪毙，他就已带着手枪消失在白茅岭上。

老狱警手里没枪，何况山上有狼，必须先把剩余的囚犯押解回监狱。

他没再点烟，不明白自己怎么会睡着——一辈子从未犯过这样的错误。虽然已五十九岁了，但除了头发已白，他并不像同龄人那样衰老，反而发根茂盛，身体还强壮着呢。盛夏农忙，他也和囚犯们一起，光着膀子在烈日下收割水稻，身手敏捷不亚于小伙子。

监狱门口，懒洋洋的老狗在喘气。原子弹试验那年，他看着这条狗出生，活蹦乱跳了十年。秋天，它还让农场里的两条母狗同时生了两窝小崽子。可就在几天前，这条狗没来由地瘸了，先掉两颗牙，后来是一瘸一拐，再后来尾巴都竖不起来，撒尿没法跷起腿，就等着进棺材了。这是命。

晚上八点，部队发现失踪了一支56式自动步枪，弹匣里有三十发实弹，还有把56式三棱刺刀也不见了。

偷走枪和刺刀的人，正在上山途中。

白茅草占满整片山坡，据说这正是"白茅岭"的来历。锯齿状的草叶，山羊都不吃，割在脸上辣辣地刺痛。自动步枪挂在胸口，刺刀别在腰间。雪停了，月光皎洁。就在今晚，老狱警决定亲手把活人抓回来，而不是带回一具冻僵的尸体，或是被狼吃剩下的几分之一。

环顾四周，只有光秃秃的树干，看不到监狱和农场。军用手电筒光束耀眼。头顶划过一片凄厉，像铗声击穿耳膜。很高的树枝间，悬着被吊死的猫，惶恐哀鸣的，想必是猫头鹰。黑夜里遇到这家伙，必非吉兆，恐怕有人要殒命。他套着厚厚的军棉袄，帽子挡不住寒风，头皮一阵阵发冷。脚下的解放鞋，在雪地里遭殃。他像条狼狗弓腰观察地面。雪如起伏的棉花糖点缀着枯草与树干。山上积雪尤甚，几乎没过脚踝，雪地上留下深深脚印。前头还有脚印，幸好雪停了，否则很快便被淹没。四周落得孤寂，呵出白气，热腾腾的一瞬即逝。

但他嗅出人的气味——逃犯还活着。

另一行脚印，浅浅打在雪上，一个个小圆点，彼此间距很近，像两个小孩子追逐奔跑，说明是四条腿。空气中有野兽的气味，淡淡的臊热，恶心的腥臭。他取下56式自动步枪，打开机匣右后方的保险，连发模式。单发虽精准，但万一没射中，或击中了没打死，恐怕在射出第二发前，自己的喉咙已被咬断。枪口对准雪窝下的阴影，任何动静都要扣下扳机，管他是狼是人！往往这种时刻，枪在新兵手中很危险，只要哪个环节稍微出错，就会误伤战友，甚至可能打爆自己的脑袋。

每逢新兵入伍，白茅岭的老兵们都会反复告诫——晚上小心狼！一个人站岗时，绝不能思想开小差。有个东北来的新兵，十八岁，个头一米九几，体重一百八十斤，可谓白茅岭的巨人。他家在长白山下，半汉半鲜的村子，祖传的猎户，年年要打死上百头狼。他想，过了长江还会有狼？一定是老兵用来吓唬人的。第二天早上，战友们发现此人不见了，岗哨上有团血肉模糊的骨头，残破的军装，散落一地的灰色狼毛。掉在地上的自动步枪，尚未打开过保险呢。在白茅岭，老狱警亲眼看见过被狼吃掉的新兵蛋子至少有四个。

胸口有些冒汗，他解开风纪扣，一股寒风卷入领口。为了抵挡南方冬天的湿冷，他习惯于穿着厚厚的军棉袄，并牢牢系紧领口。他突然听到某种声音。隔着一片树丛，在手电筒的光束最末端，有黑影晃动。老狱警关掉手电筒，借助月光往前摸去。那影子行动缓慢，估计已耗尽体力。只差数步之遥，影子越发清晰，破烂的囚服在雪地中分外醒目。白天越狱的逃犯，能活到现在，也算走运了。必须要抓活的，不能开枪，要无声无息，像从背后偷袭的狼。老头趴在荒草丛里，半个身子没在雪中。

19077 号囚犯，刚满二十八虚岁。青皮光头上发根茂盛，已近板寸长度。不像其他劳改犯，他的皮肤白净，嘴上有圈胡楂。最与众不同的是，鼻子上架着一副眼镜。大冬天口中呵出的白气，反复模糊镜片，目光也像盖着一副帘子，朦朦胧胧。乍看略像《南海风云》里的年轻舰长。去年夏天，南京军区的电影放映队，来到白茅岭放过一场露天电影。所有的囚犯、干警、职工，包括军人，一起坐在星空下，盘着腿，喂蚊子。

把这小白脸扑倒，干翻，捆住，不是轻而易举吗？

雪地里飞起团灰色，巨大的尾巴，月下龇牙咧嘴，牙齿白骨般反光。

"狼！"

该死的，那本该是他的猎物。但老狱警的一声"狼"，意外救了逃犯的命。狼的第一击，擦着逃犯的咽喉而过。狼爪将他扑倒在雪地。逃犯发出含混不清的吼叫，垂死挣扎，四肢乱蹬，抵挡狼的攻击，像被壮汉强奸的弱少女。

狼不明白，为何没有一击命中？自觉奇耻大辱，启动第二击。

四颗尖利的恶齿，再度逼近逃犯的脖子，眼看要噬血夺命。

枪声响起。56 式自动步枪，三颗子弹，冒着火星，冲出枪管，响彻了整个白茅岭。逃犯本能地在雪地里打了两个滚。从狼爪底下脱身，摸了摸脖子，确信还跟脑袋连在一起。

他活着，狼也活着，均毫发无损。子弹射向黑漆漆的夜空，击向挂在中天的月亮。并非老狱警射术不精，而是狼与逃犯生死搏斗的瞬间，纠缠翻滚在一起，根本无法瞄准。56 式自动步枪的杀伤力超强，就算打准了狼，子弹也很可能穿透狼的身体，击中下面的逃犯。还有一点，连发会产生强大的后坐力，导致第二发与第三发子弹往往不准。

对于在白茅岭"关"了二十年的老狱警来说，狼不是陌生的动物。他能辨认出每头狼不同的细节，无论公母。这头成年母狼，体形比同类大些——白茅岭上的这群狼，大多魁梧雄壮。为消灭这头凶残的母狼，农场上下折腾了两个月，不仅一无所获，反而丢掉不少人命。刚才那几秒钟，是千载难逢的杀狼机会，也是将越狱者当场击毙的好时机。但他的目的不是杀人，而是把活人带回监狱。

狼这种畜生挺小心的，知道自动步枪不是木棍，转身蹿到雪地深处，消失了。

逃犯看到了老狱警，也看到了自动步枪。他知道是来抓自己的，要么被当场击毙，要么被抓回去枪毙，对于一个倒霉的越狱者来说，不可能有第三种结局。无论结局如何，总比被狼吃掉好些吧。逃犯选择了向政府投降。

囚服早被抓烂，苍白的脸上多了道血痕。眼镜顽强地挂在鼻梁上，只是有一块镜片已破碎，宛如布满裂缝的玻璃窗，将左眼的目光隐藏得更深。老狱警啐了口唾沫，用枪口用力捅他后背："跪下！双手抱后脑勺！"

越狱犯闭上眼睛，老狱警从他的囚服里，搜出一把 54 式手枪，弹匣里七发子弹，一发不少。他将手枪塞回枪套。再不能被偷走了，他想。

"同志，我听说，对准心脏开枪，是最没有痛苦的死法，对吗？"

"完全说错了！打中心脏是最疼的！白痴！"

老狱警掏出麻绳，将逃犯双手别到后腰，打了个死结捆住。逃犯站起来，比他高了半头。劳改犯要从事强体力劳动，但他的胳膊并未锻炼出肌肉，体形依然像黄豆芽。脸颊的血滴滴答答。老狱警抓了把雪，擦了擦逃犯的脸，以免血腥气引来更多的狼。他系紧风纪扣，用枪顶着逃犯后背，押解他往回走。白雪和月光彼此交映，四周全是黑压压的森林，监狱和农场还很遥远。

余光瞟到逃犯的眼镜快滑下鼻梁了，老狱警为他扶正眼镜，准确说出他的编号——"19077，干吗要逃跑？"

"因为你睡了。"

老狱警很想现在就毙了他："逃就逃了，竟敢偷枪！"

"山上有狼，要是有一把枪在身上，还可以防个身什么的。"

"你会用吗？"

"不知道。但只要我手里有枪，就算你醒了，也不一定敢追上来。"

"要是今天我没睡着，你也想逃跑吗？"

年轻的逃犯点了点头，说："我怕狼。"

老狱警眯起双眼，布满皱纹的眼皮底下，两道目光如炬。他直勾勾地盯着逃犯，像回到冬至第二天早上的命案现场。

"那天晚上，在监牢里，大家都睡着的时候，亲眼看到狼吃人的，就是我。"

眼前年轻的逃犯，编号 19077 的越狱者，是那桩案子唯一的目击证人。他害怕晚上睡在监狱里，会不知不觉被狼吃了。

"逃到山上就不会被狼吃掉吗？"

"我宁愿醒着的时候死，也不愿睡着以后，死得不明不白。"

"这里没有死得不明不白的人！"老狱警用枪口顶了顶他后脑勺。

两人一前一后走了好久，迟迟不见监狱与农场的灯火。老狱警计算路程和时间，从潜出营房到上山再到逮住逃犯，花了不到一个钟头。下山又耗去差不多一样长的时间，但眼前景物却截然不同，干枯的树丛越发密集。他们本能地顺着山坡往下走，到底了却又得上坡，周而复始，永无止境。

"同志，我们是不是迷路了？"

老狱警环视一圈，将手电筒照得更远些，那是另一片无比陌生的山岭。没错，他们迷路了。唯一能确定的是仍在白茅岭。

耳膜突然被什么震了一下，死寂的雪地深处，狼嚎四起。三个月来，每晚都会响起的狼嚎，仿佛来自另一个世界的幽灵在彼此述说震耳欲聋的悄悄话。这声音的刺耳程度，完全超出人类听觉所能承受的极限，只有身临其境，才能理解何谓"鬼哭狼嚎"。

他命令逃犯原地别动，再将麻绳放长绑在自己腰上，两人拴在一起。手电扫过四周每一寸空间，跳出一对幽幽的绿灯——母狼的眼睛。灰色身体，渐从雪地露出。它从未走远，跟在身后，无声无息，耐心等候咬断两个男人喉咙的机会。

虽然穿着厚棉袄，臃肿得像团绿色毛球，但老狱警还是眨眼间打开自动步枪保险，对准暗绿色目光，扣下扳机，三颗子弹连发。枪声压倒了狼嚎。

狼消失了。前头还是雪地。黑夜里，白茫茫，远方山峦剪影模糊不清，荡起三段枪声的回音……间隔愈来愈长，更像打了三次单发。子弹继续飞。

手电所到之处，没有血迹，连根狼毛都没落下。难道是幻觉？

他问逃犯："喂，你看到狼了吗？"

"看到了，但你没打中。"

在雪夜丛林，面对狼这种幽灵般的动物，失手也并非绝无可能。

看不到那双绿色的眼睛，但能感觉到它，也许已绕到背后？老狱警不敢多想，喘着粗气，转了几个圈，绑在腰间的麻绳，缠绕好几圈，像流出来的肚肠。逃犯跟着他转圈，雪里连跌两个跟头，差点也把老头带倒。

"王八蛋，坐稳了！"

逃犯应声坐在雪地上。这也是喊给母狼听的，让它一样乖乖坐下，不要轻举妄动。但他看不到狼，狼看得到他。毕竟，人的视力有限，尤其在黑夜，怎比得过野兽的眼睛？

两个人行走，一个人被反手捆着，另一个身上系着绳子，还得防范对方随时会逃跑，甚至反过来攻击他。在这种情况下，要预防狼的突袭，简直太困难了。何况又迷路了，可能离山下监狱越走越远。假如朝天鸣枪，山下能否听到？无法判断，算了吧，还是节省点子弹要紧。老狱警暗自思忖。

这么坐在雪地里，恐怕到不了后半夜，就得活活冻死。还好四周有枯枝和干草，兜里还有盒火柴。他清理积雪，点燃几绺白茅草。火种，像难产的婴儿，总算亮起来了。太冷了，又潮湿，眼看火苗又要熄灭。他命令囚犯用身体挡风，同时往柴堆里吹气。火苗舔着枯枝。星星之火，可以燎原，但为了活命，哪怕烧掉整座白茅岭也在所不惜。逃犯跪着凑近取暖，死人般的脸，稍微有了血色。在火光映衬下，脸颊的伤痕更为鲜艳，竟生出一种俊俏来。

篝火让野兽不敢靠近，人类才有幸在远古生存下来。地下的雪水渐渐融化，后背心都被烤热了。老狱警又起身去收集树枝，以免燃料殆尽，但跟逃犯一块儿绑着麻绳，活动范围仅是个半径两米的圆圈。

"犯了什么进来的？"

"我没犯罪。"

老狱警一脚踢开他，却因麻绳连着他俩，自己也被顺势带倒，趔趄几下，仍端起枪。

逃犯把头埋入膝盖，反捆在背后的双手，如临刑前的死囚。火堆噼啪作响，不断有枯枝烧裂。

"他们说我是强奸犯，但我不是。"年轻的脸庞在火光中抬起。

"19077，我在医务室见过你，你以前做过大夫吧？给人看病，还是给牲口看病？"

"给人看病——女人。"

"妇科？你就每天坐在医院的小房间里看女人的下面？"

老头用衣角擦拭对方满脸的鼻涕。逃犯猛烈甩头，避开他的手。

"判了多少年？"

"十年。"

"来几年了？"

"四年一个月零九天。"

老狱警是明知故问，关于19077的一切，他清清楚楚——包括为什么会来到白茅岭。干了一辈子的警察，从旧社会到新中国，哪样奇怪的故事没见过？各种各样的冤枉官司多了去了，而因妇产科医生的职业无端引来强奸的罪名，也不是第一次听说。

作为强奸犯来到监狱，地位还不如贼骨头和杀人犯。倒粪便洗厕所这类脏活，通常是留给他的。何况，他长得文弱秀气，洗干净了像个小白脸……

1976年过去了，白茅岭上升起1977年的月亮。白雪映着熊熊火堆。逃犯的脸颊越发绯红，那道渗血的伤痕更加刺目，干枯的嘴唇也湿润起来。

火苗眼看要熄灭。老头命令逃犯在原地不动，他去再捡些干枯的树枝。逃犯说："要是你去捡树枝，那头狼下来了怎么办？还是我去捡吧，能不能帮我把绳子解开？反正你手里有枪，不管是我还是狼，一旦轻举妄动，你都可以开枪。"这是合理的建议。否则，两人势必一块儿被狼吃了。老狱警为他松开双手，但没有解开腰上的绳子。逃犯活动活动手腕，猫下腰去捡树枝。

来不及了。

月光透过张牙舞爪的枝丫，照亮一头硕大的动物，居高临下站在大石头上。狼眼斜斜地上翘，仿佛从蒙古归来。冬天的灰毛尤其厚长，从胸口拖到四条腿肚子上，而在宽阔的胸膛之下，还荡着一堆臃肿的奶头。它像发作时的哮喘病人，或像多年的痨病鬼，喉咙里发出低沉的咕噜声，带着血腥味和热烘烘的狼臊气。虽说狗也是这样吓唬人，但狼那尖细开裂的嘴巴，一对三角形的耳朵，垂于地面的扫帚尾，提醒生人勿近。

白茅岭的雪，还没融化。狱警与逃犯生的火，刚好熄灭。最后一粒火星，似夏日的萤火虫，冻死在突如其来的寒流中。

狼，暴露獠牙，呼之欲出。

嗒……嗒……嗒……没听到子弹的穿透声或狼的哀嚎声，却有一阵腥风扑面而来。老狱警顺势往后跌倒，第二次扣下扳机。子弹射出瞬间，有双爪子不可抗拒地扑到肩上。超过十个成年男人的力量，将他踩倒在熄灭的火堆里，几乎要压碎他的骨骼和内脏。眼前一团黑灰，自动步枪飞了出去。浓浓的腥臭味再次袭来，冰冷的狼牙刚好擦过脖子。哪怕多停顿一刹那，就会被咬断喉咙。老头转过身，把狼压在身下，狂吼着，同样龇牙咧嘴，像要去咬狼的脖子。人的力气到底不比野兽。母狼瞪出凶狠的绿光，又挣脱转身，踩上他的后背。冰凉的异物，侵入他左后肩膀，深深嵌进肌肉。他被狼咬了。第二口，即将咬断他的后脖子。某个冰凉的金属，突然插进母狼的右前腿与胸口的连接处。

那把 56 式三棱刺刀。他脸朝下俯卧在地，被狼咬到肩膀的同时，反手抽出左腰间下的刺刀，举至头顶，手心向内侧一转，擦着自己脖子右侧边缘猛向上戳。母狼的血，似滚烫的开水，溅满半边脸。刺刀还在左手。这是真正的杀人利器，可毫不费力地刺透两个男人的胸膛。即便不能当场致命，三棱形的军刺也能通过血槽将空气引入，在血管内形成泡沫。只要刺入八厘米，就可让人痛苦而缓慢地死去。刀身加热时掺入过砷元素，仅仅擦伤皮肤也能导致砷中毒。

老头晃晃悠悠站起，缓缓贴近地上的母狼，决定送出最后一刀，仁慈地解决它的痛苦。

狼却一个急挺身，亡命地钻入边上的树丛，被绵延如大肠般的黑夜消化。好厉害的对手，虽然是母的！他找回手电筒，庆幸没被摔坏，这才想起逃犯。

又不见了。

老狱警的腰间还捆着绳子，却在数米开外中断——56 式自动步枪也失踪了。

19077 号犯人第二次偷走了老狱警的枪，也是老头这辈子第二次被人偷枪。

不远处的雪地上，有行深深浅浅的脚印。他走不远的。老狱警忍住肩膀和背后的剧痛，抓紧手电和刺刀，跌跌撞撞往前冲去。枪套里的 54 式手枪还在。但真正厉害的武器，既可以杀人也足够杀狼的，在逃犯手里。

1977 年 1 月 1 日，凌晨一两点，老狱警一路往山上走。山上的雪越发坚硬。好像有白色雪花飞过，随手一抓，非但不融化，反而有些暖和,原来是身上的棉絮。这同样拜母狼所赐,只是可惜了这身好棉袄。尚未凝固的血,从十多处不同的伤口渗透。

一盏清亮的白光,从斜上方投射下来。一只老鼠,窸窸窣窣钻出雪堆,宛如一条毛笔的墨迹,从白色信纸上画过,转眼被水稀释。这家伙那么小,却非等闲之辈,窝里藏着不少过冬的口粮。猫头鹰从天而降,把老鼠逮到了树上。它自老鼠窝里生出来,到被这只猫头鹰吃掉,也许只有几个月。而与之同窝的兄弟姐妹们,恐怕寿命更短暂。想想自己能活到这把年纪,老头就感觉走了狗屎运。大约四十年前,跟他一同考进旧上海警察局的同龄人们,要么死于凶恶罪犯之手,要么作为阶级敌人被镇压枪毙,要么早早病亡在床上,而今健在于世的寥寥无几。

循着逃犯的脚印,雪地里有坨黑色的东西,冒着热气。他认得是狼粪。新鲜出炉的,小笼包般的狼粪。要是晒干了,用火柴点燃,会冒出浓烈而腥臭的黑烟。古人就是这样用狼烟传递军情的。只不过要葬送很多收集狼粪的士兵性命吧。狼不像老虎或豹子在领地范围潜伏袭击。它们的狩猎方式是长途奔袭,因此具有超乎其他猛兽的耐力。但奇怪的是,为何只有这一头母狼?狼群去哪里了?

他在此地二十年,从未深入过这些角落。严寒时节,狼群会席卷整个农场,把大家准备过年的牛羊拖走,或就地啃得只剩骨架。监狱还没养狼狗,顶多是有农家院里的草狗,学名中华田园犬,冬天还会吊死做狗肉煲。

雪中脚印,越发凌乱,也越发新鲜。手电射向正前方,依稀可辨一个人影。

"站住!"任何人只要回头,看见这么一个浑身鲜血,半人半兽的怪物,都会不由自主停下。虚弱的逃犯正在喘气,瞪大眼睛足足十秒,才确认来者是何人。

老狱警连手枪都没掏,握着带有狼血的刺刀靠近,逃犯本能地举起56式自动步枪:"不要啊!你再走一步,我就开枪了!"

"白痴,保险都没打开呢!"

逃犯忙乱地检查自动步枪,扳弄各个部位。当他把枪口对准自己,老头及时提醒了一句:"喂,危险!小心走火,把自家脑袋给崩了!""哦?"

枪口放平,他继续扳弄保险,整张脸由苍白憋到通红,额头流下豆大的汗珠。

老狱警根本不相信他会开枪，大摇大摆走到逃犯面前。

枪响了。

连续三发子弹，从 56 式自动步枪的枪口射出，擦着耳边飞过。距离太近，根本无从躲闪，他本能地向后摔倒。在他倒地同时，身后闪过一个黑色的影子。

后面有狼的绿光，逃犯只能抓紧时间开枪。还是那头母狼？胸口中了一刺刀，居然还没流血而死？趁着逃犯分心，老头翻身抓住枪口。刺刀本可轻松地出手，瞬间捅进逃犯心窝。就算仅刺中肚子，也会令其在数分钟后丧命。终究，他不想只带回一具尸体，于是冒着逃犯开枪或走火的危险，将逃犯死死压在雪里。他右手像个铁扳手，禁锢住逃犯抖动的手指，阻止他扣下扳机。

与其作为越狱犯耻辱地受死，不如在这狼嚎的雪夜里，被一颗子弹或一把刺刀送命更痛快些。逃犯比老狱警高了大半个头，垂死挣扎，并不比母狼更容易对付。额头被逃犯的指甲抓破，老头热热的人血混着狼血，溅到逃犯碎了一块的镜片上。老头关上枪的保险，重重一拳砸中对方鼻梁。逃犯再无力反抗，像妇产科的女病人，绵软地躺在雪地上，双腿分开。满脸流血的老头，骑在他身上，劈头盖脸，一顿胖揍。

残留着火药味的枪口，顶住逃犯脑门，冰凉的皮肤立刻灼热起来。调整到单发模式，不要浪费子弹，一颗就足够了。从额头进去，后脑勺飞出来。干净利落，不会有太多痛苦。无非是死相难看点，自动步枪的威力巨大，那么近距离开枪，很可能掀掉大半个天灵盖。

"干吗要逃跑？"

"同志，我不是故意的，我以为你被那头狼吃掉了！如果，我不快点弄断绳子逃跑，也会被狼咬死的。我必须拿走你的枪，万一那头狼追上来，还可以靠这支枪自卫。你也不想看到，今晚我们两个都被狼吃掉吧？"

这番话貌似有些道理，但也可以往更险恶的方向揣测，老狱警犹豫着把枪收回。

逃犯说："你还在流血呢！"

"你以为你是医生？"老头忘了，他真是医生。

"伤口很深，没做任何包扎处理，还能一路追到这里……"逃犯摇头说，"快把衣服脱下来。"

"冷。"

"快点脱，听医生话！"

当他这么说的时候，就像在关照女病人：快脱裤子，在医生面前别不好意思。老头脱掉衣服。血肉和棉毛衫连在一块儿，冻得硬邦邦，几乎撕下几块皮。但他咬着牙，死都不肯叫一声。

手电照出后背数条伤痕，全是狼爪留下的，最深有一二厘米。左后肩膀，两个深深的洞眼，狼牙的标记。还好右肩膀没受伤，否则连枪的扳机都扣不动。老狱警个头不高，体重不超过一百二十斤，但有精壮紧密的肌肉。前妇产科医生现逃犯，撕碎老家伙的衬衣，反复缠绕包扎背后被狼咬伤的部分，一包上去就渗出鲜血。不一会儿，赤裸的后背，已包成了木乃伊。逃犯帮他穿好衣服，但后背的无数破口处，不断钻入寒风。

没有止痛药，但低温令人头脑清醒，不断刺激分泌肾上腺素，获取并透支能量。包扎穿衣的整个过程，他始终牢牢握着枪，不肯腾出双手，以至于系纽扣这种事，也得逃犯一粒粒帮他系上，从最底下到脖子上的风纪扣。逃犯抓起几把雪，擦拭老头黑乎乎的脸。冰凉刺骨的雪团，好似冬天没拧干的毛巾，擦掉厚厚的泥土与污垢，在皮肤上融化，变成水，带走人与狼的血。

老头的脸露出原色，不深不浅的肤色，眉毛与眼睛还算端正，如果戴上眼镜，穿上中山装，很像处级干部或小学教员，也像被打倒的知识分子。但他只看到雪月下自己的影子，模糊得像一团动物内脏。

"谢谢。"他第一次向劳改犯道谢。

整夜没有喝过水的喉咙，像燃烧的煤球炉，简直可以喷火取暖。上山之前，他本想带上行军水壶，但怕累赘，加上水壶的铝质外壳很容易跟自动步枪碰撞，怕半夜里动静太大，惊动了逃犯或狼。他半蹲下来，清理出一团干净的雪，捧在手心。眼睛一闭，吞入嘴中。

前医生现逃犯提醒，冰冷的雪水不能直接下到肠胃。提防一边在雪里拉稀，一边被母狼咬掉屁股。

老狱警不蠢。他没有马上咽下去，而是先含在口腔。两边腮帮鼓着，等冰水变成温水，才缓缓吞下，这口水经过咽喉、食道、胃……虽然牙齿连同舌头冻得麻木，身体却像一盆快要枯死的花，哪怕撒泡尿浇了都能活命。

他又抓了一大把雪，塞到逃犯手里。逃犯往后缩了几下，硬着头皮吞下一口雪。

"小子，别说你想要逃走，刚来白茅岭那几年，我有好几个同事，解放前就在一块儿的老警察兄弟，都被冬天的狼吃了，连我想要逃走都不敢，何况你？"

逃犯斜眼看他，不回答，怕被这老家伙套话。

1953 年，前名侦探来到白茅岭，自此遥望整片荒芜的山头，听黑夜此起彼伏的狼嚎。他住在漏风的茅草房子里，腰眼里别着手枪，监督犯人们修造监狱和农场。有时候，他想，自己还不如那些只判了几年的，要么三年劳教结束就能回城的犯人。从上海被放逐来的干警们，白茅岭就是终老与葬身之地。包括安置来的无业游民，大家都要为农场生儿育女，以便一代代人就地扎根，永远繁衍生息。像他这种一辈子没结婚，被批准退休后还能回上海养老的，真是凤毛麟角。

"但是，狼窜到监狱里来吃人的事情，我却是一辈子都没遇见过。"老头说。

白茅岭，下半夜。冷月下的雪地，两个男人踩出四行近乎笔直的脚印。逃犯的眼泪，扑簌扑簌，滚烫的，顺着眼角，砸入雪地，像烧开的水，融化成微小的一片白。

"同志，你说，我们要是回到监狱，我还有可能活吗？"逃犯无力地倒在雪中。

老狱警无法说出真相——越狱犯通常会被加判为死刑。除非是自首回来的，才可能捡回一条命。他说："不晓得，得看人民法院怎么判了。"

他用脚尖踢逃犯。睡在雪上多舒服啊，但睡着就死定了。他硬生生拖起逃犯，互相搀扶前行。地图上都找不到的白茅岭，无边无际，一夜间变大了十倍，需要走一辈子，像最漫长的徒刑。

不知不觉到了一个阴气逼人的小山坳。周围是枯死多年的树木，脚下积雪和泥土松软。两个男人，冻到满脸鼻涕，接二连三打喷嚏。走在前面的逃犯，脚底被什么绊倒了。被拽起来前，右手摸到一样奇怪的东西，竟是个乌黑的骷髅头！才发现脚下积雪里，散落着无数骨头。有的明显是人的大腿骨，也有牛的肩胛骨。有块山羊的颅骨，两个醒目的圆孔，是狼牙咬穿的。蓝印花土布碎片，像旧时农村老太太的。最后有一根像是清朝人的发辫——男人粗大的辫子，干枯褪色，散落在破碎的头盖骨旁边。

狼群的墓地。不，是它们猎物的墓地。更准确地说，是狼族厨房的垃圾桶，存放它们吃剩下的骨头。许多年代，不断积累下来的，到底存在了一百年？八百年？远在还没有人类的史前时代就有了吗？狼是比人更古老的动物，那时候，它们才是整个地球的主人。现在，它们只能在白茅岭做主人。而人类是客人。

哭声。两人彼此对视，都没有掉眼泪。

逃犯趴在雪里，耳朵贴着地面，寻找哭声来源。地下的哭声。仿佛许多年前被狼吃掉的婴儿，阴魂不散，在自己的坟墓中哭泣。

婴儿继续哭，富有节奏，中气十足，是那种吵得全家人彻夜难眠的孩子。

老头举着手电筒，一瘸一拐，照见山坡上一个土堆。半人多高的侧面，最不起眼的位置，几株白茅草遮蔽下，有个黑漆漆的洞穴，只能容纳一个人爬进爬出，他钻进去，里面看起来深不可测，四壁凹凸不平，充满腥臭。老狱警有些后怕，自动步枪和刺刀，全都留在洞穴外面，逃犯可以轻而易举地杀了他，就算挖些泥土封住洞口，也足以让他葬身狼穴。

温暖的狼穴，与外面冰天雪地相比，简直像3月的春天。他用两个手肘支撑起身体，几乎倒吊在洞的底部，仅剩下双脚还在狼穴外。他感到有双手抓住自己脚踝，无疑就是逃犯，以免他被卡住出不来，或坠入更深的地狱。

老狱警变成了瞎子，只能依靠听觉，抓住某个挣扎的活物。摸到一只小小的耳朵，不是毛茸茸，而是光滑细嫩的皮肤。有个小鼻子，然后是迷你的嘴，紧紧咬住他的手指，有力地吮吸，传说中吃奶的劲儿。

人类的婴儿。

逃犯像拔萝卜，从狼穴中拖出老头的身体。土块与碎屑，不断从脸颊边擦落。他双手护着婴儿，紧贴自己下巴，不让这孩子受一点点伤。

男孩。哭声狼嚎般刺耳。小小的身躯底下，包着几块碎布，襁褓的残片，印着"白茅岭农场"的字样。逃犯将孩子搂在怀中，像抱着亲生儿子，反复亲那红扑扑的脸蛋，毫不顾忌孩子身上的腥臭之气，沾上满嘴狼毛。

没错，这是一个多月前失踪的男婴。所有人都以为这孩子被狼吃了，他却活在狼穴深处，看起来也没什么营养不良，就跟普通人家的婴儿一样，大腿与胳膊反而更粗壮有力。

　　这孩子到了逃犯手里，立刻停止了哭泣，睁开眼睛，看着雪夜里逃犯的脸，反而嘻嘻地笑了。

　　"你认得他？"

　　"是，我亲手把他接生出来的。"

　　"说什么呢？你在监狱里给女人接生孩子？"

　　19077 号犯人把头埋到婴儿屁股上，边清理残留的粪便边说："我到这里四年，总共只接生过这一个孩子。"

　　医生在白茅岭弥足珍贵。许多有一技之长的囚犯，都被委派到重要岗位。他也不例外。除了跟别人一样劳动改造，他还在医务室工作，为老狱医打下手，给犯人配药更是家常便饭。妇科只在县城的医院才有，害了妇科病的农场女职工，懒得大老远跑县城，就会到监狱医务室来找他。女人们争相前来看病，这个上海来的医生，有个外号"小唐国强"。中年的女职工们，大大方方地宽衣解带，让他戴着眼镜仔细检查。有个三十来岁的寡妇，男人几年前被狼吃了，像只饥肠辘辘的母狼，每次到医务室，总要捏"医生"的脸蛋和屁股，像品尝一块新鲜出锅的肉，还整个人贴上来，扯开他的裤腰带。年轻医生想起自己是怎么被抓进来的，吓得灵魂出窍，飞快地逃回监牢里蹲着。但他不敢向干警报告，号子里的狱友们，都说这小子艳福不浅，要是换作他们，早就排队去干这差事了。可是，在白茅岭的日子里，他最厌恶的，就是看到女人的身体。

　　五个月前，凌晨，有人把他从睡梦中拎起。这种时候来提人，往往意味着枪毙。被惊醒的犯人们，同情地看着他被带走。他浑身发抖，高声主张权利，说明明判了十年，怎又私下处决，他要再看一眼老娘，又问干警能不能吃顿红烧肉，后者轻蔑地摇头。传说中丰盛的断头宴，原来全他妈是骗人的！押出监狱大墙，是去刑场吧，干吗要深更半夜呢？艳阳高照之下，吃枪子不是更好？他可不想做孤魂野鬼。想起革命电影里的镜头，他像所有地下党员革命烈士，大声唱了一首《国际歌》。荒山野岭的月下，苍凉壮阔，竟引得监狱里一片高歌和鸣。但他发现，前后只有两个干警，看起来疏于防范。他刚想要逃跑，干警却说："喂，你真给女人接生过孩子？"

　　原来，农场里有个孕妇半夜突然临盆，来不及去县城医院。这孕妇在监狱医务室找他开过药，就急着派人去监狱求助。孕妇的羊水已经破了，非常危险。他没有任何工具，只能简单做了消毒。他不断地跟年轻的孕妇说话，以减轻她的痛苦，生怕万一出什么差错，就会被拉出去枪毙。折腾到鸡叫天亮，孩子才呱呱坠地。是个男孩，分量不轻，哭声响亮，健康极了。这天是八一建军节，1976年白茅岭诞生的第一个孩子。他给孩子清洗完毕，关照了产后注意事项，便被干警押解回牢房。囚服上沾满血，变成鲜红的圆圈，像白茅岭上初升的太阳。孩子爸爸曾经也是囚犯，刑满释放回上海，早没了自己的窝，兄弟姐妹又赶他出门，索性一辈子就留在了白茅岭。他为孩子取名建军，又给农场领导打报告，请求给接生孩子的医生囚犯减刑，还托人送了一篮子红蛋，却被同间牢房的人分光了。

白茅岭，雪夜。逃犯亲手接生出来的男孩，竟然野蛮生长成这么大了，掂在手里足有十七八斤。一个月前，他正下地劳动，听说这孩子被狼吃了，晴天霹雳，当场趴地上哭了。如今男婴身上多了浓郁的狼味，指甲许久未剪，积满狼穴里的污垢，锋利得能轻易划破逃犯的手背。当这孩子睁开眼睛时，射出近乎绿色的光，不太像人类。

背后响起狼嚎。

回窝的母狼。浑身的灰色长毛，如同中年妇女的长发，雪地里一路滴着暗红。斜长的双眼，放射的不再是绿光，而是近于红色的凶光。四条腿蹒跚，尾巴沉重地拖在地上。当它看到男婴被抱在逃犯手里，发出这辈子最凄厉的咆哮。看他们不为所动，狼嚎的音调变得细腻，绝不悦耳，反更揪心。像发疯了的女高音，又似敌台的长波频率，简直要让听众七窍流血而亡。最后，母狼发出狗才有的吱吱声。

人有人言，狼有狼语。老狱警和逃犯都明白了，母狼在对他们喊话，甚至哀求——请你们把孩子放下，离开此地吧。

两个人摇头。被抢了孩子的母狼瞬间发起了攻击。

老狱警打开自动步枪保险，扣下扳机，连续发射数颗子弹。狼贴着地面，子弹全从它的头顶划过。他不敢胡乱扫射，担心流弹伤及逃犯和男婴。

母狼的攻击对象并不是他，而是抱着孩子的逃犯。逃犯被一口咬中左大腿，惨叫着倒下，孩子从怀里滚落。老狱警抢在母狼之前，夺过哭泣的男婴。

狼，用尽最后的力气，再次扑到他身上。完蛋了。老狱警双手抱着孩子，完全没有反抗的可能，就连抽出刺刀的时间都没有。狼牙逼近脖子，只有闭上眼睛等死。

　　腥臭的味道，却停留在半空，狼骤然衰竭而倒下，像被砍倒的大树。老狱警睁开眼睛，脸颊依然贴着雪地，视线正好与那头狼平行。它也倒在雪中，同样的姿势，同样的目光，看着他。人的右脸，狼的左脸，贴着同一块地面。

　　母狼本可咬断他的喉咙，但功亏一篑，几小时前那记三棱刺刀，让它刚好流尽了血液。老狱警爬起来，拔出刺刀，蹲在母狼面前，按住它无力的脑袋。军刺对准喉咙，只需微微一抹，就能了结生命。它将死得毫无痛苦。他觉得自己足够仁慈，若是把它交给山下的人们的话……

　　垂死的野兽，不甘地看着他。从喉咙最深处，发出微弱而尖厉的哀鸣，宛如女人临死前的抽泣。百转千回，愁肠寸断，留恋人间，抑或狼间？男人的五根手指，连同 56 式刺刀，头一回剧烈抖动，像手术失败的实习外科医生，一毫米一毫米地自残。

　　狼的眼角，分泌出某种液体——在雪地里，冒着嗞嗞的热气。老头从未见过，几百年来，也未曾听说过的，狼的眼泪。军刺的锋刃，闪着蓝色暗光，在母狼的喉咙口停下。

　　"等一等！别杀它！"逃犯正从雪地爬过来，左大腿血流如注，两个眼镜片彻底碎了，面色如死人般苍白。

　　母狼的身躯抽搐，肚子鼓胀，撒出一大摊尿。"它快要生了！"逃犯提醒了一句，他是妇产科医生啊，虽然不是兽医，但类似情况他见多了。

　　怪不得这头狼几次失手，本该轻松杀死他俩，因为怀孕在身，并且接近分娩，行动迟缓，无法像平时动如雷霆地捕猎。

　　孩子四肢矫健，不畏寒冷在雪地中爬行，居然挤到母狼肚子底下，张嘴咬住狼的乳头！

　　他是在一个多月前被母狼叼走的，如果不是每天吃狼奶的话，早已死了。反而因此，这孩子才会长得如此壮硕，远比一般的婴儿更为结实，生命力旺盛得一塌糊涂。

　　老狱警抚摸着母狼的肚子，先让孩子好好饱餐一顿狼奶吧，反正是这辈子最后一次了。刚才在狼穴，孩子大概就是饿哭的。

　　也许，在最近的几个月里疯狂攻击人类的，未必是这头母狼。当它的七个幼崽，被人们剥皮吊在农场大门口，决定复仇的，是另外几头狼。野兽吃人，人也吃野兽，彼此彼此。

　　很多年前，有人在狼窝找到个七八岁的孩子。带回农场里不会走路，每天像狼一样爬行，极度凶狠，智力相当于婴儿，不吃熟肉只吃生肉，半夜发出狼嚎。有经验的猎人说，狼崽死后，确有极少数母狼，会收养人类婴儿，喂养狼奶，当作自己的幼崽来抚养。

　　而这头即将分娩的母狼，之所以要杀死他俩，完全是为了保护狼穴里的孩子——它以为是人类再度来杀害它的孩子。

　　"喂，同志，怎么办？"逃犯端详母狼下身，"产道打开啦！"

　　"你不是妇产科医生吗？愣着干吗？快给它接生！"

　　第一只小狼崽，带着胎盘和脐带来到世上。浑身血污，湿漉漉的，热气腾腾，捧在他俩的手心。还有第二只、第三只……逃犯连双胞胎都没接生过，这会儿片刻间，接连带出了七只小狼崽！

　　老头贴着母狼脖子，对着它的耳朵说："喂，你的孩子都出生了，我会保护好它们的，对了，还有这一个。"他抱起吃狼奶的男婴。母狼的胸口和下身都在流血，黏糊糊的胎盘也出来了。没有任何工具，逃犯弄断狼崽们的脐带，把七只小狼崽抱到母狼面前。

　　母狼伸出血红的舌头，依次舔舐七只小狼崽，既给孩子们消毒，去除娘胎里带出的血污，也在品尝自己羊水和胎胞的滋味。

　　狼血流尽之前，它最后祈求般地，看着老狱警的眼睛，又看看他怀里人类的孩子。

　　逃犯摇摇头："别！"

　　老头一辈子没结过婚也没有过孩子，却一把推开他，将婴儿塞到母狼嘴边。狼的舌头，把这人类的孩子舔了个遍。相比刚出生的七只小狼崽，这个男婴，才是它身边还活着的长子。然后，母狼的眼球渐渐混浊，再也没有任何光亮了。

　　男婴又哭了。五个月大的孩子，似乎感知到自己失去了妈妈。老狱警脱下满是窟窿的外衣，裹住冰天雪地中的婴儿。

　　逃犯自行包扎了大腿伤口，却无法阻止流血，整条裤管浸泡成暗红色。他的双手和胸口，沾满母狼子宫流出的血。他紧咬着牙关，依次抱起七只小狼崽。

　　头一只生出来的小狼崽，体格最为结实，死死咬住母狼乳头。妈妈死了，乳汁还是热的，继续哺育孩子。这只执着的小狼崽，不像兄弟姐妹般一身灰毛，左耳朵上，有块雪花状的白斑，煞是醒目。

　　逃犯抱着其余六只狼崽，哼哼唧唧地说："同志，你把这七个小畜生带回农场吧，也许吃羊奶可以活下来。"

"错，如果它们到了农场，碰上那些与狼有血海深仇的人，肯定会被剥皮抽筋滚油锅的。"

"让狼崽在雪里冻死吗？"逃犯说。

老狱警看了一眼狼穴："此种野兽与人类相同，都是群居动物。母狼死后，狼群会照顾幸存的小狼。也只有这样，狼群才能在残酷的自然中，不断繁衍了几十万年。"他把男婴交换到逃犯手中，强行抱过狼崽们，拽起叼着母狼乳头的白耳朵小狼——最后一滴母乳被吸干了。

七只丧母的小狼崽都在怀中。他趴到雪地里，重新钻入漆黑的狼窝，把小狼崽放回去——它们就像回归母狼的子宫，安全、温暖、潮湿。运气好的话，它们会被狼群发现并活下来；运气不好的话，狼穴也很像墓穴。但他只跟逃犯说了前半句话。

等到他满脸土灰地爬出来，却发现逃犯手里抓着 56 式自动步枪，枪口对准自己的胸膛。而他的 54 式手枪，还插在枪套里，能瞬间拔出来反击的只是电影里的情节。

"再过一两个钟头，太阳就会升起。上海在白茅岭正东方向，面朝太阳就能走回去。虽然，我身上没钱，但还有两条腿啊。渴了就喝河塘里的水，饿了从农民家里偷只鸡，再不济也有蛋吧。如果运气好，扒节火车或卡车，哪怕拖拉机。四年前，坐卡车被押解来白茅岭，经过的每个地方，我都在心里默默记住了。往东南过广德县城，沿着公路，从安徽走到浙江。长兴到湖州，左手边是太湖。两天能到江苏境内，穿过吴江平望，就是淀山湖。从朱家角老镇到青浦县城，从虹桥机场到中山公园。再往下是曹家渡。如果有下辈子，我还要做个妇产科医生！天照样下雨，女人照样生孩子，草木照样生长，鱼照样在河里游。报纸上不是说，世界上还有三分之二的人民生活在水深火热之中吗？我会帮助那三分之二的妇女接生孩子，你说那有多伟大啊！想想就让人激动！最亲爱的同志，请不要为我担心，我在社会主义明灯！第八个是铜像！（编注：指阿尔巴尼亚的情况。）"

越说越亢奋的 19077 号犯人，仿佛已踏上恩维尔·霍查同志的地界，老狱警却残忍地打断了这美好的妄想——"你的左腿，还在流血，等到天亮，会失血过多而死。"

自动步枪保险打开，单发模式。老头用左侧胸膛顶着枪口，心脏的位置。颤抖的金属枪口，清晰有力的心跳，丝毫不像快六十的人，更似颗快要破壳的鸡蛋。

"开枪！"

逃犯的眉目与眼睛扭成一团，扣在扳机上的手指，冻僵似的无法启动。

"开枪！"

老头说了第二遍，面无任何表情。

"同志，你自己下山逃命吧，带着地上的孩子，别逼我！"

"开枪！"

第三遍，像军官给士兵下达命令，行刑队面对死囚，验明正身，立即执行。

逃犯无法抗拒，手指直接听命于对方嘴巴，就像老狱警自己在动手。

扣下扳机。寂静，无声，雕塑般站立的男人。他还活着，他也活着，还有地上小小的他。温暖的狼穴里的七个它，包括死掉的雌性动物，都没有听到任何枪响声。突然，逃犯瘫软在雪地上，才明白开枪之前，无论枪膛还是弹匣，已经没有一发子弹了！

老头微笑着蹲下来。他一直在计算弹匣里的子弹，连发的话，每扣一次扳机，射出三颗子弹，加上几次单发，正好用尽了三十颗子弹。别了，阿尔巴尼亚。别了，全世界三分之二生活在水深火热中的妇女同志们。

夜空上的白月，渐渐暗淡，偏向西天。凌晨，五点。不年轻的狱警，背着年轻的逃犯。前妇产科医生，左腿的裤脚管，像生孩子或得了妇科病的女人，不断被暗红色鲜血浸湿，半条裤子冻得硬邦邦。老头右肩挂着自动步枪，却没子弹。能用来自卫的，是别在腰上的三棱刺刀，还有枪套里的54式手枪。右手臂弯，怀抱男婴。孩子正在梦中吃狼奶。军棉袄成了襁褓，老狱警上半身剩一件被血污弄脏的棉毛衫，裸露着数条破口，是衬衣撕成的绷带。左手抓着一条毛茸茸的大家伙，死去母狼的尾巴，令人生畏的灰色身体，狼头倒挂在雪地上，碾压出深深的轨迹。他必须把狼的尸体带回去，告诉整个白茅岭农场，这头野兽已被他杀了，噩梦般的狼灾已消除。囚犯、干警、职工和士兵们，大伙都能放心过年了！

二十八岁的垂死男人，五个月的健康男婴，大概是五六岁的母狼的尸体，制造于 1969 年的自动步枪，全被压在快要六十岁的老狱警身上。而这些活人、伤员、死尸，以及钢铁的重量，刚好超过他自身体重的两倍。唯一能照亮前路的，是一支手电。他可没有第三只手。手电筒握在逃犯手中，末端顶着老狱警的脖子。

喉咙被顶得难受，老头却一路唠叨解放前的名侦探生涯。他办过的最古怪的案子，是在提篮桥监狱的一起谋杀案。牢房里关押着十几个重刑犯，其中一个突然被杀了，但没人知道谁是凶手。他也怀疑过，是否大家集体密谋杀人，全部串通好了攻守同盟。隔了好多年后，这批犯人要么被放出去，要么死在了牢里，他才突然悟出了真相。

"小子，你想知道是谁干的吗？"

趴在背上的 19077 号犯人，却表示毫无兴趣，反问老头一句："你没结过婚，那有喜欢过的女人吗？"

老狱警停顿了一下，想起年轻的时候，曾有仰慕过他的女学生，听说后来去了香港嫁给富豪。还有纠缠过他的小寡妇，1966 年跳了苏州河。在百乐门，在大世界，在跑马场，还有提篮桥，处处留下他的传说，结局却在白茅岭。

"你有吗？"

"嗯，有。"

明白了。对啊，等到过完年，还有四十九天，就能回家了。老头想想就傻笑起来，冰冷的风钻进喉咙，肺叶被刺激，咳嗽起来。

其实，他只是想不断说话，好让逃犯保持清醒，避免躺在背上睡着。否则在如此冷的雪夜，睡梦意味着死亡——襁褓里充满热量的孩子除外。他把这婴儿当作汤婆子，牢牢揣在怀里取暖呢。而压在他背上的那个男人，却像一床受潮了的棉被。

手电熄灭，像油尽灯枯，人之将亡。

撒手。

手电坠落到雪地。东边的天空已从漆黑变成深紫，很快就会泛出宝蓝色，再是鱼肚皮的白色。老狱警右小腿抽筋了。大半条腿不再属于自己，像被无数条钢丝捆绑，收缩到极点又飞快放开再收紧。周而复始的酷刑，使他不能再往前一步。双腿跪在雪中。一旦坐下，绝无可能背着逃犯抱着婴儿并拖着一头死狼站起来。老头的腿啊，覆盖着厚厚的汗毛，各种伤疤和瘀青，乍看像死去的狼皮。盐分正在离开身体，流失到死神身边。跪着的双腿弯曲，脚弓反方向顶着，靠近小腿胫骨正面，这是缓解抽筋的简单方法，但很疼。老狱警咬破嘴唇，膝盖深陷入积雪，顶到坚硬的石头，仿佛被刀子切割，棉裤磨出两个洞眼。

老狱警命令逃犯的右手下垂。那细长的胳膊与手指，曾用来检查女人和接生孩子，尚保留着力量和灵敏。拇指与食指，在老头的裤兜里摸出一个火柴盒。最后一根火柴，擦过侧面的红磷。火苗，星星一样，燃烧在两个人的鼻子跟前。微小的光和热，熄灭在风雪里。

睁眼，闭眼，再睁眼。抽筋停止了。

深呼吸，再深呼吸，肺叶充满冰冷。脸憋成紫红色，全身肌肉战栗，腿随时会再抽筋，而且是两条腿。膝盖离开坚硬的石头。脚踝、小腿、膝盖、大腿，以及腹部，形成一条直线。

老头想要小便了。在山上追捕了一夜，膀胱早已憋坏了，一分钟都等不了，再等就会爆炸，鲜血和尿液四溅到脸上。怀里五个月大的婴儿，说不定已在他的棉袄里拉了坨屎。至于背上的逃犯，早不知道撒过几回尿了。

他甩了一下肩膀，让逃犯左边胳膊再垂下来，手刚好够到他的小肚子。

"我要撒尿。"

年轻的逃犯已丧失思考能力，机械地动着手指，抓住老狱警的裤腰带往下拉。牛撒尿一样漫长。滚烫的尿液，融化一大片白雪，变成小型山洪暴发，汹涌在绿布胶底的解放鞋四周。

接着走。单薄的棉毛衫，棉袄裹着那孩子，老头不仅冻得哆嗦，鼻涕也已干涸，似乎冬天被最后那根火柴燃烧掉了。左后肩膀，被狼咬伤的两个洞眼，撕裂般疼了整个后半夜，又像突然打了止痛针，舒舒服服地麻醉了。

天，快亮了。向东二百五十公里的上海，应早亮十来分钟。1977年的第一轮太阳，刚好穿过黄浦江。海鸥修长的白色翅膀，驾着咸潮的风，飞过铁网般的外白渡桥，落到四川路桥的邮政总局。从不结冰的苏州河，在晨曦中波光粼粼。一长串早起的拖船，挂桨发动机的轰鸣，像桥下菜市场的喧闹，打破五百五十万人的好梦。

老狱警穿过毛竹林，磨掉大半的胶鞋底，已踩着白茅岭下的荒野。白雪皑皑间，坟冢星星点点，像一座座孤岛。两山之间的平地，头一回感觉无边无际。原本的稻田和茶园，被层层叠叠覆盖，宛如铺上一层厚厚的白棉被，管他睡在被窝里的人是谁。

298

一眨眼，大片飞雪飘过，像密密麻麻的纸钱，撒满回家的路。背上的逃犯再无声息。右手臂弯里的孩子，红扑扑的小脸蛋，保护得很好，一片雪都落不着。左手倒拖着的母狼，浸没在雪中越发沉重。一夜间，老头的嘴唇边和下巴，又冒出不计其数的胡楂，刀子般坚硬，宛如不死的野草，挂满白白的雪子和冰。

最后一里地，前方亮起一群绿色的眼睛。幽绿的，略微暗淡，更像早上未灭的路灯，雪雾下忽闪忽现。锐角三角形的耳朵，龇牙咧嘴，凶相毕露，粗壮的脖子与胸膛，灰色皮毛上沾着血迹。大扫帚般的尾巴，拖在雪地上，各自扫起一片白色尘埃。

狼群。

天光朦胧，白与灰，令人眼晃。并非一宿未眠后的幻觉，也不是大雪里的海市蜃楼。一目了然，至少二十头灰狼，缓缓靠近，有的猫腰，有的昂头，有的磨爪子。大部分公狼全是成年的。看起来吃得很饱，肚子鼓胀。有的狼嘴里，叼着一只老母鸡，或半条牛腿，或动物内脏。

昨晚，山上实在太冷，狼群都无法忍受，除了怀孕的母狼，全部冲下了白茅岭。正当老狱警独自上山搜捕逃犯，整个最漫长的那一夜，狼群在山下洗劫了农场，大肆屠杀享用棚里的牲口。或许，还有小孩和女人。狼群包围了他。背上有个重伤的男人，右手怀抱婴儿，左手拖着母狼的尸体。无路可逃。二十多头凶恶的狼，眨眼之间，就能把他们撕成碎片，连粒渣渣都不会剩下！他的膝盖笔直，瞪大了双眼，盯着为首那头公狼。

这头狼体形最为硕大，简直是死去的母狼的两倍——狼王。

每群狼都有一个头领，控制和领导着整个族群。它就是那七只小狼崽的父亲。狼行成双。在食肉界，狼几乎是唯一的例外——狼夫妻长久相伴，双宿双栖，共同抚育儿女。怀孕的母狼难以长途捕猎，必须留守狼穴，依靠公狼外出打猎，将猎物带回窝供它食用。狼王嘴里叼着一只活羊羔，咩咩地叫着狼肚子里的妈妈。本该以羊羔作为早餐的母狼，已变成僵硬的尸体，被倒拽着尾巴拖过雪地。

可以想象的狂怒，狼王必须为妻儿们复仇。它会率先咬断老头的喉咙，剖开他的下腹部，用狼爪拉出大肠。他想，自己的肠子会有多长呢？是从白茅岭监狱大门口，一直拖到深山中的狼穴，供那七只小狼崽享用吗？

半梦半醒间的逃犯，在他肩头说："放下我吧，那些狼，会先盯着我吃，说不定为争夺我的肉，互相打架，你还有机会逃生……"

腰间还有把54式手枪，老狱警放下母狼的尸体，将婴儿换到左手，右手从容地掏出手枪。居然没有一头狼敢袭击他，哪怕是从背后，包括狼王。

子弹已上膛，打开保险，射出第一发。

一头公狼惨叫倒地。54式强大的后坐力，晃了一下老头的右手，但没妨碍射出第二发，有头母狼的脑袋被打爆了。第三发，打断一头老狼的腿。第四发，擦着狼王的耳朵飞过。第五发和第六发，一发击中雪地，一发意外打伤另一头狼。第七发，彻底打飞，击中路过的一只乌鸦，黑羽鲜血坠落。

十五秒，他打光了所有子弹。杀死了两头狼，另外两头挂彩。但还有一大群灰色的家伙，毫毛未损，包括狼王。

老头把嘴张到最大，咬住54式手枪，牙齿间充满火药味，烫伤了口腔黏膜。他背上逃犯，搂紧臂弯里的孩子，又拖起狼王之妻的遗体，低头，弓腰，拗了脊椎，一瘸一拐，步履蹒跚，往监狱的方向走去。

二十多头狼，四面包围，八面埋伏，最后注视着他离开。狼群猛烈呼吸，一对对湿润的鼻孔，向雪空喷着热气，嗅着并记住他的气味。他继续走，它们一动不动，连对峙都算不上。

终于，狼群发出恐惧的嚎叫。真正凄惨的鬼哭狼嚎，仿佛看到一个魔鬼，天生下来屠狼的金刚。

1977年，元旦，清晨六点十三分，龙年还没过去。

狼，雪中的狼，围猎返巢的狼群。在背着逃犯抱着婴儿拖着母狼的老头面前，有七头狼趴在地上，八头干脆坐下，还有九头摇尾乞怜，就像看家护院的狗。还有两具狼的尸体，两个哀号的重伤员。

就连狼王，也放下嘴里的活羊羔，微微低垂头颅，一条前腿弯曲跪地，标准西洋礼仪。

地球上所有的狗，都来自同一对祖先——东亚的灰狼，大约一万五千年前，它们走出非洲，经历漫长旅程，抵达这片大陆。但如果，没有比狼更勇敢的男人，也不可能有狗这个物种。世界上第一个将狼驯化为狗的人，据说是第一个定居在东亚荒野上的中国人，也长着老狱警的这张脸，同样的体格和心脏，还有眼神。

此刻，白茅岭的狼，像一群热烈欢送国际友人的少先队员，戴着红领巾，捧着鲜花，唱起歌，跳起舞，排列成整齐的左右两队，让出一条金光大道。

他从二十多头狼中间穿过。热烘烘的狼味，几头年轻的狼被吓得失禁的尿臊味。背后的逃犯闭着眼睛，臂弯里的男婴还在熟睡，被他倒拖过雪地的母狼一动不动，不远处的狼王眼泪汪汪，与妻惺惺永别。

一粒雪子，落入老头眼底。朔风飒飒，呼啸不止。

狼群，远远留在身后的雪野，集体呜咽嚎哭。在它们后半生的记忆里，烙印下的将不是这三个活人与一具狼尸，而是整个巨无霸的双头怪物，有着四条腿和四只胳膊，右侧腋下藏个小脑袋，肩膀上生出一根铁棍，左侧身后拖着狼形的巨尾。那是它们的老祖先才见到过的，在与猛犸象和剑齿虎共存的同一个时代，灭亡在人类与狼群互相猎杀的时代。难道是在地下冰封了十万年，终于在大雪的召唤下出土，满血复活？这种令狼战栗的"史前怪兽"，从漠北草原到黄土高坡再到江南丘陵，通过一代又一代狼王的描述，种植在每一头狼的大脑皮层深处。

清晨，七点。

老狱警带着狼、逃犯、婴儿，走到白茅岭监狱的门口。岗亭站着两个新兵，都没认出来，惊慌失措之中，不晓得是哪一个，拉开自动步枪保险，往天上打了一梭子弹。

五分钟后，凡是活着的人都出动了……下夜班和上白班的干警，早起干活的农场职工，营房里的士兵们，就连上早操的几百号劳改犯，也都拥到监狱大门口往外看。他们的眼睛都布满血丝，因为彻夜难眠，不断被山上的枪声惊醒，还有此起彼伏的狼嚎。没人敢出门，连窗户都不敢开一道缝。昨晚九点起，狼群洗劫了农场，四下都是牛羊的哀嚎与惨叫。包括连长在内的所有人，毫无疑问地确信——老狱警与年轻逃犯，都已消化在狼的肠胃中，天亮又变成一坨坨狼粪。等到开春，这两个倒霉的男人，会是庄稼地里上等的肥料，供应玉米或稻谷生长，回归白茅岭的居民们腹中。也算是他俩死得其所，对得起生养他们的人民群众。到时候，不会再有人认得这两张脸。想想就有些可惜，也有些悲壮。

如今，这两个男人还活着，加上臂弯里的小男人。

白发覆头的老狱警，来到白茅岭二十年，经他手送葬的囚犯与警察，亦不少于百人，但他从未像此刻般坚硬如铁。逃犯，似已粘在他身上。尤其脸颊与耳朵部位，冰雪把两个人的皮肤冻在一起，像是打一个娘胎里出来的连体儿。好些人上来帮忙，费劲地把他们分开。

老头依然站立着。

广大人民群众，还有被剥夺了人民群众权利的囚犯们，把老头和母狼的尸体圈在当中，一场喧嚣而热闹的围观。这只庞大的野兽，似乎随时都有可能复活，一跃而起，依次咬断大伙儿的喉咙。老头松开左手，母狼的尾巴垂落。

他已完全证明自己。手心里全是狼毛，还有腻腻的汗和掌心开裂的血。

五个月大的男孩，仍旧在他的臂弯里熟睡着，鼻子里呼出狼奶的气息。

"建军！"

女人尖厉的声音，喊出婴儿的名字。他们夫妻本以为永远失去了孩子，正在每晚努力，想再生个娃娃。她和她男人重重撞到老狱警身上，却像顶到一堵墙。一个多月不见，男孩竟结实壮大了一圈，充满狼穴的气味。但妈妈毕竟认得儿子。

老头并不是不想动，而是半边身体麻木了，仿佛被巨蛇吞噬着胳膊。当孩子从他手里被抱走，从热乎乎变得冰凉的几秒钟，好像躯干的一部分断裂。几个年轻的干警，帮老头卸下56式自动步枪和三棱刺刀。

逃犯快死了。最后一滴血，像经过输液针头似的，汩汩输入雪地。红的血，白的雪，混在一起，变成另一种暧昧的颜色，难以准确地在光谱中描述，就像孕妇分娩后的床单。两片破碎的镜片底下，逃犯瞪大双眼，看着他。

老头弯腰在他耳边说了什么，周围人都没听清，除了将死之人。

他眨了眨眼睛，断气了。

冬至那晚，死在监狱床上的大块头，原本是个抢劫犯。因为欺负其他犯人，加过两年刑期。所谓欺负，就是强奸。当年在提篮桥，有人告诉过名侦探，男人被强奸是怎样的感觉——仿佛变成一块肉，被切碎了，油炸了，红焖了，生煎了……19077号犯人，紧挨大块头的铺位，刚进去不敢反抗，以为这是白茅岭的老规矩。第一年苦熬过去，以为到头了，大块头竟变本加厉，其他人却一个个装睡。他才明白，大块头是看中了自己——上海来的妇产科医生，细皮嫩肉，容易推倒，难以反抗，强奸起来特别舒服。

狼灾肆虐的冬天，白天出去干活时，他在茶园发现一大撮灰色狼毛。地上有堆带血的骨头，像獐子之类的小动物。他藏起狼毛，压在床铺底下。还有，作为前妇产科医生，他有在监狱医务室工作的便利，私藏了一些药物，比如乙醚——无色透明液体，会让人暂时昏迷，只要剂量适当，又不致人死命。狼毛与乙醚都准备好，耐心等候时机。那一夜，狼嚎特别清晰，就在监狱院墙下。后半夜，监房里鼾声此起彼伏。他把乙醚洒在手帕上，依次蒙住大家口鼻。没一会儿，全都睡得死沉死沉，怎么折腾都不可能醒来——包括边上的大块头。

19077 号囚犯，把自己想象成复仇的母狼，用牙齿一点点咬破大块头脖子上的皮肤、血管和气管。其他人都昏迷了，听不到大块头临死前的蹬腿声，就像每次大家都在装睡。大块头死了。喉管暴露在空气中，鲜血溅满床铺，还有 19077 号的口腔。他吸了一点血，就一点点。人血的滋味，苦咸苦咸的，不好喝。

伪装现场。他撕裂死尸的伤口，手指插得更深，模拟锋利的狼牙，几乎摸到脊椎骨。他用事先准备好的细树枝，在尸体上划出一道道伤疤，像狼爪挠过的痕迹。他把狼毛弄在床铺上、监狱的地上，特别是铁栏杆上。狼用缩骨术进出时，必定留下这种痕迹。他为自己清理一番，咽下嘴里的血，看起来跟别人没两样。就算身上有血迹，睡在死者身边也属正常。到了早上，所有人按时醒来，受乙醚麻醉的影响头晕恶心，就算嗅到某种特别的气味，但当看到大块头的尸体，再加上满地狼毛，肯定会产生强烈的心理作用——那就是狼的气味。监狱的调查草草了事，哪有什么法医来做尸体解剖。大伙随便看下尸体，伤口像这么回事，自然而然断定，凶手必是那头母狼。

直到昨晚，老狱警也被他骗过了，相信那套狼闯入监狱吃人的鬼话。若是早点怀疑，绝不可能在放风时睡着，还让杀人嫌疑犯夺枪逃跑。不晓得这算是走运还是不走运，这些秘密，已被 19077 号带给死神。

他的眼睛睁着，明亮，无瑕，不似死人的混浊，更像六角形雪花，坠落在扩散的瞳孔底下，融化成一汪清淡的泪水……

逃犯死在老狱警的怀中，享年二十八岁。活到六十岁的前名侦探，将他放在白茫茫的雪地上，反正不会弄脏了死者。再过四个月，等到清明，埋葬年轻逃犯的荒野，就会开满金灿灿的油菜花。

左边是母狼的尸体，右边是死去的逃犯，他在中间，活着。

有人给老狱警点上一支烟，上海卷烟厂的牡丹牌。第一根火柴，晃了半天没点上，被风雪吹灭了。有个高大的干警，用身体和手掌阻挡着风，又擦了好几根火柴，差点烧着眉毛才点上。老头略微驼背，但纹丝不动。他将烟吞入肺中，又经鼻孔喷出，蓝色氤氲在雪中蒸发，仿佛清明、冬至上坟的烟。

无量河边有人骑自行车而来。车轮碾压过皑皑白雪，骑车人穿着墨绿色制服。囚犯和职工们，给自行车让出一条通道，抵达人群的圆心。白茅岭每个人都认识他——邮电所投递员，每隔三天，他会为囚犯和干警们捎来远方的家书。邮递员从包里掏出个牛皮纸信封，是挂号信，上海寄来的公函。在场所有干警中，白头发的老狱警级别最高，他代表领导签收了这封信。

老狱警的手还在抖，一不小心，信封掉到死去的逃犯脸上。从死者睁着的眼睛上，拾起这封突如其来的信，他决定打开看看。再过一个月，就要退休回上海去了，他也不怕犯什么错误，难道还能不准回去吗？当着几个年轻干警的面，拆开牛皮纸信封，果然盖着上级革委会的公章。公函里头说，党中央拨乱反正，妇产科医生被宣布平反，"恢复名誉，立即无罪释放"。有意无意的，老狱警大声念出每个字。方圆数十米内的所有人，都听得清清楚楚。

头顶青灰色的天空，一朵下着雪的云。行将告老还乡的狱警，看着躺在雪地里的 19077 号犯人，啧啧地说："唉，回上海的长途车上，又少了一个搭伴。"看热闹的人群渐渐散去。名叫建军的男婴，早被父母哭喊着抱回家去。那头母狼，眨眼之间，已被庖丁解牛，当场只剩一堆狼毛和碎骨头。人民群众有的是为亲人复仇，有的则是口水滴滴答答，有的是看中了这张上好的狼皮。干警重新收拢囚犯们，清点人数押回监舍。农场职工也打道回府，收拾昨晚被狼群肆虐的牲口棚，看看还能否抢回一只鸭子或半只羊。

1977 年 1 月 1 日，上午八点。雪停。太阳升起来了。

积雪反射着阳光，刺入老狱警眼里，令他想起昨晚，无人可说的那句话。

一个多月后，大年初三，老头独自离开白茅岭。回上海的长途车上，乘客稀稀落落，多是探监返程的犯人亲属。车窗推开一道缝隙，他吐出大前门燃烧的烟雾。满满一整车人，只有退休的老狱警拥有这种特权。烟头不停晃动，弄得身上全是烟灰。不是车子颠簸，而是他的手在抖。往昔从未有过的毛病。从元旦那天至今，每一时，每一秒，右手都在抖，估计到死都治不好了。

七个月后，中元节的那天，退休后的老狱警死了。在上海。这个老烟枪啊，光棍一条，天天跟一群老太太打麻将。他熬了个通宵，倒在麻将台上不省人事，还叼着根牡丹烟。送到医院说是突发脑出血。在火葬场，没有亲属来接收骨灰，便被老同事们送回了白茅岭。

2015 年 1 月 31 日，周六，我坐上从上海开往白茅岭的长途汽车。经过沪青平高速，大约四个小时，短短二百多公里，却途经苏浙皖三省。从吴江到湖州，穿越浙皖交界处低矮的分水岭，进入广德县城。转入颠簸的公路，两边是农舍与茶园。日暮时分，长途车开过一座大桥，停在几间破落的平房前。对面大门上有行字：上海市白茅岭学校。

小镇东面是连绵群山。远远望见一道断崖，像头狮子趴着，传说中的狮子口。今年暖冬，山大半还是绿的。只在白茅岭正南，最高的那片山顶上，残留着几天前的积雪。校园里有座水塔，似是本地最高建筑。小镇上总共只有一条大路，路边有派出所、供应站、招待所，还有麻辣烫、兰州拉面、盗版碟店、美容美发、上海华联超市。街头所见无非几种人：武警官兵、公安干警、说上海话的老头儿们、说安徽话的当地人。警察都是上海来的，每几年轮换。冬天早早擦黑。街边响起惊天动地的音乐声——凤凰传奇的《最炫民族风》，大妈们跳着广场舞。

夜宿白茅岭招待所。

次日，上午，我沿监狱外墙走了一圈。天空有白色颗粒飘落。我伸出手，是雪子。走在山脚下的高处，荒芜泥泞的小道上，监狱中不断响起富有节奏的操练声。我能看到围墙里头，有组囚犯在做队列训练。岗楼上的武警带着枪，警戒地看着不速之客。

转角岗亭下，狼犬向我狂吠。有个迷你的亭子山水库，正对狮子口，不知如何上去。两条农家的黑狗蹿出来，不让我靠近半步。

这座山，曾有过许多狼。而今，别说是白茅岭，就是整个皖南山区，恐怕连一头狼都不见了。这一物种，早已在上海方圆五百公里范围内绝迹。

一头狼死了，一头狼又来了，而狼脚下的大地，会比这个物种更漫长地存在。

1988 年，白茅岭最后一头狼，在偷袭监狱的冬夜，被四条德国黑背狼狗杀死。那是一头成年而健壮的公狼，体形硕大，左耳朵上有块雪花状的白斑。至今，农场陈列馆里还能看到这张具有纪念意义的狼皮，人们管它叫"白耳"。

我买了中午的长途车票回上海。发车前，我在仅有一间门面的"车站"隔壁吃了碗面。店主是个高大魁梧的男人，看起来比我大几岁，宽阔精壮的骨骼，几乎要爆开冬天的厚外套。当他端来一碗牛肉面，与我目光交接的瞬间，感觉很像某种凶猛的动物。小店里兼卖香烟和酒，有个老头进来，用老派的上海话对店主说："基军，帮吾闹包牡丹。"

他叫建军。

离开白茅岭的长途车上，我遥望正前方山头的积雪，车窗外阴郁的天空，稀稀落落的雪粒子，穿过并不如想象中辽阔的无量河。

明天早上，太阳照常升起，但不是每个人都能看到。

我想。

# 第

# *16*夜

---

喀什一夜

『古兰丹姆』：心比天高命比纸薄的维吾尔少女

　　山一程，水一程，身向榆关那畔行，夜深千帐灯。

　　风一更，雪一更，聒碎乡心梦不成，故园无此声。

——纳兰性德《长相思》

　　我有个表哥，你们都认识，他出生在喀什，名叫叶萧。

　　叶萧是知青子女，我姑姑的儿子，十二岁从新疆回到上海，寄居在我家读书。我们是一起长大的。

　　有一年，早已成为警官的叶萧，忽然跟我说，除去在公安大学的四年，他在上海生活的时间，已跟在新疆一样久了。说完，他有些伤感。我想，他是终于在内心跟新疆做了个永别。

　　最近一次见到叶萧，他说，很久没有回喀什去看看了。

　　没过两周，我去了新疆。

　　第一站乌鲁木齐，第二站吐鲁番，第三站布尔津，第四站喀纳斯，第五站克拉玛依，第六站回到乌鲁木齐，第七站——

　　喀什。

　　临行前，有人开玩笑对我们说，这时候还敢去喀什？

　　我摸了摸脖子，好像头还在，坐上飞机，来到喀什。

　　2014 年 9 月 16 日。

　　喀什。中亚的阳光，奔放热烈。杨树参天茂密。维吾尔商贩的街市，长袍包裹的西域女子，深目高鼻白须的老汉。市中心的大街上，也可见到武警车辆，像特种部队背着冲锋枪与盾牌的士兵。街头贴着许多"同仇敌忾铲除暴恐"之类标语，皆因近期紧张的安全局势。

入住喀什噶尔宾馆，访问上海援疆指挥部。下午，依次去香妃墓、高台民居、艾提尕尔清真寺。黄昏，清真寺旁的维吾尔乐器店，我花七百块买了把热瓦甫。不饰雕琢的老琴，声音倒是清亮通透，轻轻弹拨竟有古典吉他的各种音色。做琴的维吾尔老师傅帮我弹奏一曲，不少人围观，我们一起吃西瓜，其乐融融。

可惜，行程只安排喀什市区。叶萧的父母，我的姑姑和姑夫，至今仍住在喀什远郊的农三师。我给叶萧打了电话，他让我不必去探望了。

新疆时间比北京时间晚得多，八九点太阳才下山，晚餐后已是深夜十点半。

喀什的夜。

很想出去走走，我打电话给同行的甫跃辉。他是云南人，小我几岁，《上海文学》的编辑，棒棒的小说家。他的胆子不小，跟我一样跃跃欲试。

结伴走出喀什噶尔宾馆，门口几个保安站岗，用诧异眼神看着我俩——要知道一个半月前，《新闻联播》里那起严重暴恐事件，就发生在喀什地区。

我和甫跃辉也是蛮拼的了，决定步行前往喀什市中心，距离大约两三公里。刚出宾馆那条路，稍嫌荒凉，无甚人家，唯树丛高墙。维吾尔男人们出没，三三两两路边聊天，或骑摩托电动疾驰而过。

出门前，我发了条微博，无非是白天拍摄的喀什照片，很快有不少评论。有朋友提醒我注意安全，遇到急事呼叫 @ 老榕搭救。好吧，他绝对想不到，我们会在深夜行走在喀什街头。为了不让你们担心，不发微博了。我相信自己逃跑挺快的，抄家伙反抗的能力也是有的，不至于再发生昆明火车站那种事。或许，这是男人渴望冒险的本能。

拐过一个路口，远远望见亮着彩灯的摩天轮。我喜欢，看过《谋杀似水年华》的懂。

为了打破紧张的气氛，我想起甫跃辉是云南人，便说，九十年代，有部电视剧很热，叶辛的《孽债》，你肯定知道。讲一群云南孩子到上海，寻找各自爸爸妈妈——都是跟当地人结婚的上海知青，当年为了回上海抛下孩子，留下一笔孽债终究要还的。

那年头，我们班里有许多回沪知青子女，差不多有三分之一的同学，大部分来自江西、安徽，也有从更遥远的黑龙江和云南来的。

至于远到无法想象的新疆，只有一个，她来自喀什。

她是初一那年来的插班借读生。

我记得，她有双大眼睛，很长的睫毛，脸颊红扑扑，乌黑长发披到肩上。尚是寒冬，大家裹着厚厚的衣服，她依然显出身材，比别的女孩发育得早。

班里每个同学都有绰号，她很快有了"古兰丹姆"这个名字。大家先叫她新疆妹，后来学校放了部老电影《冰山上的来客》。90后不懂的。

其实，她是汉族，姓李，叫李晓梦。

跟许多同学一样，她的父母也是上海知青，到新疆多年早已扎根，便让孩子回来投靠亲戚借读，若运气好还能报上户口。

她的学习成绩一般，并非不认真听课，而是从新疆转学过来跟不上。

她不爱说话，上海话的水平糟糕，普通话都有一股新疆味。她很少跟别人玩——连我这个感觉迟钝的男生，都能看出女生们故意孤立她，大概是她过于漂亮缘故。

第一个学期，学校春游，在两公里外的长风公园。老师要求每个人表演节目，想到班里有个新疆来的，说她一定会唱新疆歌，跳新疆舞，要是穿上新疆人的衣服裙子，戴上小帽子，肯定很给老师扎台型。

李晓梦说自己不会唱，更不会跳，从没穿过新疆人的衣服。大家都不相信。她说，如果一定要她上台表演，可以吹笛子，就是江南丝竹的那种。

可是，我们班已有了一个笛子独奏的节目，那就是我。

春游那天，长风公园大草坪，少先队员雕像前，我当着全校师生，用笛子吹了一首《婉君》。

"一个女孩名叫婉君 / 她的故事耐人追寻 / 小小新娘缘定三生 / 恍然一梦千古伤心一个女孩名叫婉君 / 明眸如水绿鬓如云 / 千般恩爱集于一身 / 蓦然回首冷冷清清……"

说实话，那首琼瑶剧里的曲子，我吹得实在糟糕。可我不知哪来的自信，一点都不怯场，似乎整个公园都传遍我的笛声。

唯独，在坐满草坪的几百名同学里，当目光扫到我们班的"古兰丹姆"身上，看到她一脸幽怨的表情，就让我立马吹错了两个音。

"蔡骏，我猜你一定喜欢上了她。"

二十多年后，遥远的喀什的夜，走在我身边的甫跃辉如是说。

我不知该如何回答。

经过一座大桥，豁然开朗，桥下是宽阔的东湖，难以想象在这南疆的沙漠中，还会有这么大片的水面。更远处几栋高楼，另一边高台民居。土黄色的千年建筑，倒映水面，穿越的感觉。桥上走过几对情侣，一看就是汉人，还有外国游客，我们放心了。

一路有惊无险。穿过摩天轮下的桥洞，来到喀什人民广场，最醒目是尊毛主席雕像——中国现在仅存的几座广场毛主席像之一。

深夜，高高的台阶上，坐着两个维吾尔族青年。我和甫跃辉也坐下来，遥望广场对面，类似金水桥的建筑，前头停着一排警车和军车，许多特警正值勤。大街依然车水马龙，只是行人稀少。

我们坐着聊天。

在喀什的毛主席像底下，甫跃辉说着靠近缅甸边境的云南农村的种种生活，而我说起刚在《上海文学》发过的一篇小说《北京一夜》——有段情节是我读初中时，不小心碰落块玻璃，从教学楼顶掉到操场，幸运的是没砸到人。

其实，这件事是真的。

那块致命的玻璃，几乎砸中操场上的一个女生，就是喀什来的古兰丹姆。玻璃在她脚下砸得粉碎，碎渣布满裤脚管，要是再往前走一步，多半就被砸死，至少也是重伤，乃至植物人。

从那天起，我对李晓梦总觉得有什么亏欠。

不久，放学路上，我跟在她背后，想要给她买根盐水棒冰或冰砖，作为玻璃事件的赔礼道歉。她突然回头，瞪圆大眼睛盯着我，却点点头，答应了。

吃完我请客的棒冰，她才有了表情，说，你的笛子吹得太烂了。

这是她主动跟我说的第一句话。

古兰——不，李晓梦，你也会吹吗？

嗯。

我想听听。

晚上来燎原电影院的街心花园吧。

八点，我从家里溜出来，带着笛子。刚到电影院门口，远远听到笛声。我跟老师学过，知道那是传统曲目。大簇鲜艳绽开的夹竹桃下，"古兰丹姆"李晓梦坐在石礅子上，持着一根大号竹笛，正鼓着腮帮子吹呢。我的耳膜，跟着心里也发潮。这声音起码能传出两站路。

月光下，她的脸白皙而透明，笛子反手持在背后，如同握着把宝剑，让我想起《书剑恩仇录》的霍青桐，我看的第一部金庸书。

这回轮到我了，硬着头皮掏出笛子，眼睛一闭吹起《梅花三弄》——对不起，不是传统曲目的《梅花三弄》，而是琼瑶阿姨的电视剧主题曲。

那年头，许多男生女生都有本小簿子，抄写各种电视剧歌曲。有家《每周广播电视报》，刊载当时热播的电视歌曲的简谱，我把这一小块豆腐干剪下来，天天对着谱子练习。我的水平也仅限于此。

听我吹完，她笑了。

咳！我害羞，也暗暗高兴，第一次看到"古兰丹姆"的笑容。

此后，隔三差五，我们就会来到燎原电影院门口的街心花园，通常在黄昏时分，偶尔也在月夜之下。我吹一首流行歌曲，她吹一首传统曲目。

她的水平比我好一百倍。《姑苏行》《鹧鸪飞》《牧笛》，个个都醉了，最厉害的是一曲《帕米尔的春天》，让人听得简直灵魂出窍。

我问她，这笛子是谁教你的？

李晓梦看着天上新月，淡淡道，我爸爸，他在人民文化宫当音乐老师，我从小在文化宫长大。

喀什人民文化宫？

是啊，很漂亮的房子呢，在喀什人民公园里头。

就像上海的人民公园？

差不多吧，里头有许多大树，以前还能看到坟墓，比你们上海的还要大。

你们上海？

李晓梦不再说下去了，重新举起笛子，吹了一首《鹧鸪飞》。

这是她最常吹的曲子，每次都会吹一遍，似乎无数飞鸟，惊起黑幽幽的林中，有毒的夹竹桃花蕊，纷纷摇落……以前看笛子谱，说这曲子的意境，来自李白的"越王勾践破吴归，义士还家尽锦衣。宫女如花满春殿，只今唯有鹧鸪飞"。

而我听"古兰丹姆"的《鹧鸪飞》，却想起"明月出天山，苍茫云海间。长风几万里，吹度玉门关。汉下白登道，胡窥青海湾。由来征战地，不见有人还。戍客望边邑，思归多苦颜。高楼当此夜，叹息未应闲"。

随着她的笛声，想象鹧鸪飞出玉门关，直抵疏勒河，李白出自西域，想必也曾照过喀什的月光。

然而，我无数次问她关于新疆与喀什的一切，她的回答却不超出喀什人民公园的范围。

关于她的父母，除了音乐老师，也很少被她提及，更从没听她提起过妈妈，只知道也是个援疆的上海知青。

5月4日青年节，操场上搭起临时舞台，先是一群女生表演四重唱，接着轮到李晓梦。

她第一次穿了红色连衣裙，老师给她化了淡妆，画面太美简直不敢看。我和许多男生坐在台下，都流下漫长的口水。

"古兰丹姆"李晓梦走上舞台，刚刚举起笛子，就发生了意外。

她的脚下一滑，整个人摔了底朝天，裙底风光都泄露了，这下全校师生哄堂大笑。现在想想，真该挨个拉出去枪毙。

除了我。

我很难过，看到她趴在地上起不来，我冲上了舞台。没想到脚底打滑，踩到什么油腻上，果然也摔了个狗啃屎。我和李晓梦倒在舞台上，膝盖和肩膀都摔破了。看到她眼眶里的泪水，还有台下几个笑抽了的女生，我明白了——就是刚才的四重唱，她们下台时悄悄洒了些油在台上，为了让李晓梦当众出丑。

"听着让人好难受啊。"

2014年，喀什的深夜，云南人甫跃辉站起来，回头看着毛主席像。

我也站起来，不想再回忆下去，说，去对面走走吧。

走过大街，穿过喀什人民广场，回头看着月光下的毛主席像，让人恍惚的画面。几个武警警惕地看着我们。广场上也有些汉族在聊天，两个男人坐在微缩版的"金水桥"上手拉着手。

我们径直往里走，看到喀什人民公园的牌子。

要去吗？甫跃辉问我。自治区文联的工作人员，听说我们半夜跑出去，已经急得要命了。

喀什人民公园？

1994年，"古兰丹姆"唯一跟我提到过的喀什的地名，如此不真实地扑到眼前。

于是，我又不得不回忆起她。

那一年，五四青年节的文艺汇演，她在舞台上摔倒，有条腿严重扭伤，几天不能走路，躺在家里休息。

我去探望过她一次。她寄居在叔叔家里，楼梯下的亭子间，刚够摆一张床。她的叔叔婶婶还有表妹都住在楼上。

屋子小到让我抬头就会撞到后脑勺，她说，就坐在我的床上吧。

我很紧张，却无法抗拒，便坐在她的床沿，这是我第一次坐到女孩子床上。

床头的墙上，挂着她最喜爱的笛子，也在舞台上摔坏了，裂开一道深深的口子。我帮她用透明胶反复缠绕，但音色已无法恢复。她难过地说，那是爸爸送给她的笛子，在她离开喀什去乌鲁木齐转车往上海的长途汽车站上。

唯一的床头柜里，她掏出几张发黄的相框。那是 1968 年，许多上海知青离家远行，胸口戴着大红花，在列车窗口挥手告别，个个意气风发，其中有一个就是她爸爸。

她说，她爸爸离开上海时，吹了一曲笛子《我们新疆好地方》。在火车站，有不少人听了这首曲子，就主动报名来了新疆。没想到，二十年后，这些人都跟她爸爸成了死敌，说是当年被他骗来了新疆，没想到吃了那么多苦。但，所有人再也回不去了。

你爸爸回来过吗？

嗯，半年前，他好不容易回了一趟上海，却跟我叔叔打了一架。叔叔说，能容纳我住下读书已经不错了，怎可能再让我落个上海户口呢？她看了看头顶的天花板，说，他们兄弟打到头破血流。最后，爸爸独自回新疆去了，真想跟他一起回去啊。

后来，我才明白，这种事情太常见了。当年离家的知识青年，为了给自己或子女赢得一个回城的户口，要征得原籍的兄弟姐妹签字同意，常常因此反目成仇，乃至大打出手，也不乏闹出人命。

不久以后，学校里又传出一件大事，关于李晓梦。大家都在说——古兰丹姆真的是古兰丹姆，她不是汉族，她的妈妈是维吾尔族人。难怪啊，她长得有些特别。

学校领导也来过问，发公文去喀什调查，要搞清楚李晓梦是不是身份造假才来借读的。

她拒绝跟任何人说话，包括我在内。虽然，我没有看到她掉眼泪，但从她怨恨的眼神看得出——全世界都成了她的敌人，感觉再也不能一起愉快地玩耍了。

第七天，她消失了。

我去李晓梦家找过她，她叔叔说晓梦回新疆去了。

那是初三中考前的一个月。

唉，我再没有见过她，整整二十年。

2014 年 9 月 16 日，深夜，喀什人民公园。

四周寂静，布满树林，还有一地落叶，仿佛回到江南的公园。已近子夜，大门却敞开着，幽暗灯光下，聚拢着四个维吾尔族人，三个老头，一个年轻人，坐在地上聚会，令人狐疑。

走近一看，才发现他们四个在打扑克牌，我和甫跃辉相视一笑。

月黑风高。

继续往公园深处走去，渺无人烟。古人说黑夜遇林莫入，我们两个是胆大包天。此处回头再看人民广场，似是两个世界，依稀眺见对面毛主席像的灯光。

眼前出现一栋建筑。

正面很不起眼，只有一层楼，门口有颗红星，像是苏联建筑，有块指示牌——喀什人民文化宫。

我的心脏，不知被什么刺了一下，这个名字，仿佛从冰库缓缓解冻，苏醒，复活……像她的眼睛。

绕到文化宫的侧面，才觉得规模不小，有个古朴典雅别具民族风的边门。

我听到了笛声。

颤音、滑音、叠音、吐音、飞指、换气，各种技巧。

甫跃辉讶异地看我，谁都不曾想到，在这喀什的黑夜里，整个中亚和维吾尔文明的中心，竟会突然响起江南的竹笛。

这笛声，这旋律，我依稀记得，不，是永远难忘。

鹧……鸪……飞……

这首曲子，二十年前，我的"古兰丹姆"李晓梦，她最爱在燎原电影院街心花园的月夜下吹奏——而今那座电影院早被拆了至少十年。

那指法，那气息，那节奏，还有特别的剁音，我记得一清二楚，少一分，多一秒，都绝不会搞错，在耳朵中，在心里头。

是她吗？

两年前，我梦到过一次"古兰丹姆"，突如其来，毫无理由。梦中的她长大了，依然有她的笛声，此刻耳边的《鹧鸪飞》。当时，我很恐惧，她会不会死了，才会给我托梦？

上穷碧落下黄泉，两处茫茫皆不见。

到现在，我才明白，我一直，一直，很想，很想，她。

我的古兰丹姆。

喀什的夜。

从前，她不曾跟我说起过高台民居，也未提过香妃墓，更没有艾提尕尔清真寺，她只说起喀什人民公园，还有喀什人民文化宫，这是我的中学时代，对于喀什仅有的两处印象。

古兰丹姆，我来了，用了二十年时间，走过五千六百公里，你还在吗？

循着笛声如诉，我如鹧鸪飞似的，疯狂地在林子里寻找她，也许就在背后，某棵大树的转角，人所不见的黑暗里。

我好想再见到你，哪怕你已嫁作人妇，儿女绕膝……我只想，对你说句话——

二十年前，我托表哥叶萧，在他暑假回新疆跟父母团聚时，顺便打听一下喀什人民文化宫的李老师。

表哥回来后告诉我一个秘密——

李晓梦的妈妈，并非上海知青，而是当地的维吾尔族，曾是喀什非常有名的舞蹈演员，家住老城的高台民居里。李晓梦的爸爸，在工人文化宫当音乐老师，他俩因此相识。虽然所有人反对，他还是娶了她为妻，不久就有了一个女儿。李晓梦三岁时，她的妈妈死于难产。

那一年，开始了知青回城的大潮。

按照当时政策，李晓梦爸爸这种跟当地人结婚的，很难得到回城名额。李晓梦十三岁那年，爸爸托了许多关系，跟一个离婚的上海女知青假结婚，修改了李晓梦的身份信息，终于得到让她回上海借读的机会。只要将来亲戚们同意，就可以让女儿落户。

这个秘密，李晓梦守口如瓶，这也是她从未提起过妈妈的缘故。

而我的表哥叶萧，真有做警察的天赋呢。

但我从未有勇气告诉过李晓梦。我怕她会立刻翻脸，永远都没的朋友做了。她是打心眼里不愿让别人知道的，我想。

后来，不知何故，这个秘密泄露了出去。虽然，纸永远包不住火，但如果我不托叶萧去调查，在上海不会有人知道的。

这一切都是我的错吧，是我逼走了"古兰丹姆"，因为该死的好奇心，因为我喜欢你。

对不起，这是我唯一要对你说的话。

"在那里！"

子夜，喀什人民公园的树林里，还是甫跃辉帮我发现端倪。

我看到一个黑乎乎的身影，在人民文化宫的屋檐下，端坐着吹笛子的模样。

一点点接近，笛声越发婉转，轻微的悲怆。

我抱住她了。

虽然，看不清她的脸，但可想象，她月亮般的双眼，长长的睫毛，红扑扑的小脸，好像王洛宾歌里的人儿。

那是二十年前的她，现在她会怎样？

不知从哪里，亮起一盏灯，微弱光线里，只看到一个老头。

晕，我怎么抱着一个老头，虽然没亲他，但总让人满面尴尬。

老头是汉人，手里握着笛子，神情并不慌张地看着不速之客的我。

甫跃辉连忙代我道了几声对不起——虽然，我本就是来说对不起的，也许才是这次喀什之行的真正目的。

老头继续吹笛子，鹧鸪接着飞，在喀什的夜。

看着汉人老头的眼睛，我忽然想起了什么。

喀什人民文化宫的屋檐下，我知道他是谁了，我猜。

忽然，背后又响起某种声音。

是维吾尔乐器，弹拨的弦乐，分明就是……对，黄昏时我在艾提尕尔清真寺边买的那把热瓦甫，就是这种音色与旋律。

笛声还在，热瓦甫声也在，难以想象，这两种乐器，并不冲突，竟有管弦二重奏的效果。笛声如鹧鸪飞入夜空，热瓦甫声似流水潜入地底——宛如几天前，我在吐鲁番的高昌古城，突现个维吾尔老人，坐在一千年前的佛寺遗址里弹奏的琴声。

终于，我看到了弹琴的人儿，是个维吾尔少年。不过十一二岁样子，戴着小花帽，坐在一棵大杨树下。浑然忘我，右手弹拨，左手按弦。竟比黄昏时我听到老艺人的热瓦甫，多了某种东西，就像魂。

月光从云间洒出来。

喀什人民公园，笛声与热瓦甫，我和甫跃辉，都会毕生难忘。

我啥都没说，就连酝酿了二十年的"对不起"，也未曾吐出口，便匆匆离别。

后半夜，回到公园门口，那三个维吾尔族老者和一个年轻人，还在地上打着扑克牌，不晓得是斗地主还是大怪路子。

刚才吹笛子的汉人老头，就是李晓梦的爸爸？甫跃辉猜测道。

大概是吧。

蔡骏，你不用内疚的。

喀什人民公园的夜空，笛声与热瓦甫齐飞。忽然，热瓦甫中断了几秒，或许是维吾尔族少年弹错了音？笛声还在继续，热瓦甫重新接上，但已今非昔比，琴瑟和鸣已被打破，两种声音怎样糅合，都变得异常刺耳，仿佛亲兄弟打了一架，

甫跃辉接着说，刚才你说，李晓梦的爸爸和叔叔关系很差。

我抬起头，看着喀什清亮的月光，再低头，看着自己拉长的影子……忽然，打了二十年的结，瞬间解开了。

是啊，那个秘密，关于李晓梦的妈妈是维吾尔族的秘密，无论我还是叶萧，都从未向任何人泄露过。在上海，唯一可能说出去的人，就是她的叔叔啊。因为李晓梦读书与落户的问题，兄弟俩早已反目成仇。为把讨人嫌的侄女赶回新疆，不至于将来房子和家产被分杯羹，才到处说侄女的身份造假，这不是顺理成章的事吗？

我呆坐在公园门口的栏杆上，却不曾减少丝毫的内疚，在最漫长的那一夜。

走出喀什人民广场，我们在路边打了一辆出租车。司机是个维吾尔族小伙子，放着巨响的维吾尔电声音乐。我说了句回喀什噶尔宾馆，不消几分钟就穿越喀什的夜，下车时收了五块钱起步费。

第二天，告别喀什。

9 月 19 日，我从乌鲁木齐回到上海，连夜给表哥叶萧警官打了个电话。二十年前，那个秘密是他为我调查出来的，现在也应该由他来终结的为好。

今晚，上海苏州河畔的家中，恰逢台风"凤凰"来袭。风雨声声，似有惊涛骇浪，令人怀念喀什，怀念干燥的阳光与清凉的月光。

我接到叶萧的回电。

根据户籍系统查询，李晓梦就住在喀什。她早就结婚了，丈夫是维吾尔族，有个十二岁的儿子，全家人开了个民族乐器行。她改了自

己的身份证，在民族一栏标注的是维吾尔族。

李晓梦变回了古兰丹姆。

我吐出有二十年那么长的气，拿出喀什买回来的热瓦甫，手指抚摸五根琴弦，拨出几个清亮的音色，仿佛在说……

你好吗？

我很好。


　　　　　风雨带走黑夜

　　　　　青草滴露水

　　　　　大家一起来称赞

　　　　　生活多么美

　　　　　我的生活和希望

　　　　　总是相违背

　　　　　我和你是河两岸

　　　　　永隔一江水

　　　　　波浪追逐波浪

　　　　　寒鸭一对对

　　　　　姑娘人人有伙伴

　　　　　谁和我相配

　　　　　等待 等待 再等待

　　　　　心儿已等碎

　　　　　我和你是河两岸

　　　　　永隔一江水

　　　　　我的生活和希望

　　　　　总是相违背

　　　　　我和你是河两岸

　　　　　永隔一江水

　　　　　等待 等待 再等待

　　　　　心儿已等碎

我和你是河两岸

永隔一江水

——《一江水》王洛宾／词

第

# 17 夜

与神同行的一夜

印度老爹：自称为梵天大神的电影演员

天空没有留下翅膀的痕迹，

但我已飞过。

——拉宾德拉纳特·泰戈尔《流萤集》

2008 年是个闰年，也是国际语言年、国际地球年、国际卫生年。起先陈冠希老师上了头条，旋即南方雪灾、暮春汶川地震、盛夏北京奥运、仲秋"神舟"七号太空漫步。

春节前夕，我去印度和尼泊尔旅行。从上海飞德里，先去斋普尔，再赴阿格拉的泰姬陵，从德里乘机抵达加德满都。我在博卡拉住了三晚，再经加德满都飞回德里。

最后一夜，我在德里机场度过。

我低估了印度北部的冬天，北风爬过兴都库什山与帕米尔高原，席卷过克什米尔山谷，蹂躏着亚穆纳河畔以及莫卧儿人的帝都。当我一踏上这片土地，就为之诧异怜悯的不计其数的流浪汉，包裹着单薄的南亚式线衫或毛毯露宿街头，还不如随处可见的马匹、骆驼与野狗。我在机场度过了漫长的一夜。

取到登机牌，才知道航班延误，不知要等多久。我托运了两个行李箱，装满各种以波斯风格的帝王将相、花鸟虫鱼为装饰的漆器盒子。我把它们像俄罗斯套娃那样装起来，大盒子套小盒子再装更迷你的盒子。我还手提两个大包，全是难辨真假的开司米羊绒地毯。

过了印度海关，透过候机楼的玻璃，眺望德里难得清澈的夜空。大概是寒流洁净了空气，一排排巨大的国际航班飞机涂装着的各自标志，在跑道灯光和无垠黑夜的衬托下，散发着乡间夜总会争奇斗艳的浓浓气息。

晚点，机场等候，无处可去，如丧家之犬。延误航班堆积如山，许多欧美背包客各自寻找空地坐下，有些干脆全家打起地铺。路过贵宾休息室门口，偶遇一场轻度争吵。男服务生用印度人特有的表情申明某种无奈，抗议的旅客是个戴着口罩、包裹着厚头巾的印度男人，露出一双老鹰似的眼睛。他鹤立鸡群，个头至少一米八五。从眼角皱纹看来已上了年纪。和许多印度人一样，眉心着一点朱砂。古风白袍，衣摆飘飘，从头顶到脚底，加上羊毛围巾，像宝莱坞电影里的蒙面强盗，又不似裹头巾的锡克人。虽然我的英语拙劣不堪，但这些天耳濡目染，已能与店主讨价还价——"This one""How much money""Impossible"……我的印式英语水平突飞猛进，竟然听懂了争执的大概。因为航班大面积延误，头等舱和商务舱休息室人满为患，不再接待更多乘客。该印度男人几乎要摘下口罩，露出真容，但手指颤抖着垂落，悻悻然走开。

我订的经济舱，登机口坐满了人，至少有两个航班的乘客挤在一起。我害怕在机场过夜，也不期待这种环境里的艳遇，尽管眼前闪过一两个印度与欧美的美人儿，浓烈的香水味冲了我一鼻子。趁着还有大把时间，我去免税店买了两条烟：上海卷烟厂的中华，包装上全是恶俗的图案，价格比国内便宜不少。我这辈子没抽过一支烟却要经常买烟送人。

好不容易，觅到个空荡荡的书店。下雪了。不是幻觉。雪花细碎轻盈，比不得北国的鹅毛大雪，却被横冲直撞的风裹挟，在候机楼的玻璃上，砸出无数小白点。

"德里近一百年来的第一场雪。"背后传来一句典雅悠长的印式英语。

回头看到说话人的脸，裹着白色头巾，好像刚从《一千零一夜》中的飞毯上下来，就要掏出笛子与眼镜蛇——这不是在贵宾休息室门口撞见的印度老爹吗？

他的口罩不见了，面孔罕见地白，几乎像南欧人的肤色。五官是标准的印度人模样，但更为立体和端正，唇边两撮灰色小胡子，有古代雅利安人的遗韵。这是一张令人难忘的脸。

"Nice to meet you!"

从不与陌生人打招呼的我，不由自主地蹦出一句英语，丝毫不带中国或印度口音。

"Nice to meet you, too."

他用印式英语回答。后半夜的机场，许多人都已经去了酒店，书店是最安静的角落。我的英语结结巴巴，经常搜肠刮肚想半天，还要掏出口袋本《英汉字典》。看到我的狼狈，与我交谈时他故意放慢语速，耐心地反复说两三遍，同一个意思用不同的相近词语表达。

印度老爹先问我是不是中国人，说很高兴认识我，我是他的第一个中国朋友。接着他抱怨自己的航班也延误了，贵宾室进不去，说那些服务生就是屎。没错，他用了个经典的"shit"。

我问他干吗戴口罩。他回答，在印度，从总理到议员到百万富翁到不可接触的贱民，没有一个不认识他这张脸。

但我不是很相信这种鬼话。老头也许只是想找人解闷。他与我肩并肩，站成一排，欣赏德里百年一遇的雪。夜空的下半部分，被灯光照得略显污浊；上半部分，冷月被乌云屏蔽，露出银盘般的光晕。

他说了声"good bye"，戴上蒙面口罩，独自走向候机楼另一端。他没携带任何行李，双手空空地离开，也许全部家当都藏在宽大的长袍里？他没留下名字，但这并不遗憾，反正我也没做自我介绍。

在书店待了一个钟头，可惜大多是英文书，看完一部插图本《爱经》，我走向登机口碰碰运气。印度航空公司居然没通知我就开始登机！也许广播被我听漏了？人在国外总是自动忽略各种听不懂的广播声。再晚三十分钟，或在书店打个盹，我就要在德里机场多待一天。确认是飞往上海的航班后，我排在队伍末端。乘客大多是中国人，一张张疲惫不堪的面孔，几乎每人都提至少两个行李箱。

凌晨三点，终于上了飞机。我晕头转向地往前走，直达经济舱尾端。我的座位糟糕，双通道的大飞机，被夹在中间。左边是肤白似雪的中国大妈，右边是面黑如炭的印度大妈，散发出浓烈的咖喱味。俯瞰德里雪夜的愿望，就这样被两位大妈剿灭了。

舱门关闭，等待起飞。我准备睡一宿，有位空姐走了过来，皮肤黑了点，但眼睛又大又亮，标准的印度美人。她的印式英语速度很快，表情亲切友善，不断向我做出"请起来"的手势，但我只听清最后两个单词："Come on"。

多希望后面再加上个 baby。不明白啥意思，我尽情幻想一番，往人世间最美好的方向，将红眼航班化作红颜航班，但貌似合理的结论只有一个：她把我当作恐怖分子，想用甜美的笑容将我诱捕……我却无法拒绝这样的"Come on"，挤出狭窄的座位，印度空姐示意我拿好行李。我拎着大包小包，在经济舱乘客众目睽睽之下，跟着空姐从客机尾部走向前端，来到土豪坐的头等舱。

第一排左侧，靠窗的座位上，有个白布裹头的印度老爹，看到我就摘下大口罩。哇，原来是今晚认识的新朋友。他露出和蔼的微笑，伸开双臂邀请我坐下。

原来我被莫名其妙地升舱了。我对天使般的印度空姐心存感激，没来得及询问 QQ 号或手机号，飞机就开始滑行了。

我放好行李，坐在印度老爹身边，系紧安全带。我能清晰地看到舷窗外，大雪毫无停歇之意，灯光闪烁的候机楼，犹如神话里的水晶宫。

本次航班的头等舱很空，三个中国人，两个欧美人，只有他一个印度人。他告诉我，看身边座位正好空着，想到我便吩咐空姐给我升舱。我问他哪来那么大的权力，他还是那句话：在印度，没有人不认识他的脸。

空客 A340 客机冲过跑道，加速度将我推向椅背。我感激地看着身边的老头，经历漫长而疲倦的机场之夜，突然与这样一个人近在咫尺，肩并肩度过五六千公里的旅途，放在唐玄奘的时代需要度过半辈子光阴，真有种做梦的感觉！

飞机腾空的瞬间，印度老爹镇定自若，毫不理会脱离地面的体感。六十秒内，我想已达上千米高度。机身略微倾斜，夜空中雪花弥漫，天穹露出一道弧度，停机坪上的飞机们被远远抛在身后。

舷窗外，有一只老鹰的影子，几乎与我的视线平行，难以想象它能飞到这样的高度。老鹰在印度是无处不见的动物。昨晚我住德里市中心，酒店上空平时就有几十只老鹰密集盘旋，好像等着冲下来享用住客的腐尸。而在中国大城市的天空，这一物种已基本绝迹。我把头凑到舷窗边，贴着印度老爹的胡子，鸟瞰整个德里。黑暗无边的贫民窟里，孩子们正在没有光的世界里，被寒冷的死神带往恒河的波涛。

飞机渐渐平稳，三万英尺，向东而去。他问我还好吗？我说棒极了，反问他：“你叫什么名字？”

他说出一串我完全听不懂的词。

“好吧，印度人的名字。”

但他摇头说，这些都不是人的名字。

“不是人？”我想起各种空难题材恐怖片的画面。

老爹话锋一转：“都是神的名字。”

“神？”

“嗯，你相信吗？我就是神。”

他微笑，长长的嘴角几乎弯到耳根子，眉心那点朱砂更为细长，宛如二郎神杨戬的第三只眼。

神——

我默默在心里补充了两个字：经病。

谁都能看出我的不屑。老爹并无不快，继续给我印度式的微笑，用极慢速的印式英语，在后半夜的国际航班，接近天庭的云端上，讲述神的故事。

天地玄黄，宇宙洪荒。日月盈昃，辰宿列张……印度人也是如此想象上古，在他们的大洪水时代，有个宇宙金卵，孵化出第一位神，名号“梵天”。在茫茫宇宙间漫步，因孤独而创造了一位女神莎维德丽。她很害羞，不愿接受大神每时每刻的关注，但无论躲到东南西北哪一边，大神都会生出一个头来看她。此时又有了一位唤作湿婆的大神，虽然出道晚于梵天，却有后来居上之势。为救莎维德丽出苦海，湿婆砍掉了梵天的第五个头。从此，梵天只有四个脑袋、四条胳膊，就是泰国常见的四面佛。他以四头四臂示人（我想哪吒是他的盗版），坐骑是孔雀或天鹅，偶尔乘坐七只孔雀或天鹅所拉的战车出巡宇宙……

后来，梵天与另一位叫作毗湿奴的大神，偶遇湿婆大神的林伽，上顶皇天，下接后土，如同竣工的通天塔。梵天与毗湿奴分头前往寻找林伽的终端。毗湿奴变成野猪向下挖洞，梵天变成天鹅翱翔苍穹。但这林伽太伟大了，根本找不到头。毗湿奴只好让湿婆收下自己的膝盖，承认湿婆才是宇宙真实的梵，是宇宙真正的老大。梵天却不以为然，他的资格最老，岂能示弱？他化身为天鹅一直往上飞，谎称发现林伽的起点。湿婆是全知全能的神啊，大发雷霆，诅咒梵天不被三界众生所拜。

为解释自己的身世，坐在我身边的“神”，在纸上精确地画出林伽、野猪和天鹅。

看到图画才明白——林伽就是男人的性器官，湿婆大神威武！

"如果你是神，那我是什么？幻觉吗？"为了表述"幻觉"这个词，我翻出口袋本《英汉字典》。

他从容作答："神，可以化作不同的形象来到人间，未必是神像呈现的模样。有时是个女子，有时是个顽童，有时却是个动物，比如天上的老鹰。"

起飞时看到的那只鹰，难道也是梵天的化身之一？也许还有无数个分身正在飞往中国，分布在这架飞机上的各个角落。

"凡间的人们多是瞎子和聋子，根本无法看到真正的神。他们以为到庙里跪拜焚香就行了？大错特错了，神怎么会是毫无生命的石头和木头呢？神是宇宙间无所不在的力量，是无穷无尽的灵性，往往就在你们身后，甚至在你自己身上，你们却一无所知！可怜的凡人！"他说了三遍，碰到我不懂的词，还帮我确认《英汉字典》上的拼写。

"神"说到口干舌燥，问空姐要了杯水。飞机在浓密云层上东行，左边恰能遥望喜马拉雅山的雪峰，在数千公里之远，仿佛不断露出海面的白色群岛，微暗而连绵不断。印度时间，凌晨四点三十分，一轮巨大的月亮，悬挂在珠穆朗玛或别的什么八千米高峰之上，将整个夜空渲染得如同迷梦，美不胜收。太不真实了，我很想把自己掐醒。

老头却睡着了。

梵天大神的最后一颗脑袋，正倚在舷窗边，发出均匀的鼾声。神就是神啊，打呼噜都这么有节奏这么性感。不过，我以为一位大神，他的睡眠应是盘腿飘浮在机舱中间，或端坐在机翼之上，衣袂飘飘地穿越云层与月光。

我也困得不行，但又怕这场梦会很快破灭，醒来一切都不存在，仍然在经济舱被左右两位不同肤色的大妈护法着。我强忍疲惫，打开背包，取出一本介绍印度文化的小书，从中国带来阅读解闷的，翻到其中一页——

梵天本是宇宙精神"梵"的人格化体现，当他演化为具有肉体，便不可避免地开始堕落。他在天宫享受荣华富贵，贪恋美色，霸占属下的智慧女神；他庇护了无数魔鬼在世间作恶。公元六世纪后，原本梵天享有的万有之神的地位，逐渐被湿婆或毗湿奴取而代之。至今，全印度只剩两座供奉他的庙宇。

　　当我醒来，还在头等舱，刚才撑不住睡着了。我的左边，那位伟大的神打着呼噜，唇边挂着一长串口水，像许多上了年纪的大人物，一派衰老之相。我想象几万年前，这位大神在天上寻欢作乐的情景，再看眼前这老头，口水已弄脏了长袍。我忍不住，掏出几张纸巾，擦干净他的嘴角。他没被弄醒，继续发出鼾声。

　　舷窗外，晴空万里。机翼下，浓云密布。想必已至中国领空。算算时差，北京时间过中午了吧？我顺便调整了手表的时间。

　　空姐来询问餐牌。我们的"神"懵懵懂懂睁开眼，向空姐投去烈焰似的目光。头等舱可选择菜单，他大概是回忆起"神"的身份，老老实实选了素食。坐在印度教徒旁边，我不好意思点牛肉，便挑了咖喱土豆米饭。

　　我想，要是"神"的这副躯壳得了老年痴呆症，会不会遗忘了自己是神，而彻底混同于凡人呢？幸好他还记得我，问候我休息得如何。空姐把早餐连带午餐都送来了。她含情脉脉地看着我们，当我想入非非时，才发现她盯着旁边的老头。她向"神"递出一张便笺纸与一支笔，祈求他赐予签名。

　　空姐对老头说："先生，很高兴为您服务，我是看着您的电影长大的！还有我爸爸也是！"

　　看得出她很激动，但得体有礼，不像脑残粉失控一般打扰别人休息，如获至宝之后便退到帘子背后了。

　　我盯着老头的脸，似乎看出几分脸熟。也许对中国人来说，所有宝莱坞明星统统都长一个样，就像中国人到了国外都被认为是李小龙或成龙。

　　他微微皱起眉头，表情复杂，难以言尽。

　　终于，"神"说话了："我承认，我是个电影演员。"

　　六十六年前，他出生在南印度一个小公务员家庭，属于第二等级的刹帝利种姓。在那个阳光浓烈、人民肤色黝黑、说着南印度语的邦里，他的浅肤色和美男子容貌，简直万里挑一。他受过不错的教育，印式英语流利，十八岁考取印度最好的大学。他从小爱电影，最崇拜格利高里·派克，在大学就开始表演戏剧，又去宝莱坞参加选秀，一门心思投入演员生涯。他的第一个角色是侦探，又是拳头又是枕头地征服了杀人犯和美女，也征服了上亿的印度粉丝。他成了炙手可热的明星，年纪轻轻就拿了影帝，每年至少主演六部电影，海报贴遍整个印度乃至最闭塞的穷乡僻壤。

"你会跳舞吗？"

我印象中的印度电影，哪怕恐怖片，都会没由来地蹿出一群男女欢快地载歌载舞。

老头点头称是，手舞足蹈，摆出一组很古怪的姿势，在我看来就像羊痫风。这是他在一部经典电影中的舞姿，曾如神曲般传遍印度大街小巷，每个孩子都会跳上一段。

他告诉我，三十岁后，他拒绝出演任何现实题材和偶像人物电影，只扮演一种角色——神。

演过湿婆、毗湿奴、罗摩，甚至演过释迦牟尼与耶稣，但他最爱演的是梵天。三十多年来，他在一百多部电影中扮演梵天，但很少扮演男一号，通常是男二与男三，有时竟是反派。但他的这张脸，作为梵天大神，却深入到每一个印度人的心底，尤其是在文盲与半文盲成群结队的农村地区。每次他深入地方拍戏或旅行，都会被人民群众当作大神降临，纷纷拿出供品以至于全部家当来奉献。而在达官贵人面前，他也具有一种神的气质，被好几届印度总理奉为上宾，还曾指名要求陪同出访国外。

我问他："结婚了吗？"

他伸出六根手指。

第一个在老家，父母安排的婚姻，刚上大学就离了。第二个才是初恋，曾经在大学校园爱得死去活来，可他刚成为电影明星就抛弃了对方。第三个也是电影演员，婚后不久却成为富商公子的情妇。第四个，他吸取教训，找了个医院护士，为他生了两个儿子和一个女儿，维持了长达十年的婚姻。第五个，真正的贵族之家，全家不是议员就是部长，爷爷曾是尼赫鲁总理的密友。但她不愿住在印度，她讨厌自己的国家，每年有七个月在英格兰或加利福尼亚度过。而梵天大神离不开这片神圣国土，定期前往恒河朝圣沐浴，两人因此分手。第六个，知识分子家庭出身的女粉丝，比他年轻三十五岁，后来车祸死了。自那以后，他未再娶，独身至今。

老头慢悠悠地说："我的影迷有上亿人，成为举足轻重的大人物后，每次出行都有几百号人跟随。我学会与各种人打交道，跟德里的政治家谈平民的权利，跟孟买的巨商说能源危机与汇率浮动。五十岁生日那天，我决心从政，组建自己的政党，而我是当之无愧的党魁。我在家乡发展力量，很快扩展到整个南印度，凡是我的影迷都是支持者，吸收了几百万党员，他们多是草根，刚从农村进城，目不识丁，家徒四壁，寄居在拥挤的贫民窟里。但他们相信我就是神，只有我能带领大家脱离苦海，前往一个幸福的神奇的印度。"

他当选了家乡所在邦的首席部长，相当于中国的省委书记兼省长。他的政党自然也在该邦执政，邦议员全是他的小弟和影迷，上到税务局和地方银行，下到在街头公开受贿的交通警察，他的政党简直权力无边。他每天视察贫穷的农村和失业的劳工，发誓要解放黑砖窑里的所有童工，与各个种姓乃至贱民共进午餐。但能到他的私人客厅里来的，只能是 CEO 和银行家，陆军准将与板球明星，要么是大学校长或诺贝尔奖获得者。

他庇护了整个邦的流氓和恶霸，这些坏蛋只要白天老老实实，黑夜就可以无法无天。作为交换条件，有家报社记者，刚写了两篇批评首席部长的专栏，就无声无息地"被失踪"了，坏蛋们保证无人胆敢挑战"神"的权威。

但他年轻的妻子难以容忍，尤其当一个强奸十四岁少女的无耻混蛋，仅被法官判处了三年缓刑的时候。妻子扬言要向媒体揭发这个伪善的政客，但很快遭遇意外车祸。首席部长兼宝莱坞明星兼"神"在妻子葬礼上流泪的画面，通过现场直播的娱乐新闻，传遍南亚次大陆，让他的支持率又上升七个百分点。

新世纪的第一年，他决定挑战执政的人民党，坐上印度总理的宝座，欲步好莱坞明星罗纳德·里根总统之后尘。他宣称将根除祸害印度多年的腐败，消灭饥饿、愚昧、疾病和贫民窟，并与西边的宿敌巴基斯坦实现永久和平，把印度建设成比美国更强大的国家，让印度人的价值观传播到地球上每个角落。

可他忘了自己只是个演员。影帝般的演技对政治家来说很重要，但政治家最重要的绝不是影帝般的演技。而他的对手可不是一个人，而是一个高不可攀的世界。

不到半年，他的瑞士银行账户，匿名的海外房产和劳斯莱斯，跟洗钱集团的通话录音，依次暴露在报纸和网络上。还有不计其数的私生子，纷纷上电视控诉这个始乱终弃的父亲，其中有四五个可能是真的。他的保护伞下的黑社会头目与大地主，也如墙头草般背叛。原本在一贫如洗的家中供奉他的照片作为神像的人们，由他捐款建造并以神为之命名的小学和中学的校长们，也将他的头像清理进了下水道。

　　经过漫长而拉锯的官司，身败名裂的前任首席部长，面临被判终身监禁的危险。最后一次开庭，他的头发全白了，第一次像个老人，风烛残年，行将就木。当律师完成辩护陈词，检控官列数了他十大罪状。被告席上的他，对所有人报以神一般的微笑。法官愕然之时，他骤然挣脱警卫，冲出疏于防备的法庭。没人想到他会这样，又不是暴力犯罪分子，何况一把年纪的富贵之躯。他像二十岁的小伙子，在最高法院的走廊横冲直撞。在警卫抓住他的衣角前，老头撞向一扇古老的窗户，英国殖民者的彩色玻璃粉碎，整个人飞出楼外。

　　这是法院的七楼，他没有丝毫害怕，而在内心坚信——自己是神。

　　梵天大神，将变成一只天鹅，展翅高飞，直达九霄云顶，没人再能抓住他。

　　然而并没有什么飞翔，只有自由落体运动，只有凡人无法抗拒的地心引力，将他直接拉向大地。最高法院外的大街上，场外直播的电视媒体，仰着脖子拍摄这一罕见的死亡过程……短暂的痛苦后，他看到自己走在一片荒原，旱季的故乡，赤地千里，不见任何活物，村庄和神像残垣断壁，干涸的溪流布满鱼和鸟的尸体。无边无际的旷野，有个焦炭般的小孩，衣衫褴褛，瘦得只剩骨头。那是一个贱民，世代清扫厕所，绝对不可接触，哪怕看一眼都会被诅咒。突然，他发现自己回到了七岁，伸出嫩嫩的右手，高贵的浅色皮肤，触摸贱民孩子的黑色脸颊。微热的肮脏的接触，对方触电般倒地，蜷缩成一团，乌黑的身体迅速变白，两只脚几乎消失，双臂化作翅膀，皮肤长出羽毛，最后变成一只天鹅，眼泪汪汪地看着他的眼睛。当他怜悯地抱起天鹅，亲吻它细长柔软的脖子，天鹅雪白的腹部却渗出鲜血，奄奄一息。他慌张地逃回家，才听说有个贱民的孩子死了。他被爸爸揍了三个钟头，赤身裸体在水桶里浸泡了三天，三个月不准坐上餐桌吃饭。那年夏天，蒙巴顿勋爵宣布印巴分治，印度独立，紧接着是与巴基斯坦的战争，圣雄甘地遇刺身亡，而在南印度许多个土邦，盛传梵天大神已秘密降临人间……"9·11"那一年，他曾在最高法院跳窗坠楼。可是奇迹发生，一辆敞开的垃圾车经过，他掉到数米厚的食物残渣、塑料瓶子以及动物尸体上。侥幸避免了血溅五步，粉身碎骨，但头部受到重力撞击。

　　他在医院昏迷了七天七夜，醒来后清晰地说出那个梦。留洋归来的医生说那不是梦，而是标准的濒死体验。只有他自己才明白，那是七岁时真实的记忆。

审判时逃跑自杀的他，引起全国影迷的强烈同情。舆论风头转向，无数人上街呼吁赦免他，指出对他的审判是一场政治迫害。于是，他被法官从轻发落，以获刑七年告终。

他的新家在德里监狱，典狱长给他安排了一个单间，方便他每天祈祷和阅读。从前他经常公开演讲，面对成千上万把他当作神而顶礼膜拜的人们，大段背诵史诗《罗摩衍那》，也能信手拈来泰戈尔的《新月集》和《园丁集》。但他并不了解其中含义，只是死记硬背。而在监狱里的日子，他终于能安静地阅读，从每晚八点到凌晨两点。文字像无穷的海水，一点点浸湿大脑里的海绵，挤压出各种颜色的尘泥。每次在监狱大院放风，他都会悄悄撒出一把灰尘，那不是来自墙壁的，而是他自己的一部分。

没人来监狱探望过他，包括在国外的三个婚生子女，以及难以统计的私生子。但他每天都能收到玫瑰，还有年轻时代的电影剧照——只有影迷们忠诚不渝。这些粉丝也是世袭的，有的已祖孙三代。也只有影迷们，才将他当作一个演员，而不是神。

听完他的故事，我沉默好久，顺便感叹我的印式英语达到了新东方结业的水准。

"那么多大神里，你为什么偏偏喜欢梵天？"

"因为，梵天变成美丽的天鹅，飞到苍穹之上，寻找林伽的起点。"

"你喜欢飞？"

"是，我喜欢一切会飞的物质，比如飞鸟、昆虫、风筝、蒲公英，还有飞机。"

就像现在，漫长的飞行接近尾声，天色渐渐变暗，夕阳追在飞机后头。透过云朵的缝隙，依稀可见长江下游的田野和城镇。

老头说，上个星期，他才服完刑期，走出德里监狱的大门，身上只有一套《泰戈尔诗集》，还有一笔不多的积蓄，刚够买张去中国的头等舱机票。

"飞来中国干吗？"

他去过世界上所有的国家，包括南极和北极，唯独没到过中国。他知道中国是个古怪的国度，中国人与其他任何民族都不同。除了人口众多，其余几乎都与印度相反。

还有个原因，他在狱中最爱泰戈尔的《流萤集》。大师曾经去中国和日本旅行，常有人邀请他把诗句写在扇子和绢素之上，因此就有了这部诗集。

我想起一张上世纪二十年代的著名照片，经常被文艺女青年用来伤春悲秋——左边是林徽因，右边是徐志摩，中间是穿着汉服的泰戈尔，白须飘飘，仙风道骨。

老头擅长星象和占卜，预测这一年中国会发生许多大事。他还说，我在这一年里也会有大的变化。

"你怎能预言我的未来？"

"因为，我是神。"

说了半天，印度老爹又绕了回来。

我有些大脑缺氧，无力再转换这些词语。飞机下降，冬夜过早降临。舷窗外的云端上，拉着一条漫长的晚霞带，灿烂得灼人眼球。空姐关照系紧安全带，座位不断颤抖，耳膜阵阵疼痛。老头却无任何反应，平静地俯瞰舷窗之外。

北京时间晚七点，飞机开始倾斜，机身转向，从南边绕过上海市区，飞往浦东国际机场。千米之下，灯光星罗棋布，宛如天上的黄道十二宫。我能分辨出高速公路的车流，黑夜里异常耀眼。

望见机场候机楼，无数灯光簇拥跑道，巨大的飞机呼啸降落。起落架轮胎撞击跑道的瞬间，我的心像被扎了一下，整个人向前俯冲。舷窗外是黑夜中的停机坪，一架又一架国际航班客机，给我一种仿佛回到德里的错觉。

上海也在下雪。飞机滑行很久才停稳，但没有靠到候机楼边上，而是在停机坪中央。一辆摆渡车和一辆中巴开来。舷梯搭上前部舱门，广播通知头等舱旅客先下机。

在空姐的祝福和道别声中，我踏出舱门，头顶是空旷寒冷的夜空。没想到下雪的同时，还有一轮又大又圆的超级月亮，是专门来迎接"梵天大神"的吗？

我披上厚外套，刚要沿着舷梯往下走，回头看一眼印度老头，想要个联系方式，电话号码或 E-mail。

他却先说话了——"谢谢你，年轻人，很高兴你能陪伴我共同飞行。"

这话说得我受宠若惊："我也很高兴认识您！真的！"

"我是神，你相信吗？"

看着老头认真的表情，我一本正经地点头："我相信！"

突然，他给了我一个大大的拥抱，在我猝不及防的同时，印度式的两颊亲吻，就差像勃列日涅夫嘴对嘴亲吻昂纳克了。

但我一点都没抗拒，反而把他拥抱得更紧，感受到他体内神一般灼热的温度。

后面在排队等候，美丽可爱的空姐，她通情又达理，没有催促我们快下去。

老头咬着我的耳朵说："你知道吗？我会飞！"

然后，他松开我，两臂如十字架般伸展，双脚便脱离舷梯，整个人飞上夜空。

他真的会飞。

五分钟前坐在我身边的老头，此刻在我的头顶飞翔，盘旋凌驾于无数巨型客机之上。浦东机场的雪夜，透明银河般无边无际，只剩一抹纯白的影子。

Namaste！

最漫长的那一夜，很多双眼睛都可做证，在高处不胜寒的夜空，有一只雪白的天鹅，消失在超级大的月亮里……

# 第

# *18* 夜

---

## 埃米莉逃亡一夜

埃米莉：杀不死的少女

我叫埃米莉。

法国与意大利交界处，西欧最高的勃朗峰就在头顶，双眼几乎被耀眼的冰雪刺瞎。从阿尔卑斯的夏日阳光下，驶入黑暗的穿山隧道，就像突然遭遇日食，又像重新回到母腹。这是一辆路虎越野车，我蜷缩在后排座位上，闻着妈妈头发里的香味，许久才适应没有尽头的隧道——脑中闪过某种熟悉的情景，宛如很久很久以前，当我还是个瘦弱不堪的小胎儿，痛苦地被挤压着通过流血的产道，第一次探头来到世上。

嗨！你们好，这是我出生后的第八个年头。

在漆黑的世界中，车窗成为一面镜子，照出我苍白的脸，大而无神的眼睛，头发披散在肩上，脖子消瘦，像只小猫，几乎一把就能捏死——曾经有人说我像个小吸血鬼。

这次自驾车之旅从维也纳开始，途中要经过五个国家，第一站是萨尔茨堡，然后是阿尔卑斯山谷中的因斯布鲁克，接着进入德国境内的贝希特斯加登，再经过博登湖来到瑞士。爸爸开车直奔少女峰，带着妈妈和我第一次滑雪，虽然玩得很开心，我却有一种不安的预感。我们去了日内瓦，从那里开车到法国，按照原定的旅行计划，终点站是地中海蓝色海岸的摩纳哥，妈妈却临时改变了主意，想要去意大利的都灵与米兰。爸爸是个听话的男人，便从上萨瓦省的公路，径直开到了勃朗峰隧道。

忽然，前头闪过一个白点，越来越亮，宛如凌晨在雪山上的日出，那是隧道的出口。

我们已到了意大利，高耸入云的勃朗峰被甩在身后。车子猛烈摇晃了一下，我撞到了前排座椅后面。爸爸慌张地打着方向盘，靠在路边的草地上。我浑身疼痛地爬起来，回头隔着车后窗玻璃，看到一辆黑色卡车紧紧逼着我们，刚才就是被它撞了。

爸爸刚下车，卡车里也出来一个男人，穿着白色风衣，戴着白色帽子，从怀里掏出一把手枪。

枪口闪过一丝火星，爸爸捂着胸口，闷闷地倒在地上。

白色风衣的男人向我走来，妈妈尖叫着打开车门，抱着我逃跑。对方紧追不舍，他是来杀我们全家的吧？阿尔卑斯的山坡上，妈妈疯狂地逃跑，我的眼前天旋地转，耳边全是她的喘息声。我们紧挨着滚滚车流，所有人都只顾着往前飞驰，并未注意到有危险。

终于，那个男人追了上来，向我举起了枪。

妈妈将我紧紧抱着，把后背暴露给那个男人。我从她发丝间的缝隙，看清了那个男人的脸——他有一双紫色的眼睛。

他只问了一句话："姑娘，你不愿意吗？"

"我愿意。"

然后，枪口的火光闪烁，这一声枪响震动了山谷。

妈妈倒下，鲜血从她的嘴里涌出，眼睛眨了几下，渐渐变得灰暗，玻璃体僵硬地凝固，倒映出我哭泣的小脸。

她死了。

而我感到胸口一阵潮湿，好像被某种温热的液体浸泡，同时又像火柴燃烧起来，闻到一股焦煳的气味，如同妈妈烤煳了的牛排。

唉，妈妈，你又把事情搞砸了。

子弹带着阿尔卑斯山独有的空气，从妈妈的后背射入，穿透前胸而出，同时打碎了我的心脏。

而我弱小的身体，通过一粒圆圆的弹孔，灌满了妈妈的鲜血。

那双紫色的眼睛。

我叫埃米莉，我已经不是小女孩了，我想爸爸应该明白这一点。

爸爸还活着，胸口多了一道难看的伤疤，每逢阴雨天就会疼得直冒汗。他走在长满椰树的沙滩上，不时有波利尼西亚少女经过，晒着耀眼的古铜色皮肤，似乎每一个都在诱惑爸爸。他的目光里有几分邪恶，盯着少女们的胸口，让我怀疑他时常半夜出门，就是去找其中一个或几个幽会。

我在厌恶他的同时，也会想念妈妈。

五年前，我们全家在阿尔卑斯山旅行，遭遇了神秘的袭击，有个紫色眼睛的杀手，开枪杀害了我的妈妈。要不是警察及时赶到，我早已躺在棺材中了。

爸爸奇迹般地活了下来。他的工作漂泊不定，几乎每年要换一个地方，不是非洲的沙漠，就是南美洲的丛林，抑或印度南方的小镇，直到这座南太平洋上的小岛。

爸爸要带我出海钓鱼，租了一艘波利尼西亚人的独木舟，带有独特的三角帆，左侧伸出两根长长的木杆，支架起与船身平行浮起的木杆，像羽翼一般。

出海的那天，晴空万里，几个有着乌黑秀发与惹火身材的少女，裸露着胸口向我们挥手告别。而我低头看着清澈海水下的珊瑚，只盼着尽快摆脱她们。

我在想，爸爸是不是要杀了我？

几小时后，当我们远离海岛，茫茫的太平洋上，骤然袭来一阵疾风。幸亏是波利尼西亚独木舟，数米高的巨浪也难以打翻它，爸爸将我绑在船舱里，这样至少不会被掀出去。我喝了许多口海水，呛得死去活来，把胃里吐空了。等到暴风雨消退，船上的设备都已坏了，无论海事卫星电话还是三角帆，我们像孤儿般漂流在海上……

三天后，船上的一切食物几乎都吃完了。爸爸将最后一根香蕉留给了我，随后准备了瓶瓶罐罐，迎接南太平洋上丰沛的雨水。

赤道上的太阳晒着我的脸，让我苍白的脸略微发红，嘴唇也裂开几道口子。十三岁的我，穿着湿透的内衣与短裤，皮肤竟也焕发出波利尼西亚少女般的光泽，爸爸无力地看着我说："埃米莉，你会像你妈妈一样漂亮的。"

"那个人为什么要来杀我们？"

就算淹死饿死渴死在太平洋上，我也不会忘记白色风衣的男子，还有那双紫色的眼睛。

"不知道，警方已经调查了五年，却没有任何线索。"

"每当我睡不着，就会看到妈妈死去的双眼。"

"我也是。"

"爸爸，你是怎么跟妈妈认识的？"

他的面色有些古怪，等待许久才说："那时候我们都没有钱，可她深深地迷住了我，只认识了几个星期，我就送给她一个 Dior 的包包。"

"你好大方啊。"

"不久，你妈妈的肚子里就有了你——真像一场梦啊，所有人都说我们疯了，两个人都那么年轻，恐怕连自己都养不活，怎么能把孩子养好？你不知道，我们吃了多少苦，你妈妈又流了多少眼泪，终于把你生了下来，这时候才刚刚登记结婚，等你会走路了才补办婚礼。"

"可你很快就实现了自己的梦想。"

"是啊，谁会想到自从你来到这个世上，我的一切就变得那么顺利，你们母女从此衣食无忧，跟着我周游世界……埃米莉，我爱你们。"

"杀手是你雇来的吧？"

这句话让爸爸一愣，面色冷峻下来："为什么会这么想？"

"你厌倦了妈妈，想要把她除掉，为了不让警察怀疑，先让杀手往你身上开一枪，却在并非要害的部位，假装要杀我们一家三口，其实只是为了杀害妻子。"

"埃米莉，你长大后适合做个小说家。"

"这不是在幻想！"

说话之间，船舷外的鱼钩晃了一下，我钓起了一条小个的鲣鱼。

我熟练地用刀子剖开鱼腹，做成生鱼片跟爸爸分享了。

"其实，这个世界，并不是你想象的样子。"

耀眼的阳光下，我把头靠在他宽阔裸露的胸膛上："爸爸，你有没有想过死亡？"

"没有。"

"可我每天都会想到死，仿佛随时随地会遭遇意外，比如遇到那个杀手。"

"不要再想这些了。人死以后，一切就都没有了。"

我的耳朵能听到他的心跳声，又贴着他下巴上的胡楂说："请对我说实话，假如我死以后，还会有人记得我吗？"

"我——不知道。"

"爸爸，你也会忘记我的，是吗？"

他没有回答，冷漠地把我推开了。

让人意想不到，整整七天过去，南太平洋上连一滴雨都没下过，只能依靠生鱼片果腹。

爸爸快要渴死了。他总是用身体为我阻挡阳光，把更多的生鱼片让给我，他的脸上长满了泡泡，整个人晒得像块木炭。

忽然，他指了指船底的隔板，我虚弱地将它打开，意外地发现了最后一小瓶水。

他把这瓶水留给了我，然后，他死了。

爸爸的尸体暴晒在烈日底下，很快发出了臭味。我拧开水瓶，抿了一小口，我想这样可以多活几天。

然后，我把爸爸推到了海里。

清澈而深不见底的海水，漫游着密密麻麻的金枪鱼群，爸爸像块蛋糕沉没到鱼群中，很快会成为它们的午餐。

我躺在独木舟中，抱着爸爸留下来的那瓶水，等待随时来临的死亡。

三天后，当我喝完最后一滴水，一艘集装箱货轮发现了我。

船员们都是些大胡子的拉丁美洲人。他们给我吃了面包和牛奶，裹上温暖而满是跳蚤的船员毛毯，让出最好的一间舱室，让我洗了个舒服的热水澡。

然后，他们轮奸了我。

当我血流不止地诅咒他们将死于暴风雨时，船长出现了。看到这张脸，我就沉默了。因为，我认识他。还有，他的白色风衣、白色帽子、紫色双眼。

他拎着一把斧子，无声无息地朝我劈了下来。

我的尸体，被扔进南太平洋，距离复活节岛一千四百九十海里。我看着幽暗无边的海底，一群柠檬鲨循着血迹游了过来。

我叫埃米莉，十八岁，我长大了，人们都管我叫美少女。

透过飞机舷窗，看到机翼下的撒哈拉沙漠，红色与金色的岩石和沙丘，宛如南太平洋般无边无际。五年前，爸爸葬身鱼腹之后，我早已习惯于独自一人旅行。我曾路过世界各大机场，俯瞰过地球上的许多个角落。我也认识了各种朋友，有男孩也有女孩，我跟着他们学会了十二种语言，而他们总是羡慕我能周游列国。

其实，我是在想——如果，我不停地在不同的地方飞来飞去，那个杀手就不容易找到我了吧。

但我唯独没有去过中国，这一点连我自己都难以理解。

走神的一刹那间，我看到机翼下的引擎着火了。机舱中响起刺耳的警报声，头顶的氧气面罩落下来，前后都是女人们的尖叫，漂亮的空姐们也花容失色，手忙脚乱地教乘客们自救的方法。

机长决定在沙漠中迫降。

十分钟后，随着一声巨大的冲击，飞机一头栽倒在沙丘中。有人打开舱门，大家争先恐后地爬出去。当我也狂奔到炽热的沙漠上，身后的飞机才剧烈爆炸，至少有一半的乘客化作了碎片。

有一块热乎乎的头盖骨被甩到我的后脖子上。

夜幕降临，还剩下一百多名幸存者，不少人在逃出舱门时，因为互相踩踏而受伤了。这是撒哈拉沙漠的中心地带，没有任何通信信号，也没有水源，连游牧的柏柏尔人都没有。

我想要离他们远一点。

果然，没有任何外来救援的迹象，大家忍受着饥饿与干渴，每天不断有人死去。尸体堆积在沙漠上，我想再过很多年就会变成木乃伊。

但我早就对死人麻木了，自从爸爸妈妈相继离世，我的生活中就充满了危险，几乎每天都会见到各种各样的死亡。比如在海啸与核泄漏的日本，在耶路撒冷老城，在龙卷风下的美国中部，在暴风雪中的西伯利亚。

在三个不同的国家和地区，我读过五所中学，其中有四所发生过校园枪击案。我目睹一个高二男生，开枪打爆了我的物理老师的脑袋——前一天晚上我还跟这男生约会过。

剩下最后一所高中，被强飓风夷为了平地，有三百个学生死于非命。

我在废墟底下埋了七天七夜，最终被国际救援队挖了出来，结果还只是轻微伤。

因此，对于这次空难，我没有丝毫慌张与恐惧，只是惊讶灾难竟然来得那么晚。在我的第九十九次飞行中才发生。

沙漠的夜晚很冷。

我找到了一个山洞，似乎有古人生活的痕迹，我弄来火种照亮岩壁，眼前跳出鲜艳的图案，画着原始人狩猎与放牧的情景，简直美得惊心动魄。这是人类刚诞生时的样子吧，老师说所有的现代人类，都是走出非洲的智人的后代——我也是其中之一。

在祖先的岩洞里过了一夜，醒来后才发现在荒凉的沙漠上，到处都是血肉模糊的尸体。我冷静地回到死人们中间，发现几个奄奄一息的人，他们用最后一口气告诉我，昨晚发生了极其可怕的事——有人实在饿昏了，便开始到处杀人，最后发展到煮人肉充饥。有的人为了保命，有的人为了填饱肚子，总之是自相残杀。短短的几个小时，没有人能逃过劫难。

最后，剩下的伤员也死了。

就当我跪在被血染红的沙砾上等死时，头顶却响起了直升机螺旋桨的轰鸣声……

机翼掀起巨大的风沙，我虚弱地被吹倒在地，只能挥舞双手求救。直升机悬停在半空之中，放下一截蛇形的软梯，有个男人从梯子上爬下来，却穿着夸张的白色风衣，衣摆几乎要被卷到螺旋桨里，一顶白色帽子从头上坠落，我在担心他会不慎摔死的同时，隐隐感到某种恐惧。

终于，男人在沙漠上着陆，露出一双紫色眼睛，被风沙吹得通红，一脸悲伤地看着我，就差伸出手来拥抱。就像在阿尔卑斯山，在南太平洋。我还惊讶他从未变老过。

"去死吧！"

我转身要逃跑，但无力地跌倒在沙子里，他将我拽回来，用绳子绑住我的腰，将我拉上了直升机。

男人的身体很热，将我包裹在他的腋下。当我们上升到大约一千米的高度，我看到底下海浪般起伏的沙丘，那架巨大的飞机残骸，如同被小孩子抛弃的玩具。

于是，紫色双眼的男人，将我推出直升机舱门，而我并不感到意外。

我不会飞，我想。

我叫埃米莉，刚从哈佛大学毕业，并有了自己的第一个 Dior 包包，这是男朋友提前送给我的生日礼物。

今天，是我的二十三岁生日，但我依然选择独自一人旅行。

这是我第一次来到中国，也是第一百九十九次飞行，很幸运，安全抵达终点。五年前，在我的第九十九次飞行中，发生了一些小意外，整架飞机有二百六十七个人，只有我一个人还活着。

我的手边有一本书，作者的名字叫埃米莉——爸爸说得对，我长大后适合写小说。去年我出版了自己的第一部长篇小说，批评家们说我会成为一位出色的女性作家，这本书也即将被翻译为中文，中国的版权经纪人会到机场来迎接我。

　　但我还是期待独自旅行的快乐，下飞机后入住四季酒店，我还没有倒回时差，便突然甩开了版权经纪人，溜到午后的街头闲逛。

　　每个中国人都似乎长一个样，酒店门口停着几辆法拉利与兰博基尼，玻璃幕墙上有巨幅的奢侈品广告，走到哪里都是人山人海。我从万宝龙的橱窗里，看到自己雪白的面孔，还有烫卷了的头发，高高的个子加上十厘米的高跟鞋，不断有人回头来看我。

　　忽然，橱窗里还多了一张脸。那个男人，十五年前勃朗峰隧道口外的杀手，十年前南太平洋货轮的船长，五年前的撒哈拉沙漠搜救直升机的机长。还有这张从未改变过的脸。

　　紫色的眼睛，白色的风衣，口袋里鼓鼓囊囊的，幽灵般地向我靠近。

　　他杀了我的妈妈，又一次一次地杀死了我，我永远记得这张脸。

　　"Help! "

　　我开始尖叫，却没有人来救我，杀手向我跑了过来。我刚向前逃了几步，就被高跟鞋绊倒在地。我只能蹬掉鞋子，光着脚在马路上飞奔。

　　风，撒哈拉沙漠般的热风，从我的双耳边呼啸而过，几乎能听到子弹飞行的声音。

　　他就快要追上我了吗？

　　拐过几个路口，我看到了一所医院，有无数人进进出出，许多老人提着小凳排着长队。医院门口的公交车站，滚动着路虎越野车的灯箱广告。我本想冲上一辆正靠站的公车，却意外地看到一个男人。

　　爸爸？

　　奇怪啊，他怎么会在这里？难道也被人从南太平洋里捞了上来？

　　他看上去年轻了许多，就像二十多岁的小伙子，穿着再普通不过的廉价 T 恤，神情紧张地猛吸香烟。他坐在医院门口的台阶上，屁股底下垫着一张废报纸，整版广告都是白雪皑皑的少女峰，打着一行中文"欧洲阿尔卑斯五国十日豪华游"。

　　我摇了摇他的肩膀，爸爸却完全不认识我，反而害怕地向后倒退。看来他是不会帮我了，我颤抖着回过头来，那张杀手的脸更近了，正要把什么东西从口袋里掏出来。

　　我慌不择路地冲向医院，推开排着长龙的人群，手脚并用地爬上四楼。到处都是消毒水的气味，白衣服的年轻护士们，推出满是装着带绒毛样鲜血的瓶子的推车，匆忙拿到水槽中冲洗。

　　然而，护士们也不来救我，身后响起杀手的脚步声。

我只能随手推开一扇房门，没想到是间小小的手术室，几个穿着白大褂、只露出眼睛的人，冷冷地瞪着我说："你终于来了。"

"救救我！"

我这才想起自己会说一些中文的。

"放心吧，这里很专业，不会痛的！"

于是，我被他们推到手术台上。他们将我的腿挂在两个架子上，强行褪下我的裙子与内裤。

我开始尖叫，挣扎，流泪，却无济于事。

"姑娘，你不愿意吗？"

一个中年护士问我，而我停顿了片刻，却出乎意料地摇摇头，冷静地吐出三个字——

"我愿意。"

头顶的无影灯打开，我看到医生露出一双紫色的眼睛。

医生低头凑近我，他的眼球表面，镜子般倒映出我的脸——

妈妈。

我叫埃米莉。

今年夏天，我还没有出生，我的年龄是负数，正蜷缩在妈妈的子宫深处。

我想我现在只有青蛙这么大，全身浸泡在温暖黑暗的羊水中，就像在浩瀚的南太平洋底，或是大海般的撒哈拉沙漠，这样的环境很适合做梦哦。

虽然，我的眼睛还是闭着的，却通过一条脐带与妈妈相连，从而感受到外面的世界。

我知道妈妈在浑身颤抖，虽然刚打完麻药，据说这是"无痛的人流"。

突然间，我什么都知道了，妈妈只有二十三岁，爸爸也同样年轻，正焦虑地站在医院门外。

他们还没有结婚，也许再也不会见面了。

她的眼角正溢出泪水，我渐渐看清了整个手术室，医生趴在她的双腿之间，手里握着某个恐怖的东西。

妈妈痛苦地把脸别过去，目光对准手术室的角落，那儿挂着一个Dior包包，这是爸爸送给妈妈的第一件礼物，在他们认识后的第三个星期。虽说是淘宝上买来的 A 货，498 元的 VIP 特惠价，但她仍然喜欢地每天背着它。

　　这时，一个钩子伸进子宫，妈妈几乎没有什么感觉，而我真的好疼，好疼，好疼……

　　在最漫长的那一夜，空气中飘过半腐烂的夜来香气味。我被吸出妈妈的身体，随着充满泡沫的血液，倒入一个玻璃瓶子，被小护士推出手术室，送入水槽冲洗干净，永远消失在下水道深处。

　　我叫埃米莉，我还没有出生，就已经死了。

# 蔡骏创作大事年表

## 2000 年

**3 月** | 登录"榕树下"网站, 首次网络发表短篇小说《天宝大球场的陷落》;

**4 月** | 完成短篇小说《绑架》;

**8 月** |《绑架》获"贝塔斯曼·人民文学"新人奖, 感谢潘燕、吉涵斌;

**12 月** |《绑架》发表于《当代》杂志 12 月号;

**12 月** | 网络爆发"女鬼病毒",《病毒》的构思大致完成;

## 2001 年

**3 月** | 完成首部长篇小说《病毒》, 发布在"榕树下", 作为中文互联网首部"悬恐"小说, 引起强烈关注;

**11 月** | 完成第二部长篇小说《诅咒》, 从此不再于网络首发作品, 开始直接出版;

## 2002 年

**1 月** | 中篇小说《飞翔》获"第三届榕树下原创文学大奖赛小说奖";

**4 月** |《病毒》由中国戏剧出版社出版;

**8 月** | 韩日世界杯期间, 完成第三部长篇小说《猫眼》;

**9 月** |《诅咒》由中国社会科学出版社出版;

**11 月** | 完成第四部长篇小说《神在看着你》;

**11 月** |《猫眼》由中国电影出版社出版;

## 2003 年

**1 月** |《神在看着你》由中国电影出版社出版;

**4 月** | 完成第五部长篇小说《夜半笛声》; 首次售出影视改编权《诅咒》电视剧;

**6 月** | 首部中篇小说集《爱人的头颅》由中国电影出版社出版;

**6 月** | 中文繁体版作品首次在台湾出版,《爱人的头颅》《天宝大球场的陷落》由台湾高谈文化出版公司出版;

**8 月** | 完成第六部长篇小说《幽灵客栈》;《夜半笛声》由中国电影出版社出版;

**12 月** | 有幸结识《萌芽》杂志傅星老师完成中篇小说《荒村》, 人物欧阳小枝首度出场;

## *2004 年*

**2 月**｜应音乐人萨顶顶之邀，开始歌词创作；

**3 月**｜《幽灵客栈》由云南人民出版社出版；中篇小说《荒村》首发《萌芽》杂志 4 月号；

**6 月**｜完成第七部长篇小说《荒村公寓》；《迷香》首发于《萌芽》杂志 7 月号；

**9 月**｜加入上海市作家协会；

**10 月**｜完成第八部长篇小说《地狱的第 19 层》，人物高玄首度出场；小说作品首次被搬上荧幕，根据《诅咒》改编的电视剧《魂断楼兰》播出，由宁静主演；

**11 月**｜《地狱的第 19 层》上半部发表于《萌芽》增刊；

**11 月**｜《荒村公寓》由接力出版社出版；

**12 月**｜完成第九部长篇小说《玛格丽特的秘密》；

## *2005 年*

**1 月**｜《地狱的第 19 层》由接力出版社出版，创国内同类小说单本销售纪录；

**3 月**｜《玛格丽特的秘密》在《萌芽》杂志开始连载；

**4 月**｜完成第十部长篇小说《荒村归来》；

**7 月**｜《荒村归来》由接力出版社出版；

**9 月**｜《地狱的第 19 层》《荒村公寓》由台湾时报文化出版公司出版；申请注册"蔡骏心理悬疑小说"商标；

**12 月**｜加入中国作家协会；

## *2006 年*

**1 月**｜《玛格丽特的秘密》及"蔡骏午夜小说馆"（合计《病毒》《诅咒》《猫眼》《圣婴》四本）丛书由接力出版社出版；

**1 月**｜《地狱的第 19 层》获新浪网 2005 年度图书；

**3 月**｜完成第十一部长篇小说《旋转门》；俄文版《病毒》由俄罗斯 36.6 俱乐部出版社出版；

**6 月**｜《旋转门》由接力出版社出版，至此，由接力出版社出版的"蔡骏心理悬疑小说"系列销量突破一百万册；

**7 月**｜根据基础翻译稿，修改润色美籍华人女作家谭恩美长篇小说《沉没之鱼》；

**8 月**｜《幽灵客栈》繁体版由台湾时报文化出版公司出版；

**9 月**｜俄文版《诅咒》由俄罗斯 36.6 俱乐部出版社出版；

**10 月**｜完成第十二部长篇小说《蝴蝶公墓》；

**12 月**｜完成首张个人音乐专辑《蝴蝶美人》录制；

**12 月**｜完成超长篇小说《天机》的初步构思及提纲；

## *2007 年*

**1 月**｜《蝴蝶公墓》由作家出版社、台湾麦田出版公司在海峡两岸同时推出；

**2 月**｜首次访问台北，参加台北国际书展《蝴蝶公墓》宣传活动；

**4 月**｜完成《天机》第一季《沉睡之城》；

**5 月**｜主笔悬疑杂志《悬疑志》出版上市；

**9 月**｜根据《地狱的第 19 层》改编的电影《第十九层空间》全国公映，钟欣潼、谭耀文主演，票房超过一千八百万，创同类电影内地票房纪录；

**9 月**｜《天机》第一季《沉睡之城》由陕西师范大学出版社出版；完成《天机》第二季《罗刹之国》；

**12 月**｜《天机》第二季《罗刹之国》由陕西师范大学出版社出版，后创造中国原创悬疑小说畅销纪录；《荒村归来》繁体版由台湾文化时报出版公司出版；

## *2008 年*

**1 月**｜完成《天机》第三季《空城之夜》；

**4 月**｜《天机》第三季《空城之夜》由陕西师范大学出版社出版；完成《天机》第四季《末日审判》；

**6 月**｜《天机》第四季《末日审判》由陕西师范大学出版社出版，中国作家协会召开"蔡骏作品研讨会"；

**11 月**｜越南文版《地狱的第 19 层》出版；

## *2009 年*

**1 月**｜《蔡骏文集》八卷本由万卷出版公司出版；完成《人间》上卷《谁是我》；

**3 月**｜《人间》上卷《谁是我》由河南文艺出版社出版；

**4 月**｜监制《谜小说》系列丛书出版；

**6 月**｜完成《人间》中卷《复活夜》；

**7 月**｜泰文版《地狱的第 19 层》出版；

**8 月**｜《人间》中卷《复活夜》由河南文艺出版社出版；

**12 月**｜完成《人间》下卷《拯救者》；

**2010 年**

1 月｜《人间》下卷《拯救者》由河南文艺出版社出版；

5 月｜《地狱的第 19 层》典藏版由新世界出版社出版；

7 月｜完成长篇小说《谋杀似水年华》初稿；

8 月｜电影版《荒村公寓》全国上映，主演张雨绮、余文乐；

9 月｜话剧版《荒村公寓》公演；

11 月｜《谋杀似水年华》在《萌芽》开始连载；

**2011 年**

1 月｜在北京与美国推理小说大师劳伦斯·布洛克对谈；

8 月｜《谋杀似水年华》由南海出版公司出版；

9 月｜主编《悬疑世界》杂志与湖北知音动漫公司合作出版；

**2012 年**

2 月｜完成长篇小说《地狱变》；

6 月｜《地狱变》由南海出版公司出版；

6 月｜主编《悬疑世界》杂志与湖北今古传奇集团合作出版；

8 月｜《地狱的第 19 层》英文版 *NARAKA 19*（Jason H.Wen 译）由加拿大 BMI 传媒出版社出版；

9 月｜话剧版《谋杀似水年华》在上海公演，蔡骏首次担任出品人；

**2013 年**

3 月｜完成第十七部长篇小说《生死河》；

5 月｜主编《悬疑世界》电子刊上线；

6 月｜《生死河》由北京联合出版公司出版；

**2014 年**

1 月｜最新长篇作品《偷窥一百二十天》在《萌芽》《悬疑世界》上共同连载；

5 月｜开始连载"最漫长的那一夜"长微博系列；

7 月｜由作品改编的话剧《杰克的星空》《幽灵客栈》公演；

8 月｜创立国内首个原创类型小说精品文库"悬疑世界文库"，第十八部长篇小说《偷窥一百二十天》作为文库首发作品由作家出版社出版；

11 月｜《生死河》英文版 The Child's Past Life（YuZhi Yang 译）

由美国 Amazon Crossing 在北美出版；

## *2015 年*

3 月｜"最漫长的那一夜"系列长微博小说中的《北京一夜》获得第六届"茅台杯"《小说选刊》短篇小说奖；

4 月｜《蔡骏随笔集》由长江出版社出版；

6 月｜"最漫长的那一夜"系列长微博小说中的《北京一夜》获得第16 届《小说月报》百花文学双年奖；

7 月｜《偷窥一百二十天》获得第二届"超好看"类型文学年度六强；

8 月｜《最漫长的那一夜》由现代出版社出版；

## *2016 年*

2 月｜由陈果导演，Angelababy、阮经天主演的电影《谋杀似水年华》上映；

4 月｜《最漫长的那一夜·第 2 季》由浙江文艺出版社出版；

4 月｜被评选为"2015 年度上海文化创业年度人物"；

6 月｜主编的国内首部悬疑 Mook图书《罗生门·回忆》上市，由作家出版社出版；

7 月｜获得第四届《人民文学》青年作家年度表现奖；

7 月｜世界华语悬疑协会第一届理事会会议举行，蔡骏任副会长；

11 月｜当选中国作家协会全国委员会委员；

12 月｜《最漫长的那一夜》之《眼泪石》获第四届郁达夫小说奖短篇小说提名奖；

## *2017 年*

1 月｜《最漫长的那一夜·第 2季》获第七届图书势力榜年度好书奖；

4 月｜首部长篇游戏幻想推理小说《宛如昨日：生存游戏》由湖南文艺出版社出版；

6 月｜长篇历史悬疑巨制《镇墓兽》在起点中文网连载；

7 月｜由钱人豪执导，张智霖、梅婷、钟欣潼、耿乐等领衔主演的惊悚悬疑电影《京城81 号Ⅱ》上映，蔡骏首次担任电影编剧；

8 月｜《最漫长的那一夜》之《北京一夜》获第 11 届《上海文学》短篇小说奖；

9 月｜《镇墓兽Ⅰ·北洋龙》由四川文艺出版社出版；

10 月｜由文隽监制、马伟豪执

导，张俪、锦荣、李子峰等人主演的奇幻爱情电影《蝴蝶公墓》上映；

## *2018 年*

**3 月**｜出席首届世界华语悬疑文学大赛颁奖典礼并发言，并作为颁奖嘉宾颁奖；

**5 月**｜《镇墓兽Ⅱ·金匕首》由四川文艺出版社出版；

**6 月**｜荣获 2018 年首届梁羽生文学奖"杰出贡献作家奖"；

**6 月**｜由蔡骏、郑亚旗担任项目总编辑的网络电影《故事贩卖机》在爱奇艺独家上线，其中《训兔记》入围第 21 届上海国际电影节金爵奖国际短片竞赛单元；

**9 月**｜《无尽之夏》首次刊登于《收获》2018 年长篇专号（秋卷）；

**9 月**｜《生死河》法文版由法国XO Éditions 出版；

**10 月**｜赴法国和比利时参加《生死河》签售活动，接受当地媒体采访，参观孔子学院并与学生交流；

**11 月**｜《无尽之夏》由北京十月文艺出版社出版；

## *2019 年*

**2 月**｜《故事思维写作课》在知乎专栏上线；

**3 月**｜《镇墓兽Ⅲ·地下城》由四川文艺出版社出版；

**8 月**｜《镇墓兽Ⅳ·鲛人泪》由四川文艺出版社出版；

**8 月**｜完成长篇小说《春夜》。

# 图书在版编目（CIP）数据

最漫长的那一夜 / 蔡骏著. -- 北京：作家出版社，2020.8
ISBN 978-7-5212-0658-6

Ⅰ.①最… Ⅱ.①蔡… Ⅲ.①短篇小说 – 小说集 – 中国 –
当代 Ⅳ.①I247.7

中国版本图书馆CIP数据核字（2019）第166795号

**最漫长的那一夜**

作　　者：蔡　骏
出版统筹策划：汉　睿
责任编辑：李　静
特约编辑：李　翠　丁文君
编辑助理：周思源
装帧设计：天行云翼·宋晓亮
出版发行：作家出版社有限公司
社　　址：北京农展馆南里10号　　邮　　编：100125
电话传真：86-10-65067186（发行中心及邮购部）
　　　　　86-10-65004079（总编室）
E-mail:zuojia@zuojia.net.cn
http://www.zuojiachubanshe.com
印　　刷：中煤（北京）印务有限公司
成品尺寸：142×210
字　　数：280千
印　　张：11.625
版　　次：2020年8月第1版
印　　次：2020年8月第1次印刷
ISBN　978-7-5212-0658-6
定　　价：48.00元

蔡骏《最漫长的那一夜》
上演我们的"人间喜剧"与"悲惨世界"

**悬疑世界文库**

中国类型小说殿堂卷帙

[悬疑世界文库] 魅惑解锁

时间从此分叉

万象森罗 蛰伏如谜

爱与恨正在演绎无数可能

悬疑无界 故事无常

敬请期待